HEYNE BÜCHER

SCIENCE FICTION

Ein Verzeichnis aller im
WILHELM HEYNE VERLAG erschienenen
SHADOWRUN™-Bände finden Sie
am Schluss des Bandes

MEL ODOM

RUNNER STERBEN SCHNELL

Vierzigster Band
des
SHADOWRUN™-ZYKLUS

Deutsche Erstausgabe

WILHELM HEYNE VERLAG
MÜNCHEN

HEYNE SCIENCE FICTION & FANTASY
Band 06/6140

Titel der amerikanischen Originalausgabe
RUN HARD, DIE FAST
Deutsche Übersetzung von
CHRISTIAN JENTZSCH

Umwelthinweis:
Dieses Buch wurde auf chlor- und
säurefreiem Papier gedruckt

Redaktion: Ralf Oliver Dürr

Erstausgabe bei ROC, an imprint of Dutton Signet,
a member of Penguin Putnam Inc.

http://www.heyne.de
Printed in Germany 2001
Umschlagbild: FASA Corporation
Umschlaggestaltung: Nele Schütz Design, München
Technische Betreuung: M. Spinola
Satz: Schaber Satz- und Datentechnik, Wels
Druck und Bindung: Elsnerdruck, Berlin

ISBN 3-453-17954-4

Mein lieber Matt Dain Odom,

dieses Buch ist dir gewidmet, mein Sohn, mit Dank, weil du dein Leben mit mir teilst und mich mit den Unbilden der Vaterschaft vertraut gemacht hast! Möge deine Welt immer so aufregend und voller Staunen sein wie jetzt. Dieses Buch ist ein Loblied auf das frühmorgendliche Wiegen vor dem Kampf, wobei es Dunkin Donuts und Unterhaltungen und den Sonnenaufgang gibt. Und auf deine erste Anstecknadel im Norman Junior High Duel!

In Liebe
Dad

NORD

CIRCA 2061

AMERIKA

CIRCA 2061

Mein besonderer Dank gebührt Donna Ippolito, einer der besten Lektorinnen, mit denen ich je zusammengearbeitet habe, und die mir dabei geholfen hat, einen der interessantesten Charaktere im Shadowrun-Universum ins rechte Licht zu rücken.

Und Nigel Findley: Argent ist deine Schöpfung, Kumpel, und ich bedaure, dass ich nicht auf andere Weise mit dir zusammenarbeiten kann. Ich glaube, es wäre ein echter Knaller geworden.

Und den Shadowrun-Fans, die mir geschrieben und erklärt haben, was ihnen die Schatten bedeuten: Se7th-Son, Matthew Banning, Buddy Lacey, Robert Doyle, Ron Peterson, Dave, Brandon A. Reed und STR8EDG-BOB! Seid schnell und auf der Hut, Chummers, sonst erwischen euch die Schatten!

PROLOG

Aus der Niederschrift eines Gesprächs mit dem vertraulichen Informanten Bonez. Übermittelt von

Sgt. N. Cooper, Dezernat für
Sonderermittlungen
04:11:23/06-10-60
CC: LTG 2418 (32-0113)

[Anmerkung von Cooper: Cap, ich weiß, dass alle Welt Bonez für einen ausgebrannten SimSinn-Junkie hält, aber der Bursche weiß ziemlich genau, was in den Schatten läuft, weil er ein richtiger Fan mit einer echten Vorliebe für Shadowrunner ist. Niemand sonst konnte mit Informationen über Argent aufwarten, aber Bonez hatte das Folgende.]

Argent? Klar hab ich schon von Argent gehört. Drek, jeder, der sich halbwegs mit Runnern auskennt, hat schon von ihm gehört. Und er ist schon 'ne besondere Nummer. Es gibt Gerüchte, die behaupten, er wäre geklont und dass er in fünffacher Ausfertigung herumläuft. Das stimmt nicht.

Argent ist 'n ziemlich unheimlicher Bursche. Nicht, weil er einer von diesen verfluchten sadistischen Großtuern ist, wie sie in vielen Absteigen der Schattengemeinde herumhängen. Nein, der Grund ist folgender: wenn Argent zur Sache kommt, geben die armseligen Krüppel, die sich ihm in den Weg stellen, im Allgemeinem unter großem Spektakel den Löffel ab, wenn das Unternehmen nicht nach Plan verläuft. Andernfalls geht Argent rein und wieder raus, und es erwischt die Leute, bevor sie überhaupt wissen, dass ihnen soeben ihr letzter Herzschlag gestohlen wurde.

Militärische Ausbildung? Er soll in den Wüstenkriegen für Fuchi gekämpft haben. Dann hat er sich verabschiedet und sich in den Schatten selbständig gemacht. Er hatte ein Team, das Wrecking Crew genannt wurde. Das Team hat jedes Projekt übernommen, wenn der Kredstab groß genug war. Andererseits waren sie ziemlich wählerisch, welche Aufträge sie annahmen. Argent hat seine Prinzipien. Der Bursche hat sich die Arme abnehmen lassen, damit er sich vercybern konnte. Ich meine, wissen Sie eigentlich, wie man drauf sein muss, um das zu tun? Man kann sich die Arme auf wesentlich unkompliziertere Art vercybern lassen. Natürlich hat man dann nur einen vercyberten Arm und keine Waffe so wie Argent.

Ein Gerücht, dem ich nicht ganz auf den Grund gehen konnte, besagt, dass vor ein paar Jahren ein Run völlig schief gelaufen ist, wobei es zwei Mitglieder des Teams erwischt hat. Seit damals operiert Argent in kleinerem Maßstab und übernimmt nur noch Kontrakte für eine oder höchstens zwei Personen.

Es heißt, das Ende der Wrecking Crew hätte Argent einen schweren Schlag versetzt. Andere behaupten, Argent würde sich ganz einfach nicht mit jedem zusammentun und deshalb alleine arbeiten. Aber das will nicht viel besagen, weil niemand wirklich Bescheid weiß.

Ich halte mich an die erste Version. Jeder Runner, den ich kenne, würde sein rechtes Ei geben, um mit Argent zusammenzuarbeiten, und dann noch auf die Hälfte der Nuyen verzichten. Argent ist so gut wie bares Geld. Er bleibt für sich, weil er es so will.

Ach, und noch einen Rat, Cooper: Sollten Sie's irgendwie schaffen, Argent in die Quere zu kommen, lassen Sie's besser nicht darauf ankommen. Der Bursche macht keinen Rückzieher, und wenn er einen Job übernimmt, steht er immer zu seinem Wort. Der Run, bei dem es zwei von seinen Leuten erwischt hat? Nach allem, was ich weiß, hat Argent den Kontrakt trotzdem erfüllt. Unterschrieben, abgestempelt und geliefert. So ist der Bursche eben. Er hat Durchhaltevermögen, wissen Sie.«

1

Skyhook, habe dein Ziel ausgemacht.«

»Bestätigt, Groundwire, bring uns hin.« Argent beugte sich auf dem Passagiersitz des Hughes WK-2 Stallion vor und starrte durch die kalte blaue Polykarbonverglasung des Hubschraubercockpits hinunter auf das Gitter hell erleuchteter Straßen.

Er war ein massiger Mann mit einem kantigen Gesicht, das aussah, als sei es in Bronze gegossen. Der militärische Stoppelschnitt, den er seit Jahren trug, ließ seine blonden Haare wie eine Bürste hochstehen. Er war glatt rasiert, und das schwache Mondlicht, das von draußen ins Cockpit fiel, verlor sich auf der Tarnschminke, die er aufgetragen hatte, um seine Züge unkenntlich zu machen. Er trug einen dunkelgrünen Einteiler mit einem Gefechtsharnisch darüber, und die mattschwarz lackierten Cyberarme fügten sich nahtlos in die Gesamterscheinung ein.

»Ich bringe euch rein, Skyhook«, sagte die feminine Stimme.

»Verstanden, Groundwire. PBS wird gerade aktiv.« Argent warf einen Blick auf das Positionsbestimmungssystem von Sony, das mitten auf dem Armaturenbrett des Hubschraubers platziert war. Der leuchtend orangefarbene Punkt, der den Stallion darstellte, hielt seinen Kurs, während links vor ihm ein violettes Dreieck Gestalt annahm. Der massige Mann wandte sich an den Piloten.

»Ich hab's vernommen«, knurrte Merkhur mit seinem britischen Akzent über den Kommlink des Hubschraubers. Er sank auf dem Pilotensitz zusammen, da ein Fahrzeugkontrollring direkt unter dem Gewirr kastanienfarbener Haare in die rechte Schläfe eingestöpselt war. Sogar für einen Elf groß und schlank, sah er aus, als habe er sich auf dem Sitz zusammengefaltet, aber die Cyberware machte ihn zu einem Bestandteil des Hubschraubers. In jeder praktischen Hinsicht war er der Hubschrauber. Er sah mit dessen Kameras, hörte mit dessen Mikrofonen und spürte sogar den Luftzug auf der Außenhaut der Maschine. Er trug traditionelle japanische Gewänder in einem pastelligen Creme auf Braun.

Einstweilen trug der Stallion das Kennzeichen der Post der Vereinigten Kanadischen und Amerikanischen Staaten. Das Kennzeichen bestand jedoch aus Tarnfarbe, und ein aus dem Puget Sund hereingewehter Regenguss hätte sie sofort abgewaschen. Argent kannte jedoch die Wetterprognose, dass es nicht regnen würde, und eine rasche Dusche würde die ursprüngliche grüne Farbe der Maschine wiederherstellen, was nach Beendigung des Unternehmens eine etwaige Verfolgung erschweren würde.

Die Entführer hatten die Gegend von Lower Queen Anne für die Übergabe ausgewählt. Sie konnten es nicht wissen, aber er kannte sich in der Gegend aus. Der Hubschrauber flog jetzt viel tiefer, und Argent sah das lange kurvige Band der Union Street, das sich durch das Netz der anderen Durchgangsstraßen des Sprawls wand.

»Wenn Shaundra Merlinis Entführer entkommen«, sagte die feminine Stimme Groundwires über den Wiremasters Kommlink X, »haben sie reichlich Schlupflöcher zur Auswahl, in denen sie sich verkriechen können, bevor sie von dir oder Lone Star aufgespürt werden. Das Mädchen wird tot sein, wenn ihr es findet.«

»Ich weiß, Peg«, sagte Argent leise. »Aber das wird nicht geschehen.«

Peg war ein Decker, einer der besten, wenn es darum ging, in Hi-Tech-Systeme einzudringen, und ohne sie am Matrix-Ende des Rettungsunternehmens wäre Argent nicht so zuversichtlich gewesen. Er hatte noch kein System gesehen, in das sie sich nicht hätte einschleichen können, wenn man ihr genügend Zeit gab. Das Problem bestand darin, dass man in ihrem Job nicht immer die Zeit hatte.

Diesmal hatten sie Glück gehabt. Als Victor Merlini sich an einen Schieber wandte, der auch für Argent als Vermittler fungierte, und ihm die Situation erklärte – wobei er auch den amputierten Daumen seiner Tochter erwähnte –, hatte Argent sofort beschlossen, den Kontrakt für ihre Rettung zu übernehmen, falls er einen Weg fand, an die Entführer heranzukommen. Sich gegen eine überwältigende Übermacht für einen Schwächeren einzusetzen war einer der Jobs, den er grundsätzlich übernahm.

Er hatte die Straßen durchkämmt, während Peg die schattigen Datenbahnen der Matrix abgraste, die Seattles Computer und Telekom-Aktivitäten verbanden. Sie hatten den Ring der Entführer nicht identifizieren, jedoch über zahlreiche Gerüchte eine halbwegs sichere Verbindung zu den Hassgruppen von Alamos 20K herstellen können. Keinem von ihnen war es gelungen, an die Namen von Leuten zu kommen, die zu dem Entführer-Ring gehörten.

Argent war jedoch davon überzeugt, dass Merlinis Angst um seine Tochter begründet war. Seine Nachforschungen hatten ergeben, dass sieben bedeutende Speditionsfamilien Seattles in den letzten Monaten Angehörige verloren hatten.

Merlinis Hausarzt hatte außerdem eine Gewebeprobe des Mädchens zur Verfügung gestellt. Argent hatte daher zwei Straßenmagier und einen Schlangenschamanen angeworben, die ihm bei der Suche nach

Shaundra halfen. Escadero, der Schlangenschamane, war dem Mädchen am nächsten gekommen.

Im Trancezustand war er durch die Ebenen möglicher Zukunftsverläufe für Shaundra Merlini geglitten und hatte die junge Frau in einem Lieferwagen im Bezirk Lower Queen Anne gesehen. Aber diese Zukunftsvisionen waren nicht immer zutreffend, wie Escadero betont hatte.

In ihrem Fall hatte sie sich jedoch als völlig korrekt erwiesen. Einer der drei Magier, die jetzt unter Benutzung der Gewebeprobe in Lower Queen Anne nach Shaundra Merlini suchten, hatte sie gefunden und die Information an Peg weitergeleitet. Das ganze Unternehmen war ziemlich weithergeholt, aber eine andere Möglichkeit war Argent nicht geblieben. Lone Star hatte alle konventionellen Möglichkeiten ausgeschöpft.

Der Stallion flog durch die Schluchten der Konzernwolkenkratzer, Wohnsilos und Einkaufskomplexe und hielt sich kaum fünf Meter oberhalb der Skyline. Merkhur, der Rigger, flog die Maschine mit gelassener Selbstsicherheit und nutzte auf ihrem Weg zur Union Street die Deckung aus, die ihnen die Gebäude boten.

»Groundwire«, sagte Argent über Kommlink. »Kannst du das Ziel zeichnen?«

»Ich vergleiche gerade die Daten.« Peg klang wie immer kühl und professionell.

Argent löste die Verriegelung an der Tür, sodass der Wind ins Cockpit peitschte. Während er sich mit einer Hand an der Tür festhielt, überprüfte er mit der anderen seine Ausrüstung, indem er mit der Handfläche über die beiden mit Smartlinks Level II ausgestatteten Ingrams Super Mach 100 strich, die in gekreuzten Gurten über seiner Hüfte steckten. Eine Savalette Guardian, ebenfalls mit einem Smartlink Level II bestückt, befand sich in einem Schulterhalfter unter seiner linken Achsel, falls die Ingrams einmal nicht reichten. Und in seinem Stiefel steckte eine Monopeitsche für den äußersten Notfall.

»Skyhook«, meldete sich Peg. »Ziel wird gezeichnet.«

»Ich warte.« Argent aktivierte die Infrarot-Utility in seinem rechten Cyberauge. Sofort bekam der Sprawl ein neues Gesicht. Die Signale seiner beiden Augen waren widersprüchlich und daher verwirrend, aber er war es gewöhnt, einäugig zu sehen, wenn es nötig war. Es beeinträchtigte seine Tiefenwahrnehmung, aber nur auf größere Entfernungen, und für solche Fälle war er mit einem Entfernungsmesser ausgerüstet. Er hatte einen Haufen Cyberware in seinen Körper integriert, aber alles war benutzerfreundlich, Deltaware der Spitzenklasse, einiges davon gerade erst dem Stadium des Prototyps entwachsen. Aufgrund seiner Verbindungen hatte er Zugriff auf Ausrüstung, die noch gar nicht auf dem Markt war, und er gab viel Geld für Verbesserungen aus.

Ein weiterer Augenblick verstrich, dann leuchtete auf dem Dach eines schwarzen Ares Roadmaster ein blasses lavendelfarbenes Licht auf, hervorgerufen von der Thermalzeichnung einer Drohne, die über dem Zielfahrzeug flog. Die Drohne, eine abgespeckte und extrem illegale Kopie eines Überwachungsmodells vom Typ Lone Star Strato-9, das von Schwarzmarkthändlern in Singapur vertrieben wurde, war für dieses Unternehmen von einem gesetzlosen Rigger gemietet worden.

»Skyhook, Ziel wurde gezeichnet«, verkündete Peg. Mit Hilfe der von den Magiern beschafften Informationen war es ihr offenbar gelungen, das Fahrzeug zu identifizieren.

»Bestätigt«, sagte Argent. »Skyhook sieht die Farbe. Merkhur?«

»Ich auch, Kumpel, ich auch. Weißt du, ich schlafe nicht hinter dem Steuerknüppel.« Der Hubschrauber verlor rasch an Höhe und näherte sich dem Roadmaster.

Der Wagen fuhr arglos durch die Straßen und passierte die Kreuzungen, ohne einmal anhalten zu müssen. Er überquerte die Ninth Avenue und näherte sich dem Seattle Aquarium.

Argent öffnete die Hubschraubertür ein Stück weiter. Er trat hinaus in den kalten Wind, der von der Elliott Bay hereinwehte. Der Verkehr rauschte kaum zehn Meter unter ihm vorbei, als der Hubschrauber rasch zu dem Roadmaster aufschloss.

Der bei geöffneter Tür durch das Cockpit pfeifende Wind beeinträchtigte die Flugeigenschaften der Maschine. Merkhur rang mit der Steuerung und zwang den Stallion, weiter Kurs zu halten.

»Tiefer«, befahl Argent.

»Kumpel«, protestierte Merkhur, »du stellst diese alte Dame hier auf eine harte Probe.«

Argent beachtete den Einwand nicht. Seine Gedanken waren bei der jungen Frau in dem Transporter und bei ihrem Vater. Er war zwar ein Konzern-Exec und den täglichen Stress des Verhandelns und Feilschens gewöhnt, hatte aber nur mit größter Mühe das Telekomgespräch hinter sich gebracht, auf dem Argent bestanden hatte.

Der Roadmaster fuhr wieder auf die äußerste rechte Spur. Die nächste Kreuzung war Boren Avenue, danach beschrieb die Union Street eine leichte Linkskurve, um von da ab schnurgerade zu verlaufen. Nach allem, was Peg den Akten Lone Stars hatte entnehmen können, war Merlini noch kein Ort für die Lösegeldübergabe genannt worden. Peg hatte den Vater der jungen Frau angerufen, der ihr diese Informationen bestätigte.

In allen bisherigen Fällen waren die Entführer mit ihrer Geisel in Bewegung geblieben, um mit einer zweiten Gruppe von Entführern Kontakt zu halten. Wenn sie alle Karten in den Händen hielten, luden die Entführer das Lösegeld über ein mit einem Telekom ausgerüstetes Deck herunter, ohne die Geisel herausgeben zu müssen. Bei der dritten Entführung war die Geisel getötet worden, während sie gerade mit ihrem Mann sprach, und die Entführer waren danach spurlos verschwunden.

Shaundra Merlini hatte nur dann eine Chance, die Sache lebend zu überstehen, wenn jemand sie erreichte, bevor das Lösegeld den Besitzer wechselte.

»Skyhook«, meldete sich Peg. »Der Anruf ist erfolgt.«

Argent aktivierte die Zeitmess-Utility auf seiner Netzhaut, stellte die Zeit zwei Minuten vor und ließ sie dann die Sekunden herunterzählen. Keine der anderen Geldübergaben hatte länger als zwei Minuten gedauert. Am Ende dieser Zeitspanne waren die Geiseln getötet und ihre Leichen auf die Straße geworfen worden.

Merkhur bekam den Stallion wieder unter Kontrolle und näherte sich dem Roadmaster noch näher. Nun, da das Fahrzeug der Entführer jenen Teil der Union Street erreicht hatte, der unabhängig von den anderen Nebenstraßen verlief und keine ganz so drastische Geschwindigkeitsbegrenzung hatte, beschleunigte es.

Eine Minute verstrich, in der Merkhur alles tat, um den Hubschrauber über den Roadmaster zu bringen. Argent beobachtete währenddessen den Lieferwagen und den Fahrstil des Fahrers, dann fielen ihm die beiden dunkelblauen Ford Americars vor und hinter dem Roadmaster auf.

Die beiden Wagen waren nicht unbedingt eine Überraschung für Argent, aber sie machten die Dinge komplizierter. Er sprach über Kommlink. »Der Roadmaster hat Begleitschutz, Merkhur.«

»Ich sehe sie. Wenn sie einigermaßen wach sind, werden sie uns bald entdecken.«

Die Zeit auf seiner Netzhaut war auf zweiundfünfzig Sekunden herunter. »Dann müssen wir uns beeilen.«

»Ich weiß. Ich bin bereit für den entscheidenden Anflug.«

»Los.« Argent kletterte an der Seite des Hubschraubers herunter, bis er die Landekufen erreicht hatte. Seine Cyberhände trugen sein Gewicht mühelos. Die Cyberarme waren doppelt so stark wie seine ursprünglichen und ermüdeten nicht so leicht.

Der Stallion schoss herab wie ein Jagdfalke. Merkhur kurvte elegant durch den Luftraum über dem Roadmaster und passte sich der Geschwindigkeit des Fahrzeugs an. Als er seine Position über dem Dach des Transporters erreicht hatte, hielt er einen Abstand von unter drei Metern aufrecht.

Rote Leuchtspurgeschosse pfiffen rings um Argent durch die Nacht und prallten von den gepanzerten Seiten des Stallion ab. Er schaute nach unten und sah, dass der Hubschrauber aus dem Wagen hinter dem Roadmaster beschossen wurde.

Argent vergewisserte sich noch einmal, dass er sich genau über dem Dach des Roadmaster befand, dann ließ er die Landekufen des Stallion los und fiel.

2

Kaum hatte er sich von dem Hubschrauber gelöst, wurde Argent zum Spielball des böigen Windes. Er beutelte ihn einen Augenblick und stieß ihn herum wie einen Papierdrachen. Dann ruderte er mit den Armen und gewann unter größter Mühe die Herrschaft über seinen Körper zurück.

Als seine Füße den Roadmaster verfehlten, aktivierte er die Elektromagneten in seiner linken Cyberhand. Er bog seinen Körper durch und ließ die Hand auf das Wagendach sausen. Das durch den Stromfluss in seiner Cyberhand erzeugte Magnetfeld ließ Finger und Handfläche am Metall des Wagendachs haften. Dennoch dauerte es einen Augenblick, bis sein Fall aufgehalten wurde, als seine Hand mit schrillem Kreischen dem Rand entgegenrutschte.

Argent fand einen Halt mit den Füßen und zog eine der Ingram Super 100s aus dem Kunstlederhalfter. Als das Motorengeräusch hinter ihm plötzlich anschwoll, wappnete er sich, dann riss er die Ingram hoch und fuhr herum.

Der Wagen hinter dem Roadmaster schloss rasch auf. Ein Mann lehnte sich aus dem Fenster auf der Beifahrerseite und legte eine Maschinenpistole auf Argent an. Der rote Ziellaser der Waffe huschte über Argent und den Roadmaster, dann funkelten ausgeworfene Messinghülsen im Licht, da die Waffe einen Bleihagel ausspie. Die dumpfen Einschläge im Heck des Transporters übertönten mühelos den Verkehrslärm.

Nachdem die Smartverbindung aktiviert war, tauchten die Fadenkreuze der Ingram in Argents Blickfeld auf. Er streichelte den Abzug und gab einen gezielten kurzen Feuerstoß ab, der den Angreifer außer Gefecht setzte.

Die kopflose Leiche krümmte sich reflexhaft und glitt in den Americar zurück. Blutspritzer überzogen die Windschutzscheibe von innen mit undurchsichtigen Streifen.

Durch den Tod seines Begleiters schockiert, riss der Fahrer das Steuer herum, um dann die Leiche mit der rechten Hand daran zu hindern, auf ihn zu fallen. Der Americar schleuderte in den entgegenkommenden Verkehr, was eine Reihe feindseliger Hupsignale provozierte, und kehrte dann wieder hinter das Heck des Roadmaster zurück.

Argent gab vier Feuerstöße ab, die das sechzigschüssige Magazin der Maschinenpistole leerten. Mit einem Feuerstoß konnten maximal fünfzehn Kugeln verschossen werden. Der erste Feuerstoß überzog die kugelsichere Windschutzscheibe mit einem Netz von Sprüngen, sodass die Sicht des Fahrers erheblich eingeschränkt wurde. Die beiden nächsten, auf den Asphalt vor dem Wagen gezielt, um das Rückschlagspotenzial der harten Oberfläche auszunutzen, zerfetzten die Vorderreifen. Der letzte Feuerstoß traf den Kühlergrill des Americar, durchlöcherte den Kühler und beschädigte den Motorblock.

Feuer flammte unter der Haube des Americar auf, und sofort stieg schwarzer Rauch auf. Der Wagen schlingerte, und der Fahrer verlor die Gewalt über ihn.

Über Argent gewann der Stallion jetzt rasch an Höhe, aber Merkhur schickte ihm keinen Abschiedsgruß. Der Kommlink blieb stumm, sogar Peg auf der Nebenleitung schwieg. In diesem Augenblick fühlte Argent sich allein und vermisste seine toten Kameraden aus der Wrecking Crew so sehr wie eh und je. Wenn Hawk und Toshi den Run auf die ISP-Anlage in Fort Lewis, für den Dirk Montgomery sie angeworben hatte, überlebt hätten… aber er riss sich zusammen und konzentrierte sich wieder auf die vor ihm liegende Aufgabe.

Er schob die leer geschossene Ingram ins Halfter zurück und richtete seine Aufmerksamkeit auf das Magschloss der Laderaumtür des Transporters. Er streckte seine freie Hand aus und ließ den einziehbaren Dolch aus seinem Handgelenk schnellen. Die dreieckige Klinge ragte fast zehn Zentimeter über seine Fingerspitzen hinaus. Er ließ den Arm vorschießen, und der Dolch bohrte sich in die Plastistahltür. Er zog die Klinge ein, schob die Finger durch die Öffnung und riss sie weiter auf.

Seine Sensoren waren empfindlich genug, um ihm zu gestatten, Braille zu lesen, wenn er wollte, aber das kybernetische Interface, das Argents Körper mit seiner Bodyware verband, ließ ihm auch die Wahl, wie viele Empfindungen sein Nervensystem übermittelte. Er hatte es so eingestellt, dass er nur den Aufprall seiner sich durch die Tür bohrenden Hand spürte, also nichts, was sein Verstand als Schmerz betrachtet hätte.

Zwar war sein Arm mit einem Körper mit strukturellen Verbesserungen verbunden, dessen Rückgrat und Schultergelenke verstärkt waren, aber er besaß dennoch nicht die Hebelkraft, um Autos auf die Art herumzuwirbeln, wie Straßensamurais dies in Trideoshows taten. Die Cyberware verdoppelte seine ohnehin beträchtliche Kraft, und je nach Hebelwirkung konnte seine Hand so fest zupacken wie ein Schraubstock.

Seine Finger legten sich um das Magschloss und drückten zu. Einen Augenblick später war von dem Schloss nur noch eine Hand voll Metall- und Keramiksplitter übrig.

Das Kreischen des nachgebenden Schlosses hallte noch in seinen Ohren, als Argent die Tür aufriss und sich in den Laderaum des Roadmaster schwang.

Kugeln schlugen gegen seine mit Kevlar geschützte Brust.

Im Laderaum befanden sich fünf Männer in unauffälligen Overalls, unter denen sich, wie Argent annahm, Straßenkleidung verbarg. Shaundra Merlini, blond und zerzaust, die linke Hand mit einem dicken, blutgetränkten Verband umwickelt, saß auf dem Boden und war an einen der Frachtsicherungshaken in der Seitenwand gefesselt. Sie trug dasselbe hellgrüne Kostüm von Vashon Island wie bei ihrer Entführung. Ihr Vater hatte Argent ein Bild von ihr gezeigt, das die Sicherheitskameras beim Verlassen des Hauses aufgenommen hatten. Ihr Kopf drehte sich matt in die Richtung des Samurais, und ihre Lippen öffneten sich zu einem Aufschrei.

Einer der Entführer lief mit einer Monoklinge in der Hand auf sie zu. Argent raste los, um den Mann mit dem Messer aufzuhalten. Links von ihm reagierte einer der anderen Männer so rasch und geschmeidig, dass er mit Reflexboostern ausgerüstet sein musste. Die Hand des Mannes zuckte zu einem Colt Manhunter, der in einem Halfter unter der linken Achsel steckte.

Erfahrung und seine eigenen Reflexbooster veranlassten Argent dazu, sein Angriffsziel zu wechseln. Die Reflexbooster sorgten dafür, dass sich das mit ihnen ausgestattete Individuum beständig in einem Zustand der Bereitschaft befand, aber die daraus resultierenden Bewegungen waren simpel und direkt und für jemanden ohne sie unglaublich schnell. Der einzige Nachteil war das leichte Zittern, das Argent jedesmal dann überkam, wenn seine Muskeln entspannt waren – eine bedauerliche Nebenwirkung.

Argent sah, wie der Entführer den Manhunter aus dem Halfter riss, bevor der Mann mit dem Messer einen weiteren Schritt in Richtung der wehrlosen jungen Frau vollführen konnte. Argent aktivierte das in seinem linken Auge eingebaute BrightLight-System und löste einen Blitz aus.

Der grelle Schein unglaublich hellen Lichts im Auge des Samurai durchflutete plötzlich den Laderaum des Roadmaster. Welcher Art Cyberaugen der Entführer auch haben mochte, der Blitz würde Wirkung zeigen. Seine eigene Sehfähigkeit war davon jedoch nicht betroffen.

Im kurzen Aufflackern der anschließenden Verwirrung erreichte Argent den Mann mit dem Messer. Der Bursche schwankte, da ihn die schmerzhafte Intensität des Blitzes geblendet hatte, und blieb kurz vor der jungen Frau stehen. Argent riss die Guardian aus seinem Schulterhalfter und zielte. Die in den Kolben der Waffe eingebaute Smartgunverbindung übermittelte Informationen durch Argents Hand, was es seinen Reflexboostern ermöglichte, alle Angaben der Waffe in einer Nanosekunde zu verarbeiten.

Argent gab den ersten Schuss auf die Waffenhand des Entführers mit den Reflexboostern ab. Die großkalibrige Kugel zerfetzte die Hand und verwandelte sie in Metallsplitter. Er hatte auf die Waffe zielen müssen, denn den Entführer zu geeken würde seine Cyberware nicht notwendigerweise davon abhalten, die junge Frau umzulegen.

Da er kein freies Schussfeld hatte und nicht wollte, dass mehr Kugeln im Laderaum des Roadmaster herumflogen als unbedingt nötig, konzentrierte Argent sich auf den Mann mit dem Messer. Er streckte die Finger seiner freien Hand und stieß sie dem Mann in die Kehle, deren Spitzen sich durch den Hals und in die Wirbelsäule bohrten.

Der Entführer brach wie eine Strohpuppe zusammen. Argent fing die Leiche des Mannes einen Meter vor Shaundra Merlini auf und fuhr mit ihr herum.

Dabei hielt er die Leiche so, dass sie der jungen Frau als Schild diente.

Kugeln schlugen in den Rücken des Toten.

Argent erfasste den Schützen mit einem Blick. Der stark vercyberte Mann hatte seine Position verlassen, doch in der Verwirrung einen Augenblick die Übersicht verloren. Argent zielte auf ihn und verpasste ihm eine Kugel zwischen die Augen, die sein Gehirn auslöschte.

Aus dem Augenwinkel registrierte Argent eine huschende Bewegung, der unmittelbar eine Sammlung wüster Flüche folgte. Hinter ihm schrie die Geisel jämmerlich und hilflos. Sie war immer noch von dem Blitz geblendet und völlig verängstigt.

Bevor er die Guardian herumreißen konnte, um die neue Bedrohung abzuwehren, fiel ein Arm wie eine Eisenstange auf Argents Handgelenk und schlug ihm die Leiche aus der Hand. Ohne eine verschwendete Bewegung stieß die Messerklaue mit den verstümmelten Überresten der Cyberhand nach Argents Gesicht.

3

Argent fuhr herum und wich dem verknoteten Metallgeflecht aus, in das sich die Hand der Messerklaue verwandelt hatte. Er stieß seinem Gegner die stumpfe Mündung der Guardian in den weit aufgerissenen Mund, wobei ein paar Zähne abbrachen, und drückte dann ab. Selbst die Reflexbooster konnten der Kugel nicht mehr ausweichen, die der Messerklaue den Hinterkopf wegsprengte.

Die Aufprallwucht der großkalibrigen Kugel ließ den Toten zurücktaumeln.

Noch bevor die Leiche zu Boden fiel, war Argent

bereits bei den verbliebenen zwei Entführern. Ein Rückhandschlag traf den Mann links, und das Metall seiner Cyberhand riss ihm dabei das Fleisch von den Knochen.

Der letzte Mann nahm die Haltung eines Kampfsportlers ein. Seine Arme wirbelten herum, als er sich in Position brachte, um Argents Angriff zu begegnen. Er stieß einen Schrei aus und begegnete dem Samurai auf halbem Weg mit einem Sprungtritt, der Argents Deckung durchschlug.

Der Fuß traf Argent ins Gesicht und ließ seinen Kopf zurückschnappen. Schmerzen brandeten in seinem Hirn auf, doch er verdrängte sie, während er mechanisch mit der linken Hand den Fuß des Mannes festhielt, bevor dieser ihn zurückziehen konnte. Mit der anderen Hand wehrte er einen Hagel von Schlägen ab, dann schmetterte er die Guardian auf das Knie des gefangenen Beins.

Knochen knirschten, und Argents geschärftes Gehör schnappte das Geräusch nachgebender Keramik- und Metallelemente im Gelenk des Mannes auf. Der Entführer brüllte vor Schmerzen, versuchte aber den Kampf fortzusetzen. Sporne zuckten aus seinen Fingern, und er knickte in der Taille ein und stach nach Argents Augen.

Argent hielt das verletzte Bein des Mannes fest und drehte sich, um die Hebelwirkung zu verbessern und seinen Gegner aus dem Gleichgewicht zu bringen. Der Mann schrie auf, stieß jedoch noch einmal mit den Fingern zu. Argent hob die Guardian und feuerte dem Mann eine Kugel ins Gesicht. Er ließ die Leiche fallen und richtete seine Aufmerksamkeit auf die Tür, die den Laderaum vom Führerhaus des Roadmaster trennte.

Die Tür öffnete sich bei seiner Berührung widerstandslos, aber das Schlingern des Roadmaster verriet ihm, dass der Fahrer eine Ahnung haben musste, wie die Dinge im Laderaum standen. Als Argent sich in den beengten Raum des Führerhauses schob, schoss der Entführer auf dem Beifahrersitz aus unmittelbarer Nähe mit seinem Manhunter auf ihn.

Nur Argents in unzähligen Kämpfen geschärfte Reflexe und die Reflexbooster retteten ihn. Er wich zur Seite aus, wobei seine freie Hand im Bogen herumkam und nach dem Pistolenlauf griff. Bevor der Entführer einen weiteren Schuss abgeben konnte, packte er zu und quetschte den Lauf zusammen.

Der Entführer drückte trotzdem ab, da er nicht mitbekam, welchen Schaden seine Waffe genommen hatte. Der Manhunter explodierte, und Metallsplitter flogen dem Mann ins Gesicht und verwandelten es in eine blutige Fratze.

Argent schob sich weiter ins Führerhaus und fegte dabei den Versuch des Fahrers beiseite, eine Pistole auf ihn zu richten. Als sich der Schuss löste, durchschlug die Kugel die Windschutzscheibe. Argent feuerte zweimal in das Gesicht des verwundeten Mannes, um sicherzugehen, dass er erledigt war, und richtete seine Aufmerksamkeit dann auf den Fahrer.

Der Roadmaster raste durch die Straßen von Lower Queen Anne und provozierte dabei eine Unmenge wütender Hupsignale von anderen Autos. Der Fahrer riss das Steuer herum und rammte einen Linienbus, wodurch er diesen auf den Gehsteig der Union Street drängte. Teilnehmer am Nachtleben des Sprawls liefen um ihr Leben, da der Bus und der Roadmaster um die Herrschaft über die Straße kämpften. Der Bus pflügte durch eine Reihe sonnenbeschirmter Tische vor einem thailändischen Restaurant. Glücklicherweise konnten sich die Gäste alle in Sicherheit bringen. Einige von ihnen gaben sogar ein paar Schüsse auf die Windschutzscheibe des Roadmaster ab. Im Grunde war das keine Überraschung, dachte Argent grimmig. Im Bezirk Lower Queen Anne hatte jeder einen Vollzeitjob, und zwar den, auf seinen Hintern aufzupassen.

Argent packte den Fahrer am Overall, riss ihn hinter dem Steuer hervor und schleuderte ihn gegen die von Sprüngen überzogene Windschutzscheibe, die plötzlich nachgab.

Der Mann versuchte sich festzuhalten, als er über die kurze Haube des Roadmaster rutschte, schaffte es aber nicht. Er fiel vor dem großen Transporter auf die Straße, während Argent die Guardian halfterte und auf den Fahrersitz glitt.

Der Straßensamurai kämpfte mit dem Steuer, um den Wagen unter Kontrolle zu bekommen, und löste ihn von dem Bus. Der Widerstand wurde nur unwesentlich größer, als die Räder den Entführer überrollten. Argent schaltete in einen niedrigeren Gang, trat aufs Gas und stabilisierte den Wagen.

Er aktivierte den Kommlink und sagte: »Groundwire.«

Peg meldete sich sofort und beruhigte seine sich überschlagenden Gedanken. »Hier, Skyhook.«

Argent beobachtete den Verkehr vor sich und auf den Fahrstreifen in Gegenrichtung. »Da war noch ein Wagen vor dem Roadmaster.« Vom zweiten Americar war nichts mehr zu sehen.

»Der zweite Wagen ist neben dir«, erwiderte Peg kühl. Sie verfolgte das Geschehen mit Hilfe der Drohne, die über der Straße flog. »Er hat sich zurückfallen lassen, als du die Kontrolle über den Roadmaster übernommen hast.«

Argent warf einen Blick in den Außenspiegel und erkannte den anderen Americar sofort anhand des Mündungsfeuers aus zwei Fenstern. »Ich sehe ihn«, sagte er. »Kannst du dich mit Lone Star in Verbindung setzen?«

»Ich habe sie bereits verständigt«, antwortete Peg, »und ihnen berichtet, wer du bist und was vorgeht. Geschätzte Ankunftszeit siebzehn Sekunden. Sie haben eine Einheit losgeschickt.«

Unter Ausnutzung seiner fahrerischen Fähigkeiten setzte Argent den Verkehr gegen seine Verfolger ein und hielt sich mitten auf der Union Street, als der Verkehr weniger dicht wurde. Er folgte der digitalen Zeitanzeige, da die Uhr auf seiner Netzhaut die Sekunden herunterzählte, und bemerkte dann die wuchtige Form des Chrysler-Nissan G12A Hovercraft vor sich, der sich unter Einsatz seines Blaulichts durch den Verkehr zwängte.

Schwer gepanzert und unmissverständlich gekennzeichnet, sah das taktische Einsatzfahrzeug Lone Stars wie ein mechanisches Raubtier auf der Jagd aus. Der Verkehr wich ihm bereitwillig aus und quetschte sich rechts und links an den Rand der Union Street, während das kreisende Blaulicht das Neonlicht zudeckte, das die verschiedenen Geschäfte auf beiden Seiten der Durchgangsstraße ausstrahlten. Lone Stars taktische Einsatztrupps standen in dem Ruf, einen Job auch unter widrigen Umständen rasch und gründlich zu erledigen.

Argent schaute wieder in den Außenspiegel. Der Americar schwenkte weit nach links, um einen erneuten Überholversuch zu starten. Diesmal ließ der Straßensamurai den anderen Wagen gewähren.

Der Hovercraft raste kaum weiter als fünfzig Meter entfernt die Union Street entlang. Auf der schwarzen Panzerung funkelten Geschütze. Über dem schwarz getönten Glas der Windschutzscheibe des Hovercraft machte Argent das niedrige Profil einer Victory Sturmkanone aus.

Ein Kugelhagel prasselte plötzlich gegen die Seite des Roadmaster. Argent duckte sich tief hinter das

Lenkrad und wich einem Wagen vor ihm aus, der mitten auf der Straße angehalten hatte. Er schwenkte nach links, um die Aufmerksamkeit der Männer in dem Americar abzulenken, während der Hovercraft sich auf seinem Luftkissen mitten auf der Union Street niederließ.

Er wusste, dass die Taktische Einsatztruppe in dem Hovercraft den Americar bereits im Visier haben musste. Unvermutet trat er auf die Bremse und riss das Steuer nach rechts. Da der Laderaum praktisch leer war, geriet das Fahrzeug ins Schleudern, und das Heck drehte sich, als wolle es das vordere Ende überholen.

Argent hatte die Aktion so genau abgepasst, dass der Roadmaster den Americar von hinten erwischte und ihn vorwärts und nach links beförderte. Der Fahrer des Americar rang um die Herrschaft des Wagens. Die Männer darin waren so nah, dass Argent sie sehen konnte. Während er mit dem Steuer des Roadmaster rang und versuchte, den Wagen zum Stillstand zu bringen, registrierte er, wie die Gesichter der Männer sich dem wartenden Hovercraft zuwandten.

Eine Mikrosekunde später, als zwischen dem Roadmaster und dem Americar ausreichend Abstand lag, eröffnete die Sturmkanone des Hovercraft donnernd das Feuer. Eine volle Salve von fünf Geschossen traf den Americar und verwandelte ihn in ein brennendes Wrack, das in ein Apartmentsilo raste und dabei brennende Trümmer verlor.

Wunderbarerweise hielt die Mauer. Feuer brandete über die Fenster, als der Americar explodierte.

Argent wusste, dass die meisten Mieter den Unfall nicht einmal mitbekommen hatten, da sie sich in ihren winzigen Apartments ganz auf ihre SimSinn-Geräte oder andere Sorgentöter konzentrieren würden. Der Roadmaster kam zitternd zum Stillstand.

Argent verließ seinen Platz hinter dem Steuer und

kehrte in den Laderaum des Fahrzeugs zurück. Shaundra Merlini weinte vor sich hin, während ihr Mund beständig lautlose Worte formulierte. Er befreite sie vorsichtig von ihren Fesseln, dann hob er sie hoch und nahm sie wie ein Kind auf die Arme. Und wie ein Kind faltete sie sich zusammen, die Arme verschränkt, das Kinn auf den Händen.

Argent trug die junge Frau mühelos zur Laderaumtür. »Jetzt ist alles gut«, sagte er sanft. »Dein Vater hat mich geschickt, um dich heimzubringen. Und ich werde dafür sorgen, dass du nach Hause kommst. Niemand wird dir mehr weh tun. Versprochen.«

Sie drückte sich zitternd an seine Brust.

Argent hielt sie und zwang sich dabei, Distanz zu wahren, gestattete sich nicht, an all die Dinge zu denken, die sie im Verlauf ihrer Entführung durchgemacht hatte. Erfolg in seinem Beruf war allzu oft gleichbedeutend damit, eine schlimme Situation nicht noch schlimmer werden zu lassen, und nicht damit, den Schwachen und Unschuldigen bereits Erlebtes zu ersparen. Er konnte die Vergangenheit nicht ändern, nur die Zukunft beeinflussen. Ein Soldat lernte, wo die Grenzen zwischen dem Möglichen und dem Unmöglichen lagen. Persönliche Anteilnahme hatte schon zu vielen guten Männern das Leben gekostet, und das wusste er aus eigener Erfahrung.

Die Mitglieder des Taktischen Einsatztrupps hatten den Roadmaster umzingelt und richteten ihre Gewehre und Pistolen auf Argent. Er blieb stehen, als es ihm befohlen wurde, und sagte ihnen dann, sie sollten sich mit Victor Merlini in Verbindung setzen, der seine Rolle bei dieser Sache aufklären würde.

»Argent«, rief Peg über Kommlink.

Das überraschte ihn. Im fortgeschrittenen Stadium eines Unternehmens wurde die Funkstille normalerweise nicht durchbrochen. Er wartete ab, während die

Mitglieder des Taktischen Einsatztrupps zu ihm kamen. Eine ihrer ersten Amtshandlungen würde darin bestehen, seine Headware zu stören, um etwaige Kommlinks funktionsuntüchtig zu machen.

»Ich weiß, du willst das wissen«, fuhr Peg fort. »Ich habe gerade eine Botschaft von Brynnmawr erhalten.«

Und das war, wie Argent wusste, noch gefährlicher, als in die Waffenmündungen eines guten Dutzends Mitglieder eines Taktischen Einsatztrupps von Lone Star auf Adrenalin zu starren. Brynnmawr war Teil seiner Vergangenheit, einer ganzen Reihe von Vergangenheiten.

Nur war Brynnmawr gefährlicher als alle anderen zusammen. Wenn alles gut gelaufen wäre, hätte Argent nie wieder etwas von dem Mann gehört. Und während ihm Shaundra Merlini abgenommen und ihm Handschellen angelegt wurden, fragte er sich, was schief gelaufen und wer umgelegt worden war.

Oder noch umgelegt würde.

4

[Chipdatei: Argent
[Persönliche Tagebuchdatei: Verschlusssache]
Sicherheitszugang: ******-22:43:43/09-10-60]

UPLOAD ANFANG

Standort: Unterschlupf Everett

Lone Star versuchte gar nicht erst, mich lange festzuhalten. Oder wenn doch, kamen sie nicht dazu. Dafür sorgte Victor Merlini. Ein Exec mit seiner Macht und seinem politischen Einfluss bekommt seinen Willen.

Wenn die Sache mit seiner Tochter dagegen anders ausgegangen wäre, würde ich wahrscheinlich immer noch in einer Zelle schmoren. Ich bewahrte mir meine realistische Sichtweise der Welt.

Nachdem mich der Star entlassen hatte und ich mit einem beglaubigten Kredstab in der vereinbarten Höhe aus Victor Merlinis Toyota Elite ausgestiegen war, nahm ich ein halbes Dutzend Taxis zu der gemieteten Bude in Everett, die auf mich wartete. Endlich, fast da. Ich ging die letzten drei Kilometer zu Fuß, nachdem ich vor dem Haupttor der Fabrik von Federated Boeing in Everett auf der 84. Straße Südwest ausgestiegen war.

Merkhur war verschwunden, bevor die Flieger des Star ihn zur Landung hatten zwingen können. Eine schnelle Wäsche in einer der Anlagen in den Docks an der Elliott Bay, und er existierte praktisch nicht mehr. Er hatte die Hälfte seines Honorars im Voraus bekommen, und Peg hatte die andere Hälfte auf sein Konto überwiesen, sobald ich aus dem Hubschrauber gesprungen war. Ich arbeite zuverlässig und halte mich an die Regeln. Ich hatte sogar im Voraus für die Drohne bezahlt, die er zurückgelassen hatte, sodass es kein böses Blut geben würde.

Die Bude in Everett war kein Zuhause, sondern nur eine Absteige, eine Anlaufstelle. Wenn ich einen harten Shadowrun durchziehe – und die Merlini-Entführung hatte sich als solcher erwiesen –, halte ich mich ein paar Tage, manchmal sogar ein paar Wochen von meinem Zuhause fern. Manchmal haben die Schwierigkeiten, in die ich mich begebe, die Angewohnheit, mir eine Zeitlang zu folgen.

Everett war eine gute Gegend zum Abkühlen, und die Bude war nur ein paar Blocks von der Casino Corner entfernt, dem einzigen Rotlichtbezirk weit und breit. Ich nahm die vier Treppen zu der Wohnung, weil die Fahrstühle nicht funktionierten. Die Verletzungen an der Brust, die ich bei dem Unternehmen erlitten hatte, brannten wie auf kleiner Flamme, und die Gegend über meinen Rippen fühlte sich ziemlich empfindlich an.

Als ich den Raum betrat, schlug mir ein Schwall feuchtwarmer, abgestandener Luft entgegen wie der flüssige Gestank der Füße eines Soldaten nach tagelangem Einsatz im Dschungel. Ich ließ meine Segeltuchtasche auf das Bett fallen und befasste mich ausgiebig mit der Sicherheit der Wohnung.

Ich holte ein mit einem Zerhacker ausgerüstetes Sony-Telekom aus der Tasche und stöpselte es in die Wandbuchse ein. Als es online war, gab ich die Codes für das MishiMoshi-Kommlink-Programm und das Achterbahn-Umleitungsprogramm ein, die beide von Peg installiert worden waren, und aktivierte die Autodiagnose-Funktion. Selbst wenn jemand mithörte und es ihm gelang, den Anruf zurückzuverfolgen, würde ein Ort in Tir Tairngire als Ausgangspunkt des Gesprächs angezeigt werden, und niemand in Seattle würde einfach so in das Elfenland eindringen.

Ein weiterer Griff in die Tasche förderte den batteriebetriebenen Bewegungsdetektor zutage. Die Monofaserenden der einzelnen Stäbe versanken mühelos im Boden. Sie wurden auf eine Höhe von knapp unter einem Meter ausgefahren und waren in den Schatten des Zimmers verborgen, wo sie die Tür und das Fenster deckten. Wenn der Detektor eingeschaltet war, wurde der gesamte Raum erfasst. Die geringste Bewegung in diesem Bereich würde einen Warnton im Ultraschallbereich auslösen, den mein Cybergehör aufschnappen würde.

Lichter blinkten auf der Vorderseite des Telekoms, als die Programme aktiv wurden. Ich gab die LTG-Nummer ein, die Peg in dieser halben Stunde benutzte.

Sie meldete sich sofort. »Ich habe mir schon Sorgen gemacht. Du rufst später an, als ich dachte.«

Ich starrte auf den leeren Telekombildschirm, obwohl ich wusste, dass sie kein Bild senden würde. Peg mochte es nicht, wenn Leute sie sahen. Vor vierzehn Jahren hatte sie im Alter von sechzehn einen Motorradunfall gehabt. Sie hatte verloren.

Sie war querschnittsgelähmt aus der Narkose erwacht. Die Verletzung war so hoch oben an der Wirbelsäule, dass Cybergliedmaßen nicht implantierbar waren. Nach allem, was ich mir im Laufe der Jahre über ihr Leben hatte zusammenreimen können, hatte sie auch vor dem Unfall kein gutes Verhältnis zu ihren Eltern gehabt. Als Gehbehinderte mochten sie Peg noch weniger.

Nach einer Weile hatten ihre Eltern sie in einer Klinik unterbringen wollen, damit sie ihnen nicht weiter zur Last fiel. Für eine Sechzehnjährige war es eine schwierige Entscheidung gewesen, aber sie hatte sich einverstanden erklärt – unter einer Bedingung.

Peg war schon immer gut mit Computern gewesen. Als Gegenleistung dafür, dass sie sich mit ihrem Exil in der Klinik abfand, hatten ihre Eltern ihr die erste Datenbuchse bezahlt. Sie hatte sich sofort auf die Matrix gestürzt und jeden Tag Stunden dort verbracht. Sie hatte von jedem gelernt, der bereit war, ihr etwas beizubringen, da sie hoffte, sich Fertigkeiten anzueignen, die es ihr gestatten würden, ihr Leben zu ihren Bedingungen zu führen, anstatt abhängig zu sein.

Sie hatte gehofft, sich so weit fortzubilden, dass ein Konzern sie einstellen würde. Vielleicht hätte sie es sogar geschafft. Aber dann hatte sie Shadowrunner kennen gelernt. Schwarzes Ice zu knacken und Daten zu entwenden gab ihr einen Adrenalinstoß wie sonst nichts auf der Welt.

In all den Jahren der Zusammenarbeit mit ihr hatte ich sie nur einmal gesehen. Damals hielt sie sich in einer Klinik in San Francisco auf. Ich wusste nicht mit Sicherheit, wo sie jetzt war. Als ich sie gesehen hatte, war ihr Körper von der Lähmung bereits ziemlich ausgezehrt und nur noch Haut und Knochen gewesen, und ihre dichten, kurz geschnittenen roten Haare hatten hier und da bereits einen Grauton angenommen.

Aber sie tat mir nie Leid.. Andernfalls hätte Peg es sofort gemerkt und sich zurückgezogen. Eine Frau wie Peg akzeptiert man zu ihren Bedingungen, oder die Sache hat sich erledigt.

Ich rutschte auf dem Bett herum, da ich spürte, wie ich mich innerlich verkrampfte. »Was ist das für eine Botschaft von Brynnmawr?«

»Er will sich mit dir treffen.«

»Wo?« Ich versuchte auszurechnen, wie alt Brynnmawr wohl mittlerweile war. Er hatte schon uralt ausgesehen, als ich ihn kennen gelernt hatte, ein zerbrechlicher alter Mann, der bewiesen hatte, dass sein Verstand so scharf wie eine Monofaser war.

»In der Matrix«, antwortete Peg. »Ich kann dich dorthin bringen.«

»Hat Brynnmawr gesagt, worum es geht?« fragte ich.

»Nein.«

Ihrem Tonfall konnte ich entnehmen, dass ihr mein Widerstreben gegen ein persönliches Gespräch nicht entging.

»Wer ist dieser Bursche?«, fragte sie. »Ich habe mir jede Datenbank vorgenommen, die ich kenne, und nichts gefunden.«

Das überraschte mich nicht. Natürlich war Brynnmawr nicht sein richtiger Name. Ich kannte seinen richtigen Namen nicht, also hatte er mir etwas voraus, und das hatte mir noch nie gefallen.

»Ein Mann, mit dem wir uns auseinandersetzen

müssen.« Ich öffnete die Tasche und holte das Trampnetz heraus. In meiner Hand sah das Netz wie das Gitterwerk eines Helms aus, der darauf wartete, vervollständigt zu werden. Ich streifte mir das Netz über den Kopf, stöpselte das zugehörige Kabel in das Telekom ein und machte es mir auf dem Bett bequem.

Ohne ein weiteres Wort riss Peg mich in die Matrix und zwängte mein Bewusstsein durch das Trampnetz.

Ich ging nicht bereitwillig. Das tat ich nie.

UPLOAD WIRD FORTGESETZT

5

»Tut mir Leid, dass ich dich warten ließ, aber ich hatte noch etwas Unaufschiebbares zu erledigen.« Richard Villiers ging durch eine scheinbar feste Wand. Tatsächlich waren die drei separaten Ausgänge des Raums hinter Holos verborgen, und diese Ausgänge bewegten sich und schufen ständig neue Korridore zu anderen Bereichen der Verwaltungsebene von NovaTech, um es anderen zu erschweren, tiefer in die Räumlichkeiten einzudringen. Alle Türen wurden ausschließlich von Villiers geöffnet. Einmal in der Suite, waren Villiers' Gäste praktisch Gefangene. Villiers war dunkel und gut aussehend und bewegte sich grazil und selbstsicher. Der dreiteilige Nadelstreifenanzug von Vashon Island saß wie angegossen. »Dieser außerplanmäßige Besuch dreht sich tatsächlich um Sencio?«

»So ist es.« Miles Lanier war ein hoch gewachsener Mann von durchschnittlicher Statur, und sein kastanienbraunes Haar war so frisiert, dass es aussah, als sei sein nächster Friseurbesuch eine Woche überfällig.

Er sah zehn Jahre jünger aus, als er war – alt genug, um unwillkürlich Respekt einzuflößen, aber doch so jung, dass jemand, der ihn nicht kannte, leicht den Fehler begehen konnte, ihn für unerfahrener zu halten, als er tatsächlich war. Der kastanienfarbene Abendanzug von Armanté stand ihm sehr gut.

Als Leiter von Villiers' Sicherheit war ihm bekannt, dass ihr Versuch, aus den Überresten von Fuchi Industrial Electronics Amerika NovaTech aufzubauen, das Eingehen enormer Risiken und gewaltige Voraussicht erforderten. Bis zur kürzlich erfolgten Auflösung Fuchis in seine drei Hauptbestandteile war Villiers von den anderen Megakonzernen als begabter Spieler auf dem Elektronikmarkt betrachtet worden. Jetzt arbeitete er daran, dieses Bild zu erneuern und seine Besitzungen zu erweitern. »Es hat den Anschein, als hätte sie eine Botschaft absetzen können.«

»An wen?«

»Ich weiß es nicht«, erwiderte Lanier. »Ich habe ein paar Leute darauf angesetzt, es herauszufinden.«

»Aber nicht an uns?« fragte Villiers.

»Nein.«

Villiers lächelte dünn. »Dann sieht es wohl so aus, als hätten wir das Vertrauen aufgebraucht, das sie uns entgegengebracht hatte.«

Lanier zuckte die Achseln. »Sie hat nur eine Chance herauszukommen, und die sind wir.«

»Ich habe heute Morgen deine Berichte gelesen. Ironaxe hat die Verfolgung von Sencio und ihrem Team noch nicht aufgegeben.«

»Ironaxe hat dieses Musterbeispiel für Industriespionage persönlich genommen.«

»Ein Jammer. Und das, obwohl wir seinen halben Stab bestochen haben.«

Einige waren, wie Lanier wusste, nicht bestochen, sondern erpresst worden. Erpressung hatte immer mehr Gewicht als ein Kredstab. »Wir wussten von Anfang an, dass Sencio und ihr Team kompromittiert werden könnten.«

»Wir wussten es«, stimmte Villiers zu. Sein Gesicht verriet Besorgnis. »Aber sie nicht. Es könnte sein, dass sie diesem Konzern die Schuld gibt. Sencio kann sehr nachtragend sein.«

Lanier hielt dies für eine gehörige Untertreibung. Hinzu kam die Tatsache, dass es gleichbedeutend mit ihrem Tod war, wenn es Clay Ironaxe gelang, Sencio lebend zu fangen. Und mit dem Tod des noch jungen Konzerns NovaTech.

6

Clay Ironaxe stellte die Frequenz seines Teams auf dem Kommlink ein, dann umschloss er den Kolben seiner Seco LD-120 mit der linken Hand. Als seine Handfläche den Kontakt zur Smartverbindung herstellte, aktivierten sich seine Cybersysteme. Fadenkreuze erschienen in seinem Blickfeld, während er den Sprawl von Albuquerque aus der Sicherheit seines silbernen Rolls Royce Phaeton betrachtete.

Um kurz nach Mitternacht herrschte Hochbetrieb im Rotlichtbezirk des Plex. Konzerndeppen und Execs waren auf der Suche nach verbotenen Früchten, während sich gleichzeitig die nächtlichen Raubtiere an die Arbeit machten.

Die Adresse war in Martinez Town, östlich des Highway 47. Der Rigger-Chauffeur bewegte die teure Luxuslimousine mit perfekter Leichtigkeit und bog von der Grand Avenue Nordost in die John Street ein.

Ironaxe sah die matten Lichter des Saint Joseph's Medical Center auf der rechten Seite auftauchen, während sie nach Norden fuhren. Das Krankenhaus war eine der wenigen verbliebenen Bastionen der Zivilisation in dieser Gegend.

Als mit dem Vertrag von Denver der Streit zwischen den nordamerikanischen Bundesregierungen und den Native American Nations beigelegt worden war, hatte ein Teil der Vereinbarungen darin bestanden, dass alle Nicht-Eingeborenen die Gegend zu verlassen hatten. Albuquerque hatte sich vor dem Erwachen und dem Geistertanz zu einem beachtlichen Wirtschaftszentrum im Südwesten entwickelt, und viele der Nicht-Eingeborenen hatten sich nicht vertreiben lassen wollen.

Die Kämpfe waren auf der Straße ausgetragen worden, und Martinez Town war mit am schwersten betroffen gewesen. Als der Streit schließlich beigelegt worden war, hatte niemand Interesse daran gehabt, die Gebiete des Sprawls wiederaufzubauen, welche nicht direkt zum Profit beitrugen. Martinez Town war wie viele andere Gegenden nichts anderes als ein Ghetto aus verfallenen Gebäuden, in denen Obdachlose und Metas hausten, sowohl Eingeborene als auch Nicht-Eingeborene.

Außerdem hatte die Gegend zweitklassige Söldner angezogen, die in den Grenzscharmützeln zwischen Mitgliedern der NAN und den UCAS auf allen Seiten kämpften. Basislager für Shadowrunner, welche gegen die Konzerne auf dem Gebiet des Pueblo Corporate Council vorgingen, wurden so schnell wie Rattennester errichtet und wieder verlegt.

Clay Ironaxe war heute Nacht darauf aus, Ratten zu erlegen.

Er war über zwei Meter groß, und seine Schulterbreite betrug einen guten Meter. Der kampferprobte Körperpanzer aus Kevlar stand ihm gut und war an Armen, Beinen und Brust mit bunten Streifen Kriegsbemalung bedeckt. Sein breites, klobiges Gesicht war ebenfalls bemalt, und die weißen Farbtupfer verwandelten seine Züge in einen Totenschädel mit schwarzen Augenhöhlen. Seine langen schwarzen Haare wurden im Nacken von einer Blattgoldspange mit eingravierten Zuñi-Zeichen zusammengehalten und fielen glatt den Rücken herunter.

»Vielleicht haben wir Glück, und die Frau ist dort«, sagte Aaron Bearstalker neben ihm. Er war ebenfalls groß, obwohl er neben seinem Arbeitgeber und Freund wie ein Zwerg wirkte. Wie Ironaxe trug er einen Körperpanzer aus Kevlar mit der Kriegsbemalung der Ashiwi, ihres Stammes. Er hielt eine Ares Alpha Combat Gun locker in den Händen, und der Stahl der Waffe hatte im matten Schein der Straßenbeleuchtung einen öligen Glanz.

Ironaxe schüttelte den Kopf. Er hatte sich heute die Zukunft aus dem Sand weissagen lassen, und die Vorzeichen deuteten darauf hin, dass er seinen Feldzug zur Wiederherstellung seiner Ehre nicht leicht gewinnen würde. »Nein, aber vielleicht weiß Korrin, wo wir sie finden können.«

Der Phaeton hielt am Ende der Sackgasse, wo die John Street gegenwärtig endete. Die Scheinwerferlichter der Luxuslimousine durchdrangen die dunklen Schatten rings um die Ansammlung der Ruinen von Lager- und Wohnhäusern. Jenseits der wenigen freien Flächen glänzten im Westen weiß-silbern Eisenbahnschienen.

»Bewegung voraus«, rief einer der Männer auf den Vordersitzen. Die anderen bestätigten die Meldung sofort.

Ironaxe beobachtete die fliehenden Obdachlosen. Die meisten waren dünn und drahtig und trugen Lumpen aus Müllcontainern. Aber einige von ihnen waren auch bewaffnet.

»Der Mann, den wir suchen, wird nicht fliehen«,

sagte Ironaxe. Er stieg als erster aus dem Rolls Royce. Die anderen folgten seinem Beispiel und schwärmten zu einem weit gefächerten Halbkreis aus, sodass sie einander Feuerschutz geben konnten.

7

[Chipdatei: Argent
[Persönliche Tagebuchdatei: Verschlusssache]
Sicherheitszugang: ******-23:13:24/09-10-60]

UPLOAD FORTSETZUNG

Standort: Unterschlupf Everett

Alles wurde schwarz, und Stille erfüllte die Welt, die ich betrat. Keine andere Erfahrung war für mich jemals so perfekt und vollständig wie die Matrix.

Dann drang Farbe in diese perfekte Schwärze, Streifen in grellen Rot-, Grün-, Gold- und Violetttönen, eine Vielfalt prismatischer Glut, die Leuchtspurgeschossen ähnelte. Die Streifen schufen ein Gitter rings um uns und verbanden Dutzende verschiedener Icons miteinander zu knäuelförmigen Mustern. Der Horizont war in jeder Richtung so weit entfernt, dass es so aussah, als balle die Welt sich in einem Knoten zusammen.

Instinktiv versuchte ich mich zu bewegen, und meine Position zu verändern. Doch ich konnte nicht. Das Trampnetz versetzte mich zwar in die Lage, in die Matrix einzutauchen und mit Peg zu interagieren, nicht aber mit der Matrix selbst. Es war, als sei ich von einem Kokon umgeben.

»Ganz ruhig«, sagte Peg. »Ich bin hier.« Ihre Stimme

kam von einer Stelle, die mein Verstand als irgendwo links von mir einordnete. Tatsächlich gab es kein Links, weil ich keinen Körper besaß.

Ich zog mich geistig zurück und nahm eine ›Rührteuch-Haltung‹ an. Ich hatte gelernt, Stunden in dieser Stellung zu verharren, wenn es notwendig war, und in der Matrix war es leichter, weil es keine Schwerkraft gab.

Plötzlich peitschten die leuchtenden bunten Linien an uns vorbei, als wir Fahrt aufnahmen. Peg kontrollierte unsere Bewegung und beförderte uns im Zeitraum eines Wimpernschlags durch hundert verschiedene Landschaften. Unser Bestimmungsort wurde sofort sichtbar: ein leuchtend grüner Glasturm, korkenzieherartig zu einem Gewirr riesiger Baumwurzeln verdreht, die sich wie Schlangen wanden.

»Also das ist wirklich ein hübscher Anblick«, stellte Peg fest.

Ihr Abscheu war nicht zu überhören. »Er passt zu Brynnmawr«, erwiderte ich. »Nur damit du weißt, worauf du dich einlässt.«

Sie hob einen Arm, perfekt proportioniert, durchscheinend und in einem inneren blauen Feuer leuchtend. Pegs Persona, ihre Art, sich in der Matrix darzustellen, ähnelte einem flüssigen Wesen, das mit seinen ausladenden Kurven durch und durch feminin war. Ihre Augen waren Gruben aus stürmischem blauem Feuer über vollen Lippen, wogende Wellen, die mühsam bezähmt wurden. Ihre bläulich schwarzen Haare fielen über die Schultern. Sie war nackt, aber ihr durchscheinender Körper sah irgendwie nicht so aus. Sie verfügte noch über andere Personas, wie ich im Laufe der Zusammenarbeit mit ihr festgestellt hatte, aber diese wählte sie immer dann, wenn sie sich in Situationen begab, deren Ausgang sie nur bedingt beeinflussen konnte. Es war eine Art Kampfanzug, eine

Zurschaustellung von Selbstbewusstsein, eine Geisteshaltung, die ich vollkommen verstand.

Ein Strahl aus dunkelviolettem Licht schoss aus Pegs Fingerspitze, der wenige Meter vor dem Gewirr der Baumwurzeln an der Basis des Korkenzieherturms erlosch. Einige der Wurzeln entflochten sich aus dem Gewirr und zuckten uns entgegen. Peg wich ein wenig zurück und ließ leuchtend goldene und grüne Schilde an ihren Händen entstehen, die nicht größer als der Rundschild eines römischen Legionärs waren. Die Wurzeln prallten von den Schilden ab, dann verwelkten sie, starben ab und hinterließen eine Spur aus grauer Asche, die sich auf dem schwarzen Untergrund verteilte. Einen Augenblick später kam Wind auf und wehte die Asche davon.

»Der Knoten ist von ICs umgeben«, sagte sie. Ihre Stimme in der Matrix passte zu ihrer Persona. Sie war heiser und volltönend. »Ich könnte sie wahrscheinlich überwinden, aber das würde einige Zeit dauern.«

»Klopf einfach an«, sagte ich. »Wenn Brynnmawr uns erwartet, wird er uns auch einlassen.«

»Wenn es keine Falle ist.«

Angriffe in der Matrix konnten tödlich sein. Ein Decker riskierte jedesmal sein Leben, wenn er in die Matrix eindrang. Diese Welt war voller Raubtiere und Minenfelder. Das entsprach meiner militärischen Erfahrung, und dasselbe hatte ich von den Deckern erfahren, mit denen ich zusammengearbeitet hatte.

»Nein«, sagte ich zu Peg. »Wenn Brynnmawr mich umlegen wollte, hätte er sich nicht die Mühe gemacht, mir eine Nachricht zu hinterlassen.«

»Diese Nachricht diente dazu, dich aufzuspüren.«

»Und gab mir andererseits die Kontrolle über die Situation«, stellte ich fest. »Ich hätte die Nachricht ignorieren können.«

»Aber er wusste, dass du das nicht tun würdest.«

Ich dachte darüber nach, und mir wurde klar, dass Peg mich ebenso gut kannte wie Brynnmawr. Zumindest fast. Brynnmawr war einer der Hauptgründe dafür, dass ich so geworden war, wie ich bin, und so dachte, wie ich denke. »Vielleicht.« Mit Pegs Augen betrachtete ich den Kern der ineinander verschlungenen Wurzeln eingehender.

»Willst du immer noch anklopfen?«, fragte sie.

»Ja.« Es konnte keine andere Wahl geben, wenn ich meinen Überzeugungen treu bleiben wollte. Ich hatte eine gewisse Angst vor Brynnmawr, aber ich weigerte mich hartnäckig, mich ihr zu unterwerfen. Er war ein Mensch, und Menschen starben. Manchmal.

»Gib mir eine Minute«, verlangte Peg.

Ich wartete. Vor uns in der Schwärze tauchte eine Konsole auf. Pegs durchscheinende blaue Hände glitten über die Schalter und Anzeigen und änderten Einstellungen.

»Ich erstelle uns eine Fluchtroute«, erklärte sie, während sie ihre Arbeit fortsetzte. »Für den Fall, dass diese Zusammenkunft nicht so harmlos ist, wie du glaubst. Als Brynnmawr seine Nachricht in den Briefkasten warf, aktivierte er damit drei separate Aufspürprogramme, die ich mit diesem Briefkasten gekoppelt habe. Keines davon hat mich zu Brynnmawrs Aufenthaltsort in der wirklichen Welt geführt, aber eines von ihnen ist weit genug vorgedrungen, um mir zu verraten, dass er eine offene Leitung zur Börse in der Wall Street unterhält.«

Ich hörte ihr zu und ließ sie reden, weil ich selbst über einiges nachzudenken hatte. Brynnmawrs Interesse an mir veranlasste mich zu einer Reihe von Spekulationen, die alle das eine gemeinsam hatten, dass ihnen eine logisch begründbare Basis fehlte.

»Viele Leute unterhalten eine Leitung zur Ostküstenbörse«, sagte Peg. »Schließlich müssen sie sich um einen Haufen Nuyen kümmern. Und normalerweise kann man darauf wetten, dass man tödlichstem schwarzem Ice begegnet, wenn man dieser Leitung zu folgen versucht. Vorausgesetzt, man kann die Abwehrvorrichtungen der Börse durchdringen, was nahezu unmöglich ist. Aber dieses schwarze Ice soll unbefugt hereinkommende Datenströme abfangen, nicht herausgehende.«

Die Wurzeln unter dem Korkenzieherturm aus grünem Glas wanden sich unruhig, und ich konnte beinahe spüren, wie Augen mich musterten.

»Fertig«, sagte Peg. »Dieses Programm sollte es uns ermöglichen, uns davonzuschleichen, falls die Dinge schief laufen.« Die Konsole vor ihr faltete sich rasch zusammen, bis nur noch ein winziger roter Knopf übrig war. Sie umschloss ihn mit der Hand und verbarg ihn so. »Fertig?«

»Ja.«

Peg feuerte einen weiteren violetten Strahl aus ihrer Fingerspitze ab. Die Wurzeln entwirrten sich und schlängelten sich uns entgegen. »Hast du ein Passwort?«, fragte sie.

»Verlorener Sohn«, antwortete ich. Brynnmawr hatte einen niederträchtigen Sinn für Humor. Alles an ihm war niederträchtig. Ich hatte es nur nicht bemerkt, als ich noch jünger war.

Die Wurzeln hielten abrupt inne. Gleichzeitig tat sich eine Öffnung vor uns auf und wurde zu einem schwarzen Maul.

»Nun?«, fragte Peg.

»Nur zu«, sagte ich.

Sie breitete die Arme aus, den Knopf, den sie erstellt hatte, immer noch in der Faust verborgen. Dann flog sie in das Maul. Die Wurzeln schlossen die Öffnung hinter uns wieder.

UPLOAD WIRD FORTGESETZT

8

Ironaxe übernahm die Führung, als er über offenes Gelände lief und die Überreste eines Gemischtwarenladens umrundete. Ein verrostetes Schild mit der Aufschrift WALKER'S STUFFER SHACK ragte aus dem Schutthaufen. Das Brüllen der Naturgeister und das unablässige Knattern automatischer Waffen war fast ohrenbetäubend.

Es dauerte einen Augenblick, bis er die Steintreppe sah, die zu einem unterirdischen Wohnbereich unter dem Gebäude gegenüber des Stuffer Shack führte. Er raste sofort die Stufen hinunter und hielt am Ende der Treppe nur lange genug inne, um die Tür aus den Angeln zu treten.

Die Wohnung unter dem Apartmenthaus war klein und ordentlich, wahllos möbliert und bar jeglicher persönlicher Habe.

Korrin war ein großer, aber untergewichtiger Ork mit der breiten Nase und den dünnen Lippen seiner Rasse. Seine verlängerten Ohren verjüngten sich zu Spitzen, und Hauer ragten aus seinem Unterkiefer. Die buschigen Haare bedeckten fast seine Augen. Er trug einen einteiligen Overall mit einem Schild auf der linken Brust, das für KIMIKOS DIENSTBOTENSERVICE warb.

Korrin hob einen Fichetti Tiffani Nadler und schloss die Augen, als er abdrückte. Die kleinen Nadelgeschosse verursachten kaum ein Geräusch, aber die Detonationen, als sie die Wand neben Ironaxe trafen, hinterließen zehn Zentimeter durchmessende Krater darin.

Ironaxe wich dem Nadler aus. Er schlug Korrin die Fichetti aus der Hand, dann packte er den Mann am Kragen. Er zog Korrin hoch und hielt ihm den Lauf der LD-120 unter das linke Auge.

»Ein falscher Atemzug«, versprach Ironaxe, »und ich puste dir das Hirn weg.«

Korrin schluckte, rührte sich jedoch nicht. »Ich rede. Sie brauchen mir nichts zu tun.« Er krümmte sich, als Bearstalker mit seiner Ares Alpha hereinkam.

»Vor zwei Tagen hast du einer Frau geholfen«, sagte Ironaxe. »Rede mit mir, dann bleibst du am Leben. Lüg mich an, und du stirbst. Hast du mich verstanden?«

»Ja. Sicher. Was gibt es daran nicht zu verstehen?«

»Du kennst die Frau, die ich meine?«, fragte Ironaxe.

Korrin zögerte.

Ironaxe hielt den Mann an seinem Overall fest und schlug ihn gegen die Wand neben der Tür. Korrins Atem entwich explosionsartig aus seinen Lungen.

»Kennst du die Frau, die ich meine?«, wiederholte Ironaxe. Er quetschte den Ork förmlich an die Wand.

»Ja. Sie heißt Sencio. Andi Sencio.«

9

[Chipdatei: Argent
[Persönliche Tagebuchdatei: Verschlusssache]
Sicherheitszugang: ******-23:17:52/09-10-60]

UPLOAD FORTSETZUNG

Standort: Unterschlupf Everett

Ein in Nacht gehüllter Friedhof mit oben abgerundeten Gedenktafeln und mit von geflügelten Cherubim gekrönten, fast drei Meter hohen Grabsteinen nahm rings um Peg und mich Gestalt an. Hinter einem hohen schmiedeeisernen Gitter erstreckten sich dichte Wälder. Durch die Gitterstäbe glaubte ich das gelblichrote Glühen von Raubtieraugen zu erkennen. Aber vielleicht waren es auch Laserzielrohre. In Pegs Persona habe ich nicht auf meine gesamte Cyberware Zugriff, also konnte ich nicht näher heranzoomen. Das ist eines der Dinge, die ich an der Matrix hasse. Sie beraubt mich eines großen Teils dessen, was mich zu dem macht, was ich mittlerweile bin.

›*Dieser Ort ist völlig daneben*‹, sagte Peg. ›*Auch wenn es lediglich ein Treffpunkt wäre, würde er nur in die Chip-Träume eines Verrückten passen.*‹ Ihr Blick fiel auf einen Grabstein, der nicht weit von uns aufragte. Die Statue aus azurblauem Stein stellte eine Monstrosität mit Tentakeln dar, die jeweils in zwei bösartigen Krallen ausliefen.

Sie redete mit mir auf der privaten Frequenz, die sie über den in meine Headware eingebauten Kommlink eingerichtet hatte. Auf diese Weise konnten wir uns ebenso miteinander unterhalten wie über den Kommlink, der im Matrixkonstrukt geöffnet war.

Auf dem leicht welligen Land erstreckten sich Reihen um Reihen von Grabsteinen unter Pecanobäumen. Unter dahinjagenden Wolken lugte ein blasser Halbmond hervor.

»Argent?«

Ich erkannte Brynnmawrs Stimme sofort. Ihr Timbre hatte schon immer etwas an sich gehabt, das sie aus allen anderen Stimmen hervorhob. Oder vielleicht hatte er mich auch darauf konditioniert, so auf seine Stimme zu reagieren. Ich wusste es nicht.

»Ja, Sir«, sagte ich, und Peg projizierte meine Stimme in das Konstrukt. Sie drehte sich um, und wir sahen Brynnmawr an.

Mit seinen knapp zwei Metern war er überdurchschnittlich groß und kompakt gebaut. Ein kurz geschnittener grauer Bart bedeckte seine Wangen, und unter seinen Geheimratsecken funkelten harte schwarze Augen. Sein Anzug von Vashon Island war schlicht geschnitten, und dazu trug er eine Fliege. Er sah wie der Leichenbestatter aus, den ich immer in ihm gesehen hatte, und dieses Äußere war absichtlich so gewählt. Aber dank der Matrix-Persona wirkte er jünger, als ich ihn in Erinnerung hatte.

Brynnmawr blieb vor uns stehen. Unsicherheit glänzte in seinen strahlenden Augen, etwas, das ich *nie* zuvor in seinen Augen gesehen hatte. »Woher weiß ich, dass du es bist?«

»Verlorener Sohn, Sir«, sagte ich ihm nach einem Augenblick des Zögerns. »Wer sonst würde unser Passwort kennen?«

Er schüttelte den Kopf. »Das kann man nie wissen, mein Junge. Sie wissen so viel mehr, als ich es je für möglich gehalten hätte.«

»Ich bin es, Sir«, sagte ich freundlich. Und dabei fühlte ich mich nicht besonders wohl, weil ich noch nie so mit ihm geredet hatte.

Er lächelte. »Du siehst mehr wie deine Freundin aus, nehme ich an.«

›*Das kann ich ändern*‹, sagte Peg zu mir.

Ihr durchscheinender blauer Körper veränderte sich. Augenblicke später schaute ich auf meinen Körper anstatt auf ihre Persona. Doch seine Gliedmaßen bewegten sich immer noch nach Pegs Willen und nicht nach meinem.

Brynnmawr nickte. »Es ist schön, dich zu sehen, mein Junge.«

Ich behielt meine Meinung für mich. Brynnmawr wusste, dass ich niemals anders als ehrlich antwortete.

»Komm mit«, sagte er, indem er sich einem ausgetretenen Pfad zuwandte, der zwischen den Grabsteinen verlief.

Ich versuchte, neben ihn zu treten, konnte es aber nicht. Peg bewegte die Persona, obwohl sie wie ich aussah. ›*Halt dich zu seiner Rechten einen Schritt hinter ihm*‹, sagte ich zu ihr.

Sie tat es, ohne mich nach dem Grund zu fragen. Vielleicht ahnte sie, dass es Ehrerbietung war, oder vielleicht war sie auch schlicht von ihm fasziniert. Brynnmawr hatte diese Wirkung auf viele Leute, und einige der empfänglichsten waren weiblichen Geschlechts.

»Wie ist es dir ergangen, mein Junge?«, fragte Brynnmawr.

»Gut, Sir«, erwiderte ich.

»Mir kommen hier nicht viele Neuigkeiten über dich zu Ohren.«

»So sollte es auch sein, Sir«, sagte ich, »solange ich meine Arbeit richtig mache.«

Brynnmawr ging auf dem Pfad zwischen den Grabsteinen voran, wobei er hier und da einen berührte und inspizierte, obwohl ich ganz sicher war, dass er sie alle ganz genau kannte.

›*Warum können wir die Grabinschriften nicht lesen?*‹, fragte ich Peg.

›*Sie sind von ICs umgeben*‹, erwiderte sie. ›*Ich könnte es versuchen, aber ich weiß nicht, welche Sicherheitsmaßnahmen das auslösen würde.*‹

›*Dann lass es*‹, sagte ich zu ihr in dem Wissen, welch tödliche Überraschungen Brynnmawr sich ausdenken konnte.

›*Kluges Kind*‹, sagte sie.

»Du bist immer noch Shadowrunner«, stellte Brynnmawr fest.

»Das ermöglicht mir, meine Rechnungen zu bezahlen, Sir.«

Da lachte er, jener dünne Zischlaut, den wenige Leute je gehört hatten. »Du warst so viel mehr als das, mein Junge. Wahrscheinlich der Beste, den ich in deinem erwählten Betätigungsfeld je gesehen habe.«

Ich fühlte mich unbehaglich. Ich hatte mit niemandem aus der Wrecking Crew über meine Vergangenheit geredet. Und von ihnen allen wäre Peg wahrscheinlich am wenigsten verständnisvoll gewesen. Doch ich war jung und meine Weltsicht ziemlich verkapselt gewesen, da sie mir von dem Mann überreicht worden war, der jetzt neben mir ging.

»Wir sind nicht hier, um das zu besprechen«, sagte ich. »Und wir sind auch nicht ganz unter uns, Sir.«

»Das ist mir bewusst«, schnauzte Brynnmawr. »Ich bin durchaus in der Lage, Geheimnisse zu bewahren.« Seine Antwort klang einstudiert und schien mit mehr als beiläufigem Zorn unterlegt zu sein.

Doch etwas in der Art, wie er es sagte, überzeugte mich davon, dass er Pegs Anwesenheit vergessen hatte. Daran war ich nicht gewöhnt. Brynnmawr vergaß niemals etwas. Seine Rachsucht war legendär und reichte aus, um Männern Albträume zu verursachen.

»Warum haben Sie mich hergebeten, Sir?«

»Ich tue einer Freundin einen Gefallen«, erwiderte er.

Ich war überrascht, als ich einen schwachen Stich bei der Erkenntnis verspürte, dass Brynnmawr mich nicht von sich aus hergebeten hatte. Dennoch war dies unter Berücksichtigung unserer Beziehung nicht allzu überraschend. Das Lehrer-Schüler-Verhältnis war einer Vater-Sohn-Beziehung so nahe gekommen, wie ich es mir nur vorstellen konnte. Nur Verrat hätte uns je auseinanderbringen können. Und das hatte ich in dem Augenblick gewusst, als ich ihn verraten hatte.

»Wem, Sir?«

»Andi Sencio«, antwortete er.

Bei diesem Namen überschlugen sich meine Gedanken, weil er mit ebenso viel Bedauern verbunden war wie der von Brynnmawr. Was nur zeigte, dass Geschichte zyklisch verlief. Die Vergangenheit war immer mit der Gegenwart verknüpft, jederzeit bei uns.

»Sie steckt in ziemlichen Schwierigkeiten, mein Junge«, sagte Brynnmawr.

Wenn man berücksichtigte, dass sie mich über Brynnmawr kontaktierte, war diese Beschreibung ihrer Lage mit Sicherheit eine Untertreibung.

UPLOAD WIRD FORTGESETZT

10

Bist du sicher, dass Andi Sencio eine Nachricht abgesetzt hat?«, fragte Richard Villiers.

Miles Lanier nickte. »Ja. Die Sicherheitseinheit, die ich unweit ihrer mutmaßlichen gegenwärtigen Position in Pueblo stationiert habe, fand eine improvisierte Satellitenschüssel, mit der sie einen Laserimpuls zu einem Satelliten geschickt und sich dadurch Zugang zum Puebloer LTG verschafft hat. Für einen kurzen Zeitraum in der Matrix standen ihr mehrere Möglichkeiten offen, bis ihre Stellung überrannt wurde.«

Villiers schien darüber nachzudenken. »Deine Leute hatten keine Möglichkeit, die Nachricht abzufangen?«

»Nein. Nakatomi hatte ebenfalls eine Gruppe in dem Gebiet. Pendleton Frost, dem Doppelagenten, den Nakatomi in Sencios Gruppe eingeschleust hat, ist es ebenfalls gelungen, Nakatomi DNS-Proben zu liefern.« Und genau das hatte Sencio und ihre Gruppe daran gehindert, konventionelle Kommlinks zu verwenden. Wo sie sich auch versteckten, es bot – bis jetzt – Schutz vor den Watchern der Magier, von denen Nakatomi und Villiers das Gebiet absuchen ließen.

»Bevor Sencio ihn umgelegt hat.«

»Ja. Ich weiß nicht, ob Frost die DNS-Proben Ironaxe gegeben hat, aber meine Leute berichten mir, er sei mit Bestimmtheit derjenige gewesen, der Ironaxe den Tipp gegeben hat, dass mit LegacyTrax etwas nicht stimmt.«

LegacyTrax war das Trojanische Pferd gewesen, das Villiers benutzt hatte, um Ironaxe zu überlisten und seinen Konzern offen für Sencios Team von Shadowrunnern zu machen. Ironaxe war zwar ein hervorragender Geschäftsmann, aber er hatte eine Schwäche für das Sagengut seines Volkes. LegacyTrax war eine erstklassige Adresse, wenn es um das Aufstöbern derartiger Informationen ging. Sie hatten um Zugang zu Ironaxes gewaltiger Bibliothek zu Forschungszwecken gebeten und ihn auch bekommen, um sich dann in VaulTek einzuschleichen. Das Unternehmen war völlig reibungslos verlaufen – bis Nakatomis Doppelagent eingegriffen und Sencio verraten hatte.

»Unsere Leute hatten nicht mit einem derart primitiven Kommunikationsversuch gerechnet«, fuhr Lanier fort. »Sie haben ihn mit den Kommlink-Fallen registriert, die sie in den Puebloer LTGs errichtet haben, um alle Aktivitäten zu überwachen, aber eben nur als Impuls. Er war weg, bevor sie ihn festnageln konnten. Diese Technologie hat seit Jahrzehnten niemand mehr benutzt. Ironaxes Männer sind der Gruppe, die den Impuls geschickt hat, auf die Pelle gerückt und haben einen Mann getötet. Sencio und ein weiterer Mann sind entkommen.«

»Hat Ironaxe den Impuls abgefangen?«

»Das weiß ich nicht«, antwortete Lanier wahrheitsgemäß. »Aber höchstwahrscheinlich nicht. Andernfalls würde er dir mittlerweile im Genick sitzen. Und

Nakatomi wartet im Hintergrund, um dieses Geschäft zu machen, falls du aus dem Rennen geworfen wirst.« Shikei Nakatomi war bis letztes Jahr einer der drei Spitzenleute von Fuchi gewesen. Jetzt leitete er die Reste von Fuchi Asien und hatte die vier Millionen Renraku-Aktien gekauft, die Lanier der Gemeinschaftsbank im Zürich-Orbital verkauft hatte, um seinen Konzern mit Renraku zu fusionieren. Oder sich in die Lage zu versetzen, ihn zu übernehmen, je nachdem, von welcher Warte man es betrachtete. Nakatomi war außerdem Richard Villiers' Todfeind. Einer von vielen, fügte Lanier im Stillen hinzu.

»Du sagtest, der Impuls sei verfolgt worden. Wohin?«

»Zu einem geosynchronen Satelliten über Nordamerika. Es ist uns noch nicht gelungen herauszufinden, wem er gehört.« Und allein das wollte eine Menge heißen. Auch Villiers hatte hinter Schattenunternehmungen gesteckt, die niemand je durchschaut hatte. Das LegacyTrax-Unternehmen war monatelang glatt über die Bühne gegangen, bevor es aufgeflogen war. Selbst jetzt waren noch keine Schuldzuweisungen möglich. Die Hintergründe würden sie erst dann erfahren, wenn sie Sencio erwischten. »Alle unsere Versuche, die ICs zu knacken, mit denen das System gesichert ist, sind gescheitert. Zwei Decker sind am Auswurfschock gestorben, nachdem das System sie abgestoßen hat, ein weiterer liegt im Koma. Und selbst wenn es uns noch gelingt, in das System einzudringen, ist die Botschaft höchstwahrscheinlich längst weitergeleitet worden und existiert nicht mehr in den Subsystemen des Satelliten.«

»Ein Satellit, der so gut gesichert und darüber hinaus nicht registriert ist«, sagte Villiers, »deutet auf einen anderen Megakonzern hin.«

»Oder auf das Militär«, sagte Lanier. »Das Militär

verfügt ebenfalls über nicht registrierte Satelliten, und es hat dieses System der Impulsübermittlung auch am längsten benutzt.« Sicherheit war ein Gebiet, auf dem er Villiers überlegen war. Außerdem hatte er die Entschlossenheit, selbst Risiken einzugehen und jene zu töten, die ihm in die Quere kamen. Villiers verstand sich auf Aktien und Wertpapiere, aber Lanier war mit Pistole und Messer in den Händen aufgewachsen.

»Sencio war beim Militär, nicht wahr?«

»Spezialeinheiten der UCAS«, bestätigte Lanier. »All diese Informationen sind streng geheim.«

»Wenn Sencio Ironaxe in die Hände fällt, könnten die Dinge sich dort unten sehr schlecht für uns entwickeln. Die Fortschritte in der Matrix-Sicherheit, die VaulTek erzielt hat, werden NovaTech Wochen oder sogar Monate gegen alles schützen, was Shadowrunner-Teams in die Waagschale werfen könnten. Ganz zu schweigen vom Wert einer Fusion mit einer der Hauptfiguren im Pueblo Corporate Council.«

»Es besteht aber auch die Möglichkeit, dass wir gar nicht alles herunterladen konnten, was Sencio und ihr Team von VaulTek haben mitgehen lassen«, stellte Lanier fest.

»Ich weiß. Ich versuche das nicht zu vergessen. Aber jeder Atemzug, den diese Frau macht, ist eine Gefahr für NovaTech.«

»Ich könnte das Hilfsteam hinschicken«, sagte Lanier, »aber damit würde ich gern noch etwas warten. Es gibt noch einen Joker im Spiel, der noch ausgespielt werden könnte.«

»Die Person, die Sencio kontaktiert hat?«

Lanier nickte. »Vielleicht können wir das ausnutzen.«

»Muss ich darauf hinweisen«, fragte Villiers, »dass diese Person möglicherweise eine noch größere Gefahr darstellt als Nakatomi oder Ironaxe?«

»Mag sein«, räumte Lanier ein. »Aber diese andere

Person könnte auch ein Nebelvorhang sein, den es auszunutzen gilt. Oder eine Ressource, die wir zu unserem Vorteil anzapfen können.«

Villiers nickte zustimmend. »Halte mich auf dem Laufenden, Miles. Ich verlasse mich auf dich.«

Und Lanier wusste, dass dies stimmte. Es gab niemanden, dem Villiers jemals mehr vertraut hatte. Er würde seinen Freund nicht im Stich lassen.

11

Woher kennst du Sencio?«, wollte Ironaxe wissen. Seine Cyberhand umklammerte die dünne Schulter des Orks.

»Ich habe in den Wüstenkriegen mit ihr gekämpft«, sagte Korrin. »Damals waren wir beide auf der Seite von Fuchi. Man vergisst einen Chummer nicht, mit dem man gekämpft hat.«

»Was hat sie von dir gewollt?«, fragte Ironaxe.

»Einen Fahrschein nach draußen. Sie wollte das Pueblo Corporate Council verlassen, *Omae*. Sie hatte gehört, ich hätte Verbindungen in Pueblo, aber ich konnte ihr nicht helfen.« Korrin erbebte wieder und schüttelte den Kopf. »Ich bin ein kleiner Fisch. Sie hat zu viel verlangt.«

»Ist sie immer noch in Pueblo?«

Korrin nickte. »Heute Morgen war sie es jedenfalls noch. Es sei denn, sie hat mittlerweile jemanden gefunden, der sie rausgebracht hat.«

Ironaxe starrte in die verängstigten Augen des Orks. »Wenn sie sich wieder bei dir meldet, lässt du es mich wissen.«

»Sicher, sicher. Sofort, wenn ich von ihr höre.«

Ironaxe schob den Mann von sich und bedeutete

Bearstalker, ihm nach draußen zu folgen. Dort angelangt, ging er zum Phaeton zurück und ließ sich auf den Rücksitz fallen. Er aktivierte den Kommlink und brach die Aktion ab.

Der Rigger startete den Motor der großen Luxuslimousine und fuhr zurück in Richtung Highway 47.

»Diese Andi Sencio wird nicht noch einmal Kontakt mit Korrin aufnehmen«, sagte Bearstalker. »Nicht, wenn sie so gut ist, wie es den Anschein hat.«

»Ich weiß.«

»Hast du mittlerweile herausgefunden, wem LegacyTrax tatsächlich gehört?«

Ironaxe schüttelte den Kopf. »Nein. Der wirkliche Besitzer des Konzerns verbirgt sich hinter etlichen Holdinggesellschaften und Scheinfirmen. Wer auch immer die Besitzverhältnisse verschleiert hat, er wusste, was er tat. Meine Leute sind bisher einem Dutzend verschiedener Spuren gefolgt.« Jemand hatte erstklassig recherchiert, indem er zuerst sein Interesse an der Geschichte seines Volkes und dann seine Verbindung zu LegacyTrax entdeckt hatte.

LegacyTrax war ein kleines Unternehmen, das sich darauf spezialisiert hatte, Informationen über die amerindianische Kultur auszugraben. Die einzigen nennenswerten Konkurrenten auf dem Gebiet des Aufspürens magischer, verschiedensten Kulturen angehörender Artefakte, die seit dem Erwachen aufgetaucht waren, waren die Atlantische Stiftung, die Draco Foundation und Aztechnology. Die ersten beiden wurden von Leuten geführt, die Dunkelzahn vor dessen Ermordung nahegestanden hatten. Von diesen Vieren schienen LegacyTrax' erste Funde am viel versprechendsten zu sein. Jetzt musste Ironaxe sich fragen, ob nicht sogar das eine Lüge war.

»Hast du herausgefunden, ob Villiers ihre Dienste in Anspruch genommen hat?«

»Ja. Einer unserer Decker, der die Hintertür in die Mainframes von LegacyTrax einbaute, nachdem wir von dem Sicherheitsleck in der Firma erfahren hatten, hat Akten über Villiers gefunden.«

»Was hat er gesucht?«

»Das ist geheim«, erwiderte Ironaxe. »Offenbar hat er niemals die Integrität der Sicherheit seines Konzerns aufs Spiel gesetzt.«

»Als LegacyTrax sich an dich wandte, arbeitete er bereits mit ihnen zusammen«, sagte Bearstalker.

»Ich dachte, damit hätten wir endlich etwas gemeinsam«, erwiderte Ironaxe. »Obwohl ich immer noch nicht mit Sicherheit weiß, ob ihm bewusst war, dass ich mit LegacyTrax zu tun hatte. Aber du hast Recht. Es besteht die Möglichkeit, dass mich Villiers aufs Kreuz gelegt hat. Und sollte ich herausfinden, dass es stimmt, werde ich nicht nur seine Fusion mit VaulTek verhindern, sondern mein Bestes tun, um seinen gerade flügge gewordenen Konzern zu zerschlagen.«

Das Summen des Kommlinks erheischte seine Aufmerksamkeit, und er stellte die Verbindung her. »Mr. Ironaxe«, sagte eine Frau glatt, »ich habe hier Shikei Nakatomi von Fuchi Asien für Sie in der Leitung.«

»Legen Sie das Gespräch auf den Anschluss im Wagen«, sagte Ironaxe. Der Phaeton war mit einer Satellitenverbindung ausgerüstet. Er schaltete den Kommlink aus und wartete darauf, dass der Kommlink des Wagens online ging. »Nakatomi«, sagte er zu Bearstalker.

»Also das ist wirklich verdammt interessant«, bemerkte Bearstalker.

Ironaxe gab ihm insgeheim Recht. Dann stand die Verbindung und ermöglichte die Übertragung.

12

[Chipdatei: Argent
[Persönliche Tagebuchdatei: Verschlusssache]
Sicherheitszugang: ******-23:24:02/09-10-60]

UPLOAD FORTSETZUNG

Standort: Unterschlupf Everett

»In welchen Schwierigkeiten steckt Andi Sencio, Sir?« fragte ich.

Brynnmawr stand vor mir und starrte auf die Reihen der Grabsteine, Cherubim und Ungeheuer. »Über die Einzelheiten bin ich nicht im Bilde, mein Junge. Ich weiß nur, dass sie mich brauchte, um mit dir Kontakt aufzunehmen.«

›*Wer ist Sencio?*‹, fragte Peg.

›*Nicht jetzt*‹, antwortete ich, doch zweifellos würde sie Sencios Namen einer gründlichen Überprüfung unterziehen, falls bei dem Treffen mit Brynnmawr etwas schief ging. Was Peg auch fand, *falls* sie etwas fand, es würde Sencio nicht mit mir in Verbindung bringen. Brynnmawr hatte uns beide – und auch noch andere – mit lückenlosen Sicherheitspaketen versehen, die praktisch alles ausgelöscht hatten, was wir bis zu dem Tag, als wir ihn verließen, je gewesen waren. Nicht alle von uns weilten noch unter den Lebenden. Wir schon.

Die Kontaktaufnahme mit Brynnmawr über den Privatsatelliten und das Konstrukt war garantiert eine der sichersten Kommunikationslinien. Er kannte zu viele Geheimnisse, um noch seines Lebens sicher zu sein, aber er kannte sie auch von zu vielen Leuten, sodass keiner von ihnen jemals wagen würde, ihn umzubringen. Einer der Gründe dafür, warum er Leute wie Andi und mich für sich hatte arbeiten lassen, war der, dass wir gut genug waren, um in jedem seiner gefährlichen Spiele zu gesichtslosen Nummern zu werden.

»Warum Sie, Sir?« fragte ich.

»Wusste sie, wo du dich aufhältst oder wie sie sich diskret mit dir in Verbindung setzen kann?«

»Ich weiß es nicht, Sir.« Und das stimmte. Andi und ich hatten uns vor vielen Jahren getrennt.

»Sie wusste, dass ich mich mit dir würde in Verbindung setzen können.«

Ich schwieg, während ich versuchte, die Gefühle zu ordnen, die in mir hochkochten. Das war noch einer der Gründe, warum ich die Matrix nicht sonderlich mochte: alles wurde auf eine fühlbare Ebene heruntergezogen. Oder vielleicht lag das auch nur daran, dass Peg alles mitbekam und meine Erfahrungen durch ihre gefiltert wurden.

»Ich behalte dich im Auge«, sagte Brynnmawr. »Ich sehe nicht alles, also mach dir deswegen keine Sorgen, mein Junge. Aber ich weiß von einigen Dingen wie dem Briefkasten, den ich heute benutzt habe. Du hast dich nicht sehr verändert, weißt du.«

»Ich habe mich verändert, Sir«, widersprach ich. Mein Tonfall war zwar heiter, aber ich musste es dennoch sagen.

»Nur dein Bezugssystem«, konterte Brynnmawr. »Du bist immer noch der Junge, wie ich ihn in Erinnerung habe. Warum sonst bestehst du darauf, nur Shadowruns anzunehmen, die dem entsprechen, was du als moralisch vertretbar betrachtest?«

›*Weil du*‹, warf Peg ein, ›*im Wesentlichen ein guter Chummer in einem schmutzigen Geschäft bist. Wenn wir unseren Job nicht so erledigten, wie wir das tun, steckten noch mehr Leute in viel größeren Schwierigkeiten.*‹

Ich sagte zu beiden nichts. Sie hatten ihre Ansichten, und ich stimmte mit keiner überein. Ich war, was ich war, was zu sein ich mein Leben lang gelernt hatte. Ich kannte meine Grenzen und wusste, was ich tat und was nicht.

»Als du noch jünger warst«, gab Brynnmawr zu, »habe ich diesen Idealismus ausgenutzt, der so fest in dir verankert ist. Weißt du, was du bist, Argent?«

Er hatte mich noch nie bei meinem richtigen Namen genannt, seit er mir den Namen Argent gegeben hatte. Manchmal fragte ich mich, ob er ihn vielleicht vergessen hatte. Ich erwiderte seinen festen Blick und schwieg.

»Du kannst noch an etwas glauben«, verkündete er. »Vielleicht bist du eine der letzten dazu fähigen Personen, die ich in meinem ganzen Leben kennen gelernt habe. Du hast an mich geglaubt und an die Arbeit, die ich dich verrichten ließ. Du glaubtest, du könntest etwas an der grausamen Ungerechtigkeit ändern, gegen die ich dich Tag für Tag antreten ließ. Und als du herausfandest, dass ich dich belogen hatte, glaubtest du immer noch, du könntest etwas verändern. Deswegen hast du mich verraten.«

Hätte ich nicht in Pegs Persona gesteckt und wäre statt dessen mein eigener Herr gewesen, wäre ich in diesem Augenblick gegangen. In der wirklichen Welt spürte ich einen Druck auf meiner Brust, und plötzlich war ich mir wieder meines Körpers bewusst.

»Folge mir nur noch ein kleines Stück«, sagte Brynnmawr. Er drehte sich um und ging den Pfad über den Friedhof entlang.

Während ich nichts anderes wollte, als ihm den Rücken zu kehren und zu verschwinden, synchronisierte Peg unsere Schritte mit ihm. Ich wagte nicht, mit ihr zu reden, weil ich meiner Stimme nicht traute, also wartete ich, um zu erfahren, was mit Andi passiert war.

»Nach deinem Verschwinden hat man mir nie wieder so vertraut wie vorher«, sagte Brynnmawr. Seine Stimme klang plötzlich alt und hohl. »Ich habe noch jahrelang weitergemacht und immer wieder Aufträge übernommen. Ironischerweise wurde ich in dem Jahr vom Dienst suspendiert, in dem du deine Teamkameraden verloren hast.«

»Das hat nichts mit dem Grund meines Hierseins zu tun, Sir.« Ich wollte mit ihm auf keinen Fall über Toshi und Hawk reden. Sie waren Teil meiner Vergangenheit, nicht seiner.

»Es hat eine Menge damit zu tun«, schnauzte er ungehalten. »Die Schwierigkeiten, in denen Sencio steckt, sind nicht einfacher Natur, sonst hätte sie mich nicht kontaktiert. Du kannst es dir nicht leisten, nicht in Höchstform zu sein, wenn du ihr hilfst.«

»Ich habe noch nicht gesagt, dass ich es tun werde, Sir. Wie ich schon sagte, einige Dinge haben sich verändert.«

»Aber nicht du, Argent. Du wirst niemals aufhören, an deine Ideale zu glauben.«

»In diesem Punkt irren Sie sich, Sir«, sagte ich vielleicht etwas schärfer als beabsichtigt. »Früher habe ich an Sie geglaubt. Jetzt nicht mehr.«

Sein linkes Auge flackerte für einen Sekundenbruchteil, aber er hielt den Blickkontakt mit mir aufrecht. »Aber du bist hier, mein Junge, oder etwa nicht?«, fragte er leise.

»Nur für kurze Zeit, Sir. Wenn Sie weiterhin Katz und Maus spielen wollen, finde ich Andi eben allein.« Zu Peg sagte ich: *›Mach dich bereit, uns hier rauszubringen.‹*

›Du brauchst nur zu sagen, wann. Dieser Bursche bereitet mir eine Gänsehaut.‹

»Wir sind uns jetzt sehr ähnlich, du und ich«, sagte Brynnmawr. »Nach deinem Verrat konnte ich niemandem mehr so vertrauen wie dir. Ich habe dir viel mehr von mir gegeben, als es meine Absicht war. Und als du gegangen bist, habe ich eine Menge davon nicht zurückbekommen.«

»Das gilt für uns beide, Sir.«

Er schüttelte den Kopf. »Das stimmt nicht. Du hattest deine Freunde. Ich hatte niemanden.«

»Sir«, sagte ich, »Sie haben dieses Leben selbst gewählt.«

»Kaum, mein Junge. Ich habe eher das Gefühl, es hat mich gewählt.« Brynnmawr deutete auf den Friedhof ringsumher. »Das ist mein Gefängnis. Mein Körper hat mich im Stich gelassen, aber sie bestehen darauf, mich am Leben zu erhalten. Zu viele von ihnen befürchten, dass die Geheimnisse, die ich kenne, aus den Verstecken auftauchen könnten, in denen ich sie vergraben habe.« Er deutete auf die Grabsteine. »Weißt du, was dort begraben liegt?«

»Nein, Sir.«

Er grinste, das Lächeln eines weißen Hais. »Meine Sünden«, antwortete er. »Erinnerungen an alles, was ich je getan habe. Greueltaten über Greueltaten. Und ab und zu, wenn ich durch dieses Gefängnis wandere, in das man mich gesteckt hat, erhebt sich eine dieser Greueltaten aus ihrem Grab und versucht mich umzubringen.«

›*Oh, Drek*‹, flüsterte Peg. ›*Sie haben ihn damit hier eingesperrt?*‹

Sie klang so, als könne sie es nicht glauben. Ich glaubte es. Ich kannte einige jener Leute, denen Brynnmawr verantwortlich gewesen war.

»Außerdem sorgen sie dafür, dass ich hungrig bin, ein Teil der Programmierung, weißt du, um mich daran zu erinnern, nicht mehr Herr in meinem eigenen Haus zu sein.« Er streckte die Hand aus, pflückte eine Pecanonuss von dem Zweig über sich und hielt sie mir dann zur Begutachtung hin.

Trotz des schwachen Mondlichts konnte ich erkennen, dass sie wie eine ganz gewöhnliche Pecanonuss aussah, etwas größer und länger als mein Daumen mit einer papierdünnen Schale.

»Denk mal darüber nach, mein Junge«, sagte Brynnmawr. »Denke daran, wo die Wurzeln dieser Pecanobäume ihren Ursprung haben.«

Ich dachte darüber nach und zwang mich, kühl zu bleiben. Peg gab in meinem Kopf Geräusche von sich, als müsse sie sich übergeben.

»Die Wurzeln enden in den Gräbern«, fuhr er fort, »und sie saugen alles darin aus, damit diese Nüsse wachsen können. Alle Toten, die ich begraben habe oder für deren Beerdigung ich verantwortlich bin. Die Programmierung dieses Ortes sorgt dafür, dass ich diese Pecanonüsse essen muss.« Seine Stimme brach. »Ich ernähre mich hier von meinen eigenen Sünden und kann nicht damit aufhören.«

»Was kann ich tun?«, fragte ich.

Er musterte mich seltsam und brach dann in Gelächter aus, so laut und lange, dass er sich auf einen der Grabsteine setzen musste. »Siehst du, Argent, du hast dich überhaupt nicht verändert. Du glaubst *immer noch,* du könntest an allem etwas ändern.«

Ich war unschlüssig, was ich von seiner Reaktion halten sollte, also schwieg ich.

›Er ist wahnsinnig‹, stellte Peg fest. *›Aber das kann man ihm unter diesen Umständen nicht verdenken.‹*

»Siehst du denn nicht, wie komisch das alles ist?«, fragte Brynnmawr. »Ich sitze hier in diesem Gefängnis, weil ich glaubte, ich könnte alles tun, was ich wollte, und du sitzt im Gefängnis deiner eigenen Ängste, seit du Toshi und Hawk verloren hast. Ich habe Angst zu sterben, und du hast Angst zu leben.«

»Ich lebe ganz wunderbar, Sir«, sagte ich zu ihm.

»Und du arbeitest allein«, entgegnete Brynnmawr, »wenn man von diesem bettlägerigen Miststück absieht, das sich von deinem Herzen und deinen Beinen nährt.«

›Der drekkige Hurensohn‹, knirschte Peg.

»Ich gehe jetzt, Sir«, sagte ich zu ihm. »Mir reicht es jetzt.«

»Dann geh«, sagte Brynnmawr. »Aber stell dir mal die Frage, wer es dir sonst direkt ins Gesicht hätte sagen können. Du musst diese Toten begraben und wieder sein, wer du vorher warst, bevor es dich umbringt. Wenn du nicht bereit für diese Sache bist, schicke ich dich in den Tod. Ob du es glaubst oder nicht, mein Junge, ich will nicht, dass noch mehr Blut an meinen Händen klebt.«

»Wo finde ich Andi?«

Brynnmawr erhob sich von dem Grabstein und staubte seinen Anzug ab. »Sie hat einen Kontakt zu einem Mr. Johnson in Los Angeles im Freistaat Kalifornien eingerichtet. In einer SimSinn-Kneipe in East Hollywood namens Lookers. Er kennt alle Einzelheiten, über die du Bescheid wissen musst.«

»Wie finde ich ihn?«

»Er wird dich finden. Sencio hat ihm ein Holo von dir und ein Passwort gegeben. Sie sagte, du würdest Bescheid wissen, wenn du es hörst.«

»Ich danke Ihnen, Sir.«

Er sah mich an. »Du übernimmst den Job, nicht wahr?«

»Ich glaube nicht, dass ich eine andere Wahl habe, Sir. Sie bittet mich darum.«

»Obwohl ihr beide euch seit Jahren nicht gesehen habt?«

»Ja, Sir.«

»Ist dir klar, wie dämlich das ist?«

»Sie haben die Nachricht übermittelt, Sir«, stellte ich

fest. »Das ist wahrscheinlich nicht der ungefährlichste Zug, den Sie je gemacht haben.«

»Nein, aber meine Wärter sind sehr auf meinen Schutz bedacht.« Er ging zu mir und legte mir eine Hand auf die Schulter. »Pass auf dich auf, mein Junge, und wenn du die Möglichkeit haben solltest...« Er hielt inne.

»Ja, Sir?«, hakte ich nach.

»Nichts«, sagte er schroff. »Lass dir nur nicht deinen verdammten Hintern versohlen, wenn du dort draußen bist. Ich habe dich besser ausgebildet. Mach mir keine Schande.« Ohne ein weiteres Wort wandte er sich ab und folgte dem Friedhofspfad.

›*Schaff uns hier raus*‹, sagte ich zu Peg.

Sie drückte auf den in ihrer Hand verborgenen roten Knopf. Alles verschwamm, als wir über den Friedhof schossen und die Grabsteine unter uns zu schwarzen Punkten schrumpften.

»Wenn du dieser Andi Sencio helfen willst«, sagte sie zu mir, als wir den Gitterlinien der Matrix folgten und die Ostküsten-Börse verließen, ohne von den Sicherheits-ICs bemerkt zu werden, »solltest du mir vielleicht von ihr erzählen.«

»Ich denke darüber nach«, erwiderte ich in dem Wissen, dass ihre Bemerkung gleichbedeutend mit dem Eingeständnis war, nichts über Andi herausgefunden zu haben. Wenn Andi so gut in ihrem Job war, mussten ihre Probleme in der Tat ziemlich schwer wiegend sein.

UPLOAD ENDE

13

Am anderen Ende der Satellitenverbindung zu Clay Ironaxes Phaeton saß Shikei Nakatomi hinter dem großen Schreibtisch, der für Ironaxe mittlerweile zu einem Synonym für Fuchi Asiens leitenden Geschäftsführer geworden war. Nakatomi war glatt und elegant und hatte ein rundliches Gesicht. Seine von silbernen Strähnen durchsetzten schwarzen Haare waren sorgfältig nach hinten gekämmt, und seine dünne schwarze Krawatte war akkurat gebunden. Hinter ihm hing ein Holo von einem Kirschbaum in voller Blüte.

»Ironaxe-*san*«, begann Nakatomi in seinem präzisen Englisch, »bitte entschuldigen Sie die Störung, die ich verursacht habe. Ich weiß, dass es bei Ihnen recht spät ist. Ich hatte gehofft, Ihnen die Aufgabe, diese Frau aufzuspüren, ein wenig zu erleichtern.«

»Ich kenne jetzt ihren Namen.« Nakatomi hatte Ironaxe die Information, dass ein Team von Shadowrunnern unter dem Deckmantel von LegacyTrax aktiv war, erst vor ein paar Tagen übermittelt. Dennoch wusste Ironaxe, dass Nakatomi schon länger über diese Information verfügte. Vielleicht so lange, dass es einen großen Unterschied gemacht hätte.

»*Hai*. Wir ebenfalls. Vor wenigen Augenblicken haben wir ihre Identität ermittelt: Andrea Louise Sencio.«

Ironaxe zwang sich, eine ausdruckslose Miene zu bewahren. »Ich höre.«

»Sehr gut.« Nakatomi nickte zufrieden. »Wie Sie wissen, bin ich kürzlich einige geschäftliche Verpflichtungen mit Renraku eingegangen.«

Vier Millionen Renraku-Aktien waren nicht das, was Ironaxe eine geschäftliche Verpflichtung genannt hätte. Sie waren eher ein Bluteid. Die Auszahlung des für den Ankauf im April erforderlichen flüssigen Kapitals hatte die Banken von Fuchi Asien sicher enorm belastet. Vielleicht litt der Konzern immer noch unter den Nachwirkungen. Wenn Liquidität verbraucht wurde, hatte das immer direkte Auswirkungen auf Forschung und Entwicklung, weil das der Bereich war, in dem das meiste Kapital benötigt wurde. Nicht viele Leute wollten ein *Vielleicht* kaufen oder finanzieren, das wusste Ironaxe aus erster Hand.

»Ohne ins Detail gehen zu wollen, was ihre Sicherheitsprobleme betrifft«, fuhr Nakatomi fort, »ich habe Kontakt zu einigen Sicherheitsleitern Renrakus aufgenommen und ihnen ein Holo der Frau geschickt.« Sencio, wenn das ihr wirklicher Name war, und ihr Team waren auf der Flucht aus den Büros von LegacyTrax von Sicherheitskameras aufgenommen worden. Das gesamte Bildmaterial war sofort von Ironaxes Sicherheitsteams beschlagnahmt worden. Offensichtlich hatte Nakatomi einen Decker, der zu ihnen durchgedrungen war. »Der Sicherheitsstab Renrakus hatte die Identität von drei Shadowrunnern bestätigt. Die anderen beiden Männer haben vor über fünf Jahren zusammen mit Sencio auf heiklem Gebiet für Renraku gearbeitet.«

»Aber sie haben nicht für Renraku gearbeitet, als sie in die Mainframes von LegacyTrax eingebrochen sind«, höhnte Bearstalker.

»Nein.« Nakatomi schwieg nach dieser Antwort. Seine Augen hielten weiterhin Blickkontakt mit Ironaxe.

Ironaxe war überzeugt, dass Nakatomi sich nicht zu schade für eine Lüge war. »Was haben Sie über sie herausgefunden?«, fragte er.

»Sie war einmal beim Militär«, fuhr Nakatomi fort. »Im Verlauf ihrer Karriere hat sie erwiesenermaßen auch für Richard Villiers gearbeitet, und zwar während der Wüstenkriege.«

»Diese Verbindung ist ziemlich erdrückend«, sagte Ironaxe. »Denn wenn sie damals für Villiers gearbeitet hat, bedeutet das, sie hat für Fuchi gearbeitet. Und damit auch für Sie.«

»Ich hatte keinen Kontakt zu ihr.«

»Können Sie das beweisen?«, fragte Bearstalker.

»Bedauerlicherweise nicht. Ich kann Ihnen nur mein Wort darauf geben.«

»Und das ist ungefähr so viel wert wie ein verbrauchter Kredstab«, sagte Bearstalker grimmig.

»Zugegeben.« In Nakatomis Stimme lag keinerlei Groll.

Ironaxe war beeindruckt von der Selbstbeherrschung des Mannes.

»Ich habe jedoch noch etwas anderes anzubieten«, fuhr Nakatomi fort. »Im Laufe des Tages ist es Sencio und ihren Leuten gelungen, eine Nachricht aus Albuquerque abzusetzen. Ich bin sicher, dass Sie das bereits wissen.«

»Ja«, gab Ironaxe zu. Seine Leute hatten die illegale Nachricht im Gitter des Puebloer LTG in dem Moment entdeckt, als sie abgeschickt worden war.

»Diese Nachricht entzieht sich meiner Reichweite, da sie an einen Satelliten im geosynchronen Orbit gerichtet war, auf den ich keinen Zugriff habe. Meinen Leuten ist es jedoch gelungen, eine zweite Nachricht in den Freistaat Kalifornien zu verfolgen.« Nakatomi lehnte sich zurück und sah sehr zufrieden mit sich aus. »Sie werden feststellen, dass Richard Villiers Ihnen gegenüber doppelzüngig aufgetreten ist. Ich habe Sie nur fair behandelt. Ihr Geschäft bedeutet mir viel. Ich habe mir die Freiheit genommen, ein Team in dieses Gebiet zu beordern. Wenn meine Leute die Personen, die diese Nachricht empfangen haben, festnehmen, wird es mir ein Vergnügen sein, sie Ihnen zu übergeben. Wie Sie wissen, sind Amerindianer im

Freistaat Kalifornien nicht immer willkommen. Und ich habe bereits Teams in diesem Land. Ich könnte sie in ein paar Stunden an Ort und Stelle haben, wenn Sie gestatten.«

Was Nakatomi sagte, stimmte, und Ironaxe wusste es. Die NAN hatten sich mit ihrer Abspaltung und der daraus resultierenden Zerschlagung der ehemaligen USA sowie der anschließenden Vertreibung aller Nicht-Eingeborenen keine Freunde in den anderen Ländern gemacht. Außerdem hatte er kein Team, das auf einen Einsatz im Freistaat Kalifornien vorbereitet gewesen wäre.

»Ich hätte sie gern lebendig, wenn das möglich ist«, sagte Ironaxe schließlich in dem Wissen, dass es keine Möglichkeit gab, Nakatomi herauszuhalten. Aber dem Mann auf die Finger zu schauen mochte vielleicht helfen.

»Dann wird es so geschehen.« Die Verbindung wurde unterbrochen, und der Kommlink-Bildschirm wurde schwarz.

»Wem vertraust du denn nun? Villiers oder Nakatomi?«, fragte Bearstalker.

Ironaxe entspannte sich auf seinem weich gepolsterten Sitz, während der Phaeton die Auffahrt zum Highway 47 nahm. »Keinem von beiden. Aber beide werden einiges zu erzählen haben, da sie Krieg gegeneinander führen. In der daraus resultierenden Verwirrung wird die Wahrheit herauskommen. Und wenn ich herausfinde, wer mich betrogen hat, wird der Betreffende es bereuen.« Es war ein Versprechen, das er zu halten gedachte. Niemand legte sich mit ihm an und überlebte.

14

Argent buchte einen Platz in einem der Abend-Suborbitale, die vom Sea-Tac International Airport flogen, und landete noch vor 22 Uhr auf dem Long Beach International im Freistaat Kalifornien. Um die Freigaben zu bekommen, die er brauchte, um mit seiner Cyberware die Sicherheitskontrollen des Flughafens zu passieren, hatte Peg für den nächsten Tag einen Gesprächstermin mit Affiliated Artists verabredet, sodass ihm der heutige Tag für das Treffen mit dem Johnson im Lookers blieb.

Der Gesprächstermin mit Affiliated Artists war echt. Einer der Execs des Medienkonzerns versuchte seit drei Wochen, Argent für einen Shadowrun anzuwerben. Bei dem Run ging es darum, ein Talent aus den Reihen von AAs Rivalen Amalgamated Studios zu ›befreien‹. Bei dem Talent handelte es sich um einen Zwerg namens Klingsteidt, der gerade dabei war, einer der besten F/X-Experten im Geschäft zu werden. AA erlebte gegenwärtig einen Boom in der SimFilm-Industrie, wo anstelle von SimSinn-Reproduktionen echte Schauspieler ihre eigenen Stunts durchzogen. Tatsächlich förderten die mit drei gegenwärtigen Produktionen verbundenen Listen der bei den Dreharbeiten ums Leben gekommenen Darsteller den Eintrittskartenverkauf beträchtlich.

Die Kontaktperson von AA hatte keine Mühe, Pässe für Argent und die beiden Leute zu organisieren, die er als Begleitung angeworben hatte. AA war ein Multi-Milliarden-Nuyen-Unternehmen und konnte seinen erheblichen Einfluss in der wirtschaftlichen Arena in die Waagschale werfen. Hinzu kam, dass Politiker immer noch gerne mit den Simstars verkehrten.

Argent passierte die Türen des kreisförmigen Tunnels, der vom Suborbital zum Flugsteig führte. Nach seinem Besuch bei Brynnmawr in der letzten Nacht hatte Argent keinen Schlaf gefunden. Gedanken an Andi Sencio hatten ihn heimgesucht, Erinnerungen daran, wie es einmal zwischen ihnen gewesen und was daraus geworden war. Und er hatte sich gefragt, ob sie in diesem Augenblick wohl noch lebte.

»Mr. Erskine?«

Argent wandte den Kopf und sah einen jungen Elf in flaschengrüner Chauffeurslivree ein Schild mit der Aufschrift MR. ERSKINE hochhalten. »Ja?«, sagte Argent, indem er sich zu dem Elf umdrehte. Argent trug einen stahlgrauen Anzug von Vashon Island, der nach den hiesigen Verhältnissen modisch, aber konservativ geschnitten war. Graue Kunstlederhandschuhe verbargen die Cyberhände. Eine graue Rundumbrille, eine Corona-Computerdisplay Modell ›Private Eye‹, vervollständigte sein Outfit und gab ihm Zugriff auf die Computerdaten, die Peg ihm über die Brille und den Kommlink in seinem Kopf übermittelte. Sein Deltaware-Kommlink verfügte über einen zusätzlichen Eingang, der es ihm gestattete, ihn in die Corona einzustöpseln, sodass Peg Zugriff darauf hatte.

Passanten gingen eifrig plaudernd vorbei und eilten zu ihren Bestimmungsorten. In der Mitte des langen Korridors, der die Flugsteige miteinander verband, rollten Laufbänder stetig in beide Richtungen und vorbei an den Geschäften auf beiden Seiten.

»Mr. Hornberg schickt mich«, sagte der junge Elf. »Vom Studio. Er dachte, Sie hätten vielleicht gern einen Wagen zur Verfügung, solange Sie bei uns sind.«

»Können Sie sich ausweisen?«, fragte Argent.

Die Frage schien den Elf offenbar zu überrumpeln, und er zögerte. Er griff in seine Jackentasche und zückte einen Kredstab. »Sicher. Hier, bitte.«

Argent nahm den Kredstab und ging mit ihm zum Ticketautomat. Während er ihn in das öffentliche Lese-/Überweisungssystem einlegte, aktivierte er seinen Kommlink und rief Peg. Sie war online, bevor der Automat mit einem *ping* seine Funktionstüchtigkeit meldete. »Überprüfe Shamura, Tobin. Melde dich, sobald du etwas hast.« Er buchstabierte den Namen und nannte die SIN.

Shamura nahm seinen Kredstab zurück und steckte ihn unsicher ein. »Ist alles in Ordnung?«

»Ich würde gern den Wagen sehen«, sagte Argent.

»Gewiss, Mr. Erskine.«

Argent folgte dem nervösen Chauffeur in einem halben Schritt Abstand und öffnete einen anderen Kanal in seinem Kommlink. Die grelle Beleuchtung eines Stuffer Shack erhellte die dunkleren Ecken des Flughafenkorridors. »Beedle«, rief er ein Mitglied des Zwei-Mann-Teams, das er an diesem Morgen in Everett angeworben hatte. Das Pärchen kostete eine Stange Geld, aber die beiden waren jeden Nuyen wert. Sie waren mit demselben Flugzeug wie er im Freistaat eingetroffen, sodass sie nicht nur als seine Leibwächter fungieren, sondern auch das Treffen mit dem Mr. Johnson regeln konnten.

»Hier«, kam Beedles Stimme krächzend über Kommlink.

»Rede mit mir.« Argent ließ den Blick durch den Korridor schweifen. Aus Erfahrung wusste er, dass ein Flughafen mit den in ständiger Bewegung befindlichen Menschenmassen ein idealer Ort für ein Attentat war, wenn sich der Wetwork-Spezialist bedeckt hielt. Und eine Waffe musste kein Hi-Tech-Spielzeug sein. Er hatte einmal eine Attentäterin gekannt, bei der lediglich ein Finger in eine Pfeilpistole verwandelt worden war, die ein Projektil enthielt. Dieser eine Schuss enthielt Cyanid und tötete fast augenblicklich. Die meisten ihrer Opfer hatten sie nicht einmal zu Gesicht bekommen.

»Der Fahrer ist ein Normalsterblicher«, erwiderte Beedle und bestätigte damit, dass er astral aktiv war und Entdeckungszauber anwandte. »Keine Magie, keine Cyberware. Der Bursche ist zu einhundert Prozent aus Fleisch und Blut. Aber ich muss dir sagen, dass die Sicherheitssysteme hier absolut Sahne sind. Ich habe in den Wänden verborgene Cybersysteme entdeckt, aber nur deshalb, weil die magische Barriere schon zuvor durchbrochen wurde. Und was die Sicherheitsmagier hier an Hütern aufbieten, um das Gelände zu schützen, willst du gar nicht wissen.«

»Das reicht.« Argent folgte Shamura durch eine gläserne Schiebetür und vorbei an einem McHugh's und einem Sloppie-Stand. Beedle war ein Straßenmagier, einer der besten, den Argent je gesehen hatte, und einer der wenigen, dem er auf einem Run vertrauen würde.

Beedle war ein schlanker, mittelgroßer Mensch mit einer langen Nase und eng beieinander stehenden Augen unter einem kurz geschnittenen Schopf dunkelbrauner Haare, und niemand würde ihm mehr als einen flüchtigen Blick gönnen. Andere Magier nahmen ihn hingegen auf ihrem persönlichen Radar wahr, weil er eine Menge Macht ausstrahlte.

»Telma«, wandte Argent sich an Beedles Kollegin.

»Telma hat verstanden, Thunder-Walker«, antwortete ihre erotische Stimme. »Deine Eskorte wird nicht eskortiert. Du und er macht zusammen zwei. Und zwei ist die magische Zahl.«

Telma Stinnett war ein professioneller Leibwächter mit einer beeindruckenden Bilanz. Sie hatte sich nicht vercybern lassen, sondern war ganz Fleisch und Blut geblieben, damit sie besser in das soziale Umfeld ihrer den höchsten Schichten angehörenden Klienten passte und alle Sicherheitstests bestand. Abgesehen davon, dass sie die meisten Nahkampftechniken beherrschte, wusste sie alles Wissenswerte über Handfeuerwaffen.

Shamura führte Argent zu einer Rolltreppe, die sie zum privaten Abfertigungsbereich eine Ebene tiefer brachte. Sicherheitsteams, deren Waffen in ihren Gürteln nicht zu übersehen waren, patrouillierten aufmerksam das Gelände. Am Eingangstor wurden Argents und Shamuras Freigabechips eingelesen. Die Pässe, für die Hornberg von AA gesorgt hatte, gestatteten ihnen den Zugang zu der schwer bewachten Ebene.

Nach dem großen Erdbeben von 2028, das Los Angeles praktisch ausgelöscht hatte, war Long Beach der sicherste Flughafen in dem Gebiet geworden. Abgesehen von der offensichtlichen Hi-Tech-Ausrüstung und den vercyberten Muskeln trugen auch Magier zum Schutz des Gebiets bei.

»Ich habe die Informationen«, rief Peg zurück.

»Zeig sie mir«, erwiderte Argent, während er dem jungen Mann durch das letzte Tor in das unterirdische Parkhaus folgte, das zur Wahrung der Privatsphäre nur matt beleuchtet war. Lediglich eine Perlenkette von Lichtinseln zog sich durch das Gebäude.

Die rechte Linse der Corona wurde grau und undurchsichtiger. Argent konnte noch hindurchsehen, wenn er sich auf die Bilder auf der anderen Seite der Linse konzentrierte, aber er konnte auch die Informationen auf der Anzeige erkennen, die Peg ihm über Kommlink schickte.

»Shamura, Tobin«, begann Peg, während eine Profil- und eine Vorderansicht des Chauffeurs auf der Linse Gestalt annahmen, »ist sauber. Er hat eine Lizenz und ist bei Affiliated Artists angestellt. Er arbeitet bereits seit über acht Monaten in dieser Funktion, was in der Tat lange genug ist, um ihn als Langzeitangestellten auszuweisen.« Die beiden Ansichten verschwammen zu einem einzigen dreidimensionalen Bild, das sich langsam drehte.

»Irgendwelche Vorstrafen?«, fragte Argent.

»Shamura ist wegen Drogenmissbrauchs und Drogenbesitzes eingebuchtet worden, aber das war vor vier Jahren. Zur gleichen Zeit gab es ein paar Anklagen wegen Ladendiebstahl. Offenbar ist er danach anständig geworden.«

Daten strömten über die rechte Linse der Corona. Argent starrte durch sie hindurch auf den flaschengrünen Toyota Elite, während Shamura eine der Türen zum Fond öffnete. »Ende der Übertragung«, sagte er zu Peg. So weit, so gut.

15

Argent stellte seine Reisetasche aufs Bett und begutachtete die Hotelsuite, die Affiliated Artists auf den Namen Erskine reserviert hatte. Sie hatten keine Kosten gescheut. Die Einrichtung war der Inbegriff von Luxus und Dekadenz. Das Thema dieser Suite waren die 40er Jahre des letzten Jahrhunderts mit ihren großen, klobigen Möbeln und zeitgenössischen Drucken von Salvador Dali an den Wänden. Unglücklicherweise sorgte die verschwenderische Üppigkeit auch dafür, dass es zahlreiche Versteckmöglichkeiten für Kameras und Mikrofone gab.

Er warf einen Blick auf die Zeitanzeige auf seiner Netzhaut. Es war 22:21:43 Uhr, also hatte er bis zu seiner Verabredung im Lookers noch über eine Stunde Zeit. Bis dahin würden Beedle und Telma in der Kneipe so weit sein. Vor dem Flug nach Kalifornien hatte er sie über das Treffen ins Bild gesetzt. Peg hatte den Etagengrundriss besorgt und einen Ort ausfindig gemacht, wo man sich die nötige Hardware beschaffen konnte.

Er aktivierte den Kommlink in seinem Schädel und rief Peg. »Ich bin hier so weit, dass ich das Parabyte installieren kann.« Er legte seine Daumen auf die Magschlösser der Reisetasche, die sich öffneten, als sie seine Abdrücke verifiziert hatten, und ging dann ruhig und methodisch zu Werke. Das Parabyte, das er aus der Tasche holte, war klein, nicht länger als fünf Zentimeter und dünner als sein Zeigefinger. Aus einem Ende ragten Elektroden, die so formatiert waren, dass sie direkt in das Motherboard eines Telekoms gestöpselt werden konnten. Mit einem kleinen elektrischen Schraubenzieher löste er die Schrauben am Gehäuse des Zimmertelekoms, das auf dem Nachttisch neben dem Bett stand, dann entfernte er das Gehäuse und legte es beiseite. Er betrachtete eingehend die noch freien Steckplätze. Lichter blinkten rot, grün, blau und dunkelgelb, da Strom durch die Verbindungen floss, um die Verbindung des Telekoms zur Matrix aufrechtzuerhalten. »Fahre das Parabyte hoch und nehme es in Betrieb.«

»Nehme das Parabyte in Betrieb und übernehme das Telekom-LTG dort.«

Argent sah zu, wie die Lichter an dem Telekom synkopisch blinkten. Die Routine war ihm vertraut. Er hatte sie auch schon früher bei anderen Mr. Johnsons benutzt.

Das Parabyte war nur einer der Beiträge, die Peg im Laufe der Jahre zum Erfolg der Wrecking Crew geleistet hatte. Das Gerät übernahm das Senden und den Empfang der Frequenz im LTG und leitete das Signal dann durch die Hauptzentralen eines bestimmten Gebiets. Wenn das Signal zurückverfolgt wurde, erfuhr Peg augenblicklich davon, und sie unterbrach das

Spürsignal, bevor es irgendeinen Zielort mit Ausnahme des Standorts des Parabytes erreichte. Außerdem konnte sie mit dem Gerät Kommunikationslinien ausweiten, sie splitten und sie zu mehr als einem Kommlink senden.

»Du hast ein grünes Licht an diesem Ende«, stellte Peg fest. »Warte ab, um auf die anderen Einheiten zuzugreifen.«

Argent beobachtete eingehend den Bildschirm. Mit Hilfe ihres Decks blendete Peg behutsam alle eingehenden Telekomsignale ineinander. Unter Benutzung der Telekomleitung der Hotelsuite schuf sie ein Netz im lokalen Telekommunikationsgitter und maskierte es dann mit einer Passport-55-Täuschungsutility, die sie für diese Zwecke eingearbeitet hatte.

Fünf kleine Fenster öffneten sich auf dem Telekomschirm, während ein sechstes leer blieb. Zwei zeigten Ansichten vom Innenraum der Kneipe, bei der es sich, wie Argent wusste, um das Lookers handelte. Die anderen drei zeigten Außenansichten von den Straßen auf drei Seiten der Kneipe.

Das Gebäude war vier Stockwerke hoch und stand wie ein versetzt platzierter Riese inmitten der Ruinen von LAs Stadtteil El Infierno. Argent kannte das Gebiet von früheren Aufträgen. »Wo ist die vierte Außenkamera?«, fragte er.

»Ich konnte sie nicht anbringen«, antwortete Telma, die sich in der Bar befand. »Ich habe zwei defekte Telekomleitungen und den Anschluss einer Überwachungskamera in einem Gemischtwarenladen für das verwendet, was wir haben, aber für die vierte Seite gab es keinen Zugang.«

Die Kameras, die sie einsetzten, waren Fischaugen, nicht länger als Argents Zeigefinger und dünner. Sie übertrugen via Telekomleitungen und zwar sowohl Bild als auch Ton. Die Mikrofone ließen eine Menge zu wünschen übrig, weil sie nicht immer die Hintergrundgeräusche herausfiltern konnten.

Argent gefiel die Vorstellung nicht, kein Bild von der Westseite zu haben, aber es ließ sich nicht ändern. Er musterte die Ansichten, die ihm zur Verfügung standen, und prägte sich den Grundriss der Kneipe und die Anordnung der umliegenden Straßen ein. Gelände war alles für einen Soldaten.

»Argent«, rief Peg, »lass uns nachsehen, ob die Corona über deine Headware ansprechbar ist.«

Argent nahm die Sonnenbrille aus der Tasche, setzte sie auf und stellte die Verbindung zu seinem Kommlink her, sodass Peg damit beginnen konnte, ihn mit Daten zu füttern. »Fertig.«

»Übertragung läuft«, erwiderte Peg. »Wegen der kleineren Projektionsfläche auf dem Glas kannst du nicht alle Einzelfenster so wie auf dem Telekombildschirm gleichzeitig sehen.«

»Verstanden. Kannst du die Perspektive wechseln, wenn ich eine andere brauche?« Argent betrachtete die Ansichten der verschiedenen Fenster, die in einem beständigen Zyklus wechselten. Er sah sich die Straßen und die spätabendliche Klientel der Kneipe an. Lookers zog ganz eindeutig nicht die Gutbetuchten an.

»Du kannst das Bild mit einem verbalen Befehl wechseln«, verkündete Peg. »Sie sind von eins bis fünf durchnumeriert, und zwar so, wie du sie auf dem Telekomschirm siehst. Merk dir die Reihenfolge. Wenn du eine Zahl nennst, verändert sich das Bild entsprechend.«

Argent testete die Anordnung, indem er einen Befehl gab, wobei ihm auffiel, wie übergangslos eine Ansicht der anderen wich. Die Innenansicht der Kneipe zeigte ihm Beedle, der an einem der Tische saß und mit dem vom Kondenswasser feuchten Boden seines

Glases ineinander verschlungene Kreise auf eine Serviette malte. Der Magier hob sich nicht von der ungehobelten Menge ab. Argent hatte erwartet, Telma würde sich von der Menge abheben, aber er war nicht sonderlich überrascht, als er sah, dass sie sich als Kleingaunerin zurechtgemacht hatte. Sie saß ziemlich weit hinten an einem Tisch und beschäftigte sich mit einem Tarot-Spiel. Drei Gäste sahen ihr dabei zu, wie sie Karten aufdeckte und wieder umdrehte, stellten ihr Fragen und warfen Nuyenscheine auf ihren Tisch. Da sie wusste, dass sie auffallen würde, hatte sie sich noch auffälliger gemacht und sich in eine Straßenganovin verwandelt, mit der niemand Blickkontakt herstellen wollte, dem etwas an seinem Geld lag.

Das Unternehmen war so umfassend vorbereitet, wie es Argent möglich war. Der Deckmantel des Besuchs bei Affiliated Artists war noch intakt, und er hatte die Gegend mit Kameras und Mikrofonen verdrahtet.

Bis zum Treffen blieben noch siebenundzwanzig Minuten. Er nahm die beiden Ingram Super Mach 100 aus der Reisetasche und verstaute sie unter der Anzugjacke. Sie war so gut geschnitten, dass sie die beiden stummelläufigen Maschinenpistolen verbarg. Reservemagazine steckten hinten außer Sicht in seinem spezialangefertigten Gürtel.

Er schloss die Reisetasche und drückte auf den Auslöser für die im Futter der Tasche verborgene Säure. Seine Cyberfinger hinterließen keine Abdrücke, und AA würde alles tun, um hinter ihm aufzuräumen und anschließend jede Verbindung mit ihm leugnen zu können, wenn irgendetwas schief ging. Das Parabyte im Telekom der Suite war mit einer Selbstzerstörungsanlage versehen und würde sich in Rauch auflösen, wenn Peg die entsprechende Befehlssequenz eingab. Argent konzentrierte sich auf seine

Atmung, als er den Raum verließ, und hielt seine Erinnerungen in Schach, da er sich zentrierte. Leben und Tod wurde in diesen Herzschlägen gemessen.

16

Der Ork-Taxifahrer bremste sein schnaufendes Fahrzeug ab und hielt zwanzig Meter vor dem Haupttor zum Stadtteil El Infierno am Randstein. »Nichts für ungut, Chummer«, sagte der Taxifahrer kopfschüttelnd. »Weiter fahre ich nicht. El Infierno ist eher eine entmilitarisierte Zone als ein Teil dieser Stadt.«

Argent betrachtete das gewaltige offene Tor vor sich. Die nachtdunkle Straße setzte sich fort, aber nicht viel Verkehr folgte ihr. Die Steinmauer, die El Infierno umschloss, verlor sich in beide Richtungen. Heimatlose campierten am Fuß der Mauer in primitiven Baracken aus Plastpappe, die im Wind zitterten.

In den Stein über dem Haupttor waren Worte gemeißelt: »Gebt alle Hoffnung auf, ihr, die ihr hier eintretet.« Trotz der zahlreichen Ausbesserungsarbeiten, die man im Laufe der Jahre unternommen hatte, waren überall Kugellöcher und Granatnarben zu sehen. Hier hatte mehr Krieg als Reparatur stattgefunden.

»Ist schon in Ordnung.« Argent schob seinen Kredstab in das Taxameter des Orks, fügte ein Trinkgeld hinzu, stieg aus dem Wagen und überquerte die Straße. Das Tor nach El Infierno war unbewacht. Hier würden erst dann Wachen aufgestellt werden, wenn der Rest der Stadt bereit war, die Bewohner El Infiernos zu isolieren.

El Infierno hatte eine lange Geschichte als Unruheherd. Schon im ausgehenden zwanzigsten Jahrhundert war es ein Ort der Gewalt, der Bandenkriege und der Schießereien. Zu Beginn des einundzwanzigsten Jahrhunderts war die Schraube der Gewalt noch einmal angezogen worden, als sich die Yakuza und die koreanischen Seoulpa-Ringe in dem Gebiet ausbreiteten und noch einiges zu den Bandenkriegen beitrugen. Dann brach VITAS II aus, ein Vetter des Virus', dem 25 Prozent der Weltbevölkerung zum Opfer gefallen waren, und die Nationalgarde wurde gerufen, um für die Verteilung der vorhandenen Vorräte an Anti-VITAS-Serum zu sorgen. Nach dem Ende der Epidemie war in dem Gebiet ein Krieg um Grundbesitz entbrannt. Die Mauern waren errichtet worden, um die Gegenden zu schützen, die noch nicht übernommen worden waren. Als die Stadtregierung von Los Angeles, dem bereits der Status einer Freistadt zuerkannt worden war, erkannte, welche hohen Verluste jeder Versuch kosten würde, die restlichen Gebiete zu übernehmen, beschloss sie, die Verluste in Grenzen zu halten. Als Konsequenz dieser Entscheidung eiterte El Infierno weiter vor sich hin und nährte sich vom restlichen LA wie eine Eiterbeule, die niemand aufzustechen wagte aus Angst, der Eiter könne andere Gemeinden besudeln.

Hinter Argent erstreckten sich sechs Häuserblocks, die verfallen und von Bränden verwüstet waren. Der Meta-Anteil an der Bevölkerung war hier weit höher als der Durchschnittsanteil für ganz Kalifornien. Vorurteile, hatte Argent im Laufe seiner Laufbahn herausgefunden, wurden von den Wohlhabenden ins Leben gerufen und durchgesetzt.

An der East Alondra Street bog Argent nach links ab und ging unter verwitterten Markisen aus sonnengebleichtem Kunststoff an einer Reihe leerer Obst- und Wasserstände vorbei. Aus einer Pfandleihe auf der anderen Straßenseite dröhnte heiße Salsa-Musik in dem Versuch, zahlende Kundschaft anzulocken. Alle Häuser, die höher als zwei Etagen waren, wurden im Allgemeinem von Obdachlosen und Gangs bewohnt. In beiden Gruppen gab es eine hohe Fluktuation, da die eine sich der behördlichen Verfolgung entzog, während die andere neue Märkte suchte.

Lookers überragte mit seinen vier Etagen die Gebäude ringsumher. Vorne hing ein handgemaltes Schild mit großen leuchtend roten Buchstaben. Die beiden Fenster zur Straße waren gesplittert und mit Flüssigacryl übersprüht worden, um die Scherben zusammenzuhalten. Elektrostatisch aufgeladene Kreide verkündete in leuchtendem Neonblau die Tagesspezialitäten auf dem Acryl.

Ein spanischstämmiger Ork-Jabo bewachte den Haupteingang der Bar, eine abgesägte Defiance T-50 Schrotflinte in der Hand. Zwei Munitionsgurte kreuzten sich auf seiner Brust.

»Wir nehmen Eintritt, Chummer«, nuschelte der Jabo um die Zigarette in seinem Mund. Er stieß eine Wolke blau-grauen Qualms aus.

Argent schob seinen Kredstab in das Lesegerät. Dabei fiel ihm auf, wie der Blick des Trolls zur Anzeige huschte.

»Mr. Smith«, las der Jabo.

Argent bedachte ihn mit einem dünnen Lächeln. »Sie können mich John nennen.«

»Schön, dann will ich Ihnen mal was sagen, *Mr. Smith*: Ich dulde keinen Ärger in meinem Laden.« Der Ork hob vielsagend die Schrotflinte.

»Ich bin nicht hier, um Ärger zu machen.«

»Falls doch«, warnte ihn der Ork, »teilen wir hier in der Gegend doppelte Portionen aus.«

»Hier gibt es ein ständiges Büfett, richtig?« Argent

bedachte den Ork mit einem kalten Lächeln und betrat dann den Laden.

In der Kneipe war es ziemlich düster, da die unzureichenden Versuche, für eine Beleuchtung zu sorgen, zusätzlich von Tabak- und Marihuana-Wolken beeinträchtigt wurden. Das Innere war mit mehreren kleinen Tischen und einer langen Bar ausgefüllt, dazu gab es Nischen links von der Bar und im rückwärtigen Teil. Über der Bar zeigten zwei Trids World Sports Broadcastings ›Combat Bike Heat XXVII‹. Das Signal wurde schwarz empfangen, wie Argent annahm, weil WSB ein Pay-Kanal war. Die meisten Gäste verhielten sich ruhig, aber einige von ihnen feuerten die an dem aufgezeichneten Spiel teilnehmenden Mannschaften lautstark an.

Argent spürte Blicke auf sich ruhen, als er zur Bar ging.

»Was darf's sein?«, fragte der elfische Barmann lakonisch. Er war schlank und blass, hatte sich ein Barhandtuch über eine Schulter geworfen und schaute auf ein Notepad, mit dem er arbeitete.

»Wasser«, sagte Argent. Wasser war im ganzen Freistaat Kalifornien knapp, aber nicht annähernd so knapp wie hier in El Infierno. Manche Gangs entführten regelmäßig Wassertransporter, um das Wasser selbst in der Gegend zu verkaufen oder es den ursprünglichen Besitzern zum Rückkauf anzubieten.

»Ist gerade was aus Denver gekommen.« Der elfische Barmann nahm eine Flasche Wasser aus einem der Kühlregale hinter der Bar und nannte den Preis.

Nachdem er mit seinem Kredstab bezahlt hatte, nahm Argent die Flasche und setzte sich an die Ecke der Bar, die am weitesten vom Haupteingang der Kneipe entfernt war. Mit leisen Befehlen ging er die Ansichten der Überwachungskameras im rechten

Glas seiner Corona durch. Weder Beedle noch Telma schenkten ihm Beachtung.

Draußen waren ein paar Passanten. Die meisten von ihnen sahen aus, als bereiteten sie sich auf eine lange Nacht vor. Nur wenige Fahrzeuge fuhren vorbei. Vier davon sahen mit ihren abgenutzten Federn und Stoßdämpfern und den vom Schwarzmarktbenzin erzeugten Abgaswolken aus, als lägen sie in den letzten Zügen.

Argents Magen verkrampfte sich, als ein rotsilberner Chrysler-Nissan Jackrabbit vor dem Lookers hielt. Zwei Koreaner in schwarzen Anzügen und mit schwarzen Rundumsonnenbrillen stiegen aus.

Argent entnahm ihrem Gang und dem Schnitt ihrer Anzüge, dass sie bewaffnet waren. Er behielt die Hände auf dem Tisch, da er darauf vertraute, dass seine Schnelligkeit und Reflexe ihn vor Schaden bewahren würden, sollte der Drek zu dampfen anfangen.

Die Männer waren jung und großspurig und unterhielten sich leichthin auf Koreanisch, während sie die Kneipe betraten. Der Jabo an der Tür ließ sie wortlos passieren. Einige der Männer an der Bar standen auf, um ihnen Platz zu machen.

Sie redeten kurz mit dem Barmann, der für einen Augenblick hinter der Bar verschwand.

Da wusste Argent, dass es sich um Angehörige eines der hiesigen Seoulpa-Ringe handeln musste. Die koreanischen Unterweltfamilien hatten einige Gegenden in El Infierno fest im Griff.

Einer der Seoulpa-Soldaten starrte Argent an, doch wegen der Sonnenbrille konnte Argent dem Blick nichts entnehmen.

»Chemie«, meldete Telma sich über Kommlink. »Er kann dich ganz einfach nicht leiden.«

Argent antwortete nicht. Er kannte den Blick und

wusste, warum der Mann auf ihn reagierte. Er erwiderte den Blick des Mannes völlig ungerührt.

Der zweite Koreaner nahm den grauen Plastistahlkoffer, den ihm der Barmann reichte. Er tippte seinem Partner auf die Schulter und nickte in Richtung Tür. Ohne ein weiteres Wort verließen sie die Bar.

»Kassierer«, sagte Peg über Kommlink. »Sie sammeln die Schutzgelder ein.«

Argent pflichtete ihr stumm bei. Im Glas der Corona beobachtete er, wie der Jackrabbit sich vom Randstein löste und beschleunigte.

»Interessant«, sagte Beedle mit gezwungener Lässigkeit. »Einer der beiden Burschen hatte massiven Hokuspokus bei sich.«

Argent öffnete die Flasche Wasser und trank einen Schluck. Das Wasser schmeckte sauber und klar, eine wohltuende Abwechslung von dem Schmutz und der Verdorbenheit, die in El Infierno in der Luft zu liegen schienen.

»Warum hat Sencio diesen Laden ausgewählt?« fragte Peg über Kommlink. »Ihr muss doch klar gewesen sein, dass du in einem Laden wie diesem auffallen würdest.«

Argent ging davon aus, dass sie ihn über die an das Telekom in der Hotelsuite gekoppelten Sicherheitskameras beobachtete. Auch wenn alles nach Plan verlief, hatte er vor, sich eine andere Bleibe zu suchen als das Hotel. »Genau. Ich falle auf, und wer immer hinter ihr her ist, fällt hier ebenfalls auf. Wenn es jemand ist, der es sich nicht leisten kann, erkannt zu werden, verzichtet er vielleicht darauf, diesem Treffen beizuwohnen. Wenn nicht, kann ich ihn persönlich unter die Lupe nehmen.«

Ein Mietwagen hielt mit lauten Fehlzündungsgeräuschen vor der Kneipe an. Der Fahrer blieb sitzen, und seine Finger trommelten nervös auf dem Lenkrad.

Argent, der den Mann beobachtete, wusste sofort, dass es der Johnson war. Er gab Beedle und Telma Bescheid und wartete dann ab.

Anscheinend widerwillig schälte der Johnson sich aus dem Wagen. Der Mann war schlank und nicht älter als Mitte zwanzig und sah aus, als habe er weite und anstrengende Reisen hinter sich. Er trug einen braunen Rollkragenpullover und eine Jeans aus Kunstfaser, die schon bessere Zeiten erlebt hatte, und darüber eine Khaki-Jacke, die bis zur Mitte der Oberschenkel reichte. Bartstoppeln bedeckten sein wie gemeißelt wirkendes Kinn, lange kastanienbraune Haare fielen bis auf die Schultern. Eine Whitelaw-Sonnenbrille mit blauen Gläsern schützte seine Augen vor neugierigen Blicken.

Der Gang des Mannes überraschte Argent. Es war eher ein Dahingleiten als ein Schreiten, wie er es bereits bei einer Reihe von Meistern in der Kunst der Selbstverteidigung gesehen hatte, doch noch nie bei einer Person dieses Alters. Einmal ausgestiegen, ging er ohne jedes Zögern zum Eingang der Kneipe.

»Beedle?«, fragte Argent leise über Kommlink.

»Ich bin nicht sicher«, antwortete der Straßenmagier. »Ich werde nicht schlau aus ihm, wenn ich ihn astral unter die Lupe nehme. Aber er ist aus Fleisch und Blut.«

»Vercybert?«

»Nein. Fleisch und Blut durch und durch.«

Während der Johnson sich ihm näherte, spürte Argent einen Druck in der Brust. Sein Halsansatz fing in stummer Warnung an zu kribbeln.

»Seine Bewegungen sind für einen Unvercyberten zu sauber«, sagte Telma. »Er hat eine Kampfausbildung, aber der Stil ist mir unbekannt. Dem Schnitt seiner Jacke nach zu urteilen, trägt er eine Waffe hinten in seinem Gürtel.«

Argent hatte die Waffe bereits zur Kenntnis genommen. »Peg?«

»Ich kann ihn nicht scannen«, antwortete sie. »Die Kameras verhalten sich, als seien sie defekt, wenn ich ein Bild von ihm scannen und speichern will. Ich kann ihn nicht überprüfen.«

Argent drehte sich langsam zu dem sich nähernden Mann um.

Der Fremde blieb mehr als eine Armeslänge entfernt stehen und begutachtete die Kneipe. »Jesus, was für eine Spelunke.«

Argent antwortete nicht, sondern wartete ab.

»Sie sind Argent«, sagte der Mann. »Die Dame, die mich kontaktierte, sagte, Sie würden ein Passwort nennen.« Sein Gesicht wirkte kühl und leidenschaftslos hinter den blauen Gläsern der Whitelaw.

»Nicht ohne weiteres, Mr. Johnson«, erwiderte Argent. »Sie hatten mehr Kontakt zu ihr als ich.«

»Mr. Johnson?« Ein Lächeln, das man grausam hätte nennen können, kräuselte seine Lippen. »Nennen Sie mich Chandler.«

Argent breitete die Hände aus. »Wollen Sie etwas trinken?«

Chandler beschrieb eine Geste, welche die Kneipe einschloss, und betrachtete die Kundschaft. »Sie und ich, wir sitzen hier wie in einer Schaubude. Wir sind so Sahne, dass wir Eintrittskarten verkaufen könnten.«

»Das hat seinen Grund.«

»Das dachte ich mir. Ich hätte den Job ganz einfach ablehnen sollen, aber ich gebe zu, dass er mich neugierig gemacht hat. Das kommt dieser Tage nicht mehr so häufig vor.« Chandler rückte sich einen Stuhl zurecht und setzte sich Argent gegenüber. »Sie sagte, sie hätten einen gemeinsamen Namen.«

Argent antwortete, ohne zu zögern. »Eiserner Albatros.« Der Name bezog sich auf den CAS/GD-Kampfpanzer, den sie bei einer Exfiltration während der Wüstenkriege benutzt hatten. Dort waren sie sich erstmals begegnet und hatten zum ersten Mal beinahe gemeinsam das Leben verloren. Der schwere Kampfpanzer hatte sich seinen Namen bei dem Unternehmen redlich verdient.

»Das ist der Name«, stimmte Chandler zu. »Kommen wir zum Geschäft.«

17

Hast du ein Team dort?«

Miles Lanier schaute von seiner Bürokonsole auf, als Richard Villiers den Raum betrat. Villiers hatte sich umgezogen, aber Lanier bezweifelte, dass sein Freund geschlafen hatte.

»Wir schleusen es gerade ein«, sagte Lanier.

»Wie gehst du die Sache an?«

Lanier machte sich an der Tastatur zu schaffen und übertrug das Bild, das er auf dem Schirm betrachtete, auf den in der rechten Seite seines Schreibtischs eingebauten Holoprojektor. Das Bild wurde dreidimensional und zeigte die Miniaturlandschaft der Gebäude El Infiernos.

»LA?«, fragte Villiers überrascht, während er die Daten las, die unter dem Holo in der Luft schwebten. Er setzte sich auf einen der Sessel vor dem Schreibtisch.

Lanier war hauptsächlich deshalb stolz auf sein Büro, weil ihm hier die ganze Welt offenstand. Sofern eine Spionagedrohne wie jene in El Infierno an Ort und Stelle war oder andere Maßnahmen ergriffen wurden, war es beinahe so, als sei er persönlich dort.

»El Infierno«, korrigierte Lanier, indem er einen Laserzeiger aus einer Schublade nahm.

»Weißt du bereits, wer der Kontaktmann ist?«

Lanier nickte. »Wir kennen den Mittelsmann.« Er gab ein paar Befehle ein, und das Bild El Infiernos wich dem eines jungen Mannes mit kastanienbraunen Haaren. »Er heißt Vincent Chandler und ist in Kalifornien als Privatdetektiv zugelassen. Außerdem ist Chandler ein Unikum.«

»Inwiefern?«

»Zunächst einmal ist er angeblich siebenundvierzig Jahre alt. Aus diesem Holo geht das nicht hervor. Und ein Bursche, der uns die Information bestätigt hat, sagte, es gäbe ein Gerücht, dass Chandler einmal einen Fall für Lofwyr übernommen hätte.«

»Ist dieser Mann käuflich?«

»Nach allem, was ich gehört habe, nicht. Wenn Chandler einen Fall übernimmt, bleibt er dabei. Ich halte es aber für besser, zunächst einmal zu erfahren, mit wem er sich trifft, bevor ich mich einmische.« Lanier wechselte die Holos, sodass jetzt wieder El Infierno zu sehen war. Er schaltete den Laserzeiger ein und legte einen roten Punkt auf das höchste Gebäude. »Wir haben zwei von unseren besten bewaffneten Überwachungsdrohnen vor Ort. Die Kommlinks laufen über einen unserer geosynchronen Satelliten über Seattle. LA liegt in seinem Sendebereich.«

»Weißt du schon, mit wem Chandler sich trifft?«

»Nein.« Lanier bewegte den Laserzeiger, bis der Punkt auf ein Gebäude rechts vom Lookers fiel. »Außerdem sind wir Nakatomis Leuten in das Gebiet gefolgt.«

»Nakatomi. Nicht Ironaxe?«

Lanier nickte.

Villiers rieb sich nachdenklich das Kinn. »Nakatomi

muss Ironaxe davon überzeugt haben, dass es besser ist, wenn er die Dinge in Kalifornien regelt.«

»Nakatomi hat eine ganze Reihe von Leuten in der Gegend«, stellte Lanier fest. »Er hat wesentlich bessere Aussichten, eines seiner Teams rechtzeitig in Stellung zu bringen.«

»Offenbar hat er Ironaxe auch davon überzeugt. Aber das überrascht mich nicht. Ironaxe will sehen, wie weit er Nakatomi vertrauen kann. Er will mit einem von uns ins Geschäft kommen. Wenn er sich dabei nicht zu weit aus dem Fenster lehnen muss. Wo ist dein Team?«

»Es ist in diesem Gebäude und richtet gerade eine Kommlink-Relaisstation ein.« Lanier zeigte auf das Gebäude. Seine Aufmerksamkeit galt dem Monitor. Das Überwachungsteam auf der anderen Straßenseite hielt sich bereit. Die Kameras waren installiert und auf das Lookers gerichtet, und jetzt lieferten sie die ersten Bilder, drei verschiedene Innenansichten von der Kneipe. »Wir haben den Kontaktmann in El Infierno. Da ist Chandler.« Er zeigte auf den Privatdetektiv.

Chandler saß an einem Tisch einem Mann gegenüber.

Villiers drückte ein paar Tasten, sodass das Bild schärfer wurde und beide Männer zu erkennen waren. »Du sagtest, Nakatomi hat ein Team in das Gebiet geschickt?«

Lanier nickte. »Es ist gerade angekommen.« Mit dem Laserzeiger markierte er auf einer der Außenansichten vier Männer in der Umgebung der Kneipe. Gleichzeitig erschien eine weiße Federated-Boeing Commuter 2050 auf dem Holo. Die Commuter war ein Senkrechtstarter und schwebte über der Straße, während sie langsam an Höhe verlor.

»Erkennst du den Mann bei Chandler wieder?«, fragte Villiers.

»Argent«, sagte Lanier. »Das ist ein Bursche, den man nicht so leicht vergisst.«

»Es überrascht mich, dass Sencio sich ausgerechnet an ihn wendet«, bemerkte Villiers.

»Sie hat nicht viel Auswahl. Ihr musste klar sein, dass wir sie bereits zum Trocknen aufgehängt hatten.«

Eine Frachtluke in der Commuter öffnete sich, und dahinter wurden Männer in roten Körperpanzern sichtbar. Sie warfen Seile durch die Luke, dann schwangen sie sich nach draußen und glitten daran herunter der Straße entgegen.

»Hat Chandler ein Mobiltelekom mit einer eingetragenen Nummer?«, fragte Villiers.

Lanier nickte.

»Hast du die Nummer?«

»Natürlich.«

Villiers' Augen funkelten, während er beobachtete, wie die Männer aus Nakatomis Einsatztruppe zur Straße herabglitten. »Ruf ihn an. Biete ihm eine Million Nuyen für das, was er gerade Argent übergeben will.«

»Ich glaube nicht, dass er darauf eingeht«, sagte Lanier.

»Es wäre aber besser für uns«, stellte Villiers fest. »Er soll erfahren, wer das Angebot macht.«

»Und wenn er es Argent erzählt?«, fragte Lanier.

»Ich will, dass Argent weiß, dass ich in die Sache verwickelt bin«, sagte Villiers. »Er hat schon einmal für mich gearbeitet, erinnerst du dich? Wenn wir genügend Druck ausüben, tut er es vielleicht wieder.«

Lanier warf einen Blick auf das Holo und beobachtete, wie die Ereignisse ihren Lauf nehmen. Er griff nach dem Telekom-Kopfset, das in den Schreibtisch eingebaut war. Die Einheit war massiv verschlüsselt, sodass das Signal nicht abgehört werden konnte. »Du setzt voraus, dass Argent das Gewitter überlebt, das gerade auf ihn einstürzt.«

»Ich würde darauf wetten«, sagte Villiers. »Argent ist nicht so leicht umzubringen.«

18

Clay Ironaxe sah zu, wie sich Nakatomis Einsatztruppe in El Infierno aus der Commuter 2050 schwang. Er war so angespannt, dass er nicht sitzen konnte. Stattdessen stand er in seinem VaulTek-Büro in Albuquerque vor dem Holoschirm. Das Mobiliar war ein Spiegelbild seines kulturellen Erbes, groß und klobig, aus dem Holz von Baumstämmen gefertigt, die auf seinen Ländereien gefällt worden waren, welche vor ihm seinem Vater und Großvater gehört hatten. In jedes Möbelstück waren Muster aus farbigen Sandkörnern geätzt, die Geschichten und Mythen seines Volkes wiedergaben.

Weitere Sandgemälde hingen zusammen mit zeremoniellen Waffen an den Wänden, die Krieger seines Stammes im Laufe von Generationen in einem Dutzend verschiedener Schlachten getragen hatten. In kleinen Nischen standen Tongefäße und Kachinapuppen, und in einer Ecke stand ein Totempfahl der von ihm erwählten Gottheit, Wolf. Die vier Gesichter auf dem Totempfahl waren allesamt Inkarnationen Wolfs und hervorragend gemalt. Zwischen diesen folkloristischen Kunstgegenständen hingen außerdem noch ein paar Originale von Georgia O'Keefe, allesamt Landschaftsgemälde, die den Südwesten darstellten.

»Wir haben den Mann identifiziert, mit dem sich der Kurier getroffen hat«, verkündete Nakatomi.

»Wer ist es?«, fragte Ironaxe.

In dem Holo öffnete sich ein weiteres Oval, das eine Ansicht vom Innenraum der Kneipe zeigte. Zwei Männer saßen an einem Tisch. Der eine war der kalifornische Privatdetektiv, den ursprünglich Nakatomis Männer identifiziert hatten. Mittlerweile hatte sein eigener Sicherheitsstab dessen Identität bestätigt.

»Er heißt Argent«, sagte Nakatomi. »Wenigstens ist das der Name, den meine Leute herausbekommen haben, übrigens der einzige. Er ist ein Shadowrunner.«

Ironaxe sah Bearstalker an, der den Namen sofort über Interkom weitergab.

»Nach allem, was man hört«, fuhr Nakatomi fort, »ist Argent ein äußerst gefährlicher Mann. Ich bin nicht sicher, ob wir ihn lebendig fassen können.«

»Es wäre mir lieber«, sagte Ironaxe in ausdruckslosem Tonfall. »Ich will wissen, wo sich die Frau aufhält, und ich will wissen, wer sie angeworben hat.«

Nakatomi zögerte und runzelte die Stirn. »Meine Leute werden tun, was sie können.« Er unterbrach die Verbindung.

Ironaxe wartete und spürte, wie seine Anspannung zunahm. So viele Dinge lagen nicht in seiner Hand.

19

Chandler klappte das Mobiltelekom zusammen und ließ es in seine Jackentasche gleiten. »Also das war ziemlich interessant«, sagte er und lächelte ehrlich belustigt.

Argent wartete und verkniff sich die offensichtliche Frage.

»Andi Sencio hat mir zehntausend Nuyen dafür angeboten, dass ich Ihnen ein Päckchen übergebe«, sagte

Chandler. »Sie sagte, Sie seien bereit, diese Summe zu bezahlen.«

»Das bin ich«, erwiderte Argent.

»Ich habe den Job auf Treu und Glauben übernommen, ohne zu wissen, ob er das Benzingeld einbringen würde, von einem Gewinn ganz zu schweigen.« Chandler tippte auf die Tasche mit dem Mobiltelekom. »Und jetzt hat man mir gerade eine Million Nuyen für das Päckchen geboten.«

»Sollte er es versuchen«, versprach Telma, »wird er es nicht mal bis zur Tür schaffen.«

Argent hatte Telma über Chandlers Schulter hinweg im Blick. »Was werden Sie also tun?«

»Jemand hat mich für einen bestimmten Preis angeworben«, sagte Chandler. »Wenn ich einmal angeworben bin, bleibt es auch dabei. Sie haben gehört, was ich zu ihm gesagt habe.«

»Ja.«

Chandler entspannte sich auf der anderen Seite des Tisches und breitete die Arme aus, um die Nische vollständig in Beschlag zu nehmen. »Damit wollte ich Ihnen Zeit erkaufen, nicht mir. Der Bursche hat gesagt, er sei Miles Lanier und mache dieses Angebot in Richard Villiers' Namen. Ich vermute, das war eher eine Botschaft für Sie als für mich.«

»Sie vermuten richtig«, erwiderte Argent.

»Was werden Sie also tun?«

»Weiter darüber nachdenken.« Argent zog seinen Kredstab aus der Jackentasche. »Wir müssen noch ein Geschäft zu Ende bringen.«

»Sie meinen den Chip?« Chandler sah ihn durch seine blaue Brille an. »Die Nachricht, die ich von Sencio bekam, war aufgezeichnet. Sie wurde auf meinem Telekom gespeichert. Ich hatte keine Gelegenheit, mit ihr zu reden. Aber sie hörte sich an, als säße sie ziemlich tief im Drek. Und da so beiläufig mit Namen wie Lanier und Villiers herumgeworfen wird, habe ich allen Grund zu der Annahme, dass sie tatsächlich ziemlich tief im Drek sitzt.«

Argent wartete, da er langsam ein Gefühl für die Motive des Mannes bekam. »Sie wollen wissen, welche Absichten ich habe.«

»Klingt irgendwie archaisch, wenn Sie es so formulieren, aber im Grunde haben Sie recht.«

»Das geht Sie nichts an.«

Chandler antwortete mit einem übertriebenen Achselzucken und einem kalten Grinsen. »Nennen Sie mich altmodisch.«

»Gib mir grünes Licht«, sagte Beedle über Kommlink, »und er schläft, bevor er weiß, wie ihm geschieht.«

»Und wenn Ihnen meine Antwort nicht gefällt?«, fragte Argent.

»Dann verschwinde ich«, erwiderte Chandler, »und sehe zu, ob ich der Dame anderweitig helfen kann. Sie machen einen ziemlich abgebrühten Eindruck. Vielleicht liegt Ihnen ja nicht viel daran, wie sie aus der Sache herauskommt.«

»Wissen Sie, wo sie ist?«, fragte Argent.

Chandler schüttelte den Kopf. »Die Nachricht war verschlüsselt, aber ich kenne Leute, die über erstklassige Mittel verfügen. Ich könnte ein paar ausstehende Gefälligkeiten einfordern. Es würde einige Zeit dauern, aber ich könnte den Code knacken.«

»Aber dann ist sie vielleicht schon tot.«

»Vielleicht ist sie auch tot, wenn ich Ihnen die Informationen aushändige.«

Argents Hand schloss sich um den Kredstab. Chandler sah nicht einmal hin. Geld war nicht sein Antrieb.

»Er ist echt«, sagte Peg in Argents Kopf. »Ich habe mir seine Akte angesehen. Lone Star Kalifornien und

Better Corp Bureau haben Informationen über ihn. Er hat eine ziemlich lockere Art, die Regeln auszulegen, und stand ein paarmal kurz davor, seine Lizenz zu verlieren, aber er steht in dem Ruf, zu seinen Klienten zu stehen.«

»Die Nachricht ist für mich bestimmt«, sagte Argent.

»Ja, und das gibt mir zu denken. Wenn die Nachricht für Sie ist, warum hat sie sie Ihnen dann nicht geschickt?«

»Weil das nicht sicher gewesen wäre. Sie hätte abgefangen werden können.«

»Aber sie hat Ihnen eine Nachricht übermittelt, die besagt, dass Sie sich hier mit mir treffen sollen.«

»Sie wollte der verwendeten Quelle lieber nicht trauen.«

»Aber Sie haben ihr vertraut«, stellte Chandler fest.

»Nein. Sie wusste, ich würde die Nachricht nicht ignorieren, auch wenn die Möglichkeit bestand, dass sie gar nicht weitervermittelt würde. Was hätten Sie getan, wenn ich heute nicht aufgetaucht wäre?«

»Sie gesucht.«

»Das wäre schwieriger geworden, als Sie vielleicht glauben. Und bis dahin wäre es möglicherweise zu spät gewesen.«

Chandler beschloss, es anders zu versuchen. »In welcher Beziehung stehen Sie zu der Dame?«

Argent hatte den Eindruck, dass die Augen hinter den blauen Gläsern keinen Augenblick in ihrem Bemühen nachließen, sich ein Bild von ihm zu machen. »Wir waren befreundet.«

»Waren?«

»Wir sind schon vor einigen Jahren getrennte Wege gegangen.«

»Aber sie hat sich an Sie gewandt.«

»All das deutet für mich darauf hin«, sagte Argent,

»dass sie in ihrer jetzigen Umgebung niemandem trauen kann. Das bestärkt mich in meinem Entschluss, auf der Grundlage Ihrer Informationen so schnell wie möglich zu handeln.«

Chandler beugte sich wieder vor, und diesmal hatte er einen Datenchip in der Hand. »Einstweilen«, sagte er in ruhigem, gemessenem Tonfall, »behalten Sie Ihre zentausend Nuyen. Wenn sich die Lage entspannt hat, will ich von der Dame hören. Dann können Sie mir mein Honorar schicken.«

»Wenn diese Sache schief geht«, sagte Argent, »könnte dies ihre einzige Gelegenheit sein, Ihr Honorar zu kassieren.«

Chandlers Lächeln war freudlos. »Dann wird es mir jemand anders schulden. Ich werde dafür sorgen, dass ich kassiere. Ich hasse unerledigte Geschäfte.«

Gerührt von der Einstellung des Mannes zu seiner Arbeit und seiner Treue zu sich selbst, bot Argent ihm die Hand an. »Vielleicht gibt es ein Nächstesmal.«

»Sollten Sie je einen Detektiv brauchen, Argent, stehe ich zur Verfügung.« Chandler nahm die Hand und drückte sie mit überraschender Kraft. »Vielleicht kann ich Ihnen ein paar Aufträge zukommen lassen, jetzt, da ich ein Gefühl für das Geschäft habe, das Sie betreiben.«

»Ich hinterlasse Ihnen eine Nummer, unter der Sie mich erreichen können.«

Der Detektiv gab ihm einen Datenchip, der versiegelt in einem Pro-Tek-Beutel steckte.

Als Argent den Chip nahm, gellte Pegs Stimme durch seinen Schädel. *›Ihr müsst sofort verschwinden! Eine Commuter mit einem Einsatztrupp an Bord schwebt über dem Gebäude!‹*

Argent fuhr herum und sah die ersten Stoßtrupps an Seilen heruntergleiten, die ihren Ursprung zweifellos in dem Senkrechtstarter hatten, der über der

Straße schwebte. Er schob den Ärmel an seinem linken Arm hoch und öffnete ein in sein Cyberglied eingebautes Fach, in dem der Chip geschützt sein würde. Nachdem er das Fach wieder verschlossen hatte, schob er sich aus der Nische und zog seine beiden Ingrams. Die Smartverbindungen wurden Bestandteil seines Nervensystems, und zwei Fadenkreuze erschienen in seinem Blickfeld, das eine blau, das andere rot.

Ein Kugelhagel Kugeln zerschmetterte das große Fenster zur Straße. Eine Hand voll traf schmerzhaft den in Argents Anzug eingearbeiteten Körperpanzer. Neben ihm ging Chandler zu Boden, der von den großkalibrigen Kugeln buchstäblich in Stücke gerissen wurde.

20

Argent ging an der Wand neben dem Fenster in Deckung und hielt die beiden Super Machs vor sich. Die kleinen Maschinenpistolen lagen gut in seinen Händen, und der Rückschlag war unerheblich, während er kontrollierte Feuerstöße durch das zerschmetterte Plastiglas abgab. Die Smartverbindungen sorgten dafür, dass seine Feuerstöße trafen.

Die erste Welle der schwarz gekleideten Angreifer ignorierte den Beschuss. Dann gingen einige von ihnen mit blutigen Löchern in ihren Körperpanzern zu Boden. Zwei Explosionen ließen die ganze Gegend erbeben, während grelle Blitze die Nacht erhellten.

Da er für den Fall, dass das Treffen schief lief, mit Gesellschaft der schlimmsten Sorte rechnete, hatte Argent seine Munition im Hinblick auf einen möglichst hohen Zerstörungsfaktor ausgewählt. Anstatt mit normalen Kugeln waren die Machs mit panzerbrechenden Explosivgeschossen geladen.

Die Überlebenden gingen hinter geparkten Wagen und herrenlosen Autowracks in Deckung.

Argent zielte jetzt genauer und schaltete einen weiteren Angreifer aus. »Hast du eine Ahnung, zu wem sie gehören?«, fragte er Peg über Kommlink. Er drückte sich an die Wand und warf die leer geschossenen Magazine aus den Ingrams aus, dann klemmte er sich jeweils eine Ingram unter den Arm und rammte ein neues Magazin in die andere. Nach drei Sekunden waren beide Waffen wieder schussbereit.

»Ich überprüfe gerade das Kennzeichen der Commuter«, erwiderte Peg.

Die Gäste der Kneipe, die bis an die Zähne bewaffnet waren, griffen jetzt ebenfalls in das Geschehen ein. Ihren lauten Flüchen nach zu urteilen, glaubten die meisten an einen Angriff der Stadtpolizei von Los Angeles. Anstatt mit ein oder zwei Gegnern hatten die Angreifer es plötzlich mit zwei Dutzend Bewaffneten in der Kneipe zu tun, die alle mit einer massiven Paranoia ausgestattet waren.

Argent wusste außerdem, dass die Männer und Frauen in der Kneipe sofort in ernsthafte Verhandlungen mit den Jabos draußen treten würden, sobald ihnen aufging, dass *er* ihr eigentliches Ziel war. Er schaute sich rasch in der Kneipe um und erspähte Telma.

Sie schoss mit ihrer Pistole auf zwei Männer, die zur Tür unterwegs waren. »Wir können nicht hier bleiben«, sagte sie über Kommlink. »Diejenigen, die das hier abziehen, könnten genug Einfluss bei der kalifornischen Nationalgarde haben, um von ihr Rückendeckung zu bekommen.«

»Wir gehen nach oben«, sagte Argent. Die Verbindung durch die Corona zu den Minikameras zeigte ihm, dass mittlerweile auch Bodentruppen aufgetaucht waren. Sie schwärmten hinter dem Gebäude und an den Seiten aus und errichteten einen Sperrgürtel.

»Damit wir unter dem Dach wie Ratten in der Falle sitzen?«, fragte Beedle. Er zeigte nach draußen auf die Straße. Wie als Antwort explodierte plötzlich ein drei Meter breiter Abschnitt des Asphalts. Die Erde unter dem Asphalt hob sich eineinhalb Meter und schob sich wie eine Welle fast sechs Meter weit vorwärts, bis sie in sich zusammenfiel. Diejenigen Angreifer, welche sich in ihrer Bahn befanden, wurden herumgewirbelt wie Funken, die aus einem defekten, elektrostatisch aufgeladenen Staubsauger sprühten.

»Sie haben das Haus umzingelt«, erwiderte Argent.

»So verdammt schnell?«, fragte Beedle ungläubig.

»Offensichtlich.«

Eine großkalibrige Kugel traf den Ork-Rausschmeißer der Kneipe an der Schläfe und ließ ihn aus seiner Stellung nicht weit von der offenen Tür schwanken. Während er zurücktaumelte und sich bemühte, das Gleichgewicht wiederzufinden, wurde er von einem Dutzend weiterer Kugeln getroffen, die ihn förmlich nach hinten katapultierten. Seine Leiche prallte gegen den Tresen und hinterließ blutige Streifen auf dem Holzimitat, als er zu Boden sank. Andere Kugeln rissen Splitter aus der Verkleidung und legten die Keramikplatten darunter frei.

Argent, auf dessen rechtem Brillenglas jetzt die Kameraansichten beständig wechselten, beobachtete, wie ein Teil des Angriffsteams das Gebäude infiltrierte. Einmal im Innern, verschwanden sie aus seinem Blickfeld.

»Die Commuter gehört zu Fuchi Asien«, meldete Peg. »Und zwar über vier Scheinfirmen hier in der Gegend. Die Firma, der die Commuter auf dem Papier gehört, wickelt ihre Geschäfte über eine Bank ab, die Fuchi Asien gehört.«

»Nakatomi?«, fragte Telma. »Du hast nichts davon erwähnt, dass er in diese Sache verwickelt ist, Argent.«

»Ich wusste es nicht«, sagte Argent. Er entfachte einen Feuersturm mit seinen Ingrams, der einen weiteren Versuch der Angreifer vereitelte, sich neu zu gruppieren.

»Ich schätze, uns erwartet eine angemessene Prämie, wenn wir hier raus sind, was?«, bemerkte Beedle.

»Wir sind aber noch nicht draußen«, schnauzte Telma.

»Unbedeutende Details.« Beedle gestikulierte erneut. Draußen wallte eine Rauchwolke um die Angreifer auf. Viele der Männer brachen in den Schwefeldämpfen, aus denen die Wolke bestand, hustend und würgend zusammen.

Bevor Beedle in Deckung gehen konnte, wurde er herumgerissen, und Blut spritzte aus seiner Schulter. Er stieß einen Schmerzensschrei aus und fiel auf die Knie.

Gleichzeitig schossen drei der Männer von Fuchi Asien durch die Seitenfenster der Kneipe. Ein Elf und eine Elfe gingen im Kugelhagel zu Boden, bevor sie sich wehren konnten. Ihr Begleiter, ein Ork, erhob sich mit einem Wutschrei und feuerte mit einer abgesägten Schrotflinte auf die Angreifer.

Argent wartete nicht ab, wer das Duell gewinnen würde. Die Frage war lediglich, wie viele Männer der Ork mitnehmen würde. Argent sah im Glas seiner Corona, dass die Angreifer zusätzliche Verstärkung bekamen. Er ließ die Ingram in seiner linken Hand los und ließ sie frei von der Schulterschlinge baumeln. Seine Finger schlossen sich um Beedles Hemd.

Beedle sah ihn benommen an. Die Kugel hatte den

jungen Magier hoch in der Brust unter der Schulter getroffen und war hinten wieder ausgetreten.

Der Art nach zu urteilen, wie der Arm hing, hatte die Kugel ihm außerdem das Schlüsselbein zerschmettert. Er hob Beedle auf und legte ihn sich über die linke Schulter. Bevor Argent den ersten Schritt tun konnte, spürte er einen eiskalten Hauch im Nacken.

»Hast du ihn?«, fragte eine Stimme hinter Argent.

Argent fuhr herum und riss dabei die Ingram in seiner rechten Hand hoch. Durch die Fadenkreuze starrte er auf Chandler.

Die Kleidung des Privatdetektivs war praktisch nicht mehr vorhanden. Der Rollkragenpullover und die Khakijacke hingen in Fetzen an ihm herab. Aber es war kein Blut zu sehen. Er hielt eine vernickelte Ruger Thunderbolt in der rechten Faust.

Als Argent den Mann anscheinend unverletzt vor sich stehen sah, wusste er, was ihm so merkwürdig an Chandler vorgekommen war.

»Verfluchter Vampir«, stöhnte Beedle mit schmerzverzerrter Stimme, die über dem Lärm der Schießerei in der Kneipe kaum zu hören war.

Chandler grinste. »Nicht unbedingt meine bevorzugte Berufswahl.«

»Räumt das Gebiet«, rief Peg über Kommlink.

Argent sah den Grund für Pegs Besorgnis nur ein paar Herzschläge später als sie. Er erkannte das Fahrzeug sofort, das sich in den Aufnahmewinkel der Außenkameras schob.

Dann war die Kneipe vom Knirschen der Ketten erfüllt, das mühelos das Geschrei der Verwundeten und die Schüsse übertönte. Argent starrte durch die Plastiglasscherben, die noch in den Fensterrahmen hingen, und sah einen dunkelgrünen leichten Schwebepanzer vom Typ LAV-103 Striker über die Straße rollen.

Die Besatzung des Panzers war offenbar erfahren, da er rasch und mühelos vorankam, wobei die schweren Ketten den Asphalt vor der Kneipe aufrissen.

»Verfluchter Drek!«, schrie eine Frau.

Argent hielt die Ingram weiterhin mitten auf Chandlers Gesicht gerichtet. Auch ein Vampir konnte sterben, wenn sein Gehirn oder Rückgrat zu großen Schaden nahm. Sie wussten beide, dass Argent ihn auf diese Entfernung nicht verfehlen würde. »Wie kommt der Panzer hierher?«, fragte er.

»Keine Ahnung«, sagte Chandler. »Aber wenn ich nur gekommen wäre, um dir eine Falle zu stellen, wäre ich jetzt nicht mehr hier.«

Argent ignorierte die Worte des Mannes. Als Vampir brauchte Chandler bei weitem nicht die Angst vor Verletzungen zu haben wie ein Mensch. Er konnte alle Wunden heilen, die er erlitt, und sich in Nebel verwandeln, wenn es ganz schlimm kam. Wenn er bei ihnen blieb, konnte er ihnen als lebender Kugelfang noch sehr nützlich sein.

»Der Panzer ist mit einem Tieflader hierher transportiert worden«, antwortete Peg. »Ich habe ihn auf dem Bildschirm.«

Als Argent die Kameraansichten auf dem Glas seiner Corona durchging, stellte er fest, dass eine der Übertragungen ausgefallen war, aber er entdeckte den Tieflader ein paar Blocks weiter die Straße entlang. Peg vergrößerte das Bild und zeigte ihm die Rampe am hinteren Ende.

»Ich habe die Zulassung und den Namen der Firma auf der Seite des Führerhauses überprüft«, sagte Peg. »Die Firma hat ihren Sitz hier in Los Angeles.«

»Du bist verfolgt worden«, stellte Argent fest, indem er die Ingram herunternahm.

»Ohne Drek.« Chandler schien sich unbehaglich zu fühlen. »Hätte mir nicht träumen lassen, dass mich dieser kleine Job so gründlich in den Drek reiten würde. Wenn sie mir gefolgt sind, müssen sie erstklassige Tech benutzt haben. Ich bin kein Anfänger, und das Monstrum wäre mir bestimmt nicht entgangen.«

Argent ignorierte die Bemerkung. Er ging mit Beedle auf der Schulter in Richtung Hintertür. »Telma.«

Sie verließ sofort ihre Stellung und rammte ein neues Magazin in den Kolben ihrer Waffe. Zwei Männer in der Nähe der Hintertür gegenüber den Waschräumen bemerkten die kleine Gruppe auf ihrem Weg zum Ausgang.

»Ihr habt uns das eingebrockt!«, fauchte einer der beiden und hob seine Pistole.

Ohne ein Wort schoss Telma ihm eine Kugel in die Schulter und traf zielsicher den Nervenknoten, der die Hand kontrollierte. Die Pistole entglitt den tauben Fingern des Burschen, der vor Schmerz und Wut laut kreischte. Sein Partner ließ seine Waffe fallen und wich zurück.

Argent schwenkte die Ingram hin und her und hielt damit die Gäste des Lookers in Schach. Beedle war totes Gewicht auf seiner Schulter, und sein Kopf schwankte schlaff hin und her. Auf dem Glas der Corona sah Argent, wie sich der Geschützturm des Panzers drehte und auf die Vorderseite der Kneipe richtete.

Telma eilte durch die Tür und in den dunklen schmalen Korridor dahinter. Glastüren winkten an beiden Enden des Ganges. Die eine führte zur Straße auf der Vorderseite, die andere zum Parkplatz dahinter. »Wir können versuchen, einen Wagen zu erreichen«, schlug sie vor.

»Keinen von denen«, sagte Argent. »Die werden sie im Visier haben.« Er deutete auf die Treppe, da sie dort weniger verwundbar waren als in einem der Fahrstühle in der Mitte des Korridors. Im Glas der

Corona sah er, wie sich der Turm des Panzers weiter drehte und dann innehielt. Das Geschützrohr zielte genau auf den Korridor. Er fragte sich, wie der Einsatztrupp es geschafft hatte, ob mit Infrarotsicht oder mit einem Magier, der sie im Astralraum ausfindig gemacht hatte, aber die Kanone war genau auf sie gerichtet. »Bewegt euch! Sie haben uns im Visier!«

21

Argent hielt Beedle mit der linken Hand auf seiner Schulter fest und rannte hinter Telma die Treppe hinauf. Aufgrund der Anstrengung der letzten paar Minuten ging sein Atem etwas rauer, aber sein Körper funktionierte wie eine Maschine, zuverlässig und stetig, genau so, wie er ihn trainiert hatte.

Telma lief mit den mühelosen Schritten einer Akrobatin vor ihm her. Sie hielt die Pistole in beiden Händen und drehte sich beständig in den Schultern, da sie die Waffe hin und her schwenkte.

Beedle murmelte eine stetige Litanei von Flüchen vor sich hin. Seine Worte und sein Atem kamen stoßweise, da sein Unterleib im Rhythmus von Argents Schritten gegen seine Schulter schlug.

Die Granate aus dem Striker traf die Türen des Korridors unter ihnen. Das Plastiglas hielt dem Geschoss keine Nanosekunde stand, aber der Aufprall ließ die Ladung in dem Geschoss explodieren. Der Striker war als Jagdpanzer konzipiert, und die Granaten sollten die Außenhaut eines Ziels durchschlagen, worauf eine zweite Ladung im Inneren des Ziels zur Explosion gebracht wurde. In diesem Fall war der Korridor das Ziel.

Eine Feuerwand raste durch den Korridor. Hitze

und Erschütterung erreichten Argent und warfen ihn um, als er gerade die erste Etage erreicht hatte. Dann war die Luft ein paar Sekunden zu heiß zum Atmen. Hätte er keinen Dämpfer in seinen Cyberohren gehabt, der jeden plötzlichen Lärmanstieg herausfilterte, wäre er zeitweilig taub gewesen.

Von der Erschütterung benommen, musste er sich innerlich einen Ruck geben, um sich mühsam aufzurappeln. Fliesen fielen von der Decke und zerschellten auf dem Boden, dem Treppengeländer, seinen Begleitern und ihm selbst. Weißer Staub stieg von den Scherben auf und bildete Wolken in der Luft.

Ein Hustenanfall schüttelte Beedle und veranlasste ihn zu einem Schmerzensschrei. Der Blutfleck auf seiner Schulter hatte sich ausgebreitet, und der Hemdstoff klebte auf seiner Haut.

»Sie bereiten sich auf den nächsten Schuss vor«, warnte Peg über Kommlink.

»Haben sie uns immer noch im Visier?« fragte Argent. Er warf einen Blick hinunter auf das Chaos der Zerstörung im Korridor.

Flammen leckten nach den Wänden und allem, was ihnen als Brennstoff dienen mochte. Trümmer lagen auf dem Boden, und dazwischen funkelten die winzigen Plastiglasscherben der Tür. Schwarze Schatten zeigten, wo Löcher in die Wände gesprengt worden waren. Ein schwelender Gummibaum aus Plastik hing von der Decke.

»Ich weiß es nicht«, antwortete Peg.

Chandler war als Erster auf den Beinen. In seiner Nebelgestalt erhob er sich aus den Trümmern und wurde dann wieder stofflich. Er hob seine Thunderbolt vom Boden auf.

Telma arbeitete sich unter den Fliesen hervor. Sie war vollkommen mit weißem Staub bedeckt, hielt aber ihre Waffe noch in der Hand.

Argent war auf den Knien. Er griff in seine Jacke und holte das kleine Etui mit den Erste-Hilfe-Pflastern heraus, das er bei sich hatte. Er öffnete es, entnahm ihm ein Betäubungspflaster und klebte es Beedle auf den Hals.

»Nicht«, protestierte der Magier.

Argent ignorierte den Protest. Das Betäubungspflaster würde Beedles Fähigkeit, Magie zu wirken, aufheben oder zumindest beeinträchtigen. Aber Argent wollte nicht, dass Beedle unter starken Schmerzen litt, weil das zu noch größeren Problemen führen konnte.

Eine zweite Granate flog heulend in das Gebäude und schlug mit einem pyrotechnischen Feuerwerk in eine Wand ein. Der Hitzeschwall verschlang für einen Augenblick die Atemluft, und die Erschütterung ließ den Außenbalkon erzittern. Die Belastung war so stark, dass die Träger sich durchbogen und wegsackten. Der Balkonboden löste sich von der ersten Etage und hinterließ einen zehn Zentimeter breiten Spalt. Die Erschütterungen hielten an und wurden vom Kreischen der Plastistahlstreben begleitet, da das Fundament unter der Last des Betons nachgab.

Beedles Hand zupfte an dem Betäubungspflaster an seinem Hals herum, aber seine Bemühungen wurden rasch schwächer, da das starke Betäubungsmittel sich in seinem Blutkreislauf ausbreitete. Seine Augenlider flatterten und schlossen sich schließlich.

Das Bild der auf die Straße gerichteten Minikamera flackerte, wurde grau und wechseltete dann zwischen schwarz-weiß und farbig. Die schwarz-weißen Phasen dauerten immer länger, und Argent rechnete damit, dass er die Kamera bald verlieren würde.

»Argent«, sagte Telma.

»Nach oben«, erwiderte Argent.

Der Boden erbebte heftig und neigte sich zum Korridor im Erdgeschoss. Bänke und künstliche Pflanzen rutschten zum Geländer und fielen dann in die Flammen.

Telma eilte die Treppe empor, wobei sie wegen der starken Neigung einige Schwierigkeiten hatte. Sie hielt auf dem Absatz des zweiten Stocks inne und ging hinter einem Pfeiler in Deckung, der den Absatz mit der nächsten Etage verband.

Links von ihr öffnete sich eine Fahrstuhltür, während die Etagenanzeige blinkte. Ein Mann mit zwei jungen Mädchen im Schlepptau trat aus der Kabine.

Telma richtete sich auf. »Alles klar«, rief sie Argent zu.

Der massige Krieger geriet nicht ins Straucheln, obwohl Beedle schlaff über seiner Schulter hing, was das Erklimmen der Treppe zusätzlich erschwerte. Argent aktivierte den Kommlink. »Peg, was ist in den obersten beiden Etagen dieses Gebäudes?«

»Hauptsächlich Wohnungen«, antwortete sie. »Und ein paar vereinzelte Büros.«

Das stimmte mit dem überein, was Argent aus den Dateien behalten hatte, die Peg ihm auf dem Flug übermittelt hatte. Er schloss zu Telma auf dem Absatz auf, Chandler dicht hinter sich.

»Uns geht der Bewegungsspielraum aus«, stellte Telma grimmig fest.

»Wir bekommen Gesellschaft«, meldete Chandler sich zu Wort.

Argent spähte über das Geländer. Fast ein Dutzend Männer schwärmten unten aus und positionierten sich so, dass sie einander Feuerschutz geben konnten. Ihre harten schwarzen Panzer reflektierten die Flammen. »Wir werden nicht auf sie warten. Wir gehen auf dem schnellsten Weg aufs Dach.«

»Ich habe den Grundriss des Gebäudes«, sagte Peg.

»Wenn ihr im dritten Stock seid, geht nach links und dann fünfundzwanzig oder dreißig Meter weiter. Dort ist ein Wartungsraum mit einer Leiter, die aufs Dach führt.«

Argent nickte Telma zu und übertrug ihr damit die Führung.

Sie eilte im Laufschritt los.

Argent folgte ihr und spürte, wie die Treppe unter der Last seines und Beedles Gewicht nachgab. Ächzendes Metall kreischte plötzlich laut auf, als sich die unteren beiden Treppenabschnitte losrissen und einstürzten. Kugeln zischten rings um sie durch die Luft und rissen Löcher in Wände und Decke.

Die Tür des Wartungsraums war abgeschlossen, als sie dort eintrafen. Telma rüttelte frustriert an der Klinke. »Ich kann das Schloss aufbrechen, aber das würde einige Zeit in Anspruch nehmen. Zeit, die wir nicht haben.«

»Schon verstanden«, sagte Argent gelassen. Er ließ die Ingram los und spreizte die Finger. Dann rammte er seine Hand dicht über der Klinke in die Tür, ballte die Hand zur Faust und riss sie zurück. Das Magschloss wurde aus der Tür gerissen. Er warf es auf den Boden, dann packte er die Tür und riss sie auf.

Leuchtstoffröhren erhellten den Raum auf der anderen Seite der Tür. An den Wänden reihten sich Regale, die mit Reinigungsutensilien, Glühbirnen und Werkzeugen gefüllt waren. In einer Ecke standen zwei Waschmaschinen und ein Trockner, deren Anschlussschläuche säuberlich aufgerollt und in den Transportfächern verstaut waren.

Argent musterte den Raum. »Wo ist die Leiter?«

»In der Decke«, antwortete Peg. »Man kann sie herunterziehen.«

»Hier«, rief Telma, die in einer Ecke im hinteren Teil des Raums stand. Sie sprang hoch und packte eine herabhängende Kette. Die Luke in der Decke öffnete sich, und eine Leiter senkte sich zum Boden herab.

»Vorwärts«, sagte Argent.

»Du passt mit Beedle auf der Schulter nicht durch die Luke«, sagte Telma.

Argent schaute zu dem kleinen Loch in der Decke auf und gab ihr insgeheim recht. Als er die Treibriemen an der Wand sah, wusste er zwar nicht, welchen Zweck sie hier erfüllen mochten, aber dafür wusste er sofort, wie er sie für sich nutzen konnte.

Die Riemen waren aus dünnem Hartplastik und mit ihren Einkerbungen für Zahnräder eingerichtet. Er nahm vier davon und stellte fest, dass diese Anzahl bequem in der Hand lag. In einer Kiste fand er eine Magnesiumfackel für den Notfall, die er einsteckte. Er ging wieder zu Beedle, schlang ihm die Riemen um den Oberkörper und breitete dessen Arme aus.

»Der Sturmtrupp hat die Bar genommen«, sagte Peg. »Sie stürmen jetzt in großer Anzahl den Korridor. Ich kann sie dort nicht mehr sehen.«

Argent musste sich nicht anstrengen, um zu erraten, dass die Angreifer ihnen folgten. Sie dachten sicherlich, dass sie sie in die Enge getrieben hatten.

»Geh du zuerst«, sagte Argent zu Telma.

Sie machte sich an den Aufstieg und hangelte sich rasch Hand über Hand nach oben. »Eine Flucht über die Dächer ist keine gute Idee. Die meisten stehen ohnehin zu weit auseinander, und mit Beedle auf der Schulter ist es praktisch unmöglich.«

»Wir werden nicht über die Dächer fliehen«, sagte Argent. Er bedeutete Chandler als nächsten hinauf.

»Geh du voran«, sagte Chandler. »Ich bleibe hinter dir für den Fall, dass du Hilfe bei deinem Freund brauchst.«

Argent widersprach nicht, obwohl es ihm nicht gefiel, wenn man ihm im Feld widersprach. Was Chandler sagte, machte Sinn. Er erklomm einhändig die Leiter, und seine verdrahteten Reflexe gestatteten es ihm, Beedles Gewicht perfekt auszubalancieren.

Als er nach fünf Metern das Ende der Leiter erreichte, war er in Schweiß gebadet. Der Höhe nach zu urteilen, gab es in diesem Haus noch ein Dachgeschoss über dem dritten Stock. Schwer atmend trug er Beedle zu einem sicheren Platz am Rande des Dachs.

Die Schusswunde in der Schulter des Magiers blutete immer noch. Wenn die Blutung nicht gestoppt wurde, würde der junge Mann sterben, das wusste Argent. Genau wie Hawk und Toshi gestorben waren.

Argent kniete nieder und riss vorsichtig den Stoff rings um die Wunde auf. Er nahm die Magnesiumfackel aus der Tasche und drückte auf den Selbstzünder. Die Flamme erwachte zischend zum Leben und brannte mit rotgoldener Intensität.

»Was hast du vor?«, fragte Chandler.

»Er versucht sein Leben zu retten«, antwortete Telma. »Tu es, Argent. Es gibt keine andere Möglichkeit.«

Argent unterdrückte seine Gefühle, wie Brynnmawr es ihn in all den Jahren gelehrt hatte, und wurde so hart wie das Gemisch aus Stahl und Keramik, aus dem seine Cyberhand bestand, welche die Fackel hielt. Er stieß sie in die blutende Wunde.

Als das Nervensystem die Schmerzen registrierte, wäre der junge Mann beinahe aus seiner Betäubung erwacht. Er wehrte sich gegen Argents unnachgiebigen Griff, dann versank er mit einem stummen Schrei auf den Lippen wieder in Bewusstlosigkeit.

Argent zählte bis fünf, dann nahm er die Fackel weg, drehte Beedle um und drückte die Fackel in die Austrittswunde. Weißer Rauch, der nach verbranntem Fleisch stank, drang ihm in die Nase. Sofort bildeten sich rote Blasen.

Aber die Blutung war gestillt.

Argent hoffte, dass die Wunde nicht wieder aufbrechen würde, bevor sie Beedle zu einem Straßendoc schaffen konnten, der die Mittel hatte, ihn wieder einigermaßen zusammenzuflicken. Er schloss die Faust um die Fackel und drückte die Flamme aus. Als er sie auf das mit Kieseln bedeckte Dach warf, sprühten ein paar Funken, dann stellten die Chemikalien ihre Reaktion ein.

»Das hast du gut gemacht«, sagte Telma.

»Ich tat, was ich tun musste«, erwiderte Argent. Er zog seine Jacke aus und deckte Beedle damit zu. Der Straßenmagier befand sich bereits im Schockzustand. Argent blickte sich um und näherte sich der Dachkante über der Vorderseite der Kneipe.

Die Commuter schwebte etwa sechs Meter tiefer und doppelt so weit von dem Gebäude entfernt in der Luft, die Rotoren nach oben gerichtet. Seile hingen aus den geöffneten Frachtraumluken, und ein Mann mit einem Sturmgewehr stand darin Wache.

»Und was jetzt?«, fragte Telma, indem sie einen Blick auf das nächste Dach warf.

»Warte«, sagte Argent. Er prägte sich die Position des Flugzeugs ein und lief dann ein paar Schritte zurück. Er drehte sich wieder zur Dachkante um und vergewisserte sich, dass ihm die beiden Ingrams nicht im Weg waren.

»Argent«, sagte Telma leise, als sie plötzlich begriff, was er vorhatte.

Argent explodierte förmlich, als er loslief. Seine Beine waren zwar aus Fleisch und Blut, aber er hatte sich die Muskeln verstärken lassen, sodass sie extrem kräftig waren. Mit seinen verdrahteten Reflexen und der Ausbildung, die er erhalten hatte, machte ihn das zu einem olympiareifen Hochleistungssportler.

Er näherte sich der Dachkante. Sein rechter Fuß

setzte einen Fingerbreit vor der Kante auf, und Argent stieß sich ab und hoch in die Luft. Für einen Augenblick gab es keine Schwerkraft, sondern nur ihn, wie er über der Straße hing.

Doch die Commuter war ebenfalls da.

Die Schwerkraft setzte sich durch und zog Argent zu dem wartenden Rotor am Ende der näher gelegenen Tragfläche.

22

Das Dröhnen des umherwirbelnden Rotors wurde beständig lauter in Argents Ohren. Er hörte, wie die kybernetischen Dämpfer einsetzten und den Lärm auf einen erträglichen Pegel herunterschraubten. Der Gleichgewichtsverstärker in seinem Ohr setzte ein und fand augenblicklich seinen Schwerpunkt.

Argent korrigierte seine Position in der Luft, streckte beide Hände aus und aktivierte das elektromagnetische Feld. Er spürte den Sog des wirbelnden Rotors, der ihn in seinen tödlichen Orbit zu ziehen drohte.

Er schlug mit den Händen auf die Tragfläche, als er darauf landete, und hoffte, seine Elektromagneten würden halten. Sein Gewicht erwies sich als zu groß und zog ihn zum Rand. Die Tragfläche neigte sich unter der Last nach unten, und die Commuter driftete ein Stück näher zu dem Gebäude, von dessen Dach Argent gesprungen war.

Der Pilot glich die Lastverschiebung rasch aus, indem er die Motorleistung erhöhte. Die Tragfläche hob sich wieder.

Argent schloss die Hände um die Kante der Tragfläche und hielt sich fest. Seine Schultern waren bereits erschöpft, da er Beedle aufs Dach getragen hatte, und schmerzten unter der neuerlichen Anstrengung.

»Argent!«, rief Telma über Kommlink.

Die Commuter neigte sich erneut unter der zusätzlichen Last am Ende der Tragfläche.

Argent hielt sich fest, um nicht abzurutschen. Er reckte den Hals und warf einen Blick auf die offene Frachtluke des Senkrechtstarters. Die Wache dort hatte mit denselben Widrigkeiten zu kämpfen wie Argent, aber der Mann hatte ihn gesehen.

Argent hangelte sich Hand über Hand zum Rumpf der Maschine. Er klammerte sich so fest an das Metall der Tragfläche, dass seine Cyberhände Eindrücke darin hinterließen. Er hatte die Frachtluke fast erreicht, als der Posten das Gleichgewicht wiederfand und seine Waffe hob.

Das Sturmgewehr stanzte mit schrillen Pings eine Reihe von Kugellöchern in das Metall der Tragfläche.

Argent ließ mit einer Hand los, sodass sein ganzes Gewicht nur noch an einer Hand hing. Seine freie Hand schloss sich um den Kolben der Ingram, während die Smartverbindung Fadenkreuze über sein Blickfeld legte. Er zielte auf das Gesicht des Postens und jagte ihm eine Kugelsalve in den Kopf.

Argent hangelte sich Hand über Hand weiter und erreichte kurz darauf den Flugzeugrumpf. Die Frachtluke war weniger als einen Meter entfernt. Er ließ die Tragfläche los und bekam die Kante der Frachtluke zu fassen. Ein rascher Klimmzug, und er befand sich im Flugzeug. Die beiden Ingrams in Händen, ging er direkt zur Pilotenkanzel.

»Sie wissen, dass du an Bord des Flugzeugs bist«, sagte Peg.

Argent war nicht überrascht. Der Rigger, der die Maschine flog, hielt ständigen Funkkontakt mit dem Rest des Teams.

»Sie werden das Flugzeug jetzt als entbehrlich betrachten«, sagte Telma. Ihre Worte erwiesen sich als prophetisch, als Kugeln den Rumpf der Maschine trafen.

Das Gewehrfeuer beunruhigte Argent nicht sonderlich, und die Kanone des Striker ließ sich nicht so justieren, dass sie hoch in die Luft schießen konnte. Doch angesichts des Aufgebots an Waffen und Artillerie hielt er es nicht für ausgeschlossen, dass jemand eine Luftabwehrkanone aus dem Ärmel schütteln würde.

Das Flugzeug bewegte sich und stieg. Die fadenscheinige Tür, welche den Frachtraum von der Pilotenkanzel trennte, konnte Argent nicht einmal verlangsamen.

In der Kanzel lag der eingestöpselte Rigger auf seiner Liege. Er war ein dünner Mensch, der offenbar schon viele harte Jahre erlebt hatte.

»Hey«, rief der Rigger über das Lautsprechersystem des Flugzeugs, »tun Sie mir nichts. Wer soll das Flugzeug fliegen, wenn Sie mich umbringen?«

»Ich.« Argent riss die Elektroden aus der Konsole. Der mit dem abrupten Ausstieg aus dem System verbundene Auswurfschock ließ den Rigger das Bewusstsein verlieren. Argent glitt auf den Sitz des Kopiloten und zog den Steuerknüppel zu sich heran.

Die Commuter ordnete sich ihm träge unter. Ein Teil seiner Ausbildung unter Brynnmawr hatte darin bestanden, sich mit den meisten Militärflugzeugen vertraut zu machen. Er kannte sich außerdem sehr gut mit Booten, Schiffen, U-Booten, normalen Fahrzeugen und Kettenfahrzeugen aus.

Er drehte das Ruder und trimmte die Landeklappen, dann neigte er die Rotoren, um Geschwindigkeit zuzulegen. Er entfernte sich kurz von dem Gebäude. Als er genug Geschwindigkeit hatte, um an Höhe gewinnen zu können, zog er den Steuerknüppel zu sich heran und spürte, wie sich die Nase des Flugzeugs hob.

Er aktivierte den Kommlink. »Telma.«

»Ich bin noch da, aber wir werden hier oben nicht mehr lange allein sein.«

»In einer Minute«, versprach Argent, »seid ihr nicht mehr da.« Die Motoren heulten, als er das Flugzeug wendete, indem er die rechte Tragfläche abkippen ließ und so fest am Steuerknüppel zog, dass es den Anschein hatte, als vollführe die Commuter eine Pirouette auf der Spitze ihrer Tragfläche. Bei diesem Manöver sah er grüne Leuchtspurgeschosse vom Boden herauffliegen.

Er näherte sich wieder dem Gebäude, drosselte die Motorenleistung und stellte die Rotoren senkrecht. Das Flugzeug senkte sich ein wenig, um dann dicht über dem Dach zu verharren.

Telma hatte sich Beedle über die Schulter geworfen und eilte zum Flugzeug. Chandler war dicht hinter ihr.

Den Blick auf die verschiedenen Höhenmesser gerichtet, benutzte Argent den Sonar, um die Commuter noch etwas tiefer absacken zu lassen, bis ihr Bauch weniger als einen Meter über dem Dach hing. Er schaltete den Autopilot ein, um das Flugzeug in dieser Stellung zu halten, dann griff er nach dem bewusstlosen Rigger. Seine Finger krallten sich in das Hemd des Mannes, dann schleifte er ihn zur Frachtluke und warf ihn hinaus, während Telma das Flugzeug erreichte.

Argent nahm ihr Beedle ab, wobei er den Straßenmagier sehr behutsam anfasste, da er vermeiden wollte, dass die Wunde wieder aufbrach. »Schnall ihn an«, sagte er zu Telma.

Sie kniete nieder und tat es. »Sie sind dicht hinter uns.«

»Ich weiß.« Argent ging wieder zur Pilotenkanzel.

»Gesellschaft«, rief Chandler, der neben der Frachtraumluke stand. Kugeln prallten gegen die Seiten des Flugzeugs. Einige von ihnen wurden von der verstärkten Wandung des Laderaums aufgehalten, doch andere durchlöcherten das Heck. Chandler gab ein paar Schüsse ab.

Argent ließ sich auf den Kopilotensitz fallen und schaltete den Autopilot aus. »Festhalten.« Er erhöhte die Motorleistung und neigte die Rotoren ein wenig, und die Maschine schob sich zur Dachkante.

Plötzlich wurde ihnen der Fluchtweg von einer Feuerwand abgeschnitten, die auf dem Dach aufloderte. Die Flammen breiteten sich aus und züngelten immer höher, bis sie eine Höhe von über vier Metern erreicht hatten, während sie sich wie Schlangen hin und her wanden.

23

Das ist kein gewöhnliches Feuer«, rief Telma aus dem Laderaum.

Das war Argent klar. Aus Erfahrung wusste er außerdem, dass ein normales Feuer Munition zur Explosion bringen mochte oder auch nicht, wenn sie hindurchflogen. Doch diese durch einen Zauber hervorgerufenen Flammen ließen etwaige Munition immer hochgehen. Wäre Beedle bei Bewusstsein gewesen, hätte er den Zauber vielleicht neutralisieren oder den Magier ausschalten können, der ihn gewirkt hatte. Zumindest hätte Beedle herausgefunden, wer den Zauber gewirkt hatte.

Argent warf einen Blick nach rechts und bremste den Commuter ab, dann wendete er das Flugzeug in einer engen Schleife, wobei er sich die Kipprotoren zunutze machte. Als die Nase der Gruppe der Angreifer zugewandt war, die durch die Luke aufs Dach strömten, drückte er auf die in den Steuerknüppel integrierten Auslöser für die beiden schweren Maschinengewehre.

Die Kugeln trafen die Angreifer, mähten einige von ihnen nieder und veranlassten den Rest, schleunigst Deckung zu suchen. Sie erwiderten das Feuer, und die Plastiglasfenster der Pilotenkanzel überzogen sich mit Sprüngen, bis die Sicht gleich null war.

Die Feuerwand verschwand.

Argent konzentrierte sich wieder auf die Flucht. Er erhöhte den Schub und ließ die Rotoren nach vorn kippen. Die Commuter jagte über das Dach und durch den Rauch, den die Feuerwand hinterlassen hatte. Leuchtspurgeschosse erhellten für einen Augenblick die Nacht, als sie über die Dachkante und die Straße unter ihnen flogen.

»Rakete!«, rief Telma eine Warnung.

Die Warnsysteme des Flugzeugs leuchteten auf und verfolgten die sich nähernde Luftabwehrrakete, die von Nakatomis Truppen vor dem Lookers abgefeuert worden war. Argent schob den Steuerknüppel nach vorn, um Höhe gegen Geschwindigkeit zu tauschen, und ließ gleichzeitig die linke Tragfläche abkippen, bis das Flugzeug vertikal in der Luft stand.

Die Rakete schoss an ihnen vorbei, wobei sie den Bauch des Flugzeugs nur knapp verfehlte.

Argent kämpfte gegen das Bestreben des Flugzeugs an, weiter an Höhe zu verlieren oder in eines der Gebäude abzuschmieren, die sie passierten. Hätte das Flugzeug Düsentriebwerke besessen, wären sie der Rakete vermutlich nicht entkommen. Die Luftabwehrraketen waren in der Regel mit Wärmesensoren ausgerüstet, für die ein Düsentriebwerk eine Art Leuchtfeuer war.

»Peg«, rief er über Kommlink. »Ich brauche einen Platz, wo ich das Flugzeug landen kann.«

»Was schwebt dir vor?«

Argent rief sich das Gelände rings um LA in Erinnerung, so weit er es kannte. »Die Barrens. Harbor Town.«

»Verstanden«, sagte Peg. »Ich lade dir eine Karte in deine Headware, die du über die Corona ansehen kannst, aber ohne Satellitenverbindung kann ich dich nicht einweisen.«

»Finde nur einen Landeplatz für mich«, erwiderte Argent. »Ich komme schon hin.« Er flog nach Süden in Richtung Harbor District, der direkt am Pazifik lag.

Das rechte Glas der Corona pulsierte, dann erschien eine Karte darauf. Der Maßstab der Karte von Los Angeles verkleinerte sich rasch, bis nur noch der Harbor District zu sehen war. Die Straßen außerhalb des Gebiets waren eindeutig gekennzeichnet, aber die Straßen im Harbor District bildeten ein verwirrendes Labyrinth. Die Sicherheit in diesem Gebiet war angeblich ebenfalls lasch. Die Einzelheiten entnahm Argent einem Informationspaket, das Peg im Laufe der Nacht über die Gegenden rings um El Infierno zusammengestellt hatte.

»Mit einer Landung dort gehst du ein ziemliches Risiko ein«, sagte Peg.

»Ja«, stimmte Argent zu, »aber eine bessere Chance sehe ich nicht. Lone Stars Aktivitäten sind dort minimal.«

»Das liegt daran, dass die hiesigen Konzerne die Gegend als Müllhalde missbrauchen«, stellte Peg fest.

Argent wusste das aus den Berichten, die er gelesen hatte. In dem Schutt, den das Erdbeben zurückgelassen hatte, waren unzählige merkwürdige Kreaturen gesichtet worden. Er korrigierte seinen Anflugvektor, wobei er niedrig flog, aber nicht so niedrig, dass die

Überwachungssysteme angesprochen hätten, welche die Konzerngebäude unter ihm schützten. Vor ihnen konnte er die Lichter des Plex sehen, die an die Dunkelheit des Harbor Districts grenzten. Dahinter lag das dunklere Schwarz des San Gabriel River.

»Du musst dir über mehr Gedanken machen als giftige Chemikalien«, sagte Peg. »Die Gegend wird von einer Gang kontrolliert, die sich Steppin' Wulfs nennt.«

Auch daran erinnerte sich Argent aus den Berichten. Die Steppin' Wulfs waren angeblich vercyberte Irre, die ihr Revier eifersüchtig bewachten. Die Landung der Commuter im Harbor District würde in jedem Fall ihre Aufmerksamkeit erregen. Aber ihnen blieb keine andere Wahl.

»Argent«, rief Telma aus dem Laderaum. »Wir haben einen Verfolger.«

Argent wandte sich der Kamerakonsole zu und rief die Heckkamera auf. Er erhöhte den Vergrößerungsfaktor, bis er die wespenähnliche Form eines Hubschraubers sah, der sich ihnen näherte. Grüne Zahlen wiesen als Entfernung 1206 Meter auf, aber dieser Wert wurde stetig geringer.

»Wir brauchen den Unterschlupf«, sagte Argent zu Peg.

»Bin dabei«, erwiderte sie.

Argent hatte damit gerechnet, dass der Run sehr schnell heiß werden konnte, und war der Ansicht gewesen, dass sie vielleicht einen sicheren Unterschlupf brauchen würden. Er konzentrierte sich auf die Steuerung des Flugzeugs und sah, wie die Dunkelheit des Harbor District anschwoll, bis sie die Kameraperspektive vor ihm ausfüllte. Er schob den Steuerknüppel vorwärts und ging rasch tiefer.

24

Leuchtspurgeschosse zuckten ringsumher durch die Nacht, und ein paar trafen die Commuter. Der Höhenmesser zeigte stetig fallende Werte, da er den Landeanflug auf LAs Harbor District fortsetzte.

Nach einem eingehenderen Blick auf die Kontrollen fand Argent einen Schalter, der die Treibstofftanks leerte. Normalerweise diente er dazu, um die Tanks zu reinigen, wenn der Treibstoff minderwertig war. Eine Sicherheitsabfrage leuchtete auf, und er bestätigte.

Als ihre Höhe knapp unter sechzig Meter betrug, machte Argent eine Straße zwei Blocks innerhalb des Harbor Districts aus. Der Karte zufolge, die Peg auf seine Corona gelegt hatte, war die Hawaiian Street ursprünglich neun Blocks lang und zweispurig gewesen und hatte nach Süden zu den Eisenbahngleisen geführt, die nur ein paar Blocks östlich der Interstate 110 verliefen. Acht dieser Blocks existierten noch.

Argent hoffte, sie würden reichen, um die Commuter sicher zu landen. Er verlor mehr Höhe und hielt nach dem Los Angeles Harbor College an der Interstate 110 Ausschau, um sich zu orientieren.

Er korrigierte seinen Anflugvektor und schwenkte auf die Straße zwischen den Schutthaufen ein, in denen es im Harbor District wimmelte. Der Kampfhubschrauber lag nur noch 400 Meter zurück, und die Beobachtungskamera zeigte, dass mindestens zwei weitere das Gebiet anflogen. Das Flugzeug erbebte jetzt beständig unter dem Beschuss schwerer Maschinengewehre.

Gegen die Neigung des Flugzeugs ankämpfend, bei der Landung die Nase zu heben, hielt Argent das Flugzeug auf Kurs. Er ignorierte die Kugeln, die durch die Maschine jaulten, und ignorierte auch die Funken, die der linke Rotor sprühte. Rauch quoll aus dem Rotorgehäuse, als Öl auslief und auf dem heißen Motor verbrannte.

Die Höhenanzeige fiel auf 25 Meter, während der Kampfhubschrauber bis auf 200 Meter aufschloss und sich auf den Fangschuss vorbereitete.

Argent wartete, den Finger auf dem Schalter zum Entleeren der Tanks. Der Pilot würde versessen darauf sein, ihn abzuschießen. Der Rauch, der von dem Motor aufstieg, wurde dicker und schwärzer.

Der Pilot des Kampfhubschraubers eröffnete erneut das Feuer mit seinen Maschinengewehren. Leuchtspurgeschosse zuckten durch die Nacht.

Argent leerte die Treibstofftanks, und das gurgelnde Rauschen des ausgeblasenen Benzins war so laut, dass es den Motorenlärm übertönte. Er sah den Treibstoff mit der Heckkamera erst, als die Leuchtspurgeschosse ihn entzündeten.

Eine große Flammenwolke erhellte die Nacht und legte sich um den Hubschrauber. Das Feuer reichte nicht aus, um ihn vom Himmel zu holen, und würde ihn nicht einmal lange ablenken.

Argent lauschte dem markerschütternden Lärm der Triebwerke, die jetzt husteten und aussetzten, was ihm die Kontrolle des Flugzeugs erschwerte. Er kämpfte mit dem Steuerknüppel und zwang das Flugzeug, den von ihm eingeschlagenen Kurs zu halten. Knapp zehn Meter über dem Boden raste er jetzt zwischen den Schutthaufen hindurch, die das Erdbeben zurückgelassen hatte. Mauerreste und Betonbrocken bildeten Hindernisse auf der Straße.

Er fuhr das Fahrwerk nicht aus, da er bessere Chancen auf eine glückliche Landung hatte, wenn er nicht das Risiko einging, dass ein Rad wegknickte oder gegen ein Hindernis prallte. Er zog die Nase hoch und fuhr die Landeklappen ganz aus, um ihre Geschwindigkeit weiter zu verringern.

Der Bauch der Commuter setzte auf, und das Cockpit war plötzlich vom lauten Knirschen des Schutts auf der Straße erfüllt. Argent kämpfte mit dem Ruder, um das Flugzeug gleichlastig zu halten. Die Landeklappen gaben ihm ein wenig Kontrolle über die Rutschpartie, aber er verlor sie in dem Augenblick, als die linke Tragfläche mit einem sieben Meter hohen Schutthaufen kollidierte.

Die Tragfläche riss vom Rumpf ab wie ein Stück Krepppapier. Die Commuter neigte sich nach vorn, da die Maschine die stabilisierende Wirkung der Tragfläche verloren hatte, bis die Nase aufsetzte. Funken sprühten und prallten gegen die blinde Windschutzscheibe.

Die Sicherheitsgurte hielten Argent und halfen ihm dabei, seine Stellung zu halten. Bevor er wusste, wie ihm geschah, rutschten sie die Böschung der Bahngleise empor und hoben für einen Augenblick wieder ab. Als die Commuter aufsetzte, wurde die Strukturzelle in ihren Grundfesten erschüttert.

Die Ruinen eines Gebäudes füllten plötzlich die Windschutzscheibe aus. Die Kollision riss Argents Sitz aus der Halterung. Er verschränkte die Arme vor sich und nahm so dem Aufprall mit der Konsole einen Großteil der Wucht.

Das Flugzeug hielt schlagartig an und zitterte und bebte wie ein BTL-Junkie auf Entzug.

Argent löste die Sicherheitsgurte und eilte in den Laderaum. Das Flugzeug lag schief, wodurch das Gehen erschwert wurde. Er schaltete seinen Lichtverstärker zu.

Chandler lag auf Beedles Beinen, während Telma den Oberkörper des Magiers schützte. Der Vampir schien vollkommen unverletzt zu sein, aber Telma sah aus wie die Hölle.

»Ich glaube, ich habe mir den Arm gebrochen«, stöhnte sie, während sie sich von Beedles bewusstloser Gestalt erhob.

Argent half ihr auf und riss einen Haltegurt ab. Er machte eine Schlinge daraus und legte sie ihr um, sodass der Arm vor dem Bauch und halbwegs ruhig lag.

»Kommst du damit klar?«, fragte er.

Sie nickte, und ein schmerzerfüllter Ausdruck trat in ihre dunklen Augen. »Ich habe schon Schlimmeres überstanden.«

Argent kniete nieder und hob Beedle auf. Der junge Magier stand immer noch unter dem Einfluss des Betäubungspflasters, und die Wunde hatte wieder angefangen zu bluten, obwohl der Blutfluss nicht sehr stark war.

Chandler ging zur Laderaumluke und stemmte sie unter metallischem Kreischen auf. Draußen roch es nach giftigen Chemikalien, die Argent in die Nase stachen. Die geruchsverstärkenden Rezeptoren in seinen Nasenhöhlen und hinten am Gaumen dämpften die Wirkung augenblicklich, und er schaltete das Gasspektrometer in seinen Nebenhöhlen zu, das alle Gerüche analysieren und jeden identifizieren würde, der ihnen Schaden zufügen mochte. Natürlich würde diese Warnung nur erfolgen, wenn das Spektrometer eine Chemikalie identifizierte, die in seinem Programm als schädlich gespeichert war.

Argent legte sich Beedle in der Art eines Feuerwehrmanns über die Schulter, sodass er beide Hände frei hatte. Rotoren dröhnten über ihnen und erinnerten ihn daran, dass die Kampfhubschrauber die Verfolgung keineswegs aufgegeben hatten. Ein Hubschrauber von Lone Star hatte sich der Parade der Flugmaschinen angeschlossen. Er umkreiste die Absturzstelle und lieferte sich nervöse Schusswechsel mit den Konzernhubschraubern.

Chandler kletterte auf das Flugzeug und drehte den Schutzdeckel auf dem Luftbetankungsventil ab. »Ich weiß, dass du die Tanks geleert hast«, sagte der Vampir, »aber ich weiß auch, dass die Explosivität der Benzindämpfe größer ist als die der Flüssigkeit. Ich schätze, ich kann noch ein wenig mehr Verwirrung stiften.« Er nahm ein Zippo-Feuerzeug aus seiner Hosentasche und riss ein Stück Stoff von seinem zerfetzten Rollkragenpullover ab. »Verschwindet von hier. Ich brauche nicht lange.«

Argent schlug die Richtung zur Interstate 110 ein und trabte durch die Schutthaufen. Telma blieb dicht hinter ihm, die Pistole schussbereit in der gesunden Hand.

Das helle Aufleuchten, als der Stofffetzen Feuer fing, warnte Argent vor der bevorstehenden Explosion. Gleichzeitig stießen zwei der Hubschrauber auf die Absturzstelle herab.

Argent sah Chandler auf dem Flugzeug, und plötzlich fiel der brennende Stofffetzen in die fast leeren Tanks des Commuter. Das Flugzeug explodierte, und der Flammenblitz war selbst für Argents Cyberaugen zu viel. Als sie sich an die neuen Lichtverhältnisse angepasst hatten, war von der Commuter nur noch ein verbogenes, brennendes Wrack übrig. Von Chandler war nichts zu sehen.

»Ist er…?«, fragte Telma.

»Nein«, antwortete eine erschöpfte Stimme.

Argent drehte sich um und sah, wie der Vampir seine Nebelgestalt aufgab und wieder stofflich wurde.

»Aber ich gebe zu, dass es knapper war, als ich dachte«, sagte Chandler.

Die Hubschrauber umkreisten die Absturzstelle. Bald würden sie sich teilen und nach Überlebenden suchen, da sie eine absichtliche Sprengung des Flugzeugs nicht ausschließen konnten. Doch das Feuer würde jedwede Infrarotausrüstung in seiner unmittelbaren Umgebung unwirksam machen.

Argent übernahm die Führung und marschierte los. Seine Gedanken waren bei Andi Sencio und den Schwierigkeiten, in denen sie steckte. Sie herauszuholen würde nicht leicht werden. Nicht, wenn die vereinigten Streitkräfte von Nakatomi und Villiers ihr auf den Fersen waren. Natürlich würde der Chip ihm mehr Informationen geben, als diesen Leuten zur Verfügung standen. Doch wenn er sie aus ihrer Notlage befreien wollte, würde sie das alle größter Gefahr aussetzen.

25

»Es tut mir Leid, Nakatomi-*sama,* wir haben sie verloren.«

Clay Ironaxe starrte auf den Bildschirm des Telekoms, der ihm Bilder aus dem Freistaat Kalifornien zeigte, mit denen Nakatomi ihn fütterte. Außerdem waren Anrufe von Arthur Vogel und Shikei Nakatomi eingegangen, die beide in der Warteschleife hingen. Der leitende Geschäftsführer von VaulTek spürte den Druck des Augenblicks, aber das Adrenalin, das ihn durchströmte, war eine willkommene, vertraute Droge, die beinahe den Zorn unterdrückte, den er empfand.

Die Bilder aus Kalifornien pulsierten unsicher über den Bildschirm, was darauf hinwies, wie komplex die Verschlüsselung war, mit der die Decker von Fuchi Asien gewährleisteten, dass das Signal vom Einsatzteam nicht von Unbefugten aufgefangen werden konnte. Sie zeigten das Wrack des Flugzeugs. Immer noch leckten hungrige Flammen nach dem verbogenen Rumpf. Ironaxe empfing die Bilder nun schon seit einiger Zeit und hatte die Explosion mitverfolgt.

Der Mann, der mit Nakatomi sprach, leitete das Einsatzteam, dem Argent entkommen war. Die Toten waren noch nicht gezählt worden.

»Ich kann nicht einfach über Ihr Versagen hinweggehen«, sagte Nakatomi über den Kommlink, der ihn mit dem Einsatzteam verband. Ironaxe war das Audiosignal erst nach Argents gelungener Flucht zugespielt worden, und offensichtlich hatten die nun folgenden Ereignisse lediglich den Zweck, ihn zu beeindrucken.

»*Hai* Nakatomi-*sama*«, sagte der Kommandeur der Einheit. Er verbeugte sich steif, und sein Gesicht war aschfahl geworden. »Das verstehe ich.«

»Sie wissen, dass ich nur eine Antwort akzeptiere«, sagte Nakatomi harsch.

»Ein Finger oder sein Leben?«, fragte Bearstalker ungerührt. Er stand hinter Ironaxe und schaute seinem Arbeitgeber über die Schulter. »Ich wette, er befiehlt dem Burschen, sich zu geeken.«

Ironaxe antwortete nicht. Dieser Teil von Nakatomis Bemühungen war reine Verkaufsstrategie und sollte ihm zeigen, wie hundertprozentig er seine Männer im Griff hatte. Und wie weit er zu gehen bereit war.

»Ich bitte um Vergebung, Nakatomi-*sama*«, sagte der Kommandeur.

»In dieser Angelegenheit gibt es keine Vergebung«, entgegnete Nakatomi. »Es gibt nur Schwäche und Versagen.«

Der Mann verbeugte sich, während sich ihm ein Mitglied seines Teams mit einem flachen, rechteckigen Koffer näherte. Der Kommandeur öffnete den Koffer und entnahm ihm ein Kurzschwert. Der andere Mann fiel auf die Knie, drehte das Schwert um und riss sich sein Uniformhemd aus der Hose.

Er wickelte den schwarzen Stoff um das Heft des Schwerts.

»Einer der örtlichen Trideosender ist gerade eingetroffen«, sagte Bearstalker.

Ironaxe warf einen Blick auf den großen Trideomonitor, der in die Wand gegenüber dem Schreibtisch eingelassen war. Neun kleinere mit einem Fünftel seiner Größe rahmten den mittleren ein. Der große Monitor zeigte das Programm eines kalifornischen Senders, und die Bilder zeigten den Flugzeugabsturz im Harbor District. Textzeilen liefen über den unteren Rand des Bildschirms, weil der Ton abgestellt war. Das Material wurde augenscheinlich aus der Luft aufgenommen, entweder von einer Drohne oder aus einem Hubschrauber.

Der Schnüffler, der den Zuschauern die Story auftischte, hatte sein Manuskript mit reichlich Ausrufezeichen, aber sehr wenigen Fakten gespickt. Es habe eine bewaffnete Auseinandersetzung in El Fierno gegeben, bei der mehrere Personen ums Leben gekommen seien. Dann richtete sich die Kamera auf Nakatomis Kommandeur.

Ironaxe sah auf zwei Bildschirmen aus verschiedenen Perspektiven, wie sich der Mann das Kurzschwert in den Leib stieß. Die Klinge musste mit einer Monofaser verstärkt sein, weil der Mann sich in zwei Hälften schnitt. Beide Hälften zuckten, während das Leben aus ihnen wich.

Der Trideoschnüffler filmte weiter und beschrieb in anschaulichen Einzelheiten, was seine Zuschauer sahen. Die Kamera versuchte den anderen Mitgliedern des Einsatzteams zu folgen, doch ein Kugelhagel traf den Hubschrauber und veranlasste ihn, die Verfolgung abzubrechen. Die Tatsache, dass der Schnüffler aus einem Hubschrauber filmte, wurde bestätigt, als er zurücksprang und die Kamera seinen eigenen Arm zeigte, der mit dem Gehirn des Piloten bespritzt war. Auch ohne Ton übermittelte der Textprompter die letzten Schreie des Schnüfflers, als der Hubschrauber abstürzte, und übersetzte sie in Schriftzeichen. Gleichzeitig wurde eine Dezibel-Anzeige eingeblendet, deren Balken auf und nieder zuckte.

Das Kamerasignal erlosch nicht beim Aufprall des Hubschraubers, sondern zeigte, wie der Schnüffler herumgewirbelt wurde. Die Kamera löste sich von ihm und zeigte den abgestürzten Hubschrauber, der auf einem Schutthaufen lag. Das Gesicht des toten Schnüfflers war teilweise zu sehen, und das eine sichtbare Auge war geöffnet, aber blicklos.

Fast umgehend öffnete sich ein Fenster auf dem Trideobildschirm, das eine Nachrichtensprecherin zeigte, die auf Sendung ging, um den Vorfall weiter auszuspinnen. Doch das Fenster war so platziert, dass weder das Gesicht des toten Schnüfflers noch das Hubschrauberwrack verdeckt wurden. Hintergrundinformationen über den toten Schnüffler wurden eingeblendet.

Ironaxe konzentrierte sich wieder auf den Telekomschirm, der den Tod des Kommandeurs gezeigt hatte. Nur die Leiche und die Commuter waren noch zu sehen. Zweifellos würde Nakatomi alle Daten über den Toten löschen lassen und ihn zu einem SINlosen machen, einer weiteren unidentifizierten Null im Plex.

»Wer diesen Fall auch untersucht«, sagte Bearstalker, »wird wahrscheinlich glauben, die Yakuza habe einen weiteren Grenzkrieg mit den Seoulpa-Ringen geführt. Sie fechten seit Jahren Revierkriege untereinander aus.«

Ironaxe wusste nichts darüber, aber Bearstalker kannte sich damit aus. Bearstalker hatte nicht immer in den NAN gelebt und als Sicherheitsspezialist für kleinere Konzerne an der gesamten Westküste gearbeitet. »Also kann Nakatomi seine Hände in Unschuld waschen.«

»Ja. Er ist ein gerissener Hund«, räumte Bearstalker ein. »Dass er den Kommandeur dazu gebracht hat, sich zu geeken, wird die Untersuchungsbeamten dazu verleiten, falsche Schlüsse zu ziehen. Gewaltakte der Unterweltsfamilien live um 23 Uhr im Trid. Fall abgeschlossen.«

»Und weil er den Tod des Mannes vor meinen Augen befohlen hat, nimmt er an, dass er seine Hände auch vor mir in Unschuld waschen kann.«

»Wahrscheinlich.«

Die Videoübertragung auf dem Telekomschirm erlosch und schrumpfte zu einem schwarzen Punkt.

Ironaxe ging zu seinem Schreibtisch und ließ sich durch den Kopf gehen, was er in den letzten Minuten erfahren hatte. »Dieser Argent ist ein sehr fähiger Krieger.«

»Der Art und Weise nach zu urteilen, wie er Nakatomis Leuten entkam, würde ich das auch sagen.«

»Aber es wäre unlogisch«, sagte Ironaxe, »wenn Nakatomi einen derart wertvollen Mann opfern würde. Nicht, wenn Argent sein Angestellter wäre.«

»Das hängt davon ab, wie hintersinnig Nakatomi die Sache angeht. Auch ein so fähiger Mann wie Argent ist nicht mehr wert als das, was er durch die Fusion mit dir zu erreichen hofft.«

Ironaxe stimmte ihm insgeheim zu. Es war nicht nur die von VaulTek entwickelte Matrixware, die Villiers und Nakatomi wollten. Sie wollten sich den Einfluss zunutze machen, den Ironaxe im Pueblo Corporate Council hatte. Eine Fusion wie diese würde jeden der beiden Fuchi-Nachfolger sanieren und ein Hammerschlag für den anderen sein, wenn dieser nicht jemand anders fand, mit dem er rasch zu einer ähnlichen Vereinbarung gelangen konnte.

Von den beiden Unternehmen war Richard Villiers' NovaTech das stärkere, zumindest im Augenblick. Doch das konnte sich angesichts der Schnelllebigkeit des Geschäfts und der Entwicklungen an der Wall Street mit jedem Tag ändern. Ein falscher Zug mochte Villiers durchaus sein noch junges Imperium kosten.

Villiers war außerdem im Vorteil, weil er Ironaxe auf den nord- und südamerikanischen Märkten mehr zu bieten hatte als Nakatomi. Doch um die geplante Fusion tatsächlich zu vollziehen, würde Villiers einen Teil der Autonomie aufgeben müssen, die er seit dem Auseinanderbrechen Fuchis für sich gewahrt hatte. Ironaxe musste sich fragen, ob der Mann dazu überhaupt bereit sein würde.

Nakatomi hatte nie erwähnt, dass Argent früher einmal für Fuchi gearbeitet hatte, doch Bearstalker war mühelos an diese Information herangekommen. Natürlich waren Aaron Bearstalkers Quellen unter den Shadowrunnern äußerst bemerkenswert. Das war einer der Gründe, warum Ironaxe ihn eingestellt hatte.

Er sah Bearstalker an, als er sich wieder hinter seinen Schreibtisch setzte. »Also«, fragte er, »wer von beiden hat mich verraten? Nakatomi oder Villiers?«

»Das werden wir herausfinden«, erwiderte Bearstalker gelassen. »Das Wissen, belogen worden zu sein, ist das wichtigste. Wenn wir diese Sencio finden, werden wir die Wahrheit erfahren.«

26

»Wie willst du die Sache angehen?«, fragte Miles Lanier.

Richard Villiers' ausdruckslose Miene verriet nichts. »Lass Nakatomi und Argent weiterhin beschatten, aber dein Team in Kalifornien soll sich ganz im Hintergrund halten. Ich will nicht, dass unsere Anwesenheit dort nachteilige Folgen für uns hat.«

Lanier rief den Kommandeur seiner Einheit an und übermittelte ihm den Befehl. Er sah sich die Trideoberichterstattung über das Gefecht im Harbor District an. Soeben war der Hubschrauber von Lone Star gelandet.

An der Stelle, wo die Commuter abgestürzt und dann explodiert war, trafen Bodeneinheiten ein. Ein Taktisches Einsatzteam von Lone Star schwärmte aus und durchsuchte die brennenden Trümmer nach Hinweisen.

»Nach diesem Vorfall wird Argent erst einmal untertauchen«, sagte Villiers. »Er wird zunächst alles überprüfen, was Sencio ihm übermittelt hat.«

»Das glaube ich auch. Nach meinem Anruf bei dem Privatdetektiv weiß Argent, dass du mitspielst. Vielleicht hat er während der Schießerei ein paar von Nakatomis Leuten erkannt. Und Sencios Informationen werden Ironaxe beim Namen nennen. Argent ist zu professionell, um sich eine Gelegenheit entgehen zu lassen, mehr zu erfahren, was ihm helfen könnte.«

»Als er in den Wüstenkriegen für uns arbeitete«, sagte Villiers, »hat er ein Kommunikationssystem aufgebaut.«

»Über die Kleinanzeigen in den örtlichen Sensationsblättern«, sagte Lanier. »Ich erinnere mich daran.«

»Da er weiß, dass wir in die Sache verwickelt sind, ist er vielleicht bereit, mit uns zu reden. Er wird nicht ohne weiteres dazu bereit sein, es mit Ironaxe und Fuchi Asien aufzunehmen. Möglicherweise haben wir eine gute Verhandlungsgrundlage.«

Lanier kannte Argent und wusste daher auch, dass für ihn die Sicherheit von Sencio und ihren Leuten absolute Priorität haben würde, falls er sich dazu entschloss, einen Rettungsversuch zu unternehmen. Trotz des bösen Bluts, das nach seiner Zusammenarbeit mit Villiers vor einigen Jahren entstanden war. »Willst du ihm deine Hilfe anbieten?«

»Ja«, sagte Villiers. »Aber davon werden nur du und ich wissen. Ich will bei diesem ganzen Unternehmen jede Beteiligung abstreiten können. Welche Hilfe er auch von uns bekommt, ich will, dass alle Spuren direkt zu Nakatomi führen. Bezahle ihn mit Geld von einem der Nakatomi-Konten, auf die wir Zugriff haben, wenn es sein muss. Dadurch werden wir einige unserer Trümpfe aufdecken, die wir in der Hinterhand haben, um Nakatomi im Auge zu behalten, aber das ist die Sache wert.«

»In Ordnung.«

»Und halte mich über alles auf dem Laufenden. Sollte irgend etwas passieren, will ich sofort informiert werden.« Villiers erhob sich von seinem Stuhl und ging durch den Raum.

»Es besteht die Möglichkeit«, erinnerte Lanier ihn, »dass Argent Sencio nach diesem Vorfall abschreibt.«

»Nein«, erwiderte Villiers. »Wir kennen Argent, und dieses Unternehmen gehört zu der Sorte, an der er einfach nicht vorbeigehen kann. Der Mann hat ein Gewissen. Das ist das einzige, was ihn je daran gehindert hat, perfekt zu sein.«

27

[Chipdatei: Argent
Sicherheitszugang: ******-01:37:43/11-10-60]

UPLOAD ANFANG

Standort: Unterschlupf Freistaat Kalifornien

Bevor ich nach Kalifornien gegangen war, hatte ich für zwei Dinge gesorgt. Eines war ein Unterschlupf, falls wir einen brauchten. Das zweite war ein Straßendoc, der vertrauenswürdig war und uns zur Verfügung stehen würde, wenn wir seine Dienste benötigten.

Beides war nicht billig. Ich hatte im Voraus bezahlt, und zusätzliche Kosten wurden in dem Augenblick berechnet, wenn die Dienste in Anspruch genommen wurden.

Chandler half mir dabei, Telma und Beedle zu dem Doc zu schaffen, und verschwand dann in der Nacht. Beedles Zustand war ernst und erforderte eine sofortige Operation. Wäre er kein Magier gewesen, wäre das Zusammenflicken leichter gewesen, weil man den zersplitterten Knochen durch künstliches Material hätte ersetzen können, anstatt aus seiner eigenen DNS im Bottich gezüchtetes Material zu verwenden. Der Doc garantierte mir, dass Beedle wieder ganz gesund würde.

Telma hatte es nicht so schwer erwischt, doch sie hatte eine reguläre Anstellung, zu der sie zurückkehren musste. Sie hatte Urlaub genommen, um mir in Kalifornien den Rücken freizuhalten, aber ihr Urlaub ging zu Ende.

Ich ging allein in den Unterschlupf. Abgesehen von Peg, die beständig versuchte, mich in ein Gespräch zu verwickeln, das ich nicht führen wollte. Oder vielleicht ist ›nicht wollte‹ ein zu starker Ausdruck. An diesem Gespräch führte kein Weg vorbei, aber ich war noch nicht dazu bereit.

Der Unterschlupf war eine Bude in Gardenia in einer Gegend namens Pierson Place, wo ein Runner sich relativ unerkannt verkriechen konnte. Die oberen Etagen der Bude boten nur konventionelle Sicherheit, aber die unteren Geschosse boten alles auf, was es an Sicherheit gab, darunter auch eine abgeschirmte Einstöpselmöglichkeit.

Nolly brachte mich durch einen der Geheimgänge in die unteren Etagen und zeigte mir mein Zimmer. Es ist mir nie gelungen festzustellen, wie viele Zimmer im Keller waren, und ich betrachtete das als gutes Zeichen. Wenn Peg und ich es nicht geschafft hatten, die Frage zu beantworten, würde es allen anderen auch sehr schwer fallen, davon war ich überzeugt.

»Die Miete deckt die Kosten für das Zimmer ab«, sagte Nolly, »und garantiert Anonymität, solange Sie hier sind.« Sie war eine dürre Bohnenstange von einem Ork und trug ein farbenfrohes Kleid, das zur Einrichtung der oberen Räumlichkeiten passte. Ihre grauen Haare waren im Nacken zu einem Knoten zusammengebunden, zu dem ihre mächtigen Kiefer ein Gegengewicht bildeten. »Wenn Sie Aufmerksamkeit auf sich lenken, solange Sie hier sind, oder einen Versuch unternehmen, die Privatsphäre anderer Mieter zu stören, wird Ihnen fristlos gekündigt.«

»Ich verstehe«, sagte ich, indem ich mir den Raum ansah. Ich hatte lediglich die Segeltuchtasche mit meiner Ersatzausrüstung bei mir.

Sie entschuldigte sich und verließ das Zimmer. Ich hörte, wie sie die Tür hinter sich abschloss. Sie würde sich erst wieder öffnen, wenn sie sie aufsperrte. Ich hatte die Kombination zu einer Geheimtür im Kleiderschrank, die zu einem Gang führte, über den ich nach draußen gelangen konnte, aber nicht wieder hinein.

Das Zimmer war spartanisch möbliert. Es gab eine kleine Kochnische und eine kreativ bestückte Speisekammer. Ein unbequem aussehendes Bett ließ sich aus der Wand ziehen.

Ich stöpselte die verschlüsselte Telekomeinheit aus der Segeltuchtasche in die abgeschirmte Telekomdose. Dann rief ich Peg an, und sie fuhr eine rasche Diagnose der Verbindung.

»Wir sind hier sicher«, verkündete sie.

»Gut. Lass mir noch ein paar Minuten Zeit.« Der Chip, den Sencio mir über Chandler geschickt hatte, war zwar in meinem Armfach verborgen und wog nur ein paar Gramm, aber seine Anwesenheit war mir überdeutlich bewusst. Ich beendete meine Suche nach verborgenen Kameras und Mikrofonen, ohne welche gefunden zu haben. Nolly genoss ihren Ruf völlig zu Recht. Ich hatte diesen Unterschlupf schon zweimal benutzt, aber noch nie denselben Kellerraum bekommen und noch nie denselben Ausgang gehabt.

Zum Glück respektierte Peg meinen Wunsch und redete nicht viel. Ich richtete zwei von den Minikameras in meiner Tasche ein. Nachdem ich sie an der Wand platziert hatte, sodass sich ihr Aufnahmebereich überlappte, verband ich sie mit dem Telekom.

»Die Minikameras sind online«, sagte Peg zu mir.

Die Bewegungsdetektoren stellte ich so auf, dass einer die Eingangstür sicherte und der andere den Geheimausgang im Kleiderschrank. Erst dann nahm ich den Chip aus meinem Armfach und legte ihn in das Telekom ein.

»Willst du mich dabei haben?«, fragte Peg.

»Ja«, erwiderte ich. Doch in Wahrheit wusste ich es nicht. Die Vorstellung, einen großen Teil meiner Vergangenheit vor ihr auszubreiten, behagte mir ganz und gar nicht. Und Andi Sencio war ein sehr verwirrender Teil davon. »Ich möchte, dass du den Inhalt des Chips auf dein Deck lädst«, sagte ich. »Wenn ich hier fertig bin, werde ich den Chip vernichten.«

»In Ordnung.«

Ich drückte auf UPLOAD.

»Ist mit einem Passcode gesichert«, verkündete Peg. »Aber die Kopie ist fertig.«

Ich zog das Bett aus der Wand und setzte mich auf die Kante, wobei ich mich zur Ruhe zwang. Ich schaltete das Licht aus und dunkelte den Raum bis auf das grüne Leuchten des Telekoms ab. Mit einer Hand tippte ich das Passwort ein, auf das Andi und ich uns bei unserer letzten Begegnung geeinigt hatten.

Schmetterling. Eine Zeit der Veränderung. Das Wort hatte für Ereignisse gestanden, die damals rings um uns stattgefunden hatten, und auch für die Veränderungen, die sich zwischen uns abspielten.

Der Telekomschirm flackerte und wurde heller. Das Bild war bestenfalls unscharf, zu dunkel und mit sprunghafter Einfärbung, sodass Flutwellen intensiver Farbexplosionen über den Schirm rollten. Zuerst glaubte ich, die Aufzeichnung sei in einem dunklen Gebäude angefertigt worden, dann sah ich das unbehauene Gestein ring um Andi und erkannte, dass es sich um eine Höhle handelte.

»Sieh dir die Dateien an«, sagte ich zu Peg. »Ich will wissen, ob an ihnen herumgepfuscht wurde.«

Andi sah mich vom Telekomschirm an. Sie trug ihre schwarzen Haare immer noch stoppelkurz, eine Angewohnheit aus ihrer Zeit beim Militär. Ihre Haut war dunkel und glänzend und lag straff über den geschmeidigen Muskeln. Hin und wieder gelang es dem Schirm, ihre Augenfarbe richtig darzustellen: ein mit Türkis durchsetztes Haselnussbraun mit einem Cyberglanz. Sie trug ein bauchfreies schwarzes T-Shirt aus

Kunstleder, schwarze Jeans aus Baumwollimitat und die stumpfen Motorradstiefel, die sie bevorzugte.

Sie lächelte, und vielleicht wäre einem beiläufigen Beobachter die Anspannung hinter diesem Lächeln entgangen, aber mir nicht. Andi fühlte sich nicht im mindesten wohl.

»Da du meine Nachricht bekommen hast«, sagte Andi trocken, »und weißt, wie die Dinge bei unserer Trennung zwischen uns standen, ist dir sicherlich bewusst, dass ich wahrscheinlich in der schlimmsten Patsche meines Lebens sitze.« Sie zuckte die Achseln, schob die Hände in die Gesäßtaschen ihrer Jeans und marschierte auf und ab. »Und wenn nicht, bin ich schon umgelegt worden. Angenehme Alternativen, was?«

UPLOAD WIRD FORTGESETZT

28

[Chipdatei: Argent
Sicherheitszugang: ******-01:55:10/11-10-60]

UPLOAD FORTSETZUNG

Standort: Unterschlupf Freistaat Kalifornien

Ich beobachtete Andi Sencio, während sie sprach, und verglich, was ich sah, mit dem, was ich niemals vergessen würde. Andi kannte eine Seite von mir, die ich nicht zeigte. Ihre Fähigkeit, diese Seite zu erreichen, hatte nicht darunter gelitten, dass unsere Beziehung beendet war.

»Du hast noch nie Zeit mit vielen Worten verschwendet«, sagte Andi kühl, »und ich habe hier auch nicht viel Zeit zur Verfügung. Wir haben zwar eine Satellitenverbindung zusammengestückelt, die zum Empfang und zum Weiterleiten eines Impulses in der Lage ist, aber wir strapazieren unser Glück.« Trotz ihrer äußerlichen Gelassenheit schnappte mein Cyberohr den verräterisch schrillen Unterton in ihrer Stimme auf, der mir verriet, wie nervös sie war.

Während ich Andi zuhörte, ging mir unwillkürlich der Gedanke durch den Kopf, dass sie möglicherweise bereits tot war. Die Tatsache, dass sie Chandler einen Impuls gesandt hatte, gewährleistete nur, dass sie in eben jenem Augenblick noch gelebt hatte, nicht mehr.

»Ich arbeite immer noch für Richard Villiers«, sagte Andi. »Er hat mir einen verdeckten Run gegen einen der NAN-Megas aufgetragen. Wir sollten Daten von einer Firma im Pueblo Corporate Council namens VaulTek stehlen.«

»Ich suche VaulTak«, meldete sich Peg.

»Der leitende Geschäftsführer von VaulTek ist ein Mann namens Clay Ironaxe«, sagte Andi. »Er ist Amerindianer und versucht unablässig, mehr über sein Volk und seine Kultur in Erfahrung zu bringen. Als Villiers mein Team auf den Job ansetzte, hatte er eine gute Tarnung für uns, indem er uns in den Forschungsstab von LegacyTrax einschleuste, einem Unternehmen, das es sich zur Aufgabe gemacht hat, Antiquitäten und Informationen in der Erwachten Welt aufzuspüren.«

Ich kannte LegacyTrax. Es war ein kleines Unternehmen, das sich darauf spezialisiert hatte, der Wahrheit von Mythen und Legenden auf den Grund zu gehen, die vor der Rückkehr der Magie weitergegeben worden waren. Die führende Organisation auf diesem Feld war die Atlantische Stiftung. Ich war im Laufe der Jahre an einigen Datenbeschaffungsunternehmen der Stiftung beteiligt gewesen. Es gab jedoch nicht wenige, die behaupteten, die Stiftung verfolge ihre eigenen Ziele und händige den Auftraggebern nicht immer alle Funde aus. Soweit mir bekannt war, genoss LegacyTrax in dieser Beziehung immer noch einen makellosen Ruf.

»Einige Mitglieder meines Teams waren echte Forschungsassistenten«, fuhr Andi fort, »während die übrigen Sicherheitsaufgaben hatten. Der Job erforderte, dass VaulTek viele seiner Mainframes für uns öffnen musste, sodass unsere Techs die fraglichen Mythen bestätigen konnten. Ironaxe hatte eine Reihe von Sicherheitsmaßnahmen ergriffen, um uns Datenübergriffe unmöglich zu machen, aber nachdem wir berechtigt waren, uns in dem System aufzuhalten, ließen sie sich viel leichter umgehen.«

Die Tatsache, dass Villiers Ironaxes' eigene Neugier gegen ihn verwendet hatte, überraschte Argent nicht. Villiers stand in dem Ruf, rasch und rücksichtslos zu handeln. Jeder seiner Züge war jedoch wohl überlegt und berücksichtigte alle Schwächen, die er ausnutzen konnte. »Falls du dich fragst, wie Villiers uns bei LegacyTrax eingeschleust hat«, sagte Andi, »dann kann ich dir das ganz genau sagen. Er hat die Firma in einem nichtöffentlichen Deal über Scheinfirmen und Strohmänner gekauft. Niemandem wird es gelingen, den Kauf zu ihm zurückzuverfolgen.«

Obwohl Andi es nicht aussprach, begriff ich doch, dass sie das schwache Glied in der Kette von Villiers' verdecktem Datendiebstahl war. Ohne Andis Aussage, die NovaTech mit LegacyTrax verband, mochte Ironaxe einen Verdacht haben, aber er würde niemals beweisen können, dass Villiers hinter dem Datendiebstahl steckte. Und wenn ein Konzern gegen einen anderen vorgehen wollte, ohne seinen Ruf zu schädigen, mussten an irgendeinem Punkt Beweise ins Spiel kommen.

»Während wir Zugang zu VaulTeks Mainframes

und kybernetischen Systemen hatten«, sagte Andi, »ist es uns außerdem gelungen, Informationen herabzuladen, auf die Villiers uns angesetzt hat. Wir haben uns von den offenen Datenbanken einen Weg in die Computer der Abteilung Forschung und Entwicklung gebahnt und dann alle Dateien auf unsere Decks kopiert.«

Ich drehte mich auf dem Bett um und nahm eine Flasche mit Quellwasser aus dem Vorrat, den Nolly mir zugeteilt hatte. Ich öffnete mechanisch den Verschluss und trank ein Drittel des Inhalts aus, wobei ich mich ganz auf Andis Worte konzentrierte.

»Du weißt bereits von den Grabenkämpfen, die zwischen den drei Fuchis im Gange sind«, sagte Andi. »Das weiß jeder Shadowrunner, der sein Geld wert ist, und ich nehme an, dir wurde in den vergangenen Monaten reichlich Arbeit angeboten. Vielleicht bist du zu beschäftigt, um den kleinen Job anzunehmen, den ich dir herüberschieben will. Ich hoffe nicht. Gäbe es eine Möglichkeit, ohne fremde Hilfe aus der Sache herauszukommen, hätte ich niemals Kontakt mit dir aufgenommen. Ich habe dir damals mein Versprechen gegeben, und du weißt, dass ich ein einmal gegebenes Versprechen nicht leichtfertiger breche als du.«

Ich betrachtete Andis Kleidung und bemerkte den grauen Staub auf den Knien ihrer Jeans. Wo sie die Satellitenschüssel auch angebracht hatte, sie hatte dafür klettern müssen.

»Den größten Teil der kopierten Informationen haben wir Villiers' Sicherungsteam heraufgeladen, das sich im Dunstkreis unseres Unternehmens aufhielt«, sagte Andi. »Aber sie haben nicht alles bekommen. Vielliers weiß außerdem, dass wir noch am Leben sind. Zumindest einige von uns. Und solange das der Fall ist, sind wir eine Last für ihn. Wenn er keine Möglichkeit sieht, uns hier herauszuholen, ohne sich und dieses Unternehmen zu exponieren, zweifle ich nicht daran, dass er uns beseitigen lassen wird. Ich will dich anwerben, um uns herauszuholen.«

Während sie auf und ab marschierte, bemerkte ich, dass ihr linkes Bein verletzt worden war. Die Behinderung trat nicht sonderlich stark hervor, aber für jemanden, der sie so intim kannte wie ich, war sie nicht zu übersehen. In allem, was physisch war, hatte Andi immer eine schlangenhafte Grazie an den Tag gelegt: von Tanzen über Sex bis hin zu Mordanschlägen.

»Du weißt, was Villiers uns bezahlt hat, als du noch für ihn gearbeitet hast«, sagte sie und bedachte mich mit einem schiefen Lächeln. »Und wahrscheinlich weißt du auch noch, wofür ich es am liebsten ausgegeben habe. Aber vielleicht wird es dich überraschen, wie viel ich in den vergangenen Jahren auf die Seite gelegt habe. Ich bezahle dir einen fairen Preis. Praktisch an dem Tag, als du mich verlassen hast, habe ich ein Gemeinschaftskonto unter den falschen Namen eingerichtet, die wir immer benutzt haben. Dem letzten Kontoauszug zufolge, den ich gesehen habe, liegen etwas über vierhunderttausend Nuyen auf der Bank. Es ist die Solar First in Washington DC.« Sie nannte die Kontonummer und wiederholte sie einmal, wobei sie sich bemühte, klar und deutlich zu sprechen.

Ich hielt den Chip an. »Sieh nach«, sagte ich zu Peg. »Aber sei vorsichtig. Es könnte leicht heikel werden, wenn du versuchst, dir Informationen über dieses Konto zu verschaffen.«

»Es sieht dir gar nicht ähnlich, dass du mir Anweisungen gibst, wie ich meinen Job zu erledigen habe«, sagte Peg gereizt.

Ich trank einen Schluck Wasser und ignorierte die Bemerkung. Als sie die Eingangsseite der Solar First aufgerufen hatte, legte ich den Daumen auf den in das Telekom eingebauten Scanner und sah zu, wie der

Lichtstreifen über den Abdruck wanderte. Es ist ziemlich teuer zu gewährleisten, dass die Daumenabdrücke noch übereinstimmen, wenn eine Cyberhand beschädigt wird oder man eine vollständig verliert, was ebenfalls schon vorgekommen war. Der Cyberdoc, mit dem ich zusammenarbeite, ist so gut wie jeder Konzerndoc und sehr teuer. Aber als mein Daumenabdruck in das Sicherheitssystem der Bank weitergeleitet wurde, bekam ich sofort Zugang zu dem Konto.

Eine kurze Werbeeinblendung flimmerte über den Bildschirm, in die so viele Informationen gequetscht waren, wie es der Bank in zehn Sekunden möglich war. Dann arbeitete Peg sich durch das Menü, wobei sie sich ein kurzes Gefecht mit den Sicherheitssystemen lieferte, die meinen Aufenthaltsort herauszufinden versuchten. Sie schlich sich durch die Abwehrvorrichtungen und fütterte sie mit falschen Informationen. Bis die Systeme den Fehler bemerkten, würde sie längst wieder aus dem System verschwunden sein.

Als die Kontodaten auf dem Schirm auftauchten, zeigte sich, dass der Kontostand 437113 Nuyen plus Kleingeld betrug. Ein rascher Blick auf die Kontoaktivitäten ergab, dass seit der Einrichtung des Kontos monatliche Überweisungen getätigt worden, jedoch niemals Abhebungen erfolgt waren.

Hatte Andi etwa gedacht, je länger wir nicht miteinander gesprochen hätten, desto mehr Geld würde nötig sein, um mich herumzukriegen, sollte sie mich je brauchen? Bei diesem Gedanken fühlte ich mich ein wenig unbehaglich, aber ich verdrängte das Gefühl rasch. Aus einer emotionalen Grundhaltung heraus zu handeln war nicht akzeptabel.

»Was das Geld anbelangt, hat sie nicht gelogen«, sagte Peg.

»Nein. Das habe ich auch nicht angenommen.« Ich

starrte auf die Namen der Kontoinhaber. Mr. und Mrs. Robert und Linda Raynes. Zwei völlig normale Namen, die in keinerlei Verbindung zu unseren tatsächlichen Namen und den Namen, die wir jetzt trugen, standen. Sogar die SINs würden makellos sein.

»Argent«, sagte Peg leise, »ist Andi Sencio deine Frau?«

UPLOAD WIRD FORTGESETZT

29

[Chipdatei: Argent
Sicherheitszugang: ******-02:03:57/11-10-60]

UPLOAD FORTSETZUNG

Standort: Unterschlupf Freistaat Kalifornien

Ich starrte auf das Standbild auf dem Telekomschirm und dachte daran, wie schwierig die Beantwortung dieser Frage schon damals gewesen war, ohne die Zeit und die Entfernung, die uns jetzt trennte. Obwohl ich versuchte, die Gefühle zu unterdrücken, die Andis Anblick in mir wachrief, wollte ich sie in die Arme nehmen und ihr Haar riechen. Und noch viel mehr als das wollte ich wissen, wie es ihr in diesem Augenblick ging.

»Wir waren niemals verheiratet«, sagte ich zu Peg.

»Ist alles in Ordnung mit dir?«, fragte sie sofort.

»Es geht mir blendend.«

»Ich habe noch niemals diesen Klang in deiner Stimme gehört.«

Ich spürte nur, wie sich meine Kehle zuschnürte. Die Cyberware, die ich installiert habe, ist sehr empfindlich. Ich filterte einiges von dem Feedback aus meinem zentralen Nervensystem heraus und ließ nur die mechanischen Anwendungen eingeschaltet. Vielleicht klang ich dann wieder mehr nach mir selbst. »Das muss an dem Mikrofon in diesem Zimmer liegen.«

»Mag sein.«

Aber Peg ließ mir genügend Spielraum. Sie war genauso wenig wie ich bereit, sich mit dieser Seite von mir auseinanderzusetzen. Ich zwang mich dazu fortzufahren, weil die Beantwortung von Pegs Frage die einzige Möglichkeit war, wie ich sie dazu bringen konnte, sich ganz darauf zu konzentrieren, was wir würden tun müssen. »Wir haben uns sehr nah gestanden, so nahe, wie es überhaupt möglich ist. Es hat Zeiten gegeben, da es den Anschein hatte, als seien wir gar keine zwei verschiedenen Personen mehr.«

»Ich verstehe.« Pegs Tonfall verriet mir, dass sie unsicher in bezug auf ihre Antwort war. Da ihr Körper so früh entstellt worden war, hatte sie niemals Gelegenheit gehabt, eine körperliche Beziehung mit einer anderen Person einzugehen. Toshi hatte mir das einmal gesagt, aber mir war nicht klar, woher er das gewusst hatte. Es gab sexuell orientierte SimSinn auf dem Markt, aber nach allem, was ich gesehen und gehört hatte, gestattete dieses Medium dem menschlichen oder metamenschlichen Teilnehmer zu viel Kontrolle. Eine echte Beziehung ist – zumindest für mich – in ihrer Gesamtheit mehr als die Summe ihrer Einzelteile.

Meine Beziehung mit Andi hatte mich davon überzeugt. Ihr war es als Erste gelungen, mich davon zu überzeugen, dass Beziehungen nicht ausschließlich auf dem rein Körperlichen beruhten, obwohl das eine gute Basis war.

Vielleicht hatte Peg in der Matrix Erfahrungen gesammelt, die ihrer Auffassung von einer echten Beziehung nahe kamen. Ich wusste es nicht, weil sie nie darüber geredet und ich sie nie danach gefragt hatte.

»Was war zwischen euch?«, fragte Peg.

»Wir haben beide für Brynnmawr und seine Agentur gearbeitet«, erwiderte ich, während ich mich fragte, wie ich all diese Geschehnisse in wenige Worte kleiden konnte. »Sie war in meinem Team.«

»Aber sie war mehr als eine Teamkollegin?«

»Zuerst nicht. Das kam erst später. Als sich die Sache mit Brynnmawr zerschlug, gingen wir gemeinsam. Es war sicherer für uns beide. So hatten wir beide jemanden, der einem den Rücken freihalten konnte.«

»Wollte Sencio auch bei Brynnmawr aussteigen?«

Für jemand, der vor seiner Querschnittslähmung nicht sehr viel vom Leben gesehen hatte, war Peg bemerkenswert scharfsinnig. Aber das war einer der Gründe, warum sie so gut in ihrem Job war. »Nein. Damals war Brynnmawr unsere einzige Quelle der Sicherheit. Die Dinge, die uns gelehrt wurden, die zu glauben wir ermuntert wurden – die Bande waren sehr stark.«

»Aber du bist trotzdem gegangen«, stellte Peg fest.

»Ich hatte keine Wahl. Ich glaubte nicht mehr daran. Nicht bei diesem Verein. Andi ging mit, weil sie bei mir bleiben wollte.« Auch damals war mir schon bewusst gewesen, dass Andi nicht deshalb mitgekommen war, weil sie Probleme mit Brynnmawrs Art und Weise hatte, die Dinge zu regeln, sondern um mich zu beschützen. Diese Erkenntnis hatte mich später in schwer wiegende Konflikte gestürzt und es mir erschwert, das zu tun, was ich getan hatte.

»Und dann hast du für Villiers gearbeitet?« Peg ging an die Grenzen, und ich war ganz sicher, dass sie es absichtlich tat. Aber sie wusste auch, dass sie ein

Recht dazu hatte, weil sie ihre Haut ebenfalls riskieren würde.

»Nicht sofort. Eine Zeit lang arbeiteten Andi und ich als Freischaffende in unserer Branche. Die Umstände waren sehr gefährlich, und es gab keine Sicherheit. Unsere Situation war dergestalt, dass wir heute noch im Dienst unserer Arbeitgeber standen und morgen schon gejagte Gesetzlose sein konnten. Villiers bot uns Sicherheit. Zumindest bot er uns so viel davon, wie wir damals in jenem Teil der Welt erwarten konnten.«

»Da muss doch noch mehr gewesen sein. Du verkaufst dich nicht so leicht, Argent, und ich kann nicht glauben, dass das jemals anders war.«

Auch damals hatte ich mich nicht verkauft. Aber Andi hatte es getan, und ich hatte mich ihrem Willen gefügt, weil ich mit ihr zusammen sein wollte und es leid war, ständig davonzulaufen. Und weil sie mir gefolgt war, als ich mich dazu entschlossen hatte, mich von Brynnmawr zu trennen. Das erzählte ich Peg jedoch nicht. »Damals war Villiers nicht so wie heute. Er war jung und hatte noch nicht die Geschäfte abgewickelt, die ihn dann zu einem der ganz Großen machten. Er war ein Halsabschneider, aber er war bei Weitem nicht so skrupellos wie heute.«

»Das wusstest du.«

Ich nickte. »Das war der entscheidende Faktor.«

»Und als du dann herausgefunden hast, dass er auch nicht anders ist als alle anderen Geschäftsführer großer Konzerne, hast du gekündigt.«

»Es gab eine gewisse Desillusionierung auf beiden Seiten. Mir gefiel die Art und Weise nicht, wie er einige Dinge handhabte, und Villiers gefiel nicht, dass ich nicht so gefügig war, wie er es gern gesehen hätte.«

»Aber Andi Sencio blieb.«

»Ja.« Jetzt war die Antwort leicht, aber damals war sie es nicht gewesen.

»Warum ist sie geblieben?«

»Sie wollte es so.«

»Warum?«

»Weil sie es wollte.« Ich fixierte den Bildschirm, auf dem Andi wie erstarrt vor mir stand, und ich wusste genau, dass Peg mich beobachtete. Das rief ein Gefühl des Unbehagens in mir hervor. Dies war ein Gebiet, das ich lieber für mich behalten hätte.

»Ist irgendwas zwischen euch vorgefallen?«

Ich zögerte.

»Argent«, sagte Peg leise, »wenn du bisher mit niemandem darüber geredet hast, ist jetzt vielleicht der richtige Zeitpunkt gekommen.« Sie hielt inne, aber ich antwortete nicht. »Und ich muss es wissen, damit ich unsere Chancen besser einschätzen kann, wenn wir den Job angehen. Die Situation, in der sie sich befindet, erweckt nicht den Anschein, als könntest du allein damit fertig werden. Und deine Position in dieser Angelegenheit ist nicht gerade neutral.«

»Sie hat ihre Wahl getroffen.« Ich sprach mit neutraler Stimme, obwohl es mich überraschte, dass noch so viele alte Emotionen in mir lebendig waren. »Als ich beschloss, Villiers zu verlassen, bat ich sie, mit mir zu kommen. Sie sagte, sie könne nicht. Unser Leben allein war sehr schwierig gewesen. Brynnmawrs Leute jagten uns immer noch, und mittlerweile gab es auch noch andere. Man kann nicht Partei ergreifen, ohne sich Feinde zu machen. Und angesichts der Schnelligkeit, mit der die Dinge sich damals veränderten, konnte man sich nicht einmal auf seine Verbündeten verlassen.«

»Besser, sich auf das Übel einzulassen, das man kennt, als sich neuem Übel zu stellen.«

Ich nickte. Es war eine pragmatische Einschätzung.

»Sie hat dich gehen lassen?«, fragte Peg.

»Wäre ich geblieben, wäre ich nicht mehr derselbe gewesen«, erwiderte ich. »Andi wusste das. Keiner von uns hatte eine Wahl.« Und aus diesem Grund hatte sie mich am Ende gehen lassen. Hätte sie sich mehr Mühe gegeben, mich zu halten, weiß ich ehrlich nicht, was passiert wäre.

»Seitdem hast du sie nicht mehr gesehen?«

»Nein.«

Peg wartete einen Augenblick, dann fragte sie. »Was willst du also tun?«

Ich antwortete ohne jedes Zögern. »Es ist ein Kontrakt, Peg, schlicht und einfach.« Ich beugte mich vor und drückte wieder auf die Abspieltaste. Es war an der Zeit herauszufinden, wie schwierig der Run werden würde.

UPLOAD WIRD FORTGESETZT

30

[Chipdatei: Argent
Sicherheitszugang: ******-02:08:12/11-10-60]

UPLOAD FORTSETZUNG

Standort: Unterschlupf Freistaat Kalifornien

»Es sind nicht nur Villiers und Ironaxe«, sagte Andi. »Shikei Nakatomi ist ebenfalls in die Sache verwickelt. Villiers hat mich von Nakatomi ferngehalten, solange die Fuchis noch vereint waren, also glaube ich nicht, dass Fuchi Asien weiß, wer ich bin. Zumindest nicht bis vor kurzem. Nakatomis Konzernspionageteams haben sich ihre Nuyen wirklich verdient, weil er noch vor Beginn des Runs über ihn informiert war.« Sie atmete geräuschvoll aus, und ich konnte die Verbitterung rings um ihren Mund sehen. »Nakatomi hat einen Maulwurf in mein Team geschmuggelt, einen Burschen namens Pendleton Frost. Villiers hat das Team zusammengestellt, und ich hatte das letzte Wort, aber du weißt ja, wie das ist.«

Ich wusste genau, wie das war. Es war einer der Hauptgründe dafür, dass ich aus der Konzernszene ausgestiegen war. Die Konzerne interessierten sich nur dafür, was unter dem Strich stand, dafür, was sie erreichen wollten, und nicht dafür, ob es machbar war. Villiers war normalerweise sehr auf Geheimhaltung bedacht, aber er ging auch gern Risiken ein. Konzernchefs blieb keine andere Wahl. Gleichmäßiges, konservatives Spiel warf nur bescheidene Gewinne ab. Nur jemand, der bereit war, alles zu riskieren, konnte die ganz großen Gewinne erzielen.

Villiers bewegte sich außerhalb der potenziellen Gewinnspannen und benutzte sie lediglich als Vergleichswerte, um ein Risiko zu rechtfertigen. Geld hatte ihn noch nie sonderlich interessiert. Für ihn stand im Vordergrund, das richtige Geschäft aus den richtigen Gründen abzuwickeln. Vielleicht lag es an der frühzeitigen Indoktrination, der Brynnmawr und seine Leute mich während meiner Ausbildung unterworfen hatten. Jedenfalls gefiel mir der Gedanke, dass ich so war, weil ich so sein wollte. Mich von Andi zu trennen war die schwierigste Entscheidung seit dem Weggang von Brynnmawr, aber beide Schritte waren für mich eine Bestätigung dafür gewesen, mein eigener Herr zu sein.

Und das war es, was bei mir unter dem Strich stand, es war das einzige, womit ich leben konnte.

»Als ich Pendleton Frost auf die Schliche kam«, sagte Andi, »war es bereits zu spät. Er hatte den Run kompromittiert, zu spät, um uns noch aufzuhalten, aber doch so früh, dass vier meiner Leute starben, als wir uns absetzen wollten.« Sie lächelte schief. »Wir hätten es auch *beinahe* geschafft. Dieser Hurensohn hat Nakatomi DNS-Proben von meinem Team verkauft. Während wir damit beschäftigt waren, Ironaxes Konzernbullen aus dem Weg zu gehen, bereiteten Nakatomis Leute einen Hinterhalt vor. Ich verlor zwei weitere Leute bei einer Schießerei mit Fuchi Asien. Die letzte Meldung, die ich von meinen Spähern in der Umgebung dieses Standorts bekommen habe, besagt, dass Ironaxes Leute vielleicht kurz davor stehen, uns hier auszugraben.«

Ich drückte wieder auf Pause und bemühte mich, meine Gefühle im Zaum zu halten. Ich musste mir Klarheit verschaffen, ob Ironaxe Andi bereits gefunden hatte. »Peg, wirf mal einen Blick in die Nachrichtenprogramme und Online-Zeitungen aus dem Pueblo Council.«

»Das tue ich bereits, seit Ironaxes Name zum ersten Mal fiel«, erwiderte Peg. »Sie haben noch immer eine ziemliche Menge Heißsporne dort draußen, und ich habe bisher mehrere Dutzend Gewalttaten zusammengetragen. Es wird einige Zeit dauern, alle Informationen durchzusehen. Ich teile die Meldungen in zwei Gruppen ein: In der einen sind die Opfer identifiziert, in der anderen nicht.«

»Der Konzern könnte einen falschen Namen angegeben haben«, wandte ich ein. »Damit könnten sie Zeit gewinnen.«

»Was schlägst du vor?«

»Geh weiter ins Detail«, sagte ich. »Falls die Leichen tatsächlich aufgetaucht sind, wofür es keine Garantie gibt, werden sie zu Beerdigungsinstituten gebracht.«

»Und alle Beerdigungsinstitute, die VaulTek und Nakatomi gehören, sind verdächtig?«

»Ja.« Nicht viele Leute wissen, dass die meisten größeren Konzerne ganze Ketten von Beerdigungsinstituten in den Plexen besitzen. Die Konzerne übten so schnell Vergeltung, wie eine Klapperschlange zustieß, aber gerichtliche Anordnungen mussten trotzdem befolgt werden. Wenn jedoch ein ehemaliger Angestellter, der eliminiert worden war, in das Beerdigungsinstitut des betreffenden Konzerns gebracht wurde, konnte dieser Konzern als Todesursache angeben, was er wollte. Die konzerneigenen medizinischen Einrichtungen vor Ort konnten außerdem eine Krankengeschichte erstellen, die lückenlos nachwies, dass der Verstorbene unter Herzproblemen gelitten, sich aber nachweislich geweigert hatte, sich ein Transplantat oder Cyberorgan einsetzen zu lassen. Sie hatten ein unbegrenztes Menü von Symptomen zur Auswahl, die ein Angestellter aufgewiesen haben konnte, bevor er in Ausübung seiner Pflichten den Löffel abgegeben hatte.

»Und wenn ich welche finde«, fragte Peg, »wonach suche ich dann?«

»Wenn Mitglieder von Andis Team zu einem Beerdigungsinstitut gebracht worden sind, das Ironaxe oder VaulTek gehört, sieh nach, ob die Angehörigen wegen der Leiche Vereinbarungen mit dem Institut getroffen haben.« Manchmal traf auch ein Konzern diese Vereinbarungen. Doch Ironaxe und Nakatomi würden sehr rasch gehandelt haben. Vielleicht hatten sie Fehler gemacht, die Peg aufspüren konnte. Ich drückte wieder auf die Abspieltaste des Telekoms.

»Wir konnten das Gebiet des Pueblo Corporate Council bislang nicht verlassen«, sagte Andi. »Aber du kennst mich: Geh niemals irgendwohin, ohne dir vorher einen Unterschlupf einzurichten. Ich habe eine Vereinbarung mit dem Erwachten Untergrund in Pueblo getroffen, uns für ein paar Tage aufzunehmen.

Dabei hat uns geholfen, dass drei meiner überlebenden Teammitglieder Metas sind. Da Nakatomi, Ironaxe und Villiers aber jeden Stein in dem Gebiet umdrehen, werden wir bald nicht mehr willkommen sein.«

Ich wusste nicht viel über den Erwachten Untergrund. Die Goblinisierung, die das Erscheinungsbild der Menschheit nach der Rückkehr der Magie verändert hatte, war in den Reihen der amerindianischen Kulturen nicht unbedingt mit Gleichmut aufgenommen worden. Viele von ihnen ächteten Kinder und Erwachsene, die sich irgendwann im Lauf der Pubertät in Trolle und Orks verwandelten. Auf ihre Art waren sie ebenso fremdenfeindlich wie die Humanis Policlubs.

Mary Hawkmoon leitete den Erwachten Untergrund als Stammeshäuptling. Ihr Vater war ein einflussreicher Unterhäuptling in Pueblo gewesen, aber das hatte ihren Stamm nicht daran gehindert, sie zu verbannen, als sie sich in einen Troll verwandelte.

Das wenige, was ich über Mary Hawkmoon und ihren Stamm von Ausgestoßenen wusste, stammte aus einem Bericht, den Brynnmawr vor Jahren aus Schattenquellen zusammengestellt hatte. Es hatte einen Zeitpunkt gegeben, an dem Hawkmoons Eliminierung für notwendig erachtet worden war, weil der Stamm unter Verdacht stand, mit BTL-Chips zu handeln, und Brynnmawr war im Vorfeld kontaktiert worden, die Sache zu übernehmen.

Wäre das Unternehmen zustande gekommen, hätte ich die Leitung übernommen. Damals stellte ich noch nicht so viele Fragen, und Hawkmoon hätte ins Gras gebissen. Aber damals hatte ich auch noch keine Ahnung, wie groß der Anteil am BTL-Handel war, den Brynnmawrs Auftraggeber kontrollierten – aus finanziellen und anderen Gründen.

»Wenn du den Kontrakt annimmst«, sagte Andi, »musst du wissen, womit du es zu tun bekommst. Es sind acht Leute, die sich hier verstecken, mich eingeschlossen. Nur vier davon sind körperlich in der Lage, sich ohne Hilfe zu bewegen. Die anderen vier sind praktisch bewegungsunfähig und müssen schleunigst in ein Schattenkrankenhaus gebracht werden. Ich werde keinen meiner Leute zurücklassen.«

Es war gut zu wissen, dass sich zumindest einige von Andis Überzeugungen nicht geändert hatten. Keiner von uns hatte jemals einen Mann zurückgelassen.

»Abgesehen davon, dass wir uns den verschiedenen Suchtrupps entziehen müssen, ist es außerdem erforderlich, die DNS-Proben von Fuchi Asiens Lohnmagiern zurückzuholen«, sagte Andi. »Die Nuyen liegen auf dem Konto bereit, also schätze ich, dass es jetzt an dir liegt zu entscheiden, ob es das Risiko wert ist.« Sie nannte mir die Lage ihres Unterschlupfs im Erwachten Untergrund, wo sie und ihr Team sich versteckt hielten. Als sie fertig war, füllte ihre Hand die Kameraperspektive aus. Dann zog sie sie langsam zurück, und ich sah die Tränen auf ihren staubigen Wangen.

Ihre Gefühlsaufwallung erschütterte mich und ließ mich beinahe die Beherrschung verlieren, an die ich mich so stur klammerte. Trotz der vielen Schmerzen und Tode, die wir selbst ausgeteilt und miterlebt hatten, konnte ich die Gelegenheiten, da Andi Sencio geweint hatte, an einer Hand abzählen und würde noch Finger übrig behalten.

»Ich sage das nicht gerne, Argent«, sagte sie mit leiser, rauer Stimme, »weil ich weiß, dass du nicht kneifen wirst. Wenigstens würde das der Mann nicht tun, an den ich mich erinnere. Aber ich will hier nicht mit dem Gedanken festsitzen, dass ich dich auf dem Gewissen habe.«

Ihre Hand senkte sich und unterbrach die Verbindung, und der Aufnahmeteil war beendet. Der Telekommonitor wurde schwarz wie der Tod.

UPLOAD WIRD FORTGESETZT

31

[Chipdatei: Argent
Sicherheitszugang: ******-02:21:43/11-10-60]

UPLOAD FORTSETZUNG

Standort: Unterschlupf Freistaat Kalifornien

Ich ließ den Chip noch dreimal ablaufen, aber dabei kamen mir keine neuen Erkenntnisse. Als ich fertig war, verstaute ich ihn wieder in dem Fach in meinem Cyberarm.

»Das sicherste wäre, die Finger davon zu lassen«, sagte Peg zu mir.

»Ja.«

Sie zögerte, es in Worte zu kleiden, da ich es nicht wollte. »Aber das wirst du nicht, oder?«

»Nicht, bevor ich mir die Sache gründlich angeschaut habe«, antwortete ich. Zumindest das musste ich tun.

»Dann gib mir einen Auftrag«, sagte Peg. »Etwas, womit ich arbeiten kann.«

»Überprüf die Namen, die genannt worden sind«, erwiderte ich. »Besorg so viele Daten wie möglich. Geh Nakatomis und Villiers' gegenwärtigen Unternehmungen auf den Grund. Die Schattenboards werden voller Lügen, Halbwahrheiten und Spekulationen sein. Sieh nach, ob sich irgendetwas findet, das mit Andis gegenwärtigen Problemen zu tun hat.«

»Was wirst du tun?«

»Ich mache ein paar Anrufe. Falls du dich in Kürze wieder meldest, ich werde eine Weile nicht da sein.«

Pegs Schweigen verriet mir, dass ihr die Vorstellung nicht gefiel. Sie machte sich Sorgen um mich, und das war auch ihr gutes Recht. Wir arbeiteten schon so lange zusammen, dass wir jeweils Spuren bei dem anderen hinterlassen hatten. Falls ich bei einem besonders hässlichen Job den Löffel abgab, bestand die Möglichkeit, dass man sie mit mir in Verbindung bringen konnte, wenn man genau genug nachschaute.

Ich schaltete das Telekom aus. Ich wollte die Einsamkeit, die das Zimmer verhieß. Nachdem ich mich widerwillig vom Bett erhoben hatte, ging ich ins Bad und duschte. Als ich ein paar Minuten später wieder herauskam, war ich zwar nicht in Topform, fühlte mich aber besser als zuvor.

Ich holte eine Stoffhose mit Bügelfalten und ein weites, bedrucktes Hemd aus meiner Segeltuchtasche. Ich trug das Hemd über der Hose, was mir die Möglichkeit gab, die Savalette Guardian hinten im Hosenbund zu verstecken. Ich stopfte Reservemagazine in die tiefen Taschen der Hose und klemmte sie mit den eigens dafür vorgesehenen Bändern fest. Ich legte noch ein paar Energieriegel dazu, anstatt das Risiko einzugehen, mir unterwegs ein paar Stuffer zu kaufen. Ich ernähre mich gesund, wenn ich kann.

Dann klingelte ich Nolly an, bat sie, mir die Tür zu öffnen, und verließ den Unterschlupf.

Ich ging vierzehn Blocks nach Süden und dann weitere acht nach Osten, bis ich einen Stuffer Shack mit einem funktionierenden öffentlichen Telekom fand.

Die erste Nummer, die ich wählte, gehörte einer Scheinfirma, die ich unter einem anderen Namen in einem Lagerhaus in Raleigh, North Carolina, unterhielt. Das Lagerhaus deckte kaum die Unkosten, diente aber in erster Linie als Relaisstation für Telekomgespräche und lohnte den Aufwand. Ich hatte das System selbst entworfen. Ich hatte Vorkehrungen getroffen, die ich selbst gegenüber Peg, Toshi und Hawk niemals erwähnt hatte. Das System war im Vergleich zu allem, was Peg einrichten konnte, antiquiert, aber es hatte eine Vorrichtung, die automatisch Alarm schlug, wenn jemand versuchte, das Gespräch zurückzuverfolgen.

Als ich die Nummer in North Carolina erreicht hatte, arbeitete ich mich durch das dortige System und gab eine LTG-Nummer ein, die ich auswendig kannte. Ich machte mir keine Gedanken wegen der Tageszeit. Rottstein war immer wach.

»Ja«, antwortete eine phlegmatische Stimme.

Ich sagte ihm, wer am Apparat war.

»Augenblick.« Rottstein wandte sich vom Telekom ab – was ich daran erkannte, dass das Röcheln und Husten ein wenig leiser wurde. Nach einer Weile meldete er sich wieder. »Es wird Zeit für einen neuen Satz Lungen, *Omae.*«

Das mit seinen Lungen war kein Witz. In der Zeit, seit ich ihn kannte, hatte er bereits vier Transplantationen mitgemacht. Rottstein war einer der Soldaten, mit denen ich in den Wüstenkriegen zusammengearbeitet hatte, aber gegen Ende hatte er an den schlimmsten Gefechten teilgenommen. Seine gesamte Einheit war mit Bakterien verseucht worden, die sich auf das Atmungssystem konzentrierten. Selbst die Transplantationen beseitigten das Problem nicht. Die Bakterien fielen sofort über die neuen Lungen her und sorgten dafür, dass sie von Tag zu Tag mehr verfielen.

»Sencio steckt in einer ziemlichen Zwickmühle«, sagte ich. »Sie hat mich gebeten, sie rauszuholen.«

»Willst du meinen Rat, *Omae*? Sie hat sich ihr Bett gemacht, also lass sie darin liegen.«

Rottstein kannte uns beide noch aus den alten Zeiten. »Das kann ich nicht.«

Sein Seufzer der Entrüstung ging in einen schmerzhaften Hustenanfall über. »Ich weiß. Ich hatte nur gehofft, du würdest vielleicht auf mich hören. Wie die Dinge liegen, habe ich nicht so viele Freunde. Ich kann es mir nicht leisten, einen zu verlieren. Was brauchst du von mir?«

»Der Boden hier ist zu heiß, um irgendwas in den Schatten aufzuziehen. Peg steht ebenfalls mit dem Rücken zur Wand. Ich muss für das Unternehmen Leute anwerben.«

Rottstein war ein Schieber, ein Bursche, der alles beschaffen konnte, was man brauchte – wenn der Preis stimmte. Er stellte die Verbindung zwischen Mr. Johnsons und Shadowrunnern her und trieb Käufer für gestohlene Daten und Hardware auf. Und er konnte sich mit den Leuten in Verbindung setzen, mit denen ich zusammenarbeiten wollte.

»Wen?«, fragte er.

Ich ratterte die Liste herunter, die ich auf dem Weg zu dem Stuffer Shack im Geiste erstellt hatte.

»Lass mir Zeit bis morgen Mittag.«

Mir gefiel der Zeitrahmen nicht, aber das sagte ich ihm nicht. Die Runner abzuholen würde ebenfalls Zeit in Anspruch nehmen.

»Ich spare Zeit ein, wo ich kann«, versprach Rottstein, »aber wir reden hier von Spitzenkräften. Was für einen Kontraktlohn soll ich erwähnen?«

»Fünfzigtausend Nuyen«, sagte ich. »Das Geld wird im Voraus bezahlt. Du kannst erwähnen, dass die Möglichkeit besteht, unterwegs noch zusätzlichen Gewinn zu machen, wenn wir uns einige Daten schnappen, die bei der Sache eine Rolle spielen.«

Das überraschte Rottstein. »Datendiebstahl sieht dir überhaupt nicht ähnlich.«

So hatte ich mir meinen Ruf erarbeitet. Ich war kein gewöhnlicher Shadowrunner. Viele von ihnen waren Diebe, die die Konzernsicherheit durchbrachen und Daten aus Personalakten oder Forschungs- und Entwicklungsabteilungen stahlen. Industriespionage war wenig ehrenhaft, und ich war auf diesem Gebiet nie tätig gewesen. Wenn ein Mr. Johnson mich jedoch davon hatte überzeugen können, dass ihm gewisse Daten rechtmäßig zustanden, hatte ich sie ihm beschafft.

»Kein Datendiebstahl«, erwiderte ich. »Aber es gibt eine ganze Reihe von Aspekten bei diesem Unternehmen. Im genannten Fall steigt das Honorar.«

»Ich sage es ihnen«, entgegnete Rottstein. »Für einige dieser Leute sind fünfzigtausend Nuyen ein Haufen Geld, aber für andere ist es ein Tropfen auf den heißen Stein.«

»Mach das Angebot«, schlug ich vor. »Dann sehen wir weiter.«

»Sicher, *Omae*.« Rottstein hielt inne. »Ich will nicht egoistischer erscheinen, als ich bin, aber woher kommen meine fünfzehn Prozent? Wenn wir meinen Anteil von den jeweiligen fünfzigtausend abzwacken, bekommt jeder siebeneinhalb weniger.«

»Ich zahle deinen Anteil extra«, erwiderte ich. »Du hast das Geld bis morgen auf einem der Konten, zu denen ich Zugang habe.«

»Das ist ein ziemlicher Batzen, den du da übernimmst«, sagte Rottstein. »Es sei denn, dein Anteil fällt erheblich höher aus.«

»Ich bekomme dasselbe wie die anderen«, erklärte ich.

»Du willst bei dieser Sache zehntausend Nuyen draufzahlen?«

»Ich zahle deinen Anteil«, sagte ich.

»Auf die Gefahr hin, dass du mich für einen gefühlsduseligen Schwachkopf hältst«, seufzte Rottstein. »Ich werde nicht zusehen, wie du draufzahlst. Ich organisiere die Sache pauschal für fünfzigtausend.«

»Das brauchst du nicht.«

»Ich weiß. Vielleicht gefällt mir nicht alles an Andi Sencio, aber sie war eine von uns. Capish?«

»Ja.«

»Ruf mich morgen an.«

Ich unterbrach die Verbindung, nachdem ich mir noch einen unterdrückten Hustenanfall von Rottstein angehört hatte. Ich stand im Schatten der Telekomzelle und wog meine Möglichkeiten ab. Nakatomi und Ironaxe waren gefährliche Gegenspieler, aber ich glaubte zu wissen, wie ich mit Villiers fertig werden konnte. Ich wandte mich wieder dem Telekom zu, schob meinen Kredstab in den Schlitz und rief die Online-Sensationsblätter auf.

Ich fand die Notiz von Neon Rose in den Kleinanzeigen von sechs Blättern. Die Botschaft war in allen dieselbe.

CASSIDAY,
WÜRDE GERN VON DIR HÖREN, UM ÜBER ALTE ZEITEN ZU PLAUDERN. ES IST MÖGLICH, DASS WIR IMMER NOCH VIEL GEMEINSAM HABEN. WENN DU DAS AUCH GLAUBST, MELDE DICH BITTE UMGEHEND.
-NEON ROSE

Ich rief NovaTech an. Es wurde Zeit, den Mitspielern ein wenig von dem Druck zurückzugeben.

UPLOAD ENDE

32

Miles Lanier nahm den Anruf nach dem ersten Klingeln an und erkannte Argents breite Züge bereits, noch bevor die Pixel das Bild richtig zeichnen konnten.

»Hallo, Mr. Lanier«, sagte Argent mit ruhiger Stimme. »Ist Mr. Villiers da?«

Argents allzeit professionelle Haltung war eines seiner Markenzeichen. »Ich lasse zu ihm durchstellen«, versprach Lanier.

»Und lassen Sie den Anruf nicht zurückverfolgen«, warnte Argent. »Wenn Ihre Leute mir zu nahe kommen, werden sie mit schwarzem Ice bombardiert, das einige ihrer Systeme beschädigen könnte. Außerdem würde ich in diesem Fall verschwinden, bevor wir uns unterhalten haben. Und Sie wollen sich mit mir unterhalten.«

Ohne jedes Zögern öffnete Lanier eine Audioverbindung zu den Datensklaven. »Den Anruf nicht zurückverfolgen!«

»Was gibt es, Miles?«, fragte Villiers, als sein Telekomschirm sich in der Mitte teilte.

»Ich habe Argent in der Leitung.« Lanier drückte ein paar Tasten und stellte eine Dreierkonferenz am Telekom her.

»Sie scheinen über eines meiner Geschäfte gestolpert zu sein«, beschuldigte Villiers den Anrufer.

»Ich habe eine Einladung erhalten«, sagte Argent. »Und da ich die Absicht habe anzunehmen, wollte ich ein paar Grundregeln aufstellen.«

»Sie sind kaum in einer Position, Regeln aufzu...«

»Ich bin durchaus in einer Position, Ihnen Forderungen zu stellen«, unterbrach Argent. »Ich habe eine Chipaufzeichnung mit einer detaillierten Schilderung Ihres Versuchs, die Sicherheit VaulTeks zu durchbrechen. Außerdem weiß ich, dass Sie beabsichtigen, einen Handel mit Clay Ironaxe abzuschließen, um einige Ihrer NovaTech-Besitzungen in Nordamerika abzurunden. Sich die Feindschaft des Pueblo Corporate Council zuzuziehen käme Ihnen nicht sehr gelegen.«

»Wenn Sie mich lassen«, sagte Villiers glatt, »könnte ich Ihnen eine große Hilfe sein. Ich habe Männer und Ausrüstung in dem Gebiet. Ich könnte …«

»Nein.« Argents Antwort war kalt und hart und ließ keinen Spielraum für Verhandlung. »Auf Ihrer Tagesordnung stehen andere Dinge als auf meiner.«

Villiers' Augen verdunkelten sich vor Zorn. »Ihre Einmischung stellt eine ernsthafte Bedrohung meiner Bemühungen in diesem Gebiet dar.«

»Mr. Villiers«, sagte Argent, »diesen Weg haben Sie gewählt, als Sie Andi Sencio diesen Shadowrun übertragen haben. Wenn ich Erfolg habe, wird Ironaxe nie erfahren, dass Sie in seine Computersysteme eingedrungen sind. Wenn Sie nicht tun, was ich sage, werde ich persönlich dafür sorgen, dass Ironaxe eine Kopie dieser Chipdatei erhält.«

»Was ist mit dem Rest der Daten, die Sencio schicken sollte?«

»Das werden wir sehen«, erwiderte Argent. »Aber ich will nicht, dass Ihre Leute im Weg sind. Ziehen Sie sie sofort ab.« Er unterbrach die Verbindung.

Lanier sah die eine Schirmhälfte schwarz werden. Einen Augenblick später füllte Villiers' Gesicht den ganzen Schirm aus. Villiers lächelte und legte die Fingerspitzen seiner Hände zusammen. »So habe ich es mir zwar nicht vorgestellt«, sagte er, »aber es wird trotzdem wunderbar funktionieren.«

»Er könnte seine Informationen an Ironaxe weitergeben«, stellte Lanier fest.

»Dann würde er sein Druckmittel verlieren. Ich würde Sencio dafür geeken lassen, und das weiß er.«

Villiers schüttelte den Kopf. »Nein, er ist ebenso ein Gefangener der Umstände wie wir. Und so soll es auch bleiben.«

33

Am nächsten Morgen klingelte das Telekom in seinem Unterschlupf. Argent erwachte dank seiner verdrahteten Reflexe sehr schnell. Er setzte sich auf die Bettkante und nahm das Gespräch an, da es sich nur um eine Person handeln konnte.

»Bist du wach?«, fragte Peg.

»Jetzt ja.«

»Zieh dich an«, sagte Peg. »Ich will, dass du dich mit jemandem triffst.«

»Mit wem?«

»Wenn du Sencio herausholen willst, brauchst du einen Decker vor Ort, weil ich dich nicht begleiten kann. Ich kann dir von außen Rückendeckung geben, aber wenn du auf Systeme stößt und keine Kommlinkverbindung zu ihnen herstellen kannst, über die ich arbeiten kann, brauchst du jemanden für die Kleinarbeit.«

Argent dachte darüber nach. Er arbeitete schon so lange mit Peg zusammen, dass er an diese Möglichkeit gar nicht gedacht hatte. Aber bisher hatte sich ihm bei jedem Kontrakt, den er übernommen hatte, die Möglichkeit geboten, Peg in die Systeme einzuschleusen, mit denen sie es zu tun hatten. »Hast du jemanden?«

»Ich habe den besten angeworben, den ich kenne. Wir haben verdammtes Glück, dass sie gerade frei ist. Mach dich fertig.«

»Sicher.« Argent schaltete das Telekom aus und ging unter die Dusche.

Der Decker war eine Elfe. Ihre Anwesenheit hier in El Infierno, das Paradies der Gangs, Yakuza, Seoulpa-Ringe und sonstigen Niederungen der Metamenschheit, dokumentierte nachdrücklich, dass sie gute Nerven hatte.

Sie saß an einem der hinteren Tische des chinesischen Restaurants und fiel auf wie eine Blume auf einem verschneiten Feld. Ihre Hautfarbe war ein Milchweiß, und Argent konnte auch mit seinen kybernetischen Sehhilfen keinen einzigen Makel in ihrem Gesicht feststellen. Eine Rundumsonnenbrille von Whitelaw verdeckte ihre Augen, als sie sich zu ihm umdrehte und ihn ansah. Ihre platinblonden Haare waren auf eine Art aus ihrem herzförmigen Gesicht nach hinten gebunden, die einerseits attraktiv war und andererseits verhinderte, dass sie für einen möglichen Angreifer locker genug hingen, um sie fassen zu können. In ihrer rechten Schläfe funkelte Metall, das von einer Datenbuchse kündete. Sie trug eine bis zur Mitte der Oberschenkel reichende jadegrüne Jacke über einer etwas helleren Bluse und einem dazu passenden Rock, dessen Saum ein gutes Stück oberhalb der Knie endete. Auf dem Stuhl neben ihr stand eine Aktentasche von Armanté.

Argent blieb am Tresen stehen und bestellte zwei Wasser, die der Marke auf dem Tisch vor der Elfe entsprachen. Bevor er seinen Kredstab einlegen konnte, um zu bezahlen, rollte eines der drei Mitglieder einer Rollerblade-Gang, die nicht weit vom Eingang herumlungerten, zu ihrem Tisch.

Das Gangmitglied war noch jung und spanischer Abstammung. Seine Haare waren kurz und stachelig und entsprachen farblich dem Fruchtfleisch einer Wassermelone. Um seinen Hals baumelten Goldketten. »Hey, Hermana«, sagte er, »meine Amigos und ich, wir haben uns was gefragt.«

Argent blieb am Tresen stehen und beobachtete den

Wortwechsel. Er justierte seine Cyberohren, um das Gespräch mitzubekommen.

Die Elfe sagte nichts, sondern betrachtete das Gangmitglied lediglich durch ihre Sonnenbrille.

Das Ausbleiben einer Antwort schien den Burschen aus dem Konzept zu bringen. Er zuckte die Achseln und brachte sich wieder auf Kurs. »Wir fragen uns, was eine hübsche Frau wie du hier macht?«

Sie schwieg weiterhin, aber eine ihrer Hände sank auf ihren Schoß.

»Mis Amigos«, sagte das Gangmitglied, »sagen mir, du bist ein Konzernexec und willst dir in El Infierno die Konzernbauten ansehen. Aber ich, ich sage, du bist ein Freudenmädchen, das hier Geschäfte machen will.«

Wenn es sie störte, für eine Prostituierte gehalten zu werden, ließ die Elfe sich das jedenfalls nicht anmerken. »Wie heißt du?«, fragte sie mit leiser Stimme.

Der Bursche rollte vorwärts, bis er direkt vor dem Tisch stand, keine Armeslänge von der Elfe entfernt. Er lächelte und ließ dabei vergoldete Zähne aufblitzen. »Ich werde Luís genannt.«

»Schön, Luís, warum rollst du nicht zu deinen Muchachos zurück und sagst ihnen, dass du dich geirrt hast«, sagte die Elfe.

Immer noch lächelnd, beugte Luís sich vor und legte beide Hände auf die Tischplatte. »Woher soll ich wissen, dass ich mich geirrt habe?«

»Gefallen dir meine Beine?«, fragte die Elfe. »Ich habe gesehen, dass ihr sie euch genau angesehen habt.«

»*Sí*«, erwiderte Luís.

»Weißt du, warum du meine Beine sehen kannst?«, fragte die Elfe.

»Weil du sie gerne zeigst. Du hast schöne Beine.«

»Vielen Dank, aber das ist nicht der Grund, warum ich heute einen Rock angezogen habe. Komm etwas näher, Luís.«

Das Gangmitglied beugte sich noch weiter vor.

Sie flüsterte jetzt, aber Argents Cyberohren schnappten ihre Worte dennoch auf. »Rate mal, was ich unter dem Rock trage, Luís.«

Das Lächeln des Gangmitglieds wurde noch breiter. »Wahrscheinlich nichts, Hermana, sonst würdest du nicht so fragen.«

»Falsch.« Die Elfe verzog nicht ein einziges Mal ihre kühle Miene. »Ich trage eine Ares Light Fire 70 in einem Oberschenkelhalfter. Tatsächlich trage ich im Augenblick nur das Halfter, weil ich die Pistole in der Hand halte.«

Der Blick des Gangmitglieds sank von ihrem Gesicht auf den Arm, der unter dem Tisch verborgen war. »Du lügst.«

»Willst du es ganz genau wissen?«, fragte die Elfe. »Ich habe sechzehn Kugeln im Magazin, bevor ich nachladen muss. Ich habe vor, dir vier durch deine Cojones zu jagen und dann noch vier durch den hübschen kleinen Bauchnabel unter deinem kurzen Hemd. Anschließend werde ich herausfinden, wie groß die Neugier deiner Amigos wirklich ist.«

Argent stellte die beiden Flaschen mit gekühltem Wasser auf den Tresen und wartete ab, wie die Dinge sich entwickeln würden.

34

Müslifressende *Puta*!«, fluchte das Gangmitglied, ohne sich von der Stelle zu rühren.

»Jetzt bin ich beleidigt«, sagte die Elfe, ohne dass sich ihr Tonfall auch nur im Geringsten veränderte. »Ich zähle jetzt bis drei. Wenn du bis dahin nicht meinen Tisch verlassen hast, drücke ich ab. Und beweg dich langsam, sonst könnte ich es missverstehen.«

Das Gangmitglied wich mit langsamen Bewegungen zurück.

»Die Hände über den Kopf«, befahl die Elfe.

Der Bursche gehorchte, während seine Miene sich vor Wut verzerrte. Die anderen Gäste im Restaurant schauten in seine Richtung, aber sein Verhalten schien sie in keiner Weise zu berühren. El Infierno, überlegte Argent, während er die Wasserflaschen vom Tresen nahm, hatte sich an Gewalt gewöhnt. Solange keine Kugeln flogen, war alles völlig normal.

Die Elfe ließ die Hand in ihrem Schoß, während sie Argent musterte.

»Darf ich mich setzen?«, fragte Argent. »Ich glaube, wir haben einen gemeinsamen Chummer.«

»Nennen Sie mir einen Namen«, sagte die Elfe.

»Peg.«

»In Ordnung, Mr. Johnson.«

Argent nahm sich einen Stuhl gegenüber von der Elfe. Er stellte die Flasche Wasser vor ihr ab, dann rückte er den leeren Serviettenspender aus Plastiglas so zurecht, dass er das Spiegelbild der Gangmitglieder hinter sich darin sehen konnte. Er trug die Savalette Guardian unter dem Hemd hinten in seinem Hosenbund. »Sie können mich Argent nennen.«

»Schön.«

»Peg hat mir Ihren Namen nicht genannt«, sagte Argent. Das hatte ihn überrascht, aber andererseits ging er davon aus, dass sie alle ihre Geheimnisse hatten.

»Das hat auch erst dann einen Sinn«, sagte die elfische Deckerin, »wenn ich Ihren Kontrakt akzeptiere.«

»Peg hat Sie nicht darüber informiert?«

»Ich habe ihr gesagt, ich würde es lieber von Ihnen hören«, sagte sie. »Ich bin viel besser darin, mich selbst zu überzeugen, als mich von anderen Leuten überzeugen zu lassen.«

Argent war beeindruckt. Die meisten Shadowrunner interessierte nur, was dabei heraussprang: wie viel im Voraus, wie viel bei Beendigung.

»Man sagte mir, es gebe ein paar Risiken.«

»Die gibt es«, stimmte Argent zu, dann legte er ihr die Sache dar, wobei er Einzelheiten und Namen der Beteiligten ausließ. Selbst wenn sie einstieg, gab es einige Dinge, die er nur dann erzählen würde, wenn es unumgänglich war. Er war überrascht, als er bis ans Ende gekommen und sie noch nicht abgeschwirrt war.

»Das kann ich übernehmen«, sagte sie. »Sie können mich Erzengel nennen. Lassen Sie uns einen Spaziergang machen. Ich bin sicher, Sie wollen mir noch ein paar Fragen stellen, und die Atmosphäre in diesem Laden hat ganz entschieden ihren Reiz verloren.«

»Zwei Sloppies«, sagte Argent zu dem Straßenverkäufer vor der Wäscherei zwei Blocks weiter. Er nahm sich die Zeit, sich zu vergewissern, dass sie nicht verfolgt wurden. Er hatte über Kommlink Kontakt mit Peg aufgenommen, aber sie hatte sich geweigert, mit ihm zu reden, bevor er nicht seine Unterhaltung mit Erzengel beendet hatte.

Der Verkäufer garnierte die Sloppies mit Relish, Chili, Zwiebeln und Käse und reichte sie ihm.

Argent zahlte mit seinem Kredstab, dann nahm er die beiden Sloppies in seine große Hand und griff sich mit der anderen zwei zusätzliche Papierservietten. Er ging zu Erzengel zurück und reichte ihr einen Sloppie. Er hatte den Vorschlag gemacht, in dem chinesischen Restaurant zu essen, doch Erzengel hatte erwidert, sie denke am liebsten nach, wenn sie auf den Beinen sei.

»Peg sagte, Sie seien ein erstklassiger Decker«, bemerkte Argent.

»Und Sie fragen sich, warum ein erstklassiger Decker allein arbeitet«, erwiderte Erzengel.

»Ja.«

»Sie sind sehr direkt. Das gefällt mir. Vermeidet einen Haufen unnötigen Blödsinn.«

»Sie haben meine Frage nicht beantwortet.« Argent passte sich mühelos ihren langen Schritten an, während sie das sechs Etagen hohe Rechteck aus Plastibeton passierten, das Eli Whitney Tower hieß und ein von Konzernen finanziertes Wohnsiedlungsprojekt war. Die Konzerne finanzierten mehrere der Bauvorhaben in diesem Gebiet, weil sie damit die Absicht verfolgten, mehr oder weniger konzerneigene Testgruppen für die von ihnen entwickelten Produkte zu gewinnen.

Erzengel biss mit sauberen weißen Zähnen in den Sloppie. Sie kaute, schluckte und antwortete dann. »Ich ziehe es vor, solo zu arbeiten, Kontrakt für Kontrakt.«

»Darin liegt nicht viel Sicherheit.«

»Sie kommen auch ohne Team zurecht.«

»Ich habe immerhin Peg.«

»Ich habe fast immer solo gearbeitet«, sagte sie. »Wenn Sie wüssten, wen Sie wo fragen müssen, würden Sie feststellen, dass ich ein sehr beschäftigtes Mädchen war. Eine Zeit lang habe ich auch in einem Team gearbeitet.«

»Was ist passiert?«

»Ich bin ein Profi. Ich bin einem aus dem Team zu nahe gekommen.«

»Sich etwas aus den Leuten zu machen, mit denen man zusammenarbeitet, ist keine schlechte Sache.«

»So, wie ich angefangen habe«, bemerkte Erzengel leise, »war es eine ganz schlechte Sache. Ich brauche

Distanz in meinem Job, wenn ich gut sein will. Wenn ich anfange, mich auf eine Person zu konzentrieren, und mich frage, was ihm wohl passiert, wenn bei einem Run der Drek zu dampfen anfängt, wie, zum Teufel, soll ich dann alle anderen aus diesem Drek heraushalten?«

»Weiß er es?« Die Geschichte rührte Argent. Er hörte den Kummer und die Verwirrung immer noch aus ihrer Stimme heraus, obwohl sie sich alle Mühe gab, einen neutralen Tonfall beizubehalten.

»Ich habe es ihm erzählt.«

»Was hat er gesagt?«

»Ich habe eine Nachricht hinterlassen.«

»Das ist eine Art, Dingen aus dem Weg zu gehen.«

Sie richtete ihren sonnenbebrillten Blick auf ihn. »Ich habe mich nur für meinen Beruf entschieden. Sie sollten anerkennen, wie professionell ich sein kann. Ich habe es zu meiner Aufgabe gemacht, Grenzen zu kennen. Ganz besonders meine eigenen.«

»Sie haben Recht.« Argent wusste ebenfalls, wie aufreibend dieser Professionalismus sein konnte. Seit seiner Trennung von Brynnmawr und Sencio hatte er sich nur einmal wirklich lebendig gefühlt, und zwar in seiner Zeit mit der Wrecking Crew. Ein Teil von ihm war noch einmal gestorben, als es Toshi und Hawk erwischt hatte. »Wie lange ist das jetzt her?«

»Drei Jahre.« Erzengel sah weg und ging weiter.

»Drei Jahre sind eine lange Zeit«, stellte Argent fest.

»Soll heißen?«

»Sie hätten bei einem anderen Team einsteigen können.«

»Ich habe noch keines gefunden, bei dem ich hätte bleiben wollen.«

»Warum nicht?«

»Sie waren nicht gut genug. Ihre Pläne passten nicht zu meinen. Sie hatten Angewohnheiten, die mir nicht gefielen. Warum? Wollen Sie ein dauerhaftes Team zusammenstellen?«

»Nein.« Beim bloßen Gedanken daran krampfte Argents Magen sich zusammen. Er wollte nicht noch einmal durchmachen müssen, was es hieß, jemandem sehr nahe zu stehen und ihn dann wieder zu verlieren. Die Zwangslage, in der Andi Sencio sich gerade befand, bestätigte das aufs Neue.

»Warum nicht?«, hakte sie nach. »Sie haben einen guten Ruf in diesem Geschäft. Sie hätten nicht das geringste Problem, ein Spitzenteam zusammenzustellen.«

»Ich fühle mich wohler dabei, besondere Teams für entsprechende Runs zu organisieren. Wenn man ein ständiges Team zusammenstellt, übernimmt man damit auch eine gewisse Verantwortung.«

»Nur, wenn man es zulässt.«

»Sie müssen sich um ein Team kümmern, wenn Sie erwarten, dass es sich auch um Sie kümmert«, sagte Argent, und das war eine der grundlegendsten Lektionen, die er gleich zu Beginn gelernt hatte, als er bei Brynnmawr angefangen hatte.

»Um mich muss sich niemand kümmern«, sagte Erzengel. »Ich kümmere mich selbst um mich. So gefällt es mir am besten.«

»Drei Jahre, und Sie sind nicht zurückgegangen?«

»Nein.«

»Sind Sie in Verbindung geblieben?«

»Ich habe einen Freund, der mich auf dem Laufenden hält.«

»Aber Sie fragen nach?«

»Ja.«

»Sie sind über diese Gefühle noch nicht hinweg.« Sie betrachtete ihn. »Sie lassen nicht locker.«

»Ich lerne«, korrigierte Argent. »Wenn Sie immer noch etwas für diesen Burschen empfinden, heißt das, Sie nehmen Verpflichtungen sehr ernst. Dass Sie noch nicht zurückgekehrt sind, weil es Ihnen immer noch nicht richtig erscheint, verrät mir, dass Sie zu ihren Überzeugungen stehen – unabhängig davon, wie schmerzhaft sie sind.«

»Haben Sie die anderen Teilnehmer an diesem Run auch so gründlich befragt?«, wollte sie wissen.

»Die kenne ich«, stellte Argent kategorisch fest. »Ich weiß, was ich von ihnen erwarten kann und was nicht.«

»Sie könnten Peg vertrauen.«

»Das tue ich. Aus diesem Grund rede ich jetzt mit Ihnen.«

Erzengel bedachte ihn mit einem kalten Lächeln, in dem das Versprechen eines bitteren Winters lag. »Sie können ein ziemlicher Hurensohn sein, Argent.«

»Wollen Sie den Kontrakt immer noch?«

»Dann finde ich Ihre Zustimmung?«

»Ja.«

Sie wandte sich von ihm ab. »Ich hatte den Kontrakt bereits akzeptiert. Von Peg. Deshalb war ich hier.«

»Peg hat nicht die Verantwortung für diesen Run.«

»Ob Sie mich auf diesem Run einsetzen oder nicht«, sagte Erzengel, »ich habe den Deal mit Peg gemacht. Ich unterziehe mich normalerweise nicht diesem ganzen Drek. Ich bin mein eigener Herr, und die Leute, mit denen ich zusammenarbeite, sind froh, wenn sie mich bekommen.«

Argent glaubte ihr.

Argent rief Rottstein von einem Münztelekom vor einem Friseurladen an, von dem er sicher war, dass er nur die Fassade für ein illegales Wettbüro war. Kommlinks waren in El Infierno eine Seltenheit, also arbeitete das Glücksspiel hier immer noch mit einem Botensystem. Ein Dutzend kleinerer Kinder verschiedener Rassen und Hautfarben saßen vor dem Laden auf dem Randstein.

Er führte das Gespräch wieder über das geschützte Relais in North Carolina und bekam den Schieber fast sofort an den Apparat. »Ich bin's«, sagte Argent.

»Ja, ja. Augenblick.«

Argent lauschte dem anschließenden Hustenanfall, der dadurch, dass Rottstein sich abwandte, nur teilweise gedämpft wurde. Er warf einen Blick auf Erzengel drüben auf der anderen Straßenseite. Sie betrachtete das Schaufenster eines Second-Hand-Ladens, der sich auf Kinderkleidung spezialisiert hatte. Ihre Aufmerksamkeit schien von einem himmelblauen Kinderkleid in Anspruch genommen zu werden.

»Schlechte Nachrichten«, sagte Rottstein, als er sich wieder meldete. »Cholonga hat letzte Woche in Philadelphia ins Gras gebissen. Wenn du immer noch einen Scharfschützen als Rückendeckung für dieses Unternehmen suchst, hast du verdammtes Pech gehabt.«

35

»Wie ist das mit Cholonga passiert?«, fragte Argent.

»Nach allem, was ich gehört habe, hat er sich von einem Konzern als Spezialist für schwarze Unternehmen verpflichten lassen. Dann hat es ihn auf einem Run erwischt, bei dem angeblich etwas von einem anderen Konzern zurückgekauft werden sollte. Wenigstens wird es so verbreitet.«

»Aber du hast noch etwas anderes gehört?«, hakte Argent nach.

»Ja. Auf der Straße heißt es, Cholonga sei so etwas wie eine Opfergabe gewesen. Er hat jemanden von einem Konzern hochgehen lassen, bei dem sein neuer

Konzern sich anbiedern wollte. Um ins Geschäft zu kommen, wollte der andere Konzern Cholongas Kopf auf einem Silbertablett.«

»Hast du die Adressen der anderen?« Er würde Cholonga bei diesem Unternehmen vermissen. Cholonga gehörte zu den echten Profis.

»Ja. Bist du bereit?«

Argent nahm einen leeren Chip aus seinem Unterarmfach und schob ihn in das Telekom. »Schieb's rüber.«

»Bin dabei.«

Das Telekom surrte für ein paar Sekunden. Argent warf einen Blick auf die verschlüsselten Informationen, die auf den Chip kopiert wurden.

»Es ist immer eine Zeit und ein Ort angegeben«, sagte Rottstein. »Und eine LTG-Nummer, wenn dein Zeitplan unterwegs durcheinander gerät.«

Argent holte den Chip aus dem Schlitz und verstaute ihn in seinem Unterarmfach. »Danke.«

»Keine Ursache«, sagte Rottstein. »Halt nur schön den Kopf unten, *Omae*. Du bist einer der wenigen, mit denen ich noch Geschäfte machen kann, ohne hinterher Krämpfe in den Gedärmen zu haben, weil ich mir beinahe in die Hose mache.«

Argent unterbrach die Verbindung und ging über die Straße zu Erzengel. Sie hatte die Sonnenbrille abgesetzt, während sie die Kinderkleider betrachtete. Ihre Augen waren bronzefarben und golden gesprenkelt. Er konnte den Ausdruck in ihren Augen nicht ganz identifizieren, aber Trauer gehörte in jedem Fall dazu.

»Wollen Sie etwas kaufen?«, fragte er.

Einen Augenblick später war die Sonnenbrille wieder an ihrem Platz. Ihre Miene war völlig neutral, als sie sich zu ihm umwandte. »Nein.«

»Sie können es sich nachschicken lassen.«

»Nein. Kommen Sie zur Sache.«

»Sicher.« Argent ging auf der Suche nach einem Taxi voran. Von den wenigen Taxis, die es in El Infierno noch gab, waren die meisten wie Militärfahrzeuge gepanzert. »Sprechen Sie Französisch?«

»Ich spreche elf Sprachen«, erwiderte Erzengel. »Französisch ist eine davon.«

»Gut, denn es ist keine besonders gute Idee, in Quebec City Englisch zu sprechen.«

»Wir fliegen nach Quebec?«

»Mit dem nächsten Flugzeug«, erwiderte Argent. »In den nächsten Tagen werden wir sehr viel reisen.«

Die Maschine landete um 21:43:11 Uhr Ortszeit in Quebec City. Der Flughafen wimmelte von Sicherheitsleuten und Überwachungssystemen. Argents Cyberware löste Dauerpanik bei den stummen Alarmanlagen aus, sobald er das Flugzeug verlassen hatte.

Ein halbes Dutzend gepanzerter Männer mit Schutzhelmen anstelle von Gesichtern richteten ihre Waffen auf ihn. »Auf den Boden!«, befahl ein Mann mit den Schulterabzeichen eines Sergeants. Er sprach Französisch und wiederholte den Befehl dann auf Englisch. »Hände auf den Kopf!«

Argent gehorchte, indem er sich geschmeidig hinlegte, um dann direkt in das Helmvisier des Sergeants zu starren. »Ich habe Papiere«, sagte er auf Französisch. Die übrigen Passagiere kauerten verängstigt in der Verbindungsröhre zum Flugzeug. Die Leute im eigentlichen Flughafengebäude starrten neugierig herüber.

Der Sergeant nickte einem seiner Männer zu, der daraufhin vorsichtig vortrat und dabei darauf achtete, seinen Kameraden nicht ins Schussfeld zu geraten.

»Ich bin Kopfjäger«, sagte Argent. »Ich habe ein Arbeitsvisum.«

Peg hatte für die Tarnung einschließlich des Visums gesorgt. Quebec erkannte die Intelligenz paranormaler Lebewesen nicht an und wollte sogar Trolle auf die Liste der Arten setzen, für deren Tötung die Regierung bezahlte. Obwohl diese bewusst denkenden Wesen nicht als intelligent anerkannt waren, drehten sie oft den Spieß um, wenn sie gejagt wurden. Aus diesem Grund kamen regelmäßig Kopfjäger auf der Suche nach einträglicher Beschäftigung über die Grenze.

Außerdem erklärte diese Tarnung einen Großteil von Argents Cyberware.

Der Sicherheitsmann zog das in Quebec abgestempelte Dokument aus Argents Hemdtasche und unterzog es einer raschen Prüfung. »Es ist eine beglaubigte Lizenz, Sir«, meldete er. »Er heißt Kortmunder.«

»Überprüfen«, befahl der Sergeant. Weder er noch seine Männer senkten die Waffen.

Argent wartete auf den Knien und sah zu, wie der Sicherheitsmann zum Telekom am Empfangspult ging. Er sagte etwas und scannte das Visum dann ein. Argents Magen verkrampfte sich unwillkürlich, da er sich fragte, wie gut es Peg gelungen war, sich durch Quebec Citys Bürokratie-Systeme zu schleichen. Jedenfalls mussten sie leichter zu knacken gewesen sein als die Konzernsysteme im Plex.

»Es ist gültig«, rief der Sicherheitsmann.

Der Sergeant nickte und gab seinen Leuten das Rührt-euch-Zeichen. Sie halfterten ihre Waffen. »Genießen Sie Ihren Aufenthalt in Quebec City, Mr. Kortmunder«, sagte der Sergeant.

»Er kann nur noch besser werden«, erwiderte Argent, während er sich erhob und seine Segeltuchtasche nahm. Er bahnte sich einen Weg durch das Gewühl im Flughafengebäude und zu den Gepäckbändern. Nachdem er seine Ausrüstung hatte, ging er weiter zu den

Mietwagenschaltern. Er erledigte den Papierkram und unterzeichnete den Mietvertrag mit seinem Daumenabdruck. Der Americar, den er gemietet hatte, fand sich an der bezeichneten Stelle, und er stieg ein und fuhr aus der Tiefgarage.

Erzengel stand vor dem Haupteingang.

Argent fuhr an den Randstein und beugte sich nach rechts, um die Beifahrertür zu öffnen.

»Das war wirklich aufregend«, sagte sie, als sie ihre Aktentasche auf den Rücksitz stellte.

Argent erwiderte nichts, sondern trat aufs Gas und fuhr direkt in das klaffende graue Maul von Quebec City. Er strebte dem neuesten Teil des Plex' entgegen. Die Einheimischen nannten ihn Unternehmerzonen, weil die Konzerne ihn genau mit diesem Hintergedanken errichtet hatten.

Als die Arbeiten begonnen hatten, waren Tausende von Einheimischen umgesiedelt worden, da Platz für die Unternehmerzonen geschaffen werden musste. Anfangs waren es fünf Konzerne gewesen, MCT, Aztechnology, Fuchi, Yokogawa-Honeywell und Yamaha. Drei weitere waren 2054 gefolgt, sodass es mittlerweile acht waren.

»Das sieht ganz wie eine entmilitarisierte Zone aus«, bemerkte Erzengel.

»Es ist viel gefährlicher«, erklärte Argent ruhig. »Die Unternehmerzonen haben exterritoriale Rechte und unterstehen nicht der Rechtsprechung von Quebec. Die Konzerne können hier umbringen, wen sie wollen, und Quebec City wird deswegen nicht das Geringste unternehmen, solange die Konzerne diese Vorfälle nicht an die große Glocke hängen.«

»Ich hoffe, wir fahren nicht dorthin.«

»Nein.« Argent zeigte durch die insektenverschmierte Windschutzscheibe. »Das ist unser Ziel.« Das Hilton International Quebec erhob sich fünfundzwanzig

Stockwerke hoch. Limonengrüne Neonreklamen rankten sich seine Mauern hoch und verschmolzen mit dem Rest des erleuchteten Plex.

36

Verrätst du mir, mit wem wir uns hier treffen?«, fragte Erzengel, als sie den Fahrstuhl im achtzehnten Stock des Hilton International Quebec verließen.

Argent sah sich links und rechts im Korridor um. Im Parkhaus hatte er die Savalette Guardian aus seiner Tasche geholt. Die Sicherheitssysteme des Hotels waren nicht darauf angelegt, Leute mit Waffen fernzuhalten, aber die Sicherheitstruppe im Foyer war nicht zu übersehen gewesen. Außerdem waren die Fahrstühle mit Kameras und Mikrofonen bestückt. Abgesehen von ein paar Wasserfarbdrucken an den Wänden, schien der Korridor leer zu sein.

»Sie heißt Laveau«, sagte Argent. »Sie ist eine Straßenschamanin. Ich habe schon ein paarmal mit ihr zusammengearbeitet. Sie ist auf Zimmer achtzehn-vierzehn.« Er zählte die Türen ab und näherte sich langsam seinem Ziel.

»Was macht sie hier?«

»Ihr letztes Engagement«, antwortete Argent. »Sie hat sich hier als Wahrsagerin für die Konzerne eingerichtet. Sie legt Karten und stellt Glückstotems und ab und zu einen Liebestrank her. Angesichts der starken Konzernpräsenz gehen ihre Geschäfte ziemlich gut – nach allem, was ich so höre.« Rottstein hatte ihm die Einzelheiten dargelegt. »Da ist es.« Er drückte auf den Knopf neben der Tür und stellte sich so, dass ihn die Kamera über der Tür erfasste, damit

Laveau sein Bild auf dem Monitor im Zimmer sehen konnte.

Argent zählte die Sekunden und wartete darauf, dass sich die Tür öffnete.

»Du bist zu früh dran«, beschwerte sich Laveau, als sie die Tür aufmachte. »Ich habe noch einen Kunden.« Sie war eine schwarze Orkfrau mit gelockten Haaren. Die Hauer, die aus ihrem Unterkiefer ragten, waren glänzend weiß. Sie war fast so groß wie Argent und trug ein fließend weißes Kleid mit silbernen Stickereien in der Gestalt von Totenschädeln, die teils grinsten und teils wütend oder gar traurig schauten.

»Wir können warten«, erbot sich Argent.

»Madame Fontaine«, rief eine Männerstimme aus dem Zimmer, »bitten Sie Ihren nächsten Kunden ruhig herein. Ich bin davon überzeugt, dass wir in dieser Sitzung alles getan haben, was wir können.«

»Wie Sie wünschen, Tajira-*san*.« Laveau gab den Weg in das ansprechend möblierte Zimmer frei und winkte Argent und Erzengel herein.

Als Argent den Raum betrat, dämpfte er wegen der Restschwaden abgebrannter Räucherstäbchen automatisch seinen Geruchssinn. Die Einrichtung spiegelte Laveaus schamanische Wurzeln in der jamaikanischen Voodoo-Tradition wider. Auf beinahe jedem freien Platz standen brennende Kerzen, deren Schein auf Keramik- und Plastimetalloberflächen glänzte.

Ein handgewebter Wandteppich, der Damballah Wedo darstellte, Laveaus erwählten Schutzloa, hing über dem elektrischen Kamin an der gegenüberliegenden Wand. In psychedelischen Farben dargestellt, war Damballah Wedo eine glitzernde Schlange, die sich durch einen Wald mit hohen Bäumen wand, deren Wipfel die mondbeschienenen Wolken am Himmel küssten.

»Ich bedaure, Ihre Sitzung unterbrochen zu haben«, sagte Argent, indem er sich an den Mann in dem Zimmer wandte.

»Arne Gemmell«, sagte Laveau und stellte Argent damit unter dem Decknamen vor, unter dem er reiste, »das ist Hideo Tajira.«

Argent legte die Hände zusammen und vollführte eine perfekte Verbeugung. »Tajira-*san*, es ist mir eine Ehre, Ihre Bekanntschaft zu machen.«

»Ganz meinerseits«, erwiderte Tajira.

Argent identifizierte den Mann sofort als Konzern-Exec. Er war einen halben Kopf kleiner als Argent und bewegte sich mit einer Geschmeidigkeit, die eine ausgiebige Schulung in den Techniken der Selbstverteidigung sowie Reflexbooster vermuten ließ.

Tajira trug einen schwarzen Armanté-Anzug und war glatt rasiert. Seine langen Haare, ungewöhnlich für einen Konzern-Exec, waren zu einem Pferdeschwanz zusammengebunden. Seine grünen Augen funkelten kurz, als ihr Blick sich unverhohlener auf Argents Gesicht richtete, als dies in der japanischen Kultur als schicklich galt. »Madame Fontaine, Sie werden eine entsprechende Überweisung auf Ihrem Konto vorfinden. Ich danke Ihnen für Ihre Zeit.« Tajira streifte dünne schwarze Handschuhe über. »Der Abend war äußerst *erhellend*.«

Laveau nahm seinen Arm und führte ihn zur Tür. »Darf ich Sie für einen Termin nächste Woche zur gleichen Zeit vormerken?«

»Selbstverständlich. Ich freue mich schon darauf.«

Argents Blick wanderte über die Aschenbecher mit den brennenden Räucherstäbchen, von denen Rauchfäden zur Decke aufstiegen. Seine Gedanken überschlugen sich, als er die Gefahr erkannte, in der sie plötzlich schwebten.

Tajira blieb noch einmal in der Tür stehen und

drehte sich zu einem letzten Blick auf das Zimmer um. Für einen Augenblick stellte er Blickkontakt zu Argent her.

Laveau schloss die Tür und wandte sich dann an Argent. Als sie das Wort ergriff, sprach sie Englisch mit dem Akzent ihrer Geburtsstadt New Orleans und nicht Französisch, um den Shadowrunner wissen zu lassen, wie aufgebracht sie war. »Hast du je von dem kleinen Ding namens Telekom gehört, *Cher*? Es erspart einem die Unannehmlichkeiten, die mit einem solchen Auftritt verbunden sind.«

»Es wird gleich noch unangenehmer«, sagte Argent, indem er die Savalette Guardian aus seinem Hosenbund zog und die Smartverbindung aktivierte. Sein Blickfeld verschwamm für den Augenblick, als sich die Fadenkreuze bildeten. »Dein Kunde ist bei Fuchi Asien, richtig?«

»Ja, *Cher*. Aber woher weißt du das? Gibt es böses Blut zwischen euch?«

»Ich habe ihn noch nie zuvor gesehen«, antwortete Argent. »Aber er hat mich erkannt.«

37

Sie wissen, dass wir kommen.«

In den opulenten Komfort des Agusta-Cierva Rotorcraft geschnallt, schaute Clay Ironaxe in das violette Dämmerlicht über der Stadt Pueblo, da sich die Nacht über die Wüste senkte. Die Stadt war einmal ein blühender Plex gewesen, nicht die dunkle, sterbende leere Hülle, die sie jetzt war. Das Lagerhaus-Viertel am Arkansas River unter ihm war völlig menschenleer.

»Es spielt keine Rolle«, sagte Ironaxe zu Bearstalker.

»Sie können uns nicht entkommen.« Er schaute durch das Fenster nach oben und sah die anderen beiden Hubschrauber, die seinen Rotorcraft begleiteten.

Ihre Spionageteams waren erfolgreich gewesen. Bereits wenige Stunden nach ihrer Aussendung hatten sie über einen seiner regulären Spione in Erfahrung gebracht, dass Nakatomi einen Sicherheitstrupp in einem jener leeren Lagerhäuser stationiert hatte. Der Geschäftsführer von Fuchi Asien hatte sich nicht die Mühe gemacht, die Anwesenheit dieses Trupps zu erwähnen.

Während sich die Hubschrauber wie Jagdfalken herabstürzten, strömten bereits Bodentruppen durch den Haupteingang und durchkämmten das avisierte Lagerhaus. Der Agusta-Cierva setzte mit einem hörbaren Schlag auf dem löchrigen Asphalt auf. Seine Scheinwerfer richteten sich auf die Lagerhaustüren, während ein großer Trupp Schwarzgekleideter sie umkreiste.

Ironaxe nahm seine Seco LD-120 und stieg aus dem Hubschrauber. Er setzte den Kevlarhelm auf, den Bearstalker ihm anbot, während er zu den mit Graffiti übersäten Lagerhaustüren ging. Seine Truppen wandten sich den Mauern des Lagerhauses zu, und Kettensägen durchtrennten die dünne Schicht Plastimetall. Sekunden später wurden Ares-Tränengaskanister durch die Löcher geschoben, und im Nu sah das Lagerhaus aus, als sei es von der Schädlingsbekämpfung ausgeräuchert worden. Ironaxe atmete gleichmäßig und mühelos unter seinem Kevlarhelm, da er über einen eingebauten Luftfilter und eine eigene Luftversorgung verfügte.

Die kleine Gruppe in dem Lagerhaus leistete nur symbolischen Widerstand. Die Leute waren hoffnungslos in der Unterzahl, und das Tränengas raubte ihnen den letzten Funken Kampfesmut. Das Innere des Lagerhauses war oberflächlich verändert worden, um die Männer darin beherbergen zu können. Die elektronische Ausrüstung war nur in Ansätzen vorhanden. Hängematten und Schlafsäcke lagen auf der Erde. Die fünfzehn Männer und Frauen lagen ebenfalls auf dem Boden und krümmten sich vor Schmerzen infolge des Tränengases.

Ironaxe bückte sich und packte eine auf dem Bauch liegende japanische Frau an ihrer Bluse. Sie stöhnte vor Schmerzen, und ihre Hände krallten nach seinen Augen. Er setzte sie an die Wand neben eine Werkbank, dann ging er in die Hocke, sodass sie seine Augen durch das Visier des Kevlarhelms sehen konnte. »Sie arbeiten für Nakatomi, nicht wahr?«

Die Frau machte Anstalten, die Frage zu verneinen, doch Ironaxe hob eine Hand, und sie besann sich eines Besseren. »*Hai*. Ich arbeite für Nakatomi.«

»In welcher Eigenschaft?«

»Er hat uns hier stationiert, damit wir die Wichser finden, die sich in Ihre Systeme eingeschlichen haben. Wir versuchen, Ihnen einen verdammten Gefallen zu tun.«

Ironaxe ignorierte die Antwort. »Wie wollten Sie mir helfen?«

»Wir hatten DNS-Proben der Shadowrunner«, erwiderte die Frau.

»Woher hat Nakatomi die DNS-Proben bekommen?«

»Das weiß ich nicht. Ich glaube, es ist ihm gelungen, einen der Runner zu veranlassen, sich gegen die anderen zu wenden.«

»Haben Sie sie gefunden?«

Sie schüttelte den Kopf und wischte sich über den Mund. »Noch nicht, aber wir wissen, dass sie sich irgendwo in diesem Gebiet befinden müssen. Sie haben sich ziemlich tief verkrochen.«

»Woher wissen Sie das?«

»Weil dies der letzte Ort ist, zu dem wir sie verfolgen konnten.«

Der Sanitäter traf ein, und Ironaxe überließ ihm die Frau. Dann gesellte er sich zu Bearstalker und half ihm dabei, Ausrüstung und persönliche Habe des Fuchi-Teams zu durchsuchen. Bearstalker hatte die DNS-Proben bereits gefunden. Ironaxe forderte magische Unterstützung an. Die Magierin kam zu ihnen und fasste zusammen, was das Team der Magier herausgefunden hatte.

»Sie haben rituelle Magie angewandt«, stellte die Magierin fest. »Sehr teuer und sehr zeitaufwendig. Offenbar hatten sie keinen Erfolg.«

»Können wir die DNS-Proben benutzen?«, fragte Ironaxe.

»Nein.« Sie schüttelte den Kopf. »Nur die Magier, die mit der Arbeit begonnen haben, können etwas damit anfangen. Rituelle Magie hat viel mit Urheberrechten zu tun.«

Ironaxe entließ sie mit finsterer Miene.

»Das Vorhandensein der DNS-Proben kann alles mögliche bedeuten«, sagte Bearstalker.

»Ich weiß.« Ironaxe zog bereits die offensichtlicheren Schlüsse. »Dass Nakatomi sich tatsächlich alle Mühe gibt, Villiers als Schuldigen zu entlarven. Dass Nakatomi das Unternehmen von hier aus betrieben und die DNS-Proben bereitgehalten hat, um die Gruppe nicht zu verlieren, die er selbst auf LegacyTrax angesetzt hat. Dass die DNS-Proben falsch sind und die Shadowrunner, die wir suchen, von Nakatomi in Sicherheit gebracht wurden und längst über alle Berge sind.« Er warf einen Blick auf die DNS-Proben, die auf den Knien der Konzernmagierin ausgebreitet waren. »Oder dass die DNS-Proben falsch sind und wir sie finden sollen, damit wir dann unsere Zeit mit einer falschen Fährte verschwenden.«

Einer der Sicherheitsleute kam mit einem Mobiltelekom angelaufen. »Ihr Büro, Sir«, rief der Mann. »Sie sagten, es sei wichtig.« Er gab ihm das Gerät. Ein Kabel verband es mit dem verschlüsselten Kommlink im Rucksack auf seinen Schultern. Das Signal wurde zum führenden Hubschrauber weitergeleitet, der für die Satellitenverbindung sorgte.

Ironaxe sagte seinen Namen in die Muschel und lauschte dem Hall der Stimmen und Hubschrauber in dieser offenen Leitung.

»Ich entschuldige mich für die Täuschung«, sagte Shikei Nakatomi ohne Vorrede. »Ich hatte wahrhaftig geplant, der Shadowrunner mittlerweile längst habhaft geworden zu sein.«

»Sie hätten mir von den DNS-Proben erzählen müssen«, sagte Ironaxe.

»Wenn ich Sie informiert hätte«, stellte Nakatomi fest, »hätte die Gefahr bestanden, dass Sencio und Villiers von den DNS-Proben erfahren.«

Ironaxe sah zu, wie seine Leute Nakatomis Team einsammelten und es zu dem wartenden Roadmaster nach draußen eskortierten, der zu einem Gefangenentransporter umgebaut worden war. »Nach allem, was ich weiß, sind diese Leute eine Unterstützungseinheit der Runner, die LegacyTrax infiltriert haben.«

»Wenn Sie das glauben, machen Sie einen Fehler«, versicherte ihm Nakatomi glatt. »Außerdem habe ich Sie nicht nur deshalb angerufen, weil Sie mein Team überfallen haben. Ich habe soeben eine Nachricht von einem Angestellten in Quebec erhalten, dass Argent jetzt dort ist. Ein Team ist bereits zu ihm unterwegs. In wenigen Minuten wird er unser Gefangener sein.«

»Sie rufen mich wieder an?«

»Umgehend.«

»Ich warte.« Ironaxe unterbrach die Verbindung und reichte dem Kommunikationsoffizier das Gerät zurück.

Seine Gedanken überschlugen sich, da er alle Aspekte zu bedenken versuchte. Dass Nakatomi ihm aus den genannten Gründen nichts von dem Team erzählt hatte, klang logisch, aber in Wirklichkeit standen wohl andere Gründe dahinter. Hätte das Team Sencios Gruppe zuerst entdeckt, hätte Nakatomi Zugriff auf alle gestohlenen Daten gehabt, bevor er Sencio und ihre Leute getötet und dann Ironaxe mit dem Ausdruck des Bedauerns mitgeteilt hätte, dass es ihm nicht gelungen sei, sie lebendig zu fassen.

Oder Nakatomi hätte sie töten lassen, weil sie andernfalls hätte verraten können, dass er selbst sie angeworben hatte.

Was die Wahrheit wahr, ließ sich nicht einmal mutmaßen.

38

Laveau legte den Professionalismus an den Tag, der so typisch für sie war, indem sie durch die Suite eilte und nur die Dinge zusammenpackte, die für ihr unmittelbares Überleben unerlässlich waren. Das hielt sie jedoch nicht davon ab, Argent mit wüsten Beschimpfungen zu überhäufen und die Tatsache zu beklagen, dass sie sehr teure Dinge zurücklassen musste.

Argent stand an der Tür der Suite, die Guardian in der Hand.

»Du hast nie erwähnt, dass Fuchi Asien ein Problem ist«, sagte Laveau. »Andernfalls hätte ich dafür gesorgt, dass der Bursche vor deiner Ankunft längst weg gewesen wäre.«

Erzengel blieb ruhig und sah sich die übrigen Räume der Suite an. Sie war die erste, die daran dachte, das Telekom abzustellen, damit es nicht mehr angezapft und als Spähvorrichtung benutzt werden konnte.

Argent registrierte anerkennend Erzengels Gründlichkeit und Ruhe. »Die Leute, mit denen du zusammengearbeitet hast, müssen gut gewesen sein«, sagte er.

»Der Bursche, der das Team geleitet hat, ist ziemlich clever«, räumte sie ein. »Ihm entgeht nicht viel, was mit einem Run zu tun hat.«

»War er derjenige…?«

Erzengel fixierte Argent mit einem eisigen Blick ihrer bronzefarbenen goldgefleckten Augen. »Diese Frage ist unangebracht.«

»Ja.« Aber sie waren sich beide der Tatsache bewusst, dass sie die Frage dennoch beantwortet hatte. Immerhin war ihre eigene Misere in gewisser Hinsicht ein Spiegelbild seiner eigenen, und so war er neugieriger, als er sich dies normalerweise gestattet hätte. Sie war vor dem Burschen davongelaufen, in den sie sich verschossen hatte, weil sie die damit verbundenen Emotionen nicht mit dem Professionalismus unter einen Hut bringen konnte, den sie von sich verlangte. Und Argent wurde in Sencios Probleme verwickelt, weil er nicht in der Lage gewesen war, seine Gefühle zu missachten. Was er auch nicht gewollt hätte. Diese Gefühle zu verleugnen wäre eher kontraproduktiv gewesen. Die letzte Person, die er belügen durfte, war er selbst.

»Ich bin fertig, Cher«, sagte Laveau. Sie hatte alles, was sie tragen konnte, in einen Rucksack gepackt, stellte Argent beifällig fest. Die Straßenschamanin war so tüchtig wie immer. Sie war auf den Straßen von New Orleans aufgewachsen und hatte sich als Dieb durchgeschlagen, bevor sie sich der Magie zuwandte. Als Folge davon hatte ihr Leben nie mehr als einen Anschein von Sesshaftigkeit und Beständigkeit angenommen. Sie war mit einem Colt Manhunter bewaffnet. »Trifft es zu, dass diese Männer dich umlegen wollen, falls sie dich schnappen, Cher?«

»Ja«, erwiderte Argent.

»Dann lass uns schleunigst verschwinden.«

Argent übernahm die Führung. Er trat in den Korridor und benutzte dabei den Türrahmen als Schild. »Die Feuertreppe«, sagte er. »Sie könnten bereits die Kameras und Mikrofone in den Aufzügen angezapft haben.«

»Die stehen ihnen auch im Treppenhaus zur Verfügung«, sagte Erzengel.

»Aber wir haben mehr Bewegungsfreiheit«, sagte Argent. »Kommt Tajira allein zu diesen Sitzungen?«

»Er ist ein Konzern-Exec«, sagte Laveau. »Hast du je davon gehört, dass irgendeiner von denen allein irgendwohin geht? Bestimmt nicht. Er lässt seine Männer immer unten in der Bar.«

Aus dem Augenwinkel registrierte er eine Bewegung, und er reagierte augenblicklich. Eine Kugelsalve siebte die Luft an der Stelle, wo er soeben noch gestanden hatte. Die Guardian kam hoch und spie Feuer und Blei.

Die Kugeln zerschmetterten das Gesicht des Mannes am anderen Ende des Korridors. Bevor die Leiche zu Boden fallen konnte, schoss Argent erneut, da ein anderer Mann der Leiche auswich und nachrückte. Seine zweite Salve traf lediglich die Kevlarjacke des Mannes und schleuderte ihn zurück.

»Bewegt euch!«, befahl Argent.

Erzengel und Laveau schossen ebenfalls und sorgten dafür, dass der zweite Mann in Deckung blieb, während Argent nachlud.

Der Shadowrunner raste zur Feuertreppe. Seine verdrahteten Reflexe sorgten dafür, dass seine Bewegungen geschmeidig waren, da das System Informationen in Nanosekunden verarbeitete und entsprechende Korrekturen vornahm. Wie immer fühlte sich sein Körper auch unter höchster Beanspruchung wie ein geöltes Kugellager in der Aufhängung an.

Seine Infrarotsicht ließ ihn den Schatten hinter dem kleinen Fenster in der Tür zur Feuertreppe besser erkennen. Er riss die Guardian hoch, ohne in seinem Schritt innezuhalten, und gab zwei Schüsse ab.

Die Kugeln zerschmetterten das Plastiglas einen Herzschlag vor Argent. Der Shadowrunner glaubte, dass beide Kugeln ihr Ziel getroffen hatten, aber er ging kein Risiko ein. Er streckte die Hand aus und spürte den Druck der Tür unter seiner Handfläche.

Die zusätzliche Masse seiner Cyberware und die Kraft seiner künstlichen Gliedmaßen bewirkten, dass die Tür kreischend aus den Angeln gerissen wurde und in das Treppenhaus flog. Sie prallte gegen den Mann und schleuderte ihn über seine beiden Kameraden hinweg die Treppe hinunter.

Argent aktivierte den Elektromagnet in seiner Handfläche und klatschte sie an die Wand. Die magnetische Haftwirkung half ihm dabei, sich zu verankern, und verhinderte, dass er dem Mann auf demselben Weg folgte. Die Smartverbindung riss seine Waffenhand hoch und ließ ihn auf die beiden Männer schießen, wobei er auf die Gesichter anstatt auf die durch einen kugelsicheren Körperpanzer geschützten Stellen zielte.

Erzengel war dicht hinter ihm und hielt ihre Pistole in beiden Händen. Sie schoss nicht, weil es nicht nötig war. Alle drei Männer waren tot.

Ohne Vorwarnung hallte der laute Knall einer Explosion durch das Gebäude. Unmittelbar darauf setzte Sirenengeheul ein.

Argent wandte sich zu Laveau um und sah die Fernbedienung in ihrer Hand.

»Nur eine Vorsichtsmaßnahme, Cher«, sagte die Ork-Schamanin. »Weißt du, ich bleibe nie lange an einem Ort. Die alte Laveau weiß, dass sie den größten Teil dieses Lebens auf Reisen sein wird.« Sie lächelte und ließ den Zünder fallen. »Eine Bombe in der Suite. Diese Explosion wird ihnen zu denken geben, nicht?«

»Ja.«

»Wegen des Feueralarms werden alle Hotelgäste die Feuertreppe benutzen«, sagte Erzengel. »Also sind viele Unschuldige gefährdet.«

Argent dachte dasselbe. Er hatte schon öfter mit Laveau zusammengearbeitet und festgestellt, dass sie auf ihrem Gebiet sehr tüchtig war, aber zumeist war es ihr Hals, an den sie zuerst dachte. Erzengel stieg eine Stufe in seiner Einschätzung. Er vermisste Pegs Stimme in seinem Kopf, aber sie hatten sich darauf geeinigt, im Hinblick auf eventuelle Lauscher den Kommlink nur dann zu benutzen, wenn es absolut unumgänglich war.

»Nur sehr wenige Leute, die hier absteigen, können von sich behaupten, unschuldig zu sein«, sagte Laveau.

Argent ging an den Toten vorbei und schlug dabei ein Tempo an, das seiner Ansicht nach die Frauen nur mühsam würden mithalten können. Erzengel schien hinter ihm die Treppe herunterzugleiten, aber Laveau war nach sechs Stockwerken außer Atem. Wenigstens ging es ständig abwärts.

»Nakatomis Leute müssten eigentlich wissen, dass sie nicht auf die Fahrstühle zu achten brauchen«, sagte Erzengel. »Mittlerweile dürfte der Feueralarm dafür gesorgt haben, dass alle Kabinen im Erdgeschoss sind.«

»Und sie haben uns nicht darin entdeckt«, sagte Argent. Dutzende von Leuten waren jetzt auf der Feuertreppe, alle in verschiedenen Stadien der Panik und der Neugier, was passiert war. »Also dürfte der Fahrstuhlschacht der sicherste Ort für uns sein.«

»Ja.«

Argent hatte bereits an diese Möglichkeit gedacht, sie aber nicht erwähnt. Dass Erzengel so rasch und vernünftig dachte, beeindruckte ihn nur noch mehr. Mit wem hatte sie zuvor zusammengearbeitet, dass sie so auf Draht war?

Er ging voran bis in den achten Stock, um sich dann zu entschuldigen, als er sich einen Weg durch die Menge bahnte, die ihm den Weg in den Hotelkorridor versperrte. Er trabte durch den Korridor, bis er einen Aufzug erreichte. Der Anzeige zufolge befand sich der Aufzug direkt über der Lobby und dem unterirdischen Parkhaus darunter. Er hatte den Mietwagen auf der rechten Seite der Tiefgarage abgestellt.

Er quetschte die Finger in die Ritze zwischen den geschlossenen Fahrstuhltüren und zwängte sie auf. Der Schacht enthielt lediglich rote Warnlampen, die von der Abwesenheit der Kabine kündeten.

Es handelte sich um einen Magnetaufzug, und die eiförmige Kabine wartete am Grund des Schachts. Es gab keine Haltekabel und keine Infrastruktur, die zusätzlichen Halt geboten hätte. Nur glatte Plastistahlwände für die nächsten acht Etagen.

»Laveau«, sagte Argent.

»Ja, Cher.« Die Orkschamanin kam näher und lugte in die düstere Tiefe.

»Kannst du den Weg ins Parkhaus freiräumen?«

»Durch den Boden?«

»Ja.«

Sie schüttelte den Kopf. »Du verlangst eine ganze Menge, Cher, aber ich glaube, diese alten Knochen können den Job erledigen.« Sie stimmte einen leisen Singsang an, dann hob sie die Stimme und deutete auf die Kabine im Erdgeschoss.

Argent hatte seine Infrarotsicht eingeschaltet und glaubte die Energiewellen zu sehen, die ihren Ursprung in Laveaus Fingerspitzen hatten. Als sie die Fahrstuhlkabine trafen, knautschte sie sich zusammen, wie von einer Riesenfaust getroffen.

Laveaus Stimme war jetzt heiser vor Anstrengung. Sie setzte ihren Singsang fort und gestikulierte erneut. Diesmal schoss die zerknautschte Masse der Fahrstuhlkabine durch den Boden und riss dabei ein fast zwei Meter durchmessendes Loch.

»Das reicht«, sagte Argent.

»Gut, Cher, weil diese alten Knochen auch nicht viel mehr hätten tun können, das kann ich dir sagen.« Laveaus Gesicht war grau geworden und schweißnass. »Vielleicht habe ich in letzter Zeit zu gut gelebt.«

»Das sind acht Etagen«, sagte Erzengel.

»Vertrau mir.« Argent aktivierte den Elektromagnet in seiner Handfläche und zeigte sie ihr. »Der erzeugte Strom reicht nicht, um unseren Fall zu verhindern, aber er wird ihn abbremsen.«

Erzengels Miene verriet ihm, dass es ihr nicht gefiel, sich auf ihn verlassen zu müssen. Aber sie stritt nicht. Sie nahm ihren Gürtel ab, schob ihn durch seinen und machte eine Schlinge, an der sie sich festhalten konnte.

Argent stand am Schachtrand und ließ Erzengel langsam herunter, bis sie über dem Abgrund hing und er ihr Gewicht trug. Dann trat er grimmig über die Kante und klatschte seine Hand gegen die Plastistahlwand. Sie fielen, der Gnade der Schwerkraft ausgeliefert.

Die Rutschpartie dauerte nur Sekunden und war viel kürzer, als Argent lieb gewesen wäre. Er war sich bewusst, dass Laveau levitierte und ihnen mit wehendem Kleid folgte. Dann schlugen sie auf. Argents verdrahtete Reflexe und seine Kraft sorgten dafür, dass er auf den Beinen blieb, doch Erzengel rollte sich mit schmerzerfülltem Ächzen ab.

»Erzengel«, rief Argent, während er den Elektromagnet ausschaltete.

»Alles in Ordnung.« Sie schien ein wenig wacklig auf den Beinen zu sein, als sie sich aufrappelte, hielt die Pistole aber immer noch in der Hand. »Du verschwendest deine Zeit.«

Argent sprang durch das Loch in das unterirdische Parkhaus und landete fünf Meter tiefer. Der Boden war mit Trümmern übersät und die Einzelteile der Fahrstuhlkabine lagen überall im Parkhaus herum. Er wollte Erzengel auffangen, doch sie hatte sich bereits an den Rand des Lochs gehängt und war dann die verbliebenen drei Meter gesprungen.

Laveau schwebte problemlos herunter.

Ein paar der Hotelgäste standen zwischen den geparkten Wagen und unterhielten sich ängstlich miteinander. Argent sah niemanden, der aussah, als könne er für Fuchi Asien arbeiten. Der Shadowrunner ging zu dem geparkten Mietwagen voran.

Minuten später hatten sie die Tiefgarage verlassen und waren unterwegs zum Flughafen. Argent stieß einen Seufzer der Erleichterung aus, als sie in der Luft waren, aber in Gedanken war er bereits in Atlanta, Georgia.

39

Miles Lanier marschierte hinter seinem Schreibtisch auf und ab und versuchte dadurch die Anspannung zu zerstreuen, die ihn gepackt hatte. Seiner Erfahrung nach war es besser, vor Leuten zu stehen und seine Gefühle verbergen zu müssen. Auf der Bühne war er ein Ass in der Kunst der Verstellung. Allein mit der Anspannung zu sein war viel schlimmer.

Und die Tatsache, dass Argent unterwegs war, während ihr Team von Shadowrunnern wie eine tickende Zeitbombe in Pueblo festsaß, strapazierte zusehends seine Nerven.

»Was ist los, Miles?«, fragte Richard Villiers über Telekom.

»Argent wurde vor weniger als einer Stunde in Quebec gesehen«, meldete der Sicherheitsleiter. »Einer unserer Maulwürfe bei Yamaha hat mir berichtet, dass Nakatomis Leute versucht haben, Argent zu fassen. Er hat vier von ihnen getötet und ist entkommen.«

Villiers lehnte sich auf seinem Stuhl hinter dem Schreibtisch zurück. »Was wollte Argent in Quebec City?«

»Mein Informant berichtete, er hätte eine Wahrsagerin namens Antoinette Fontaine aufgesucht. Sie hatte eine teure SIN, aber als wir ein wenig tiefer gruben, fanden wir heraus, dass sie reine Fiktion ist.«

»Argent wirbt an«, verkündete Villiers.

»Ja, und gleichzeitig gibt es in Pueblo ein weiteres Problem«, fuhr Lanier fort. »Ironaxe ist gegen Nakatomis Spähtrupp im Lagerhausbezirk vorgegangen. Unsere Kundschafter haben bestätigt, dass Ironaxe jetzt die DNS-Proben besitzt, die Pendleton Nakatomi beschafft hat.«

»Ich weiß«, sagte Villiers. »Ironaxe bekam den Tipp von seinen Spionageteams.«

»Und wer hat denen den Tipp gegeben?«, fragte Lanier, dem es nicht gefiel, dass das Unternehmen mit jeder verstreichenden Minute ihrer Kontrolle mehr zu entgleiten schien.

Die Andeutung eines Lächelns huschte über Villiers' Lippen. »Ich natürlich, Miles.«

»Warum?«

»Um zu erreichen, dass Nakatomi die DNS-Proben verliert. Argent muss wissen, dass es sie gibt, weil Sencio ihm dies als allererstes mitgeteilt haben wird. Es wäre schwierig geworden, sich die Proben von Nakatomis Gruppe zu holen, weil Argent sie zunächst einmal hätte finden müssen. Ironaxe zu finden, sobald Argent weiß, dass er die Proben hat, dürfte wesentlich leichter sein.«

»Wir hätten die DNS-Proben aus dem Spiel nehmen und damit den Weg für die Exfiltration freimachen können.«

»Nicht, ohne uns zu zeigen«, stellte Villiers fest. »Dadurch, dass wir Fuchie Asiens geheimes Team in Pueblo haben auffliegen lassen, ist außerdem Nakatomis Position aufgeweicht worden. Er hat sich die größte Mühe gegeben, den Anschein zu erwecken, als meine er es ehrlich mit Ironaxe. Jetzt musste er zugeben, dass er ebenfalls so einiges verheimlicht hat. Ironaxe bleibt gar nichts anderes übrig, als zu erkennen, dass es sehr gefährlich sein könnte, Nakatomi zu glauben.«

Lanier überdachte die Konsequenzen. »Wenn Ironaxe die DNS-Proben hat, wird er darauf kommen, dass Sencio und ihre Leute sich im Untergrund von Pueblo aufhalten. Du hast gerade ihre Schonfrist verkürzt.«

»Drastisch, wie ich hoffe«, erklärte Villiers.

40

Argent nahm von seinem ursprünglichen Plan Abstand, direkt nach Atlanta zu fliegen. Seine Tarnidentität war wertlos, weil Laveau ihn dem Exec von Fuchi Asien vorgestellt hatte, und das bedeutete, dass eine Reserve-Identität aktiviert werden musste. Das war nicht schwer, weil Peg ständig eine ganze Reihe für ihn bereithielt. Er hatte außerdem eine Tarnidentität für Laveau. Es erwies sich jedoch als sehr zeitraubend, Erzengel mit einer neuen Identität zu versorgen.

In Quebec City hatte er im letzten Augenblick Tickets für einen Flug nach Cleveland, Ohio, gekauft, aber sie waren in Buffalo, New York, ausgestiegen und hatten sich der SINs, unter denen sie gereist waren, sofort entledigt, um gleich darauf den Flughafen zu verlassen.

Mit Überschreitung der Zeitzonengrenze gewannen sie eine Stunde zurück. Kurz nach Mitternacht mieteten sie sich unter falschem Namen in einem Motel mitten im Zentrum des Plex ein. Argent zahlte für eine Suite und redete dann zwanzig Minuten lang am Tisch des Gemeinschaftsraums der Suite, nachdem er Laveau und Erzengel bereits zuvor auf das Thema vorbereitet hatte. Er zeichnete die Unterhaltung auf. Ihre Tarnung waren Investitionen. Im Flugzeug hatten sie sich Online-Zeitungen durchgelesen, die sich mit Finanzen beschäftigten, und dabei hatten sie eine ganze Reihe der gegenwärtigen aufstrebenden Märkte sowie deren Pros und Kontras kennen gelernt.

Er fand zwei Punktkameras mit einander überlappendem Aufnahmebereich in dem Zimmer, die auch den Tisch erfassten. Er verband die beiden Minikameras aus seiner Segeltuchtasche mit den Hotelkameras, sodass sie genau denselben Bereich abdeckten. Dann ging er zum Tisch, an dem Erzengel und Laveau bereits saßen, und schaltete per Fernbedienung die Aufzeichnungsfunktion seiner beiden Kameras ein.

Sie unterhielten sich zwanzig Minuten lang über Investitionen. Sie waren alle drei professionell genug, um ihre Ängste zu verdrängen, während sie ihre Vorstellung lieferten. Der einzige mögliche Haken war der, dass das Sicherheitsteam, welches das Zimmer überwachte, ihnen länger als zwanzig Minuten zuhören würde.

Aber er kannte niemanden, der einem Fachgespräch von Börsianern lange zuhören konnte.

Als die zwanzig Minuten vorüber waren, schaltete er mit der Fernbedienung seine Minikameras in das Hotelsystem ein. Wenn die Sicherheitsleute einen Blick auf ihre Bildschirme warfen, würden sie sehen, dass die Unterhaltung am Tisch andauerte. Es war nicht mit der Sicherheit eines Unterschlupfs zu vergleichen, aber es war das Beste, was sich unter den gegebenen Umständen erreichen ließ.

»Okay«, sagte Argent, indem er aufstand, »solange wir in diesem Zimmer bleiben und uns nicht im Hauptkorridor blicken lassen, dürfte alles bestens sein.«

Die beiden Frauen reckten sich und standen ebenfalls auf.

»Dir ist doch klar, dass das Badezimmer am Ende dieses Korridors ist«, beschwerte sich Laveau.

»Du hattest deine Chance«, sagte Argent. Er sah sich in der Suite um. Die Zimmer hatten nichts Extravagantes zu bieten, nur das typische Mobiliar: Couch, Schreibtisch, Tisch und Stühle. In der Ecke des Zimmers gab es eine Bar, aber die Regale waren mit Ausnahme eines Pakets mit Soykaf einer unbekannten Marke leer. Er setzte eine Kanne auf und stellte drei Plastiktassen mit dem Hotel-Logo auf den Tisch.

Er aktivierte den Kommlink in seinem Kopf und rief die Nummer an, die Peg für diesen Teil des Unternehmens eingerichtet hatte. Beim zweiten Klingeln wurde abgenommen, und eine aufgezeichnete, geschlechtsneutrale Stimme informierte ihn, dass Glastenstatt in der Nacht geschlossen habe und er es noch einmal ab zehn Uhr morgens versuchen solle. Er legte auf, dann hörte er es in der Leitung summen, als die Rückruf-Funktion, die Peg einprogrammiert hatte, aktiviert wurde.

Der ursprüngliche Anruf durchlief die LTGs von Albany und ließ das Motel auf ihren Mainframes aufleuchten. Doch der Rückruf von der Glatenstatt-Nummer wurde durch verschiedene LTGs umgeleitet und ließ sich praktisch nicht zurückverfolgen. Selbst dann nicht, wenn jemand beschloss, dem Anruf nachzugehen. Außerdem war der Anruf verschlüsselt.

»Argent«, sagte Peg, »ich habe von der Sache in Quebec City gehört. Geht es dir gut?«

»Ja«, erwiderte Argent. »Es geht uns allen gut.« Er brachte sie rasch auf den neuesten Stand. »Kam es bereits in den Nachrichten?« Er schaltete das Hoteltelekom ein und rief den 24-Stunden-Nachrichtensender auf. Während er sich mit Peg unterhielt, sah er sich die Nachrichten an.

»Die regulären Medien schweigen sich aus«, sagte Peg zu ihm, »aber in den Schattensystemen wird dein Name ständig erwähnt.«

»Von wem?«

»Fuchi Asien. Ich habe zwei Einträge zurückverfolgt und festgestellt, dass sie aus Quebec City und Tokio stammen.«

»Nakatomi bleibt am Ball.«

»Ja, aber sie scheinen nichts Definitives in der Hand zu haben. Abgesehen davon, dass dich einer ihrer Execs erkannt hat.«

»Durch die Änderung unserer Reisepläne verlieren wir etwa einen halben Tag«, sagte Argent. »Ruf die anderen an und setze sie davon in Kenntnis, sobald wir unser Gespräch beendet haben.«

»Wird erledigt. Ich arbeite immer noch an den Pueblo-Landkarten«, sagte die Deckerin. »Einige von ihnen sind stärker gesichert, als ich gedacht habe. Vor der Übernahme durch die NAN haben in dem Gebiet geheime Militärunternehmen stattgefunden.«

»Wie viele Landkarten hast du?«, fragte Argent.

»Von den überirdischen habe ich alle. Sowohl alte Karten als auch neue, Satellitenaufnahmen und Bodenaufnahmen. Ich habe einen Datenspeicher angelegt, den Erzengel für dich anzapfen kann.«

Die elfische Deckerin hatte sich bereits in die Matrix eingestöpselt. Sie saß mit dem Rücken an die Wand gelehnt auf dem Boden, ihr Deck auf den Knien. Ein Kabel verband die Datenbuchse in ihrer Schläfe mit dem Deck.

»Die Karten vom Untergrund brauche ich am dringendsten«, sagte Argent.

»Ich versuche es. Ein Freund von mir kennt eine Quelle, die über eine Reihe von Dokumenten aus der Zeit vor dem Erwachen verfügt, aber du weißt, wie schwierig es manchmal sein kann, an diese Dinge heranzukommen.«

Das wusste Argent in der Tat. Als die Magie zurückgekehrt war und dann das Computervirus zugeschlagen hatte, das für den Crash von 2029 und den Sturz zahlreicher Regierungen verantwortlich war, verschwanden zusammen mit diesen Regierungen eine Menge Informationen. Ein Teil davon war beim Absturz der Computersysteme gelöscht worden, aber die schwarz auf weiß vorliegenden Dokumente waren im Fieber der Unabhängigheit vernichtet worden, das die Welt damals erfasst hatte. Einige Runner hatten jedoch Teilbestände dieser Dokumente wiedergefunden und ein Vermögen damit verdient. Mittlerweile gab es keine mehr, die leicht zu finden waren.

»Pueblos Dokumente müssten leichter zu finden sein als die meisten«, sagte Peg, »obwohl Mary Hawkmoon und Pueblos Erwachter Untergrund sich alle Mühe gegeben haben, diese Dokumente zu vernichten. Glücklicherweise gab es in Pueblo vor der Übernahme der NAN kaum Industrie.«

»Ich brauche sie, Peg«, sagte Argent, »wenn dieses Unternehmen ein Erfolg werden soll.«

»Ich treibe sie für dich auf«, versprach die Deckerin. »Bis morgen früh habe ich Erzengels neue SIN fertig.«

»Danke. Ich rufe dich dann wieder an.« Argent unterbrach die Verbindung und ging zum Fenster, das nach vorn herausging. Die Straßen des Plex waren noch sehr belebt.

»Cher.«

Argent drehte sich zu Laveau um. Ihrem Gesichtsausdruck konnte er entnehmen, dass es nichts Gutes war.

Sie leckte sich zögernd ihre Hauer. »Ich kenne einen Mann, der geschäftlich mit Fuchi Asien zu tun hat. Kleinere Sachen, die eine geschickte Hand erfordern, du weißt, was ich meine, aber man kann seine Loyalität kaufen. Also dieser Mann hat mir einen Gefallen getan und etwas herumgeschnüffelt. Er sagte, er hätte ein Gerücht gehört, dass VaulTek ein verdecktes Unternehmen von Fuchi Asien in Pueblo hat auffliegen lassen.«

Argent spürte, wie sein Magen sich verkrampfte, und unwillkürlich ging ihm der Gedanke durch den Kopf, dass er Sencio vielleicht nicht mehr helfen konnte.

»Nein, es geht nicht um diese Frau, hinter der du her bist, Cher«, fuhr Laveau eilig fort, »nein, nein, nicht sie. Es handelt sich um eine andere Gruppe, eine mit dem Besen in der Hand, wenn du verstehst, was ich meine.«

»Das muss die Gruppe mit den DNS-Proben sein«, stellte Argent fest, der langsam ein Gefühl für das Unternehmen bekam. Die Gruppe von Fuchi Asien war ein Aufräumkommando mit dem Auftrag, potenziell peinliche Situationen mit allen Mitteln aus der Welt zu schaffen. »Nakatomi hatte sie in das Gebiet geschickt, weil er Sencio und ihre Gruppe selbst aufspüren wollte.«

»Mein Informant wusste nicht, was sie dort gemacht haben, aber ich glaube, du hast Recht. Wir haben beide recht, Cher. Nakatomi ist ehrgeizig geworden und hat geglaubt, er könnte sich Ironaxe irgendwie verpflichten, indem er in ihm das Gefühl weckt, er wäre Nakatomi einiges schuldig. Stattdessen ist Nakatomi mit der Hand in der eigenen Hose erwischt worden.«

»Wie das?«

Laveau schüttelte den Kopf. »Dieser Mann, mit dem ich geredet habe, konnte mir das nicht sagen. Es war schon Glück, dass er überhaupt so viel wusste.«

Argent gab ihr im stillen recht, obwohl er sich des Gedankens nicht erwehren konnte, dass die Information in den Schattensystemen, auf die Laveau Zugriff hatte, vielleicht absichtlich lanciert worden war. Nakatomi würde nicht sein eigenes Team verkaufen – es sei denn, er konnte sich damit einen Vorteil verschaffen.

Diese Überlegung ließ nur den Schluss zu, dass Villiers dahintersteckte. Der Geschäftsführer von Nova-Tech würde nicht einfach dasitzen und abwarten. Argent hatte ohnehin nicht damit gerechnet.

»Diese Sache wird ziemlich hässlich, nicht wahr?«, fragte Laveau.

»Hast du Bedenken?«, erwiderte Argent.

»Fünfzigtausend Nuyen sind fünfzigtausend Nuyen, Cher. Und du redest mit einer Frau, die kein Zuhause mehr hat.« Die Ork-Schamanin sah Argent an. »Natürlich ist das ein dummer Gedanke. Leute wie wir werden nie ein Zuhause haben, weil wir immer glauben, dass über kurz oder lang irgendjemand kommen und es uns wegnehmen wird.«

Im ruhigen Teil seiner Seele, der sich noch an Andi

Sencio und daran erinnerte, wie das Leben manchmal sein konnte, hoffte Argent inbrünstig, dass das nicht stimmte.

41

Argent stellte den Mietwagen auf dem großen Parkplatz vor Rebel Hell ab. Das Gelände war mehrere Hektar groß, und er war gezwungen, ziemlich weit außen zu parken. Sie waren von Albany mit einer kurzen Zwischenlandung in Memphis zum Hartsfield International Airport geflogen und gleich zu der Bar im Stadtteil Southtown weitergefahren.

Das Etablissement ›Bar‹ zu nennen, war eine beachtliche Untertreibung. Es war so, als würde man Southtown als unangenehmen Ort bezeichnen. In einer guten Wochenendnacht konnte Rebel Hell fünfundvierzigtausend von Atlantas über sechs Millionen Einwohnern Sex, Drogen und Südstaaten-Rock'n'Roll liefern. Und an den Wochenenden erlebte Southtown nur eine Zunahme der Verbrechen, die dort regelmäßig verübt wurden. Die Yakuza betrieb die meisten Schwarzmarktgeschäfte in Southtowner Lagerhäusern.

Neonlichter flackerten über die Fassade und zeigten abwechselnd eine alte, im Wind flatternde Konföderiertenflagge und einen Cyberware-Cowboy, der auf einem massiv vercyberten, aus Leibeskräften bockenden Bullen ritt. Schrille Musik hämmerte auf die ruhige, feucht-warme Nachtluft ein, während Argent zu einem der sechs Eingänge ging, die von Jabos und Magiern bewacht wurden.

Laveau und Erzengel trugen beide Straßenkleidung und folgten damit Argents Beispiel, der eine Stoffhose und ein weites bedrucktes Hemd sowie eine mit

Kunstleder beschichtete Kevlarjacke trug. Die Frauen waren zu gut gekleidet, aber Argent hatte sich nicht die Mühe gemacht, es ihnen zu sagen. Sie würden ohnehin nicht lange bleiben.

Die meisten Gäste von Rebel Hell machten einen jugendlichen und verwegenen Eindruck. Es gab Frisuren, wie Argent sie noch nie zuvor gesehen hatte, und dazu in Farben, die er nicht für möglich gehalten hätte. Und es wäre leichter zu beschreiben gewesen, was die Kleidung verdeckte, als das, was sie zeigte. Ihm fiel außerdem auf, dass die Kleidung die Tendenz hatte, nicht immer das zu bedecken, was ursprünglich bedeckt gewesen war.

Die Türsteher waren ungeschlachte Schläger, die aussahen, als hätten sie als Baby Steroide aus der Flasche getrunken und seien dann später richtig auf den Geschmack gekommen. Außerdem waren alle vercybert. An der Tür spürte Argent, wie die Musik auf ihn einhämmerte und seinen Körper buchstäblich in Vibrationen versetzte.

Er legte seinen Kredstab ein und gab zu verstehen, dass er für sich und die beiden Frauen bezahlte. »Kann ich Travers eine Nachricht hinterlassen?«, fragte er.

Der Türsteher betrachtete ihn mit schweren Lidern. »Welchem?«

»Spielt keine Rolle«, sagte Argent. »Ich suche beide.«

Der Türsteher lächelte freudlos. »Geschäft oder Vergnügen?«

»Wir sind Chummer.«

Der Türsteher schien nicht überzeugt zu sein. »Schätze, wir können uns darum kümmern. Jesse und Jason amüsieren sich bereits. Geh an die große Bar. Ich sorge dafür, dass sie deine Nachricht bekommen. Willst du einen Namen hinterlassen?«

»Bobby Lee.«

Der Türsteher grinste. »Wie der Konföderiertengeneral aus dem Bürgerkrieg? Du hältst dich wohl für 'n richtigen Spaßvogel, was?«

Argent ließ einen zusammengefalteten Geldschein in die Hand des Türstehers fallen und ging durch die Tür.

Tische und Stühle bildeten einen aufgelockerten Ring um drei verschiedene Tanzflächen. Die Luft war rauchgeschwängert, und der Gestank nach Alkohol brannte in seiner Nase. Er zog sich mehrere feindselige Blicke zu, als er sich einen Weg durch die Menge zur Hauptbar bahnte.

Über ein Dutzend Barmänner arbeiteten hinter dem Tresen aus poliertem Pecanoholzimitat. Die Musik machte jegliche Unterhaltung so gut wie unmöglich, und der unsichtbare DJ ließ die verschiedenen Stücke ineinander übergehen, sodass der Lärmpegel immer konstant blieb.

Er bestellte Getränke, Beerenwasser aus Tir na nÓg für ihn und Erzengel und eine Virgin Mary für Laveau.

»Wen treffen wir hier, Cher?«, schrie die Ork-Schamanin.

»Die Travers-Zwillinge«, antwortete Argent in gleicher Lautstärke.

»Die Burschen kenne ich nicht.«

Argent betrachtete die Menge, die zum Crescendo der Musik hin und her wogte wie eine menschliche Flutwelle. Der Lärm wurde durch Rebellen-Schlachtrufe unterstrichen. »Jesse und Jason sind Straßensamurais«, erklärte er ihr. »Einige der besten, mit denen ich je zusammengearbeitet habe. Sie neigen dazu, eine Sache durchzuziehen, wie dick der Drek auch wird, durch den man watet.«

»Ich habe von ihnen gehört«, sagte Erzengel zu Laveau. »Sie sollen gut sein.«

»Das sind sie«, bestätigte Argent. Er wartete geduldig an der Bar, wobei er sich sowohl der Blicke bewusst war, die er auf sich zog, als auch der verstreichenden Zeit. Die Nachricht, Ironaxe habe Sencios Aufenthaltsort in Pueblo ausfindig gemacht, hatte ihm in den wenigen Stunden Schlaf, die er bekommen hatte, arg zugesetzt.

Dennoch hatte er ausreichend Konzentration aufbringen können, als er unter Ausnutzung der Informationen, die Peg über das Gelände beschafft hatte, einen Plan ausgearbeitet hatte. Detaillierte Notizen waren bereits in seinem persönlichen Notepad gespeichert.

Zwei Trolle drängten sich durch die Massen rings um Argent und hielten dabei genau auf ihn zu. Sie waren beide drei Meter groß und fast halb so breit. Sie trugen verkratztes Motorrad-Kunstleder.

»Sind das die beiden?«, fragte Laveau hoffnungsvoll.

Argent wusste, dass der Schamanin das böswillige Funkeln in den Cyberaugen der beiden Trolle nicht entgangen war. »Nein.« Er stieß sich von der Bar ab und wandte sich den Trollen zu. Sie waren nicht die Travers-Zwillinge, und sie versprachen eindeutig Ärger.

42

Du siehst nicht so aus, als wärst du von hier«, sagte einer der Trolle zu Argent, während sie sich vor dem Shadowrunner aufbauten. Die Schatten rings um die Bar wurden dichter, da die Trolle das Licht abhielten.

Argent reagierte nicht auf den Spott. Aus Erfahrung wusste er, dass jede Antwort gegen ihn benutzt worden wäre.

»Dweedle und ich mögen keine Fremden, die in unserer Bar rumschnüffeln«, fuhr der Troll fort. Er aktivierte die Synapsenverbindung, die seine schweren Unterarmschnappklingen ausfahren ließ. Die Spitzen funkelten in dem wenigen Licht und hatten dieselbe Farbe wie die silbernen Kronen auf den Hauern in seinem Unterkiefer, die fast bis zu den Augen reichten.

Die Menge in unmittelbarer Nähe der Bar wich langsam zurück und schuf so einen immer breiter werdenden Kreis.

»Wenn du und Dweedle die Nase weiter in anderer Leute Angelegenheiten steckt, Khelp«, sagte eine fröhliche Stimme hinter den Trollen, »könnte das damit enden, dass ihr irgendwann mal an eurem eigenen Hintern schnüffelt. Wenn ihr dann noch eine Nase zum Schnüffeln habt.«

Khelp drehte sich ein wenig. Seine Miene verriet, dass ihn die Störung verwirrte. »Das geht dich nichts an, Travers.«

»Solange es mein Job ist, hier dafür zu sorgen, dass die Leute sich nicht gegenseitig umlegen, geht es mich was an.« Travers blieb außer Reichweite der Schnappklingen stehen, ohne Argents Bewegungsspielraum einzuengen.

Travers war mindestens acht Zentimeter größer als Argent und auch breiter. Mit seinen Anfang zwanzig sah er wie ein junger Riese aus. Er trug ein fadenscheiniges Konföderierten-T-Shirt und eine kastanienfarbene Hose aus Baumwollimitat, und seine Muskeln waren beängstigend. Seine Hände sahen aus wie Tortenplatten und hingen locker an den Seiten herunter. Lockige braune Haare fielen bis auf die Schultern. Ein Aufblitzen in seinen himmelblauen Augen verriet, dass sie vercybert waren. Die Kinnlinie war fest und hart, aber das Grinsen auf seinen Lippen war respektlos, fast infantil.

»Du kommst dir vielleicht ganz groß vor«, sagte Khelp, »aber Trollgröße hast du noch nicht. Wir haben bis jetzt noch nie Probleme miteinander gehabt.«

»Womit du sagen willst, dass ich es nicht mit dir aufnehmen kann?« Travers schüttelte den Kopf und lachte verächtlich. »Ein paar Dinge zur Klärung, Fischkopf. Erstens: Ich arbeite hier, weil ich davon ausgehe, dass ich es mit jedem Hurensohn aufnehmen kann und vielleicht auch mit zweien oder dreien, sonst würde ich mich in meiner Bude verkriechen und jede Nacht die Hosen voll haben. Zweitens: Ich lasse mir von niemandem sagen, was ich tun oder lassen soll. Und drittens: Wenn ich zulasse, dass du dich mit diesem Mann anlegst, bringt dich das mit Sicherheit ins Grab, während ich dir nur eine saftige Beule verpassen würde. Ich mache mir nicht seinetwegen Sorgen.«

Während Travers redete, brüllten ähnlich gekleidete Trolle Khelp Aufmunterungen zu. Argent bemerkte die alkoholischen Flammen, die in den Augen des Trolls loderten, aber seine raschen, ruckartigen Bewegungen verrieten, dass sich auch noch andere Chemikalien in seinem System austobten. Vernunft stand nicht mehr auf der Tagesordnung.

»Zum Teufel mit dir, Travers«, sagte Khelp. »Nach allem, was ich weiß, könnte dieser Bursche ein Schnüffler von Lone Star sein, den du in den Laden gelassen hast, damit er mich und meine Kumpels einbuchtet, um deinen Hintern vor dem Kittchen zu retten.« Er fuhr ohne Warnung herum und ließ dabei die Schnappklingen ausfahren.

Von seinen verdrahteten Reflexen und seiner Ausbildung geleitet, griff Argent nach den Schnappklingen. Er erwischte sie mit einer Hand, einen Herzschlag bevor die Klingen sich in Hackmesser mit der Kraft verwandeln konnten, seine eigenen Cybergliedmaßen zu durchtrennen. Er drückte zu und brach die

Klingen ab. Sie fielen wegen der dröhnenden Musik scheinbar lautlos zu Boden. Bevor Khelp seine Hand zurückziehen konnte, packte Argent sie ebenfalls und drückte so fest so, dass die Knochen knirschten.

Die Augen des Trolls wurden noch runder, als Argent ihm die Mündung seiner Guardian unter das Kinn hielt.

»Verpissen oder verbluten«, stellte Argent ihn ungerührt vor die Wahl. »Du kannst es dir aussuchen. Mir ist es egal. So oder so will ich dich nicht mehr sehen.«

»Das wirst du auch nicht«, sagte der Troll in dem Bemühen, sich seine Schmerzen nicht anmerken zu lassen. Doch es war offensichtlich, dass die Antwort einschüchternd klingen sollte.

Plötzlich flog ein anderer Troll rückwärts, von einem Barhocker getroffen, der mit der Wucht einer Dampframme durch die Luft flog. Er landete mitten in einer Gruppe von Tanzenden, die lautstark protestierten.

»Macht nicht den Fehler, *vous enfants miserables,* zu glauben, ihr hättet es nur mit einem Gegner zu tun.« Laveaus Stimme war kalt und hart. Sie hatte eine Hand erhoben, sodass die Umstehenden die Innenseite sahen. Der Rauch in der Luft verdichtete sich zu einem Miniaturwirbelsturm in ihrer Handfläche. »Und glaubt nicht, wir wären wehrlos.«

Die Schau bereitete allen Vergeltungsgedanken seitens der Trolle ein jähes Ende. Argent ließ Khelps Hand los und starrte ihn nieder. In dem Versuch, sich an die Reste seiner Würde zu klammern, drehte Khelp sich um und drängte sich durch die Trolle ringsumher, wobei er diejenigen, die ihm nicht schnell genug auswichen, lauthals verfluchte und wegstieß.

»Hallo, Argent«, sagte Travers, indem er sich ihm mit ausgestreckter Hand näherte.

Argent nahm die Hand des jungen Mannes und schüttelte sie. Travers' kurzer Griff deutete seine Kraft nur an, die weit über das hinausging, was seine auf Steroide und Krafttraining zurückzuführende Statur ahnen ließ. Argent kannte die Zwillinge gut genug, um zu wissen, dass sie abgesehen von der Cyberware, die sie größer und breiter wirken ließ, auch über zahlreiche Muskelverstärkungen verfügten.

»Hallo, Jesse«, sagte Argent.

Der junge Riese lächelte. »Du weißt es immer, nicht wahr?«

»Bis jetzt ja.«

»Sogar ein Teil unserer Familie kann uns nicht auseinanderhalten«, sagte eine andere Stimme.

Argent drehte sich um und sah Jason Travers auf sich zukommen. Der andere Zwilling hielt einen Ares AZ-150 Betäubungsschlagstock in der linken Hand. »Hallo, Jase.«

»Weißt du, dass du das immer schaffst, ist irgendwie beunruhigend«, sagte Jason. »In unserem Geschäft sind wir manchmal darauf angewiesen, dass die Leute nicht mehr wissen, welcher wer ist.«

Jesse grinste. »Das erleichtert ihnen zu glauben, dass wir sie umzingelt haben.«

»Du kommst spät«, bemerkte Jase.

»Wir haben uns schon Sorgen gemacht«, warf sein Bruder ein.

»Wir haben uns darauf verlassen, dass dieses Geschäft läuft«, sagte Jase.

Jesse lehnte sich an die Bar und begutachtete Erzengel von oben bis unten. »Womit wir aber nicht gerechnet haben, ist der üppige Anblick, der noch obendrein geboten wird.«

»Die kleinen Vergünstigungen am Rande gefallen uns immer am besten, wenn wir mit dir zusammenarbeiten, Argent«, ergänzte Jase.

»Beruhigt euch«, sagte Erzengel mit eisiger Stimme. »Wenn ihr in euren winzigen Oberstübchen auf falsche Gedanken kommt, wird euch eine Schlägerei mit einer ganzen Bar voller Trolle im Vergleich dazu echt Sahne vorkommen.«

»Die hat Feuer«, sagte Jesse lächelnd und nickte beifällig.

»Und wir lieben Feuer«, verkündete Jase.

»Aber«, übernahm Jesse wieder den Ball, »Argent duldet kein Macho-Verhalten bei der Arbeit.«

»Und ihr arbeitet jetzt«, sagte Argent zu den Zwillingen. Er hatte bereits sechsmal mit ihnen zusammengearbeitet. Trotz ihres respektlosen Verhaltens und Macho-Gehabes kamen die Travers-Zwillinge immer durch, und wenn es noch so heiß wurde. Und was die reine Zerstörungskraft anging, hatte Argent noch nicht ihresgleichen gesehen.

Jesse wandte sich immer noch lächelnd von Erzengel ab. »Gut zu wissen, dass wir arbeiten.«

»Im letzten Jahr«, sagte Jase, »haben wir von jedem Honorar was auf die Seite gelegt.«

»Und investiert.« Jesse hob wollüstig eine Augenbraue.

»Wir haben an die Zukunft gedacht.«

»An *unsere* Zukunft natürlich.«

»Wir wollten was, womit wir uns auskennen.«

»Und was nicht weit von zu Hause ist.«

»Also haben wir unsere gesparten Nuyen in die Bar gesteckt.«

»Wir sind am Gewinn beteiligt.«

»Ist 'n komisches Gefühl, legal zu arbeiten«, gestand Jase.

Jesse nickte. »Aus dem Grund waren wir auch froh, als dein Angebot kam.«

»Wir sind gleich wieder da«, versprach Jase.

»Wir müssen nur unseren Kram holen.«

Argent sah ihnen nach. Unterwegs wechselten sie mit mehreren Gästen an der Bar ein Wort, ohne auch nur einen Augenblick innezuhalten. Sie nannten die Gäste beim Namen, obwohl diese nicht zu wissen schienen, wer von den beiden wer war.

»Sind die beiden immer so aufgedreht?«, fragte Erzengel gelassen.

»Nein«, antwortete Argent wahrheitsgemäß. »Meistens sind sie noch schlimmer. Aber was ihre Arbeit anbelangt, findest du keine besseren.«

»Wohin als nächstes, Cher?«, fragte Laveau, die den Rest ihres Drinks schwenkte.

»Fort Worth, Texas. Dort lebt ein Bursche, der den Scharfschützen im Team ersetzen könnte, aber ich kann mir schon denken, was er dazu sagen wird.«

43

Ich soll mit dir nach Pueblo gehen, um mir meinen verdammten Hintern wegpusten zu lassen?«

»Ich dachte, ich sollte dich wenigstens fragen«, entgegnete Argent. Es war am nächsten Morgen, und er saß an einem Tisch im Satin Doll, einem opulenten, japanisch aufgemachten Nachtclub. Nur Mitgliedern und deren Gästen war der Zutritt gestattet. Argent trank sein Glas Wasser aus und machte Anstalten, sich zu erheben. »Bleib gesund, Harrison.«

»Ihr Geister.« Harrison Dane hielt Argent an der Hand fest. Er war ein Elf, groß und hager und mit feuerroten Haaren, deren exquisiter Schnitt sein eckiges Gesicht auf eine Weise einrahmte, die ihn aussehen ließ wie die Trideoausgabe eines Mafia-Dons. Sein teurer Armanté-Anzug verstärkte diesen Eindruck. Er fluchte flüssig auf Sperethiel. »Du willst hier einfach so verschwinden?« Er sah sich rasch um, als wolle er feststellen, ob jemand mitbekommen habe, dass sein Gast so schnell wieder gehen wollte.

Argent setzte sich wieder. »Ich habe eine Menge zu tun. Der Zeitplan ist ziemlich eng. Du hast nein gesagt.«

»Und ich meine auch nein, verdammt«, knurrte Dane. »Ist dir klar, was du von mir verlangst?«

»Deswegen bin ich hier.«

»Du kannst das einfach nicht mehr von mir erwarten.«

»So ka«, sagte Argent. »Dann muss ich jetzt gehen.« Er erhob sich abermals.

»Setz dich«, flehte Dane. »Bitte. Ich muss hier ein Image wahren. Die Tridshow ist ständig unter den zehn besten, und das seit zwei Jahren. Weißt du, wie unwahrscheinlich das ist?«

»Nein«, erwiderte Argent. Trideo gehörte nicht zu seinen Interessen, aber er kannte die Show, von der Dane sprach.

Kase für die Verteidigung war eine der heißesten Action/Abenteuer-Tridshows überhaupt. Und Harrison Dane war ein Megastar. Dane spielte den Titelhelden, Konrad Kase, einen ehemaligen Texas Ranger, der Rechtsanwalt geworden war und sympathische Shadowrunner und kleine, familiäre Konzerne vor den Klauen der Megakonzerne und ihrer bösen Buben rettete. Man konnte sich darauf verlassen, dass es in der actiongeladenen Stunde mit Kase Schießereien, Verfolgungsjagden, Explosionen und heiße Puppen en masse gab.

Argent hatte die Informationen einer örtlichen Matrixseite entnommen, die er auf dem Flug von Atlanta zum International Airport von Dallas/Fort Worth gelesen hatte. Seit über zwei Jahren hatte er nicht mehr mit Dane geredet. Damals war *Kase für die Verteidigung* gerade angelaufen.

»Eines kann ich dir sagen«, fuhr Dane fort. »Heutzutage ist jeglicher Erfolg im Trid eine seltene und wunderbare Sache. Die meisten Trid-Serien sterben im Laufe der ersten sechs Staffeln.« Er verstummte, als drei junge Frauen an den Tisch kamen und um sein Autogramm baten. Er lächelte großmütig und schrieb seinen Namen in ihre Bücher, dann winkte er ihnen zum Abschied noch einmal zu. »Fans, die Geister lieben sie.«

Argent wartete und sah demonstrativ auf die Uhr.

»Du bringst mich hier in eine ziemliche Verlegenheit«, sagte Dane.

»Ich habe dein Nein bereits akzeptiert«, entgegnete Argent.

»Aber du hast nicht gefeilscht. Du hast nicht erwähnt, wie viel ich dir schulde.« Dane schaute unbehaglich drein, da er derjenige war, der das Thema zur Sprache brachte.

»Du schuldest mir nichts«, sagte Argent. »Ich war noch nie der Ansicht, du wärst mir was schuldig.«

»Warum bist du dann hier?«

»Um dich zu fragen, ob du die Rückendeckung bei dieser Sache übernehmen kannst. Du hast nein gesagt. Ich habe kein Problem damit.« Argent meinte es ernst. Als er noch für Brynnmawr arbeitete, hatte er alles über Manipulation gelernt und sich gelobt, sie niemals einzusetzen. Die Verwirrung hinsichtlich der Antwort war Danes, nicht seine.

»Und du wolltest nicht einmal erwähnen, dass ich den ganzen Erfolg, den ich jetzt genieße, ausschließlich dir zu verdanken habe?«, fragte Dane.

»Ich habe dich nicht zum Schauspieler ausgebildet«, stellte Argent fest.

»Nein, aber wenn du und Peg mir vor ein paar Jahren nicht dabei geholfen hättet, diese neue Identität samt SIN aufzubauen, wäre ich immer noch ein gesuchter Attentäter, auf dessen Kopf eine Belohnung ausgesetzt ist.«

»Ich bin froh, dass sich für dich alles so gut entwickelt hat.«

»Aber?«, hakte Dane nach.

»Kein Aber«, sagte Argent.

»Ohne dich hätte ich es nicht geschafft.«

»Du hättest es nicht ohne jemanden geschafft, der dir eine neue Identität geben konnte.«

Dane sah immer noch unglücklich aus. »Also willst du mich einfach so vom Haken lassen?«

»Es hat nie einen Haken gegeben«, versicherte Argent.

»Jeder im Schattengeschäft ist in irgendeiner Weise auf Rückzahlung aus«, sagte Dane. »Sie fordern ihre Schuldscheine ein, wenn du ihnen was schuldig bist, oder sie wollen dich fertigmachen, weil du sie über den Tisch gezogen hast.«

»Du willst nichts damit zu tun haben«, sagte Argent. »Das kann ich respektieren.«

Dane seufzte und schaute gequält drein. »Was ist mit Cholonga?«

»Er ist in Philly umgelegt worden«, sagte Argent. »Hat versucht, sich ins gemachte Konzernbett zu setzen, und sie haben seinen Kopf als Buße für einen schief gelaufenen Run auf einem Silbertablett serviert.«

Dane massierte sich nachdenklich das Kinn. »Cholonga war der einzige Bursche, den ich kannte, der mir das Wasser reichen konnte.« Dann hielt er inne und sah Argent direkt an. Die mandelförmigen grünen Augen des Elfs funkelten, als sie sich zu Schlitzen verengten. »Du hast Cholonga zuerst angerufen? Vor mir?«

»Du bist seit ein paar Jahren nicht mehr im Geschäft«, stellte Argent fest. »Vielleicht hast du in der Zwischenzeit Rost angesetzt.«

»Blödsinn!«, knurrte der Elf. »Wenn du das glaubtest, wärst du jetzt nicht hier.«

»Ich dachte, fragen kostet nichts.«

»Ich habe keinen Rost angesetzt. Ich schieße immer noch mit den Stuntmen, wenn wir für Kase drehen. Ich zeige ihnen nicht alles, was ich drauf habe, aber ich zeige ihnen genug, um ihnen ihr Geld abzunehmen, wenn sie es darauf ankommen lassen wollen.«

»Ein Chummer kann seinen Biss verlieren und es nicht einmal bemerken.«

»Ich habe keinen Rost angesetzt«, wiederholte Dane. »Ich trainiere nur für mich, ich kann immer noch ein Ziel auf zwei Kilometer Entfernung treffen.«

»Freut mich zu hören.« Zu seiner Zeit war Dane der beste Scharfschütze gewesen, mit dem Argent je zusammengearbeitet hatte. Sogar besser als Leute, die verchippt und verdrahtet waren. Der Elf schien einen sechsten Sinn für seine Ziele zu haben und genau zu wissen, in welche Richtung sie sich bewegten, nachdem er seinen Schuss abgegeben hatte, was ihm eine geradezu unheimliche Treffsicherheit gab.

»Hör mal«, sagte Dane etwas freundlicher, »du musst verstehen, warum ich das nicht machen kann. Die Show boomt wie verrückt, und das in einem Geschäft, das die Talente nur so verschlingt. Nicht bei mir. Ich bin ein verdammter Star.«

»Das hat man mir gesagt.«

»Wir haben was ganz Besonderes mit der Show vor«, fuhr Dane fort. »Weißt du, was ein Bogen ist?«

»Nicht in bezug auf Trideo«, gab Argent zu.

»Es ist eine Serie von Episoden«, erwiderte der Elf, »die zusammengenommen eine richtig große Geschichte ergeben. Dieser Bogen läuft über neun Wochen. Wir haben jetzt ungefähr die Hälfte im Kasten. Wir hatten zuvor schon Bögen über zwei oder drei Folgen in der Serie, und ich dachte damals, die Sponsoren würden sich deswegen in die Hose machen. Niemand sieht sich mehr eine Fortsetzungsgeschichte an. Sofortige Bedürfnisbefriedigung, alles andere zählt nicht, Leute. Aber unsere Fans haben aus diesen Fortsetzungsfolgen eines der größten Trideoereignisse aller Zeiten gemacht. Drek, sie wurden direkt auf Chip gebrannt, zwei und drei Folgen zusammen, und dann im Paket angeboten, um sie zu verkaufen. Und sie haben sich verkauft. Jetzt reden sie von Premierenausstrahlung auf den großen Schirmen. Dieser Bogen über neun Folgen ist wichtig. Ich wollte nur, dass du das weißt.«

»Ich verstehe«, sagte Argent.

Dane zwirbelte den Schwanz des Shrimps, der aus dem Cocktail vor ihm ragte. »Mir gefällt die Art nicht, wie du verstehst.«

Argent nickte im vollen Bewusstsein der Zeit, die verstrich. Wenn Dane nicht einstieg, musste er andere Arrangements treffen.

»Wen wirst du also als Rückendeckung nehmen?«, fragte Dane.

»Ich habe gehört, dass Mellion frei ist«, sagte Argent.

»Erbärmlich. Wen hast du noch?«

»Kristos.«

»Kaum mehr als ein Möchtegern. Wen noch?«

»Chalmers, Garrett oder Torkelette.«

»Chalmers springt ab, wenn es eng wird. Garrett ist bestenfalls ein Wackelkandidat auf große Entfernungen. Und Torkelette arbeitet in letzter Zeit mit einem BTL-Affen auf den Schultern. Wenn du einen von denen nimmst, könnte es am Ende übel für dich ausgehen.«

»Ich brauche die Rückendeckung«, stellte Argent fest. »Der Bursche, mit dem wir es zu tun bekommen, hat gepanzerte Kavallerie in der Gegend.«

»Deswegen habe ich mir auch schon Gedanken gemacht«, räumte Dane ein. »Wie willst du seine Boden- und Luft-Einheiten umgehen?«

»Ich habe eine Idee.«

Dane sah ihn einen Moment lang durchdringend an, dann verzog sich sein Gesicht zu einem breiten Grinsen. »Das höre ich gern, Chummer. Du hast es mit zerklüftetem Gelände, einer unglaublich großen Armee und begrenzten Ressourcen zu tun.«

»Das Gelände arbeitet für mich«, sagte Argent. »Schließlich will ich nur eine Exfiltration durchziehen. Nichts Ausgefallenes wie eine Infiltration mit längerem Aufenthalt.«

»›Nichts Ausgefallenes‹«, wiederholte Dane. Er lehnte sich zurück und schüttelte den Kopf. »Immer noch schwierig für dich zuzugeben, dass etwas unmöglich ist, nicht wahr?«

Argent dachte daran, wie Toshi und Hawk gestorben waren. Das war ihm damals unmöglich erschienen. »Mittlerweile fällt es mir leichter.«

»Aber du glaubst, du kannst es durchziehen?«

»Wenn ich das nicht glaubte, würde ich es bleiben lassen.«

»Mit wem arbeitest du bei dieser Sache zusammen?«

Argent schüttelte den Kopf. Niemand bekam Informationen, der nicht als Teilnehmer eines Runs feststand. Und wenn es sich um wirklich heikle Dinge handelte, auch nur dann, wenn es unumgänglich war.

»Du wusstest, ich würde neugierig sein«, beschwerte sich Dane.

»Vielleicht erzähle ich dir irgendwann einmal davon.« Die Kellnerin, die ein an den Seiten hoch geschlitztes Cocktailkleid trug, näherte sich ihrem Tisch. Argent winkte sie fort. »Ich muss gehen.«

»Aus reiner Neugier«, sagte Dane. »Wie viel sollte der Job bringen?«

»Fünfzigtausend.«

»*Fünfzigtausend*«, prustete der Elf empört. »Weißt du, wie viel ich für eine Folge Kase bekomme?«

»Nein. Ich weiß nur, wie viel dieser Job bringt.«

»Tja, viel mehr als diese Stimme, das kann ich dir sagen, obwohl einige Stunt-Doubles viel weniger dafür bekommen, die ihren Hals riskieren.«

»Ich bin froh, dass alles so gut für dich läuft.« Argent stand auf. »Wir sehen uns.«

»Ja.« Dane schien sich nicht sehr wohl zu fühlen, als er sich verabschiedete.

Argent ließ den Elf sitzen und ging zur Tür. Bevor er das Foyer erreicht hatte, war Dane jedoch bei ihm.

»Ich kann dich nicht gehen lassen, Chummer«, sagte der Elf. »Ich schulde dir zu viel.«

»Du schuldest mir gar nichts«, sagte Argent.

»Dann schulde ich mir etwas«, sagte Dane.

»Was ist mit der Show?«

Dane grinste. »Drek, ich bin ein Star. *Der* Star. Sie werden alle Szenen ohne mich drehen. Ich muss nur einige Anrufe erledigen und ein paar Probleme aus dem Weg räumen. Drek, um die Wahrheit zu sagen, beim bloßen Gedanken daran, wieder so ein Ding durchzuziehen, ist mir schon ganz warm geworden. Ich kann mich immer darauf verlassen, dass du meinen Adrenalinspiegel hochtreibst, Chummer. Wir haben nicht einen einzigen Job zusammen erledigt, bei dem unsere Aussichten nicht miserabel waren.«

44

An diesem Abend traf Argent mit dem Team auf dem Lowry Airport in Denver ein. Die SINs und Identitäten, die Peg und Erzengel in den letzten zwei Tagen zusammengestrickt hatten, hielten dem durchdringenden Blick der elektronischen und menschlichen Sicherheit zum Schutz der Interessen der CAS stand. Hart blickende und schwer bewaffnete Sicherheitsleute bewachten den Flughafen. Die Sicherheitstech war ebenfalls erstklassig. Laveau registrierte das Ausmaß der magischen Bemühungen, um die Integrität des Flughafens zu bewahren.

Denver war auch unter dem Namen Front Range Free Zone bekannt. Unabhängig und abhängig zugleich, war die Stadt in sechs politische Sektoren unterteilt, jeweils einen für UCAS, CAS, Sioux Nation, Aztlan, Ute Nation und Pueblo Corporate Council.

Angesichts der Beziehungen der sechs Staaten untereinander war zwischen den einzelnen Zonen legal weder Handel noch Währungstransfers möglich. Wären nicht die Runner in den Schatten zwischen den Sektoren gewesen, wäre jeglicher Handel in dem Gebiet längst zum Erliegen gekommen oder an sechs bewaffneten Fronten bitter umkämpft gewesen.

Argent verließ sich darauf, dass ihm die Wildwest-Natur des Gebiets bei seiner geplanten Exfiltration helfen würde. Einmal in den CAS, war es kein Problem gewesen, Genehmigungen für Waffen zu bekommen. Die CAS legten Wert darauf, ihren Bürgern und Gästen Waffen zur Selbstverteidigung zu gestatten, und diese Höflichkeit wurde auch im CAS-Sektor Denvers respektiert. Die SINs, die Peg und Erzengel erstellt hatten, erklärten auch die Waffen, welche die Gruppe bei sich hatte.

Das einzige, was es nicht durch die Sicherheit geschafft hätte, wäre Erzengels Deck gewesen. Knight Errant sorgte in bezug auf Decks für die Sicherheit im Sektor, und selbst jene, die der CAS-Sektor Denvers legal genehmigt hatte, waren mit ID-Aufspür-Chips bestückt, sodass Knight Errant die Matrix-Aktivitäten überwachen konnte.

Angesichts des blühenden Schwarzmarkts in ganz Denver wusste Argent andererseits, dass sie binnen einer Stunde Ersatz für das Deck bekommen konnten.

Das einzige potenzielle Problem hatte sich ergeben, als eine Gruppe von Fans Harrison Dane aus der Tridshow erkannt hatte. Er hatte sich sofort von Argent getrennt und Autogramme gegeben, was ihm außerdem Gelegenheit gab zu überprüfen, ob sie verfolgt wurden.

Vor dem Flughafen winkte Argent ein Taxi heran. Er und Erzengel nahmen das erste, während die Travers-Zwillinge und Laveau zu dem Hotel fuhren, das Argent in Chinatown für sie gebucht hatte. Angesichts der vielen Animositäten in diesem Gebiet hinsichtlich Chinatowns war Argent der Meinung gewesen, dass sie dort am sichersten sein würden. Glücklicherweise versuchten sie, sich zu verstecken, nicht jemanden zu finden. Jemanden in den Sektoren auszugraben war viel schwerer, als spurlos in ihnen zu verschwinden.

Argent und Erzengel schafften es pünktlich zu dem Treffen mit der Yakuza der CAS um 22.30 Uhr, das Rottstein für sie vereinbart hatte. Nachdem er den Schwarzmarkthändlern, die der Schieber empfohlen hatte, einen Kredstab gegeben hatte, zogen Argent und Erzengel mit einem erstklassigen NovaTech Slimcase 10 Cyberdeck ab.

In dem Taxi, das Argent ein paar Blocks vom Ort der Transaktion entfernt angehalten hatte, strich Erzengel über das Gehäuse des NovaTech. »Teuer«, sagte die Elfe leise.

»Kannst du damit arbeiten?«, fragte Argent. Peg hatte alle notwendigen Daten übertragen, während Erzengel in der Matrix gewesen war.

»Kein Problem. Ich rede vom Preis dieses Decks. Auch ohne den Schwarzmarktzuschlag kostet das Gerät über zwei Millionen.«

Argent kannte den Preis. Da er sehr wählerisch war, was seine Arbeit in den Schatten betraf, verdiente er nicht immer das ganz große Geld. Trotz seines beeindruckenden Rufs auf allen Schattenboards hatte es magere Zeiten gegeben und auch Runs, die kaum die Unkosten gedeckt hatten. Die zwei Millionen für das Deck hatten seine Ressourcen erschöpft, besonders angesichts der Schattentarife, die Peg hatte zahlen müssen, um das Geld herumzuschieben, damit es nicht zurückverfolgt werden konnte. Und falls das Gerät beschädigt oder gar zerstört wurde und er tatsächlich für die ganze Summe geradestehen musste, würde er auch noch in ferner Zukunft pleite sein.

»Wir können es nicht behalten«, sagte Argent. »Diese Investition hat meine gesamte Barschaft und noch etwas mehr aufgebraucht.«

»Das kann ich verstehen.«

»Falls du daran dachtest, ein höheres Honorar zu fordern«, sagte Argent, »ich bin pleite.«

Sie sah ihn nachdenklich an, musterte sein Gesicht, seine Augen.

Einen Moment lang hatte Argent den Eindruck, dass sie direkt in seine Seele schaute.

»Darauf wollte ich absolut nicht hinaus«, sagte sie leise. »So bin ich nicht. Ich habe Prinzipien, und an die halte ich mich auch.«

Argent nickte.

»Warum?«, fragte sie.

»Was meinst du?« Argent verstand die Frage nicht.

»Warum riskierst du alles für eine Frau, die du seit Jahren nicht gesehen hast?«

45

Argent schwieg eine Zeitlang und saß in den Schatten auf dem Rücksitz des CAS-Denver-Taxis einfach nur da.

»Falls ich eine Grenze übertreten habe, möchte ich mich dafür entschuldigen«, sagte Erzengel rasch.

»Nein«, erwiderte Argent. »Ich habe nur überlegt, wie ich deine Frage am besten beantworten kann. Ich glaube, du hast sie falsch gestellt.«

Sie sah ihn fragend an.

In ihren Augen sah Argent wiederum einiges von dem Kummer und der Verwirrung, die zu verbergen sie sich so große Mühe gab. »Es wäre leichter gewesen, mich zu fragen, ob ich das, was ich riskiere, auch *nicht* riskieren könnte.«

»Okay.«

»Die Antwort lautet, ich konnte es eben nicht.«

»Warum nicht?«

»Zum Teil hat es damit zu tun, wie ich mich selbst sehe. Wenn ein Chummer mich braucht, bin ich für ihn da. Wenn ich mich von einem Mr. Johnson anwerben lasse und nicht belogen worden bin oder verstehe, warum ich in einer gewissen Situation belogen worden bin, ziehe ich die Sache durch. Wie viele absolute Werte gibt es in der Welt, in der wir leben?«

»Das weiß ich nicht. Ich habe mich noch nie mit Metaphysik beschäftigt«, sagte die elfische Deckerin.

»Ich habe die Matrix gesehen. In diese Welt einzutauchen heißt, sich mit einem Haufen Vorstellungen und Ideen zu beschäftigen. Nicht alles in der Matrix ist so, wie es aussieht.«

»Aber es ist etwas da. Und wenn du es ignorierst, macht es dich verdammt schnell fertig.«

»Ich bin mit absoluten Werten aufgewachsen, denn die Ausbildung, die ich bekommen habe, ließ nur absolute Werte zu. Von vielem davon habe ich mich gelöst, aber nicht von allem. Wenn ich das getan hätte, wäre nichts übrig geblieben.« Argent hielt inne und sah die Elfe an. »Verstehst du?«

»Vielleicht«, antwortete sie. »Wenn man in der Matrix auf ICs stößt, die man noch nie zuvor gesehen hat, kann man sich nicht darauf verlassen, was man über alle ICs, die man schon gesehen hat, zu wissen glaubt. Man muss sich darauf verlassen, was man über sich selbst weiß und darüber, was man verkraften kann. Das vermittelt einem eine gewisse Vorstellung.«

»Kein schlechter Vergleich.« Argent rieb sich übers Gesicht und spürte die Bartstoppeln. Er musste sich bald rasieren. Sein Aussehen gehörte zu den absoluten Werten, die für ihn Gültigkeit hatten. »Deine Welt beruht zum größten Teil auf deinen Begegnungen in der Matrix.«

»Und deine fußt darauf, Leuten aus der Klemme zu helfen.«

»Ja.«

»Aber was hat dich dazu gebracht, so etwas zu entwickeln, diesen…« Erzengel schien nicht das richtige Wort zu finden.

»Verhaltenscode?«, half Argent aus.

»So in etwa.«

»Es gab nichts anderes«, antwortete Argent aufrichtig. »Alles, woran ich geglaubt hatte, ist mir genommen worden. Mein Ich war alles, was mir noch geblieben war.«

»Und Sencio.«

»Ja.«

»Nur, dass ihr Verhaltenskodex sich letzten Endes von deinem unterschied«, sagte die elfische Deckerin.

»Ja.«

»Damit blieben nur noch du und deine Weltsicht.«

Argent nickte. »Sie ist eine Stärke und eine Schwäche zugleich, Erzengel. Meine Sicht macht mich stark, weil ich daran glaube.«

»So sehr, dass du dafür dein Leben aufs Spiel setzt?«

»Weißt du immer, dass du eine IC in der Matrix besiegen kannst?«

»Natürlich nicht. Ich bin auf einige gestoßen, die sich als unüberwindlich erwiesen haben.«

»Aber jedesmal, wenn du dagegen angehst, glaubst du, dass du sie überwinden kannst?«

»Ja. Warum sollte ich es sonst überhaupt erst versuchen?«

»Genau.«

Erzengel schüttelte den Kopf, wandte sich ab und starrte nach draußen auf die vorbeihuschende Straße im Zentrum des CAS-Sektors von Denver. »Ich begreife nicht, wie sich meine Sicht der Matrix auf Beziehungen anwenden lässt.«

»Du bist diejenige, welche die Grenzen zieht«, antwortete Argent.

»Was meinst du damit?«

»Du siehst deine Fähigkeiten in der Matrix auf diese bestimmte Art, weil du es so willst.«

»Ich muss sie so sehen, wenn ich meinen Job erledigen will.«

»Dann hast du einen guten Grund, sie so zu sehen«, räumte Argent ein. »Aber es war deine freie Entscheidung, dieses Zutrauen nicht in Beziehungen zu setzen.«

Sie schwieg eine Zeit lang, und das Summen der Reifen des Taxis auf der Straße erfüllte das Wageninnere. »Wie du das sagst, klingt es sehr einfach.«

»Das sollte es nicht«, sagte Argent. »Weil es das nicht ist. Glaube ist sehr stark, aber er ist auch die anspruchsvollste Emotion, der du je begegnen wirst.«

»Wie bekommt man ihn?«

»Gar nicht«, sagte Argent. »Meistens bekommt er dich. Wenn du nichts anderes mehr hast, woran du dich wenden kannst, wenn du so allein bist wie noch nie zuvor in deinem Leben, dann kommt der Glaube zu dir.«

»So, wie man einen Datenchip einlegt?« Erzengel schnaubte verächtlich.

Argent ignorierte ihre Reaktion. »Nein. Zuerst ist er immer winzig, und wenn man ihn nicht hegt und pflegt, stirbt er ab.«

»Und wenn er abstirbt?«

»Dann nur deshalb, weil man entdeckt hat, dass man nicht so allein war, wie man dachte. Manche Leute wenden sich in solchen Krisen Drogen oder BTL-Chips oder religiösem Schnickschnack zu. Die meisten Leute können wahrscheinlich ohne Glauben zurechtkommen. Es gibt zu viele andere Dinge, an die man sich halten kann.«

»Aber du kannst das nicht?«

»Nein.«

»Das ist verdammter Schwachsinn.« Tränen funkelten auf Erzengels Wangen, aber sie wischte sie rasch ab.

»Du hast diese Fragen nicht für dich selbst gestellt, nicht wahr?«, fragte Argent.

»Nein.«

»Es ging dir um jemand anders? Um den Burschen von deinem alten Team, mit dem du dich nicht einlassen wolltest?«

»In mancherlei Hinsicht erinnerst du mich an ihn«, sagte Erzengel. »Auch er war von der Richtigkeit seines Tuns überzeugt. Aber ich glaube nicht, dass er sich dessen so bewusst war wie du. Er hat immer versucht, sein Leben möglichst unkompliziert zu halten, wollte nie Bindungen eingehen. Aber er kann auch nicht jedesmal davonlaufen. Sein Leben ist einfach immer komplizierter geworden.«

»Deinetwegen?«

»Jack…« Sie hielt inne. »Er wusste nicht einmal, dass ich langsam anfing, mir zu viel aus ihm zu machen.«

»Er hat es nicht bemerkt?«

»Seinerzeit gab es andere Probleme.«

»Du hast ihm nicht gesagt, was du für ihn empfindest?«

»Nein. Er hatte genug um die Ohren, und ich wusste verdammt genau, dass ich mich nicht unter solchen Umständen mit jemandem einlassen wollte. Es war eine Sackgasse. Es wäre auf gar keinen Fall dazu gekommen.«

»Warum nicht?«

»Weil ich so entschieden habe«, erwiderte Erzengel. »Ich will über mein Leben bestimmen, ohne mich von anderen beeinflussen zu lassen. Ich bin gut in meinem Job, weil ich ein Profi bin.«

Argent ließ sich ihre Worte durch den Kopf gehen und beschloss dann, dem Gespräch eine andere Richtung zu geben, da er das Gefühl hatte, die elfische Deckerin wollte nicht überzeugt werden. Der Run berührte ihre Gefühle stärker, als sie eingestehen wollte. »Du glaubst nicht, dass wir diesen Run durchziehen können?«, fragte er.

»Doch, andernfalls wäre ich nicht hier, wie sehr Peg mich auch gebeten hätte.«

»Was dann?«

»Du machst ihn aus den falschen Gründen.«

»Wie kommst du darauf?«

»Ich bekomme fünfzigtausend Nuyen für meine Beteiligung«, sagte Erzengel. »Du bekommst nicht einmal das. Selbst wenn du das Deck nach dem Run wieder verkaufst, wirst du dabei draufzahlen.«

»Man kann das so sehen«, räumte Argent ein. »Aber für mich stellt es sich anders dar. Wenn ich nicht versuchte, Andi Sencio und ihr Team zu retten, würde ich viel mehr draufzahlen als nur ein paar Nuyen.«

»Nur wegen der Erwartungen, die du an dich stellst.«

»Ja. Aber ohne diese Erwartungen wäre ich ein anderer. Mein Leben zu retten, nur um mich selbst zu verlieren, klingt nicht nach einem guten Handel.«

»Aber das würde nicht geschehen.«

»Ich denke schon«, sagte Argent. »Lass uns die Dinge für einen Augenblick von deinem Standpunkt aus betrachten. Angenommen, dieser *Freund* von dir geriete in die schlimmsten Schwierigkeiten, die du dir vorstellen kannst, und er bäte dich um Hilfe. Was würdest du tun?«

»Wenn ich ihm helfen könnte, würde ich es tun.«

»Auch wenn das bedeutete, dass du deine Freiheit, dein Leben und dein finanzielles Wohlergehen aufs Spiel setzen würdest?«

»Ja.«

»Und du glaubst, er würde dasselbe tun?«

»Damals hätte ich nicht daran gezweifelt. Aber die Dinge haben sich geändert.«

»Weil du gegangen bist?«

»Ja.«

»Wie lange hast du ihn nicht mehr gesehen?«

»Drei Jahre.«

Argent hatte das Gefühl, sie hätte ihm die Zeit auf die Minute genau nennen können. »Warum hat sich dann deine Einstellung nicht verändert?«

»Das weiß ich nicht.«

»Vielleicht solltest du dich mit ihm treffen«, sagte Argent leise.

»Ich glaube, das wäre eine Fehler«, erwiderte die elfische Deckerin.

»Das weißt du erst, wenn du es versucht hast.«

Sie sah ihn an, setzte ihre Sonnenbrille auf und aktivierte den Lichtverstärker. »Hör mal, ich wollte nur mehr über eine bestimmte Sichtweise wissen, keine Lektion erteilt bekommen.«

»Natürlich«, sagte Argent. »Die Lektion ist vorbei.« Er lehnte sich zurück und schaute durch das Fenster. Trotz Erzengels Unbehagen stellte er fest, dass sie ihn in seiner Entschlossenheit, die Sache durchzuziehen, bestärkt hatte. Er tat das Richtige.

Blieb nur noch abzuwarten, ob er die Fähigkeiten besaß, die Sache auch durchzuziehen. Oder zumindest das Glück.

46

Wohin gehen wir?«

Argent schob seinen Kredstab in das Lesegerät des Taxis und fügte ein großzügiges Trinkgeld hinzu. Die meisten Sicherheitstruppen in den Sektoren waren nicht so dumm, den Versuch zu machen, Taxifahrer über ihre Fahrgäste auszufragen. In Denver zahlte es sich aus, dafür zu sorgen, dass das Erinnerungsvermögen schwach war, es sei denn, jemand hatte die Mittel, es aufzufrischen.

»Wir haben noch ein letztes Treffen«, sagte Argent. »Wenn uns die Exfiltration gelingt, brauchen wir ein Transportmittel, um wieder aus Pueblo zu verschwinden.«

Der Stadtteil, in dem das Taxi sie abgesetzt hatte, sah noch schäbiger aus als das Lagerhaus-Viertel, wo sie das Cyberdeck von den Yaks gekauft hatten.

Erzengel nahm ihre kleine Pistole aus dem Schulterhalfter und steckte sie in die Jackentasche, wo sie schneller erreichbar war, eine Vorsichtsmaßnahme, die Argents Beifall fand.

Drei Blocks weiter auf der Means Street bog er nach links in eine Gasse ein. Heruntergekommene Säufer lungerten in den Schatten herum und bettelten mit tausendmal geübten Sprüchen um Geld. Eine Gang stand vor der Tür einer Bar am Ende der Gasse. Ein schiefes Neonschild hing über der verwitterten Tür, deren Holzimitat-Furnier schon vor Jahren abgeblättert war.

Bevor Argent die Bar betreten konnte, tauchte ein massiv vercyberter Troll aus den Schatten neben der Tür auf. Das grüne Neonlicht verlieh dem Troll eine widerwärtige Färbung, aber seine Verstärkungen waren dennoch nicht zu übersehen.

»Hast du da drinnen geschäftlich zu tun, *Omae*?«, fragte der Troll. »Der Zutritt ist nämlich nur für Mitglieder erlaubt.«

»Ich bin mit Wakiza Summertrees verabredet«, sagte Argent.

»Hast du einen Namen?«, wollte der Troll wissen.

»Fullburn.«

Der Troll öffnete ein Armbandtelekom und sprach kurz hinein. »So ka«, sagte er, als er es wieder schloss. »Du kannst reingehen.« Er öffnete die Tür mit einer seiner riesigen Pranken.

Argent trat durch die Tür und erhöhte die Leistung seines Lichtverstärkers. In der Bar war es düster, und die Rauchschwaden schienen sich ruhelos im massiven Stampfen des Trollrock zu winden, der aus dem in die Wände eingebauten Lautsprechersystem dröhnte.

The Ridgerunner war eine T-Bird-Bar und machte auch kein Hehl daraus. An den Wänden hingen maßstabgetreue Modelle von Schwebepanzern, die ganz offensichtlich die bevorzugte Hardware der Barbesitzer waren. Die meisten Modelle waren GMC Banshees und sahen wie zurechtgestutzte Wale aus, die ohne Schwanzflossen durch die Luft schwammen. Die Mehrzahl von ihnen war mit einer Kanone bestückt.

T-Birds und ihre Besatzungen waren das Herzblut von Denver. Wären die Runner nicht gewesen, die es mit den Grenzposten aufnahmen, um Produkte von einem Ort zum anderen zu bringen, wäre der Schattenhandel in dieser Gegend zum Erliegen gekommen. Und die T-Birds waren nicht nur in der näheren Umgebung aktiv. Sie flogen über dem gesamten nordamerikanischen Kontinent einschließlich Quebec und Aztlan.

Mehrere Leute an der Bar musterten Argent, da sie in ihm jemanden erkannten, der nicht hierher gehörte. Er zog feindselige Blicke an, wie Cyberware auf Elektrizität reagierte.

»Argent, mein Freund«, ertönte eine tiefe Stimme von einem der Tische, die rings um einen Sim-Sinn-Spieltisch standen. Im Animationsholo des Spieltisches kämpften zwei alte Doppeldecker vor einem blauen Himmel voller weißer Wolken bis zum Tod. Maschinengewehrfeuer schlug Funken an Rumpf und Tragflächen.

»Hallo, Wakiza.« Argent streckte die Hand aus.

Der Amerindianer nahm kurz die Hand des Shadowrunners, während sein Blick über Argents Gesicht huschte. Wakiza Summertrees war jung und gertenschlank und reichte Argent nur bis zur Schulter. Er trug einen Fliegeranzug aus rotem Kunstleder, auf dessen linke Brust ein blau-schwarzer Traumfänger genäht war. Seine dunklen Haare waren zu einem langen Zopf geflochten. Hohe Wangenknochen ließen ihn noch schlanker aussehen und begruben fast die viel zu blauen mandelförmigen Augen in Schlitzen. Die Datenbuchse funkelte hinter seinem linken Ohr, was ihn noch fremdartiger aussehen ließ.

»Bist du in Eile?«, fragte Summertrees. »Oder kannst du einen Ausflug machen?«

»Ich habe Zeit«, sagte Argent. »Ich will die Hardware sehen.«

Summertrees lächelte. »Es ist eine herrliche Maschine. Ich habe einige Verbesserungen angebracht, seit wir uns zuletzt gesehen haben.« Er zeigte auf den rückwertigen Teil der Bar. »Komm mit zum Hinterausgang. Ich habe einen Wagen am anderen Ende der Gasse stehen.«

47

In den Randbezirken des Denver-Plex, wo der CAS-Sektor sich im Süden zu einem dünnen Streifen verengte, der fast an die UCAS grenzte, bevor das Gebiet des Pueblo Corporate Council begann, betrachtete Argent den T-Bird, den er mit seinen letzten flüssigen Mitteln gemietet hatte. Bei aller Planung, mit der er die wenigen Schwachpunkte auszunutzen versucht hatte, die er in Ironaxes Herrschaft über das Gebiet gefunden hatte, war ihm von Anfang an klar gewesen, dass es praktisch unmöglich war, Sencios Team ohne einen Schwebepanzer zu evakuieren.

Das Lagerhaus war nur eines von vielen Gebäuden in den Hängen der rotlehmigen Bergausläufer. In dem Gebiet waren so viele Interessen von Konzernen und Schiebern konzentriert, dass Überraschungsrazzien anderer Nationen oder Sektoren Denvers keine Erfolgsaussichten hatten und nicht ohne unmittelbar darauffolgende Vergeltungsaktionen ausgeführt werden konnten. Der Schwarzmarkt war eine geschützte Investition der gesamten Front Range Free Zone.

Argent schritt langsam um das gewaltige Vehikel herum, das in der Garage auf seinen drei ausfahrbaren Radstützen stand. Die Bewaffnung des Banshee bestand aus einer nach vorn gerichteten Victory Sturmkanone und zwei Maschinengewehren mit automatischer Munitionszuführung, welche das Heck und die Seiten abdeckten.

Black European Arm Works' modulare Ablationspanzerung schützte den Schwebepanzer, der sich in einem erstklassigen Zustand zu befinden schien. Die Panzerung reagierte auf einen Treffer mit panzerbrechender Explosivmunition, indem das durchbohrte Stück Ablationspanzerung abgesprengt wurde, bevor die Munition Schaden anrichten konnte. Wie die Panzerung war der Rumpf des Schwebers schwarz und radarabsorbierend.

»Wann willst du den Run machen?«, fragte Summertrees.

»Morgen Nacht«, antwortete Argent. Er hatte schon bei anderen Unternehmen mit dem Amerindianer zusammengearbeitet, die nicht so nah der Heimat Summertrees' stattgefunden hatten. Der Rigger war einer der fähigsten T-Bird-Piloten, die er je gesehen hatte, und war in der Lage, sein Fahrzeug Zentimeter über dem Boden schweben zu lassen und bis an die Grenzen des Machbaren zu gehen.

»Immer noch nach Pueblo?«, fragte Summertrees.

»Mitten hinein.«

Summertrees' Gesichtsausdruck änderte sich nicht wesentlich, aber Argent kannte den Mann gut genug, um zu erkennen, dass er nicht besonders glücklich darüber war. »Dort geht es zur Zeit ziemlich heiß her. Ein Bursche namens Ironaxe dreht in ganz Pueblo jeden Stein um, weil er ein paar Runner sucht.«

»Diese Runner sind unsere Fracht«, sagte Argent. »Und ich weiß von Ironaxe.«

»Er hat ein ziemlich großes Team da unten.«

»Wir wollen es gar nicht mit seinem Team aufnehmen«, sagte Argent. »Wir wollen uns möglichst von ihm fernhalten.«

»Als ich mich zuerst mit dem Run vertraut gemacht habe«, sagte Summertrees, »war da unten noch nicht so viel los.«

»Die Dinge spitzen sich zu.« Argent musterte die geschwärzten Fenster in zweien der Lagerhauswände. »Ich muss wissen, ob du dabei bist oder nicht.«

»Du hast noch nicht erwähnt, wer bei diesem Run für die Kosten geradesteht«, sagte Summertrees.

»Das tue ich«, erwiderte Argent. »Der Run ist für eine Freundin. Wo ist die zweite Einheit?«

»Weiter hinten im Lagerhaus.« Summertrees übernahm die Führung und ging tiefer in die Dunkelheit hinein.

Argents Lichtverstärker passte sich automatisch an und zeigte ihm die Kisten, die säuberlich auf Paletten gestapelt waren, sowie in die Wände verankerte Werkbänke. Der LAV-98, ein gepanzerter Truppentransporter, stand mitten in der Halle. Argent war mit dem LAV-98, dessen Codename Devil Rat lautete, aus der Zeit der Wüstenkriege bestens vertraut. Er war ebenfalls in einem nichtreflektierenden Schwarz lackiert und mit Ablationspanzerung beschichtet.

Der Devil Rat war das Arbeitspferd im Arsenal militärischer Hardware. Er war gelände- und amphibientauglich und bei den Armeen der CAS und des Freistaats Kalifornien erste Wahl in Kampf- und Unterstützungseinsätzen. In den Geschützturm auf dem Dach war ein schweres Maschinengewehr montiert.

»Hast du alles für den Transport des LAV-98 vorbereitet?«, fragte Argent.

»Ja. Ein Rigger, mit dem ich befreundet bin, hält das

zwar für die verrückteste Geschichte, die er je gehört hat, aber er ist bereit, den Lufttransport zu übernehmen, weil er sich nicht die Möglichkeit entgehen lassen will, die Sache auszuprobieren. Die Nuyen spielen natürlich auch eine Rolle. Dir ist aber klar, dass dieses Monster sehr wahrscheinlich abgeschossen wird, bevor es den Boden erreicht, oder?«

»Ironaxes Teams werden Probleme bekommen, bevor wir den LAV-98 aussetzen«, sagte Argent. »Bis dahin dürfte ziemliche Verwirrung bei ihnen herrschen.«

»Und wenn nicht?«, fragte Summertrees.

»Dann bleibst du mit ihm oben«, sagte Argent. »So einfach ist das.«

»Und dir ist natürlich auch klar, dass wir den LAV-98 verlieren, wenn die Exfiltration gelingt?«, fragte Summertrees.

»Der Verlust ist akzeptabel«, erwiderte Argent. »Tatsächlich ist er schon in dem Augenblick verloren, in dem er das Frachtflugzeug verlässt.«

Summertrees schüttelte den Kopf. »Chummer, selbst zu dem guten Kurs, zu dem ich ihn erstanden habe, reden wir hier von hundertsiebzigtausend Nuyen, die in Flammen aufgehen. Und dann sind da noch die Kosten für das Aufrüsten der ECM-Hardware.«

Argent hatte es nicht vergessen. Die neueste Hardware für die elektronischen Gegenmaßnahmen war ein beträchtlicher Kostenfaktor. »Ich weiß. Bist du dabei oder nicht?«

Summertrees streckte eine Hand aus und grinste verschmitzt. »Ich bin dabei, Chummer. Das ist die Art Run, aus der Legenden gestrickt werden. Drek, vielleicht wäre das sogar eine gute Grabinschrift.«

48

Das Hotelzimmer im Chinatown des CAS-Sektors von Denver war klein und beengt und voll von den Gerüchen des kantonesischen Restaurants im Erdgeschoss des Gebäudes. Erzengel verschlüsselte die Telekomübertragungen an ihrem Ende, damit Peg an Argents Einsatzbesprechung ebenso teilnehmen konnte wie der Rest des Teams. Um Lauschangriffe zu vermeiden, hatte Argent Rauschgeneratoren aufgestellt, die Wände, Boden und Decke bestrichen und das Zimmer wirksam von der Außenwelt abschnitten. Als weitere Vorsichtsmaßnahme hatte Laveau einen Watcher eingesetzt, der den Astralraum rings um das Zimmer patrouillierte.

»Wir haben nur einen Versuch bei diesem Unternehmen.« Argent stand in der Mitte des Zimmers, die Hand auf der Bedienung für den Holoprojektor, den er für die Einsatzbesprechung programmiert hatte. »Sollte die ganze Sache in die Hose gehen, egal zu welchem Zeitpunkt, lasst alles stehen und liegen und seht zu, dass ihr euch absetzen könnt. Für die meisten von euch sind bereits SINs eingerichtet worden, mit denen ihr Denver verlassen könnt. Diejenigen von euch, die im Zielgebiet stranden, haben keine andere Wahl, als zu versuchen, sich allein durchzuschlagen.«

»Nett von dir, gleich mit so angenehmen Dingen anzufangen.« Harrison Dane saß auf einem Sessel und nippte an einem Whiskey Sour. Er trug Straßenkleidung und sah aus, als habe er soeben eine harte Achtstundenschicht in einer Verladebucht hinter sich gebracht. Wohin der Elf auch ging, sei es in die Gosse oder in die exclusivsten Clubs, er passte sich immer an seine Umgebung an.

Argent ließ den Blick über sein Team schweifen. »Dies ist für eine ganze Weile die letzte Nacht, in der ihr alle noch frei atmen könnt. Ihr sollt wissen, welches Risiko ihr eingeht.«

»Sie wissen Bescheid, Cher«, sagte Laveau, auf deren zahlreichen Silberringen Lichter funkelten. »Sonst wären sie nicht hier, oder?«

»Nun die gute Nachricht«, fuhr Argent fort. »Ich glaube, dass wir es schaffen können.« Er schaltete den Holoprojektor ein.

Über seinem Kopf bildete sich eine leuchtende Farbblase, und Sekunden später hatte sich daraus ein Trideobild geformt. Es zeigte eine Stadt bei Nacht mit den Lichtern von Geschäften, Häusern, Leuchtreklamen und auch Verteidigungsanlagen.

»Das ist die Innenstadt von Pueblo«, sagte Argent. »Unser Ziel ist der Erwachte Untergrund.«

»Der örtliche Sammelpunkt...«, begann Jesse Travers, der neben der Zimmertür an der Wand stand.

»...für die Metamenschheit«, fuhr Jason Travers fort, der auf der anderen Seite der Tür stand. »In erster Linie für die Opfer der Goblinisierung...«

»...die von ihren eigenen Stämmen verbannt werden«, ergänzte Jesse.

»Wir haben die Dateien gelesen, die auf den Notepads gespeichert waren«, beendete Jason die Ausführungen der Zwillinge.

»Sencio und ihr Team sind im Erwachten Untergrund«, sagte Argent, »und zwar unterhalb des Lagerhaus-Viertels.« Das Holo zoomte näher heran, bis das Lagerhaus-Viertel dargestellt wurde.

»Mittlerweile konzentrieren Ironaxe und seine Sicherheitsteams sich auf dieses Gebiet«, bemerkte Peg über das Telekom. In dem Hologramm erschienen plötzlich leuchtend rote Sterne. »Jeder dieser Sterne stellt ein Fahrzeug mit einer Einheit dar, das Ironaxe in das Gebiet geschickt hat. Wie ihr sehen könnt, sind es Dutzende.«

»Und du hast vor, all diesen Einheiten auszuweichen.« Wakiza Summertrees saß mit überkreuzten Beinen auf dem Boden.

»Immer mit der Ruhe, Flieger«, sagte Jesse Travers.

»Du bist schließlich der letzte, der in dieses Gerangel gerät«, fügte Jason hinzu.

»Ihnen auszuweichen ist die einzige Chance, die wir haben«, meldete sich Erzengel aus ihrer Ecke des Zimmers. »Aber wir werden das in Etappen erledigen.«

»Wie ihr wisst«, sagte Argent, »müssen wir mehr berücksichtigen als nur den Abtransport des Teams, das im Erwachten Untergrund festsitzt. Ironaxe hat eine Kommunikationsbasis in dem Gebiet errichtet.«

»Und du hast sie gefunden?«, fragte Harrison Dane.

»Peg hat sie gefunden«, antwortete Argent. Ein gelbes Dreieck leuchtete in dem Holo auf. »Ironaxe hat sie in einem Lagerhaus eingerichtet, und zwar komplett mit Satellitenverbindung und Direktverbindung zu allen Einheiten.«

»Also lassen wir sie hochgehen, damit wir uns wegen der Satellitenüberwachung keine Sorgen zu machen brauchen. Mit einem Barrett Model 121 mit Infrarot-Zielgerät kann ich aus fast zweitausend Metern alles durchlöchern, was du willst. Die Burschen in der Kommunikationsbasis werden gar nicht merken, dass sie gegeekt worden sind.«

»Das gehört dazu«, bestätigte Argent. »Aber Ironaxe steht auch mit Fuchi Asien und NovaTech in Verhandlungen. Wir können uns darauf verlassen, dass beide Konzerne über Satellitenaufklärung in dem Gebiet verfügen.«

»Und sie werden nur auf die Gelegenheit warten, dem guten alten Ironaxe auszuhelfen, wenn er sich in einer Notlage wiederfindet«, sagte Laveau.

Argent nickte. »Also müssen wir uns in sein Kommunikationssystem einschleusen, um zu verhindern, dass er von Fuchi Asien oder NovaTech brauchbare Daten erhält.«

»Glaubst du, dass er sich an die beiden Konzerne wendet, wenn er ihnen so misstraut, wie du glaubst?«, fragte Summertrees.

»Ohne auch nur einen Augenblick zu zögern«, antwortete Argent. »Er ist ziemlich sicher, dass der Auftraggeber der Shadowrunner, die in sein System eingedrungen sind, nicht alle Daten bekommen hat, die er haben wollte. Und wenn einer der beiden Konzerne sein Hilfeersuchen ablehnt, hat er den Schuldigen gefunden.«

»Nicht unbedingt«, gab Summertrees zu bedenken. »Ein Gepanzerter Truppentransporter, nicht einmal ein so vollendetes Gefährt wie der LAV-98, kann sich aus einer Gefechtssituation, wie sie sich in Pueblo ergeben wird, nicht heraushalten.«

»Was soll das Gerede über einen Gepanzerten Truppentransporter?«, wollte Dane wissen. »Niemand hat erwähnt, dass bei diesem Unternehmen ein verdammter Devil Rat im Spiel ist. Ihr Geister, wenn wir in dem Ding herumfahren, werden wir lebende Tontauben in einem Kriegsgebiet sein.«

»Das ist der Augenblick, wenn alles erst richtig interessant wird«, sagte Argent.

49

Argent hatte dem Team längst noch nicht alles enthüllt, wie Harrison Danes Reaktion während der Einsatzbesprechung zeigte. Bevor das Unternehmen anlaufen konnte, musste er sie erst einmal darauf einschwören. Er konnte beinahe Toshi und Hawk im Hintergrund spüren, ihre Zustimmung zu der gewagten Art und Weise hören, wie er die Exfiltration angehen wollte. »Wir klammern diesen Punkt zunächst einmal aus. Vorher müssen noch einige andere Dinge erledigt werden.«

»Eines davon ist die Notwendigkeit, in Ironaxes Kommunikationssystem einzudringen«, sagte Erzengel. »Und hier komme ich ins Spiel. Nachdem ich in Stellung bin, wird Dane Ironaxes Satellitenverbindung ausschalten. Peg hat einen möglichen Zugang für mich entdeckt.«

»Hier«, verkündete Peg. Ein violettes Licht gesellte sich in der holografischen Darstellung des Lagerhaus-Viertels von Pueblo zu den anderen. »Als ich mich durch Ironaxes Systeme an Ort und Stelle geschlichen habe, nachdem ich sie über seine Konzernsysteme aufspüren konnte, fand ich das Reservesystem, das ihn direkt mit dem LTG verbindet.«

»Nachdem also die Satellitenverbindung von Dane lahm gelegt wurde...«, sagte Jesse.

»...wird Ironaxe versuchen, über das LTG online zu gehen«, stellte Jason fest. »Nur wird Erzengel dann da sein...«

»...und die Daten einschleusen, welche die anderen Konzerne bekommen sollen...«

»...damit ihre Systeme baden gehen.«

»Wenn alles nach Plan läuft«, sagte Argent, »wird es genau so über die Bühne gehen.«

»Und wenn nicht?«, fragte Summertrees.

»Dann sehen wir zu, dass wir so schnell wie möglich aus der kritischen Zone verschwinden«, sagte Argent. »Hat das jeder begriffen?«

Überall im Zimmer wurde genickt.

»Schritt eins ist die Unterbrechung von Ironaxes Satellitenverbindung und die Einrichtung eines Zugangs zu NovaTech und Fuchi Asien, was uns gestatten wird, deren Satellitenüberwachung ebenfalls auszuschalten. Das wird sich außerdem hoffentlich dahingehend auswirken, dass Ironaxe einige Leute auf diesen Aspekt seines Unternehmens ansetzen muss, um herauszufinden, ob er betrogen oder getäuscht wurde und möglicherweise noch mehr droht. Sobald wir die Kommlinks kontrollieren, machen wir direkt weiter mit Schritt zwei. Der besteht darin, vor Ort Verwirrung zu stiften.« Argent warf einen Blick auf die Travers-Zwillinge und zwang sich, sich auf die Logistik des Plans zu konzentrieren und nicht auf all die Dinge, die während seiner Ausführung schiefgehen konnten. »Dane, in diesem Stadium werden wir dich als Scharfschützen brauchen.«

»Hast du eine Position für mich vorgemerkt?«, fragte der Elf. Das Trideostar-Gebaren war verflogen und dem gewitzten Blick des geübten Attentäters gewichen, den Argent so gut kannte.

»Peg«, sagte Argent.

»Hier«, antwortete Peg. Ein grüner Punkt erschien in dem Hologramm auf einem der höheren Gebäude im Lagerhaus-Viertel. »Von hier aus hat Dane einen Überblick über Ironaxes gesamtes Unternehmen in Pueblo. Die größte Distanz für einen Schuss beträgt etwas mehr als zwölfhundert Meter.«

»Kinderspiel«, verkündete Dane. »Höchstens mittelschwer.«

»Ironaxes Bodentruppen werden nicht weit sein…«, sagte Jesse Travers.

»…und sie werden versuchen, dich hochgehen zu lassen, wenn sie dich finden«, fügte Jason hinzu.

»Das Barrett, das ich für dich habe, ist außerdem mit panzerbrechender Hochgeschwindigkeitsmunition bestückt. Körperpanzer sind also kein Problem.«

»Das müsste reichen, um jemandem gründlich den Tag zu verderben«, bemerkte Dane. »Aber das Barrett ist eine verdammt große Waffe. Ich nehme an, dass ich früher nach Pueblo gehe als alle anderen?«

»Morgen früh verschwindest du von hier«, sagte Argent. »Du fliegst mit Summertrees, wenn er den T-Bird versteckt. Wenn du vor morgen Nacht geschnappt wirst, ist der Run gestorben.«

»Wie erfahren wir das?«, fragte Laveau.

»Wenn er an Ort und Stelle ist, ruft er an«, sagte Argent.

»Was ist mit Kommlinks?«, fragte Jesse Travers.

»Morgen um dreiundzwanzig-null-null haben wir eine Satellitenverbindung stehen. Peg hat die Zeit von einem der T-Bird-Kommlinks in der Gegend gekauft. Die Zeit war verdammt teuer, und sie geben uns nur elf Minuten. Dann verlieren wir alles, was sie uns geben.«

»Aber in diesen elf Minuten sind wir alle miteinander verbunden?«, fragte Jason.

Argent nickte. »Wenn ich mich recht erinnere, kennt sich jeder hier in dem Raum mit dem BattleTac Integration System aus.« Als ihm niemand widersprach, fuhr er fort. »Ich habe außerdem leichte Esprit-Körperpanzer für die Kampfteams besorgt. Ihr werdet damit nicht unverwundbar sein, aber sie bieten einen gewissen Schutz.«

»Was werden wir tun«, fragte Jesse, »während Dane jeden umlegt, den er ins Fadenkreuz bekommt?«

»Ihr werdet für Chaos und Verwüstung im Lagerhaus-Viertel sorgen«, sagte Argent. »Wenn wir auf diesem Run etwas im Überfluss haben, dann Sprengstoff. Sobald wir die Satellitenverbindung lahm gelegt haben und Dane das Feuer auf alle Fahrzeuge eröffnet hat, die als Verfolger in Frage kommen, springt ihr mit Summertrees aus dem Frachtflugzeug ab. Euer Rucksack wird mit Minen und Sprengstoff gefüllt sein. Tobt euch damit aus.«

»Und ich?«, fragte Laveau. »Wo werde ich in dieser Zeit sein?«

»Bei Summertrees«, sagte Argent. »Da wir weder den Erwachten Untergrund noch Sencio von unserem Kommen benachrichtigen können, will ich verhindern, dass wir zum Dank für unsere Mühe von den Leuten gegeekt werden, die wir retten wollen.«

»Und du willst sie wissen lassen, dass du ihresgleichen in deinem Team hast«, sagte Laveau.

Argent erwiderte ihren Blick ungerührt. »Ja. Außerdem hat Sencio Leute bei sich, die nicht aus eigener Kraft laufen können. Du kannst dich bei ihnen mit Erster Hilfe nützlich machen. Wenn der Devil Rat landet, wirst du mehr Aufmerksamkeit auf dich ziehen, als dir lieb ist. Ihr beide müsst durchhalten, bis Erzengel und ich zu euch stoßen.«

»Was hat es denn nun mit dem Devil Rat auf sich?«, fragte Dane misstrauisch. »Ich dachte, wir würden mit einem T-Bird verschwinden.«

»Das tun wir auch«, sagte Argent. »*Nachdem* wir uns aus Pueblo abgesetzt haben. Das ist der interessante Teil, den ich zunächst ausklammern wollte.« Er erzählte ihnen den Rest und begann damit, wie der Truppentransporter über dem Zielgebiet abgesetzt werden würde. Er sah, wie Überzeugung zunächst Überraschung und dann Unglauben wich. Schließlich setzte er ihnen seine Sicht der Dinge auseinander und überzeugte sie davon, dass es funktionieren würde, und sich selbst ein weiteres Mal.

Anteilnahme, hatte Argent immer wieder festgestellt, stand in direktem Verhältnis dazu, wie groß die Aussichten für einen Chummer waren, gegeekt zu werden. Und die Anteilnahme an diesem Run ging weit über das übliche Maß hinaus.

50

Argent wappnete sich im Heck der Hawker-Siddley HS-895 Skytruck und starrte durch die offene Frachtluke zu seinen Füßen hinunter in die schwarze Nacht. Die beiden Schubpropeller sorgten für eine ungewöhnliche Vibration, an die er sich auf dem kurzen Flug vom CAS-Sektor Denvers hierher noch nicht richtig gewöhnt hatte.

Wakiza Summertrees und Laveau standen hinter ihm, rechts von dem LAV-98, der am Boden der Skytruck festgezurrt war. Erzengel stand neben ihm und hielt sich an einem Handgriff an der Seite des riesigen Frachtraums fest.

Sie alle trugen den leichten Esprit-Körperpanzer, den Argent auf dem Schwarzmarkt gekauft hatte. Er vermisste Peg in seinem Kopf, da sie noch gut zwanzig Kilometer vom Puebloer Plex entfernt waren und er sich auf den Absprung vorbereitete. Er trug seine Ingrams in Schulterhalftern und die Savalette Guardian am Oberschenkel. Der BattleTec war um sein linkes Handgelenk gewickelt. Beutel und Schlaufen an seinem Körperpanzer enthielten Reservemagazine und Sprengstoff.

Er holte tief Luft, um seine Lungen von jeglichem Kohlendioxid zu befreien, dann blendete er die Zeit auf seiner Netzhaut ein. Er und Erzengel hatten etwas über eine Stunde Zeit, um das Rendezvous mit Ironaxes Reserve-Kommlink bis 23 Uhr in Pueblo zu schaffen.

Er warf einen Blick auf die elfische Deckerin und benutzte den im Helm des Körperpanzers eingebauten Kurzwellensender, um sich mit ihr zu verständigen. »Bist du bereit?«

Erzengel strich noch einmal über ihre Ausrüstung. Das Cyberdeck hing in einem kugelsicheren stoßfesten Spezialkoffer unter ihrem Fallschirmsack. »Ja.«

»Wir sehen uns unten, Wakiza«, sagte Argent zu dem Rigger.

»Wir werden da sein, *Omae*, und ich hoffe inständig, dass alles so läuft, wie du es sagst.«

»Hab Vertrauen«, sagte der Shadowrunner. »Wenn man sich in dieser Welt überhaupt auf etwas verlassen kann, dann auf die Gier der Konzerne. Bei dieser Geschichte steht für die interessierten Parteien zu viel auf dem Spiel. Es geht längst nicht mehr nur um Sencio und ihre Leute.«

»Pass auf dich auf, Cher«, sagte Laveau. »Meine alten Knochen haben ein gutes Gefühl bei der Sache, aber sie sagen auch, dass du trotzdem auf dich Acht geben sollst. Hawk beobachtet dich heute von der anderen Seite. Ich spüre, dass er bei dir ist, Cher.«

»Das hoffe ich«, sagte Argent. Ohne ein weiteres Wort trat er den Rucksack, der neben ihm auf dem Boden lag, hinaus und in den Windschatten des Flugzeugs. Dann sprang er durch die Luke und folgte ihm.

Der große Rucksack, den Argent mit dem Fuß hinausbefördert hatte, war mit einer automatischen Reißleine versehen. Hundert Meter unter der Skytruck entfaltete sich der schwarze Fallschirm und blähte sich in der Luft.

Argent zog seine eigene Reißleine und folgte dem Frachtschirm nach unten. Dabei schaute er nur einmal kurz nach oben, um sich zu vergewissern, dass Erzengel die Skytruck ebenfalls verlassen hatte. Über ihm öffnete sich gerade die Kunstseide ihres Fallschirms, ein schwarzes Oval, das die Sterne am Himmel verdeckte.

Minuten dehnten sich und verstrichen. Wäre der Frachtschirm nicht gewesen, hätte Argent die Reißlinie viel tiefer über dem Boden gezogen. Das BattleTac-System würde erst funktionieren, wenn die Satellitenverbindung stand, die sie gekauft hatten. Es gab keine Möglichkeit, die Ausrüstung in dem Rucksack zu ersetzen, wenn etwas schief ging. Sicherer bedeutete langsamer, aber in diesem Fall ließ sich das nicht ändern.

Der Rucksack setzte zuerst auf und verschwand beinahe vor dem Hintergrund einer in Schatten gehüllten Hügelkuppe. Das Gelände war in allen Richtungen zerklüftet und uneben.

Argent befreite sich von seinem Fallschirm und gab ihn Erzengel, die ihre beiden Fallschirme mit Steinen und kleinen Felsbrocken zudeckte. Die Fallschirme hatten nichts an sich, was sie mit dem Team in Verbindung bringen konnte. Nicht einmal ein Magier würde etwas mit ihnen anfangen können, weil jeglicher Kontakt mit ihnen mit Handschuhen erfolgt war.

Mithilfe des Werkzeugs im Rucksack setzte Argent die beiden Artemis Industries Night Glider in unter zwölf Minuten zusammen. Sie standen auf dem Boden, als er fertig war, zwei Flugdrachen mit keilförmigen Segeln. Glücklicherweise hatte Erzengel bereits einen turbinenbetriebenen Night Glider benutzt, obwohl sie Argent nicht erzählt hatte, unter welchen Umständen dies geschehen war.

Argent schaltete die Batterien ein, lief ein paar Schritte mit dem leichtgewichtigen Night Glider und sprang hoch in die Luft. Anstatt den vertikalen Auftrieb zu nutzen, den die batteriebetriebene Einheit liefern konnte, entschied er sich für den allmählichen Steigflug, während sie sich vom Hang des Hügels entfernten. Der Südwestwind brachte die Kühle mit sich, die sich nachts über die Gegend legte, und sorgte für einen stetigen Seitenwind. Argent war froh, dass er den Körperpanzer trug.

Sie schalteten die Helm-Kommlinks aus, da sie keinerlei elektronische Signale abstrahlen wollten. Die Turbinen arbeiteten extrem leise und waren nur im Umkreis von wenigen Metern zu hören. Das Material des Gleiters war radarabsorbierend, sodass Argent sich keine Sorgen wegen der elektronischen Sicherheitsvorkehrungen machte, mit denen Ironaxe das Lagerhaus-Viertel in Pueblo umgeben hatte.

Er glitt dahin und nahm das Summen der Turbinen kaum zur Kenntnis, da die Lichter des Plex immer heller und größer wurden. Das Herz hämmerte in seiner Brust, und er versuchte vergeblich, aus all den Gefühlen schlau zu werden, die sich in ihm regten.

51

Zwei Kilometer außerhalb des Plex entledigten sich Argent und Erzengel der Night Glider und erreichten Pueblo ohne Zwischenfall. Ironaxes Team konzentrierte sich darauf, niemanden aus dem Gebiet herauszulassen, anstatt sich gegen Leute zu schützen, die hereinkamen. Der Eingang zum Erwachten Untergrund, den Sencio Argent beschrieben hatte, befand sich in einem leer stehenden Lagerhaus auf der Creel Street am Rande der Verladebuchten entlang des Arkansas River.

In dem Gewirr aus einsamen, verkommenen Straßen sah Argent die Hubschrauber, die über dem Zentrum des Viertels schwebten. Ironaxe scheute bei seiner Suche keine Kosten, und Argent schöpfte neue Hoffnung, dass Sencios Versteck immer noch nicht entdeckt worden war.

Unter dem leichten Körperpanzer war seine Haut schweißbedeckt. Er starrte auf das schwarze Wasser des Flusses, roch die durch den Bergbau hervorgerufenen Verschmutzungen, der ein ausgedehntes unterirdisches Labyrinth unter Pueblo geschaffen hatte. Die Stahlindustrie hatte die Nachfrage geschürt, und der Plex hatte sich von seinen eigenen Ressourcen genährt, bevor die Welt Erwacht war. Auf der anderen Seite des Flusses und überall rings um den Plex reckten sich Abraumhalden in die Luft.

Ein dritter Hubschrauber hielt sich in Höhe des Lagerhaus-Viertels beständig über dem Fluss. Es konnte kein Zweifel bestehen, dass die Besatzung des Hubschraubers sowohl den Fluss als auch die Ufer mit ihrer Überwachungsausrüstung abdeckten. Der Fluss war der wahrscheinlichste Fluchtweg.

In der Creel Street hielt Argent im Schatten inne und schaute über die mit Schlaglöchern übersäte Straße auf das zweistöckige Gebäude, in dem sich früher einmal eine Maschinenhalle befunden hatte, welche die verschiedenen Bergbaugesellschaften und Eisenhütten in der Umgebung mit Maschinen versorgt hatte.

Er trabte über die Straße, die Ingrams in beiden Händen. Die Tür und die eingeschlagenen Fenster waren mit Brettern vernagelt. Er untersuchte die Tür eingehend und fand den kleinen lautlosen Minialarmsender, der sofort anschlagen würde, wenn er die Tür öffnete. Offensichtlich hatten Ironaxes Teams das Gebäude bereits durchsucht.

Er halfterte die Ingrams, kniete nieder und fischte einen Schraubenzieher und eine Drahtschere aus den Taschen seiner Panzerweste. Solche Alarmsender waren nicht schwer zu umgehen. Der Trick bestand darin, sie zu entdecken, bevor es zu spät war. Unter Zuhilfenahme von etwas Draht, den er aus einer Westentasche holte, überbrückte er die Kontakte und öffnete dann die Tür.

Sein Lichtverstärker machte das Optimum aus dem wenigen Licht, das durch die Schlitze zwischen den Brettern vor den Fenstern fiel. Der Raum war leer, der Betonboden mit Abfällen und Gerümpel übersät, das Obdachlose benutzt hatten, um sich den Aufenthalt in diesem Gebäude gemütlicher zu machen. Der Geruch nach frischer Asche lag in der Luft.

Aber es war keine Spur von Obdachlosen zu sehen. Entweder hatten sie den Wink verstanden, als Ironaxes Truppen die Gegend durchkämmt hatten, oder sie waren vertrieben worden, als die Durchsuchung der Gebäude begonnen hatte.

Argent schloss die Tür hinter sich und drang tiefer in das Gebäude ein. Er kannte den Weg von dem Grundriss, den Sencio geschickt hatte. Erzengel hielt sich dicht hinter ihm. Die Ingrams lagen wieder in seinen Händen, als er die Kellertür fand und der eisernen Wendeltreppe nach unten folgte.

Im Kellergeschoss gab es sechs Räume, drei auf jeder Seite, die von Obdachlosen bewohnt worden waren. Im dritten Raum auf der rechten Seite ging Argent zu der Reihe verrosteter Metallspinde an der Wand. Alle Spinde hatten verbogene Türen und enthielten nichts, was auf irgendeine Weise hilfreich sein mochte.

Er zählte bis zum sechsten Spind, wie Sencio es beschrieben hatte, dann bückte er sich und packte den Boden des Spinds. Seine Finger passten gerade in den Freiraum, den die kurzen Stummelbeine des Spinds schufen. Er fand den dort verborgenen Riegel und löste ihn. Dann hob er den Spind an, wobei er alle Kraft brauchte, die seine Cybergliedmaßen hergaben.

Zuerst widersetzte sich der Spind, dann gab er nach und ließ sich zusammen mit den beiden Spinden jeweils rechts und links daneben mühelos bewegen. Die Spinde hoben sich fast einen Meter und hielten dicht unter der Decke inne. Es gab keine Kratzer oder Furchen an der Wand dahinter, die verraten hätten, dass man die Spinde anheben konnte.

Argent regulierte seinen Lichtverstärker und lugte in die wartende Dunkelheit. Nichts rührte sich. Aber ein in den Fels gehauener Tunnel verbreiterte sich weiter unten zu einer Art Kammer.

»Und?«, sagte er zu Erzengel.

»Wir sollten gehen«, sagte die Deckerin. »Wir verlieren nur Zeit, wenn wir hier staunend herumstehen.«

Argent gab ihr im Stillen recht. Er schnüffelte ausgiebig und benutzte seine Cyberware, um Spuren von Mineralien, den Fluss und menschlichen und metamenschlichen Schweiß zu riechen. Alles machte einen sehr alten Eindruck, als gehöre es einfach hierher.

Er glitt durch die Öffnung unter den Spinden und wartete, bis Erzengel bei ihm war. Der Tunnel bot genug Platz, um zu stehen, wenn er sich ein wenig nach vorn beugte. Er griff nach oben, zog die Spinde herunter und schloss damit den geheimen Eingang wieder.

Er übernahm die Führung und ging in Richtung der Kammer. Der Tunnel war einer der Bergwerksschächte, die tief unterhalb der Stadt gegraben worden waren. Vor dem Erwachen war Pueblo als Plex stetig gewachsen und bald über die alten Minen gewuchert, die verlassen und geschlossen waren. Als in den Reihen der Amerindianer die ersten Metamenschen auftauchten, stellten sie fest, dass unter Pueblo bereits Lebensraum für sie eingerichtet worden war.

Plötzlich war die Kammer von Schatten erfüllt, und Argent hörte das scharfe Klicken von Waffen, die entsichert wurden.

»Drek«, flüsterte Erzengel hinter Argent.

»Runter mit den Waffen!«, befahl eine männliche Stimme.

Argent starrte in die Schatten und sah Trolle und Orks auf der anderen Seite der Kammer stehen. Er ließ die Ingrams los, die jedoch nicht zu Boden fielen, da sie von Schlaufen gehalten wurden. »Tu, was er sagt«, forderte er Erzengel auf.

Er las die Zeit auf seiner Netzhaut ab. 22:42:12. Ihm blieben weniger als achtzehn Minuten, um in Stellung zu gehen und Harrison Dane anzurufen. Schaffte er es nicht, würde das Team zusammenpacken und verschwinden, und er und Erzengel würden mit Sencio und ihren Leuten in der Falle sitzen.

52

[Chipdatei: Argent
Sicherheitszugang: ******-22:43:21/14-10-60]

UPLOAD ANFANG

Standort: Unterschlupf Seattle
(zu einem späteren Zeitpunkt aufgezeichnet)

»Argent.«

Ich erkannte Andis Stimme sofort und spürte ihre Anziehungskraft trotz all der Jahre, die vergangen waren.

Ich stand mit hoch erhobenen Händen in der Dunkelheit, und das Gewicht der Ingrams drückte seitlich gegen meine Brust. Die Waffen waren für mich in einem Sekundenbruchteil erreichbar, falls ich einen Versuch unternehmen wollte. Und hätte Andi nicht zu der zwei Dutzend Personen starken Gruppe vor mir gehört, hätte ich es vielleicht darauf ankommen lassen.

Sie konnten es nicht sehen, aber ich hielt eine AFR-7 Blendgranate in der Hand. Der Abzugsring war über meinen Daumen gestreift. Ein Ruck, und einen Augenblick später wäre die Kammer von blendendem Licht erfüllt gewesen, dem sich meine Cyberaugen angepasst hätten. In den Augenblicken danach hätte es eine Menge Tote gegeben.

Andi hinkte aus den Schatten. Sie schonte ihr linkes Bein mehr als in dem Video, das sie mir über Chandler geschickt hatte. Ihr Gesicht war sauber, aber die Farbe war zu blass, beinahe wächsern vor Schmerzen. »Ich dachte schon, du würdest nicht kommen«, sagte sie.

Ich nahm die Hände herunter, während ihre Gefährten die Waffen senkten. Sie vertrauten mir nicht vollständig, aber sie waren immerhin so umgänglich, es nicht offen zu zeigen. Ich sprach so laut, dass die anderen mich hören konnten, da ich sie nicht zu irgendwelchen Fehlern verleiten wollte. »Ich habe ein Notepad in meiner Brusttasche.« Ich griff hinein und holte es heraus, während ich gleichzeitig die Blendgranate darin verschwinden ließ.

»Ich habe nicht an dir gezweifelt«, sagte Andi, »aber ich wusste nicht, ob die Nachricht angekommen war.« Sie ging immer weiter, bis sie vor mir stand.

Ich nahm sie in die Arme, um sie zu stützen.

Andi berührte mein Gesicht mit der Hand und ließ sie langsam über meine Kinnlinie wandern. »Du hast dich überhaupt nicht verändert.«

Ich spürte kurz den Druck ihres Körpers, aber so vertraut er mir auch vorkam, es gab auch Veränderungen. Sich an die Vergangenheit zu klammern ist nie gut. Es führt dazu, dass man Dinge fragt, die einen nichts angehen, und lässt einen zu langsam auf Dinge reagieren, nach denen zu fragen man keine Zeit hatte.

Sie musste es ebenfalls gespürt haben, weil sie sich von mir zurückzog. Und in diesem Augenblick, der so kalt, hart und kristallklar zwischen uns war, wussten wir beide, dass die Bande zwischen uns nicht mehr so waren, wie wir gedacht hatten. Aber sie waren auch nicht gänzlich verschwunden. Und ich glaube, dass sie das auch niemals sein würden.

Ich nahm ein Kommlink-Kopfset aus meinem Brustbeutel. Der Kommlink war verschlüsselt und auf die Frequenz unseres Teams eingestellt. »Den wirst du brauchen.«

Sie nahm das Kopfset ohne ein Wort. Mittlerweile berührten wir uns nicht mehr.

Ich schaltete das Notepad ein und reichte es ihr. Der hellgrüne Bildschirm brachte etwas Licht in das Dunkel der Kammer. »Das ist eine Karte der Bergwerksstollen unter Pueblo. Darauf ist ein Zielort vermerkt, der weniger als einen Kilometer von dieser Position hier entfernt ist. Kannst du deine Leute in« – ich rief die Uhrzeit auf meiner Netzhaut auf – »vierzehn Minuten dorthin schaffen?«

»Ich kann es versuchen.« Andi schaute auf den Bildschirm. »Du hast Karten von den Stollen bekommen.«

»Eine Freundin von mir hat sie bekommen«, sagte ich. Natürlich meinte ich Peg. »Wir haben Karten von den meisten Bergwerken, aber wir wissen nicht, welche Veränderungen der Erwachte Untergrund vorgenommen hat.«

»Nicht viele«, antwortete eine starke, klare Stimme.

Ich schaute auf und sah die hoch gewachsene Trollfrau, die hinter zwei Jabos mit Sturmgewehren hervortrat. Ich erkannte sie aus der Datei über den Erwachten Untergrund, die Peg mir heraufgeladen hatte: Mary Hawkmoon, der gewählte Häuptling des Meta-Stamms.

In der Datei waren zwei Bilder gewesen. Das eine zeigte sie, wie sie jetzt war, als einen ungeschlacht aussehenden Troll mit Hauern, die ihr bis unter die Augen reichten. Das andere Bild hatte sie vor ihrer Goblinisierung gezeigt, als zierliches Mädchen von zwölf oder dreizehn mit rabenschwarzen Haaren und einem fröhlichen Lächeln.

Die Goblinisierung hatte das junge Mädchen ausgelöscht und etwas hinterlassen, das ihr Stamm und ihre Familie als Ungeheuer betrachteten. Ihre Haare waren mittlerweile grau, wodurch sie sehr alt wirkte.

»Wenn wir zu viele Veränderungen vorgenommen hätten«, sagte Mary Hawkmoon, »hätte man unserem Tun zu leicht folgen können.«

Ich nickte. »Ausgehend von diesem Zielpunkt ist ein Weg markiert«, erklärte ich. »Wenn Sie Ihren Leuten sagen, dass wir diesen Weg nehmen, wird es dabei helfen, sie von der Feuerzone fernzuhalten.«

»Sie wollen Ironaxe und seine Leute hier herunter bringen?« Hawkmoon riss Andi das Notepad aus der Hand und starrte auf den Bildschirm.

»Das lässt sich nicht ändern«, sagte ich. »Eine Flucht über Land ist unmöglich.«

»Wie können Sie es wagen«, fauchte mich ein Ork an. Seine dunklen Augen funkelten, da er drohend auf mich zuging. Er trug ein Sturmgewehr, und der Lauf schnappte in meine Richtung.

UPLOAD WIRD FORTGESETZT

53

[Chipdatei: Argent
Sicherheitszugang: ******-22:49:03/14-10-60]

UPLOAD FORTSETZUNG

Standort: Unterschlupf Seattle
(zu einem späteren Zeitpunkt aufgezeichnet)

»Hören Sie«, sagte ich zu Hawkmoon, während ich mich ein wenig wegdrehte, um mir mehr Bewegungsfreiheit für das Sturmgewehr zu verschaffen, das der Ork auf mich gerichtet hatte, »Sie kannten die Risiken, die Sie eingingen, als Sie diesen Leuten Zuflucht gewährten. Und Ironaxe ist ohnehin bereits unterwegs.«

»Er hat Recht«, sagte Hawkmoon. »Wir haben bereits sechs von unseren Leuten durch Ironaxes Sicherheitstruppen verloren.«

Der Ork wich zurück, aber es war offensichtlich, dass es ihm nicht gefiel.

»Ziehen Sie Ihre Leute aus den bezeichneten Stollen ab«, sagte ich. »Ironaxe wird in« – ich rief die Zeit auf – »acht Minuten wissen, dass wir unterwegs sind. Dann wird er uns folgen, und wenn wir ihm nicht entkommen, geekt er uns an der Stelle, wo er uns einholt. Wie es auch endet, er sollte den Rest des Erwachten Untergrunds in Ruhe lassen.«

Hawkmoon rief ein paar Namen und schickte ihre Krieger los. »Mögen die Geister über dich wachen, Krieger. Ich wünsche dir alles Gute bei deinem Krieg.« Sie machte kehrt und verließ die Kammer.

Ich richtete meine Aufmerksamkeit auf Andi. »Wir sehen uns auf der anderen Seite.«

Andi sah aus, als wolle sie noch etwas sagen, aber

dafür war keine Zeit mehr. Und höchstwahrscheinlich wusste sie auch gar nicht, was sie sagen sollte.

Mein Herzschlag stockte, als ich sie beobachtete. Ich schätze, ich hatte mir irgendwo im Hinterkopf dieses Eidechsenhirns, das uns durchs Leben führt, ausgemalt, wie sie wohl reagieren würde, wenn ich zu ihrer Rettung herbeigeeilt kam. Brynnmawr hat mich darauf programmiert, ein Held zu sein, oder vielleicht hat er auch nur dabei geholfen, jenem angeborenen Bedürfnis in mir Gestalt zu verleihen, an meine Grenzen zu gehen und über mich selbst hinauszuwachsen. Wie ich die Welt und meinen Platz darin sah, das war nur mir wichtig. Und als ich Andi in die Augen schaute, sah ich endlich die wahre Distanz, die uns in Wirklichkeit trennte.

Ich hatte immer an das geglaubt, was ich tat, weil ich das Gefühl hatte, meine Handlungen trügen dazu bei, einen besseren Ort aus dieser Welt zu machen. Brynnmawr hatte mich zu dem gemacht, was ich war, weil *er* erkannt hatte, was in mir steckte.

Und in diesem Augenblick wurde mir auch klar, dass ich vielleicht niemals wirklich verstanden hatte, was in Brynnmawr vorging. Wir waren uns ähnlicher, als ich mir je hätte träumen lassen. Nur irgendwo dort drinnen war er zerbrochen und hatte den Glauben verloren, den ich so dringend zum Überleben brauchte.

Ein Bild von Brynnmawr in der Matrix, in seiner einsamen, von Gräbern erfüllten Welt nahm vor meinem geistigen Auge verschwommen Konturen an, und mir wurde klar, dass meine Zeit mit ihm noch nicht beendet war.

Aber ich sah Andi ganz deutlich, sah in ihr das, was sie war, und nicht das, was ich in ihr sehen wollte. Sie war ein echter Profi in allem, was sie tat. Und sie tat es zu ihrem Nutzen und Vorteil.

Ich konnte ihr das nicht verdenken. Die meisten Leute lebten ihr Leben auf diese Weise.

»Ich werde da sein«, sagte sie schließlich. Dann trat sie durch den Eingang der Kammer in einen anderen Stollen und war verschwunden.

Ich ging zu dem geheimen Eingang zurück, öffnete ihn und kletterte nach oben. Die Sekunden verstrichen und wurden zu Minuten. Es blieben nur noch drei Minuten, bis Erzengel und ich in Stellung sein mussten.

»Wie siehst du die Situation jetzt?«, fragte Erzengel, als wir die klapprige Metallstiege emporeilten.

»Mit Sencio?«, fragte ich.

»Ja. Da war nichts von den Funken, die ich zwischen euch erwartet hatte.«

»Enttäuscht?«, fragte ich in dem Bemühen, meine Verwirrung nicht in meinen Tonfall einfließen zu lassen.

»Vielleicht ein wenig. Du hast mir all die guten Ratschläge gegeben, wie ich meine Situation sehen sollte, und warst ziemlich großzügig damit.«

»Mein Rat«, sagte ich, »ist der, dass du deine Situation genau unter die Lupe nimmst und dann entscheidest, was du tust. Lauf nicht einfach davor weg.«

»Ich habe nicht um deinen Rat gebeten.«

Ich ging zur Tür, die auf die Straße führte. Zwei Minuten und achtundzwanzig Sekunden blieben uns, den Reserve-Kommlink zu erreichen und Harrison Dane das Zeichen zu geben. »Ich habe ihn dir nur aus dem Grund gegeben, weil es dich innerlich zerreißt«, sagte ich.

Vielleicht wollte sie streiten, aber ich fand es nie heraus. In der nächsten Minute rannten wir im Schutz der Schatten die Straße entlang. Da uns nur noch eine knappe Minute blieb, als wir das bezeichnete Lagerhaus erreichten, blieb keine Zeit mehr für Diskussionen.

Drei Mitglieder von Ironaxes Sicherheitstruppen standen vor dem Eingang des Lagerhauses. Alle drei trugen den leichten dunkelblauen Körperpanzer, den seine Truppen bei diesem Unternehmen bevorzugten. Sie bemerkten mich sofort, als ich im Laufschritt aus den Schatten auftauchte. Ich hob die Ingrams und gab mich ganz den Smartlinks und meinen verdrahteten Reflexen hin.

Es konnte jetzt kein Zögern mehr geben, keine falsche Bewegung. Und wenn ich auch nicht so für Andi kämpfen konnte, wie ich gedacht hatte, konnte ich immer noch für die Art und Weise kämpfen, wie ich mich sah.

Meine Finger streichelten den Abzug der Ingrams, als Ironaxes Sicherheitsleute die Waffen hochrissen.

UPLOAD WIRD FORTGESETZT

54

[Chipdatei: Argent
Sicherheitszugang: ******-22:59:57/14-10-60]

UPLOAD FORTSETZUNG

Standort: Unterschlupf Seattle
(zu einem späteren Zeitpunkt aufgezeichnet)

Die verdrahteten Reflexe und die Smartverbindung bewirkten, dass sich der Zeitablauf verlangsamte und ich zu einer lebenden Zielautomatik wurde. Die ersten Salven meiner Ingrams trafen die drei Männer, welche die Tür des Lagerhauses bewachten, und schleuderten sie meterweit weg.

Ich rannte an den zu Boden gegangenen Wachen

vorbei und registrierte, dass sie nicht dazu gekommen waren, auch nur einen Schuss abzugeben. Aber ich bezweifelte nicht, dass sie in Kontakt mit ihren vorgesetzten Offizieren gestanden und den Angriff gemeldet hatten.

»Zurück«, rief ich Erzengel zu, während ich einen mit Kleen-tac überzogenen Klumpen Compound 12 Plastiksprengstoff an die Türen heftete. Ich aktivierte den Zwei-Sekunden-Verzögerungszünder mit einem Ruck meines Zeigefingers und wandte mich ab.

Die speziell geformte Ladung sprengte die Türen nach innen.

Ich fuhr herum und folgte dem Rauch, die Ingrams wieder in den Händen. In der Mitte des Lagerhauses befand sich eine offene Grube. Ich rief mir den Grundriss ins Gedächtnis, während ich über das zerfetzte Plastimetall der Türen hinwegsetzte.

Kugeln pfiffen an mir vorbei und prallten als Querschläger von Wänden und Boden ab. Aus dem Augenwinkel sah ich Leuchtspurgeschosse blitzen.

Ich hechtete zur Seite und rollte mich sofort ab. Dabei schoss ich die ganze Zeit, weil meine Cybersysteme es mir ermöglichten. Die meisten meiner Kugeln trafen ihr Ziel und fällten Männer; nur wenige schlugen kleine Löcher in die Wände, wenn sie ihr Ziel verfehlten.

Ich sprang auf und schoss das Magazin in der linken Ingram leer, da ich zwei Männer erledigte, die gerade durch eine Tür in den Raum stürmten. Das Magazin der rechten Ingram leerte ich in die Deckenbeleuchtung, sodass der Raum in Dunkelheit getaucht wurde. Ich hatte meine Cyberaugen, und Erzengel konnte als Elfe auch mit ihren natürlichen Augen gut in der Dunkelheit sehen. Doch Ironaxes Männer waren auf die Nachtsichtgeräte angewiesen, die nur die wenigsten von ihnen trugen.

Ich ließ die Ingrams fallen, sodass sie an den Halteschlaufen herunterhingen, dann zog ich die Savalette Guardian und entsicherte sie. Die Schüsse wurden zwar durch die Filter in meinen Cyberohren gedämpft, schienen aber in dem leeren Lagerhaus eine Ewigkeit nachzuhallen.

Ein Mann tauchte am Treppengeländer über mir auf. Er hob eine Hand und begann eine Geste.

Es dauert seine Zeit, Magie zu wirken, und in dieser Hinsicht ist der Straßensamurai dem Magier gegenüber im Vorteil. Ich hob die Guardian und spürte, wie die Programmierung der Smartverbindung diejenige der Ingrams ersetzte. Als ich die Guardian ausgestreckt hatte, war sie ebenso ein Teil von mir wie meine Cyberarme.

Ich schoss dem Magier durch die Hand und unterbrach damit jeglichen Zauber, den er hatte wirken wollen, dann schoss ich ihm zwei Kugeln durch den Kopf. Ich bewegte mich bereits, als er fiel und das verrostete Geländer durchbrach.

Drei oder vier Stufen auf einmal nehmend, raste ich die Treppe empor. Es war dreiundzwanzig Uhr, und plötzlich funktionierte die Satellitenverbindung, die Peg eingerichtet hatte, weil ihre Stimme in meinem Kopf ertönte.

»Argent!«, rief sie.

»Hier, Peg«, sagte ich und empfand viel mehr angesichts der Tatsache, sie wieder bei mir zu haben, als ich bei dem Wiedersehen mit Andi empfunden hatte.

»Alles in Ordnung bei dir?«

Ich blieb neben einer offenen Tür stehen und hielt die Guardian dicht bei mir. Ich lauschte, korrigierte die Empfindlichkeit meiner Cyberohren und hörte das verängstigte Atmen eines Mannes hinter der Tür. Ich wartete noch ein wenig länger und erkannte dann, dass die Atemgeräusche tatsächlich von zwei Männern stammten. »Ja«, antwortete ich Peg.

Dann fuhr ich herum, warf mich zu Boden und riss die Guardian hoch. Die Smartverbindung erfasste beide Ziele und zeichnete eines davon als Primärziel rot, das andere als Sekundärziel orange.

Kugeln schlugen in den Türrahmen und pfiffen über mich hinweg. Der zweite Mann verfügte über eine externe Smartverbindung. Ich jagte dem ersten Mann zwei Kugeln in die Brust, die ihn durch das vernagelte Fenster in seinem Rücken schleuderten. Er ruderte schwach mit den Armen, als er fiel, was mir verriet, dass die beiden Kugeln ihn nicht auf der Stelle getötet hatten.

Ich schoss dem zweiten Mann durch seine Smartverbindungsbrille. Über seinen Todeszeitpunkt konnte es keinen Zweifel geben. Er hatte es hinter sich, bevor sein zerschmettertes Gesicht auf den Boden schlug.

Der Raum war früher einmal ein Büro gewesen. Die Kommlink-Ausrüstung befand sich auf einem verschrammten Schreibtisch aus Plastimetall, der mit Rostflecken übersät war. Leere Aktenschränke, die schon vor Jahrzehnten jegliche Funktionalität verloren hatten, lagen umgestürzt in einer Ecke. An einer Wand war ein Bücherregal angebracht, das mit Spinnweben gefüllt war.

»Ich hab's gleich«, sagte Erzengel hinter mir. Sie kam mit der Pistole in der Hand und ihrem Cyberdeck unter dem Arm in das Zimmer.

»Abzählen«, rasselte ich in den Kommlink. »Anführer ist eins.«

»Zwei«, meldete sich Peg.

»Drei«, sagte Erzengel, während sie das Cyberdeck neben Ironaxes Reservesystem auf den Tisch stellte. Ihre Hände bewegten sich schnell und sicher und ertasteten die Koaxialkabel zwischen den beiden Decks.

»Vier«, rief Harrison Dane. »Ich bin in Stellung, um mein primäres Ziel auszuschalten.«

»Fünf«, sagte Jesse Travers.

»Sechs«, meldete Jason Travers sich fast im gleichen Atemzug.

»Sieben«, fuhr Laveau fort.

Ich sah zu, wie Erzengel das Deck mit der Datenbuchse in ihrer Schläfe verband. Einen Augenblick später erschlaffte ihr ganzer Körper, da sie in die Matrix eintauchte.

»Acht«, beendete Summertrees den Reigen.

Ich ging zu dem zerschmetterten Fenster, durch das der eine Mann gefallen war, und schaute hindurch auf das Lagerhaus-Viertel. Ironaxes Leute bereiteten ihren Gegenschlag vor. In Sekunden würden sie sich die Reserve-Kommlinkstation vornehmen. Ich schaute nach Osten und fand Danes Position. »Dane.«

»Yo«, antwortete er lakonisch.

Das war der elfische Meisterattentäter, wie ich ihn in Erinnerung hatte. Kühl und kompetent, nicht zu sehr mit sich selbst beschäftigt. Sogar Toshi hatte anerkannt, dass Dane auf große Entfernungen besser war als er. Ich lud meine Waffen in dem Wissen nach, dass wir in Kürze um unser nacktes Leben kämpfen würden. »Lass dein erstes Ziel hochgehen.«

UPLOAD WIRD FORTGESETZT

55

Harrison Dane lag 1218 Meter von seinem Primärziel entfernt ausgestreckt auf dem Gebäudedach. Er atmete gleichmäßig und mühelos und konzentrierte sich auf sein Ziel, das er durch das Infrarotzielfernrohr seines Barrett Model 121 sah.

Das Infrarotzielfernrohr reduzierte die drei Mann Besatzung in der Kommunikationszentrale auf grelle rote, gelbe und orangefarbene Nachbildungen menschlicher Wesen. Dane sah sie nicht so. Für den elfischen Attentäter waren die drei Männer Ziele und Gefahren. Aber Gefahren waren sie nur, wenn er ihnen gestattete, am Leben zu bleiben. Im Augenblick waren sie nur Ziele.

Dane nahm den Finger vom Abzugsbügel und legte ihn vorsichtig um den Abzug. Er atmete gleichmäßig ein und aus und konzentrierte sich auf den Mann, der direkt neben dem Deck, das für die Satellitenverbindung sorgte, am Schreibtisch saß. Dann drückte er ab.

Das Barrett stieß leicht gegen das Polster, das er sich auf die rechte Schulter geklettet hatte. Die Konstruktion der Waffe, bei der der Hülsenauswurf hinter dem Abzug saß, trug ebenfalls zur Verminderung des Rückschlags bei. Dennoch, die Kugel war gewaltig. Da er hülsenlose Munition benutzte, trat lediglich ein wenig Rauch aus, als die nächste Kugel geladen wurde.

Das panzerbrechende Hochgeschwindigkeitsprojektil durchschlug mühelos die Plastibetonmauer des Hauses und traf den Decker in den Hinterkopf. Er hatte seinen zweiten Schuss abgegeben, bevor der erste traf, und nahm bereits den dritten Mann aufs Korn, als die erste Kugel ihr Ziel erreichte. Dem dritten Mann blieb nicht einmal die Zeit, sich zu bewegen, als er die beiden anderen Männer vor sich sterben sah. Dann war er ebenfalls tot.

Dane jagte zwei Kugeln in das Deck, um ganz sicherzugehen, dass es unbrauchbar war, dann zielte er auf die an der Seite des Gebäudes angebrachte Satellitenschüssel. Sein sechster Schuss durchtrennte die Stütze aus Plastimetall und das Stromkabel und die Satellitenschüssel fiel zu Boden.

»Argent, deine Primärziele sind erledigt«, sagte er ruhig. Ihr Geister, dachte er, als er das Erste der Fahrzeuge innerhalb seines Schussfelds aufs Korn nahm, ungeachtet des Erfolgs der Tridshow, es gab *nichts*, was dem Gefühl nahekam, ein Gewehr in Händen zu halten.

»Ausgezeichnet«, erwiderte Argent. »Nimm dir jetzt deine Sekundärziele vor.«

»Bin dabei.« Dane legte das Infrarotfadenkreuz auf die Fahrerseite des Landrovers, der sich Argents Position näherte. Er gab einen weiteren Schuss ab und traf den Fahrer in die Brust.

Der Landrover geriet sofort außer Kontrolle und fuhr gegen eine Mauer. Bevor die Männer in dem Fahrzeug aussteigen konnten, jagte Dane eine Kugel durch den Benzintank. Der Wagen ging in Flammen auf, in denen mindestens vier Männer ums Leben kamen.

Er richtete seine Aufmerksamkeit auf einen Leyland-Rover Transporter und schoss zweimal auf die Vordersitze und dann ebenfalls auf den Benzintank.

Eine Bewegung am dunklen Himmel erregte seine Aufmerksamkeit. Ein Blick über sein Infrarotzielfernrohr hinweg zeigte ihm den Hughes WK-2 Stallion. Der Hubschrauber flog direkt auf ihn zu. Die schweren MGs vom Typ Vanquisher spien plötzlich scharlachrotes Feuer aus ihren Läufen. Die Kugeln trafen das Dach ein Stück links von Dane, um sich ihm dann zu nähern, was ihn darüber informierte, dass der Pilot angesichts seiner Tüchtigkeit im Umgang mit Waffen entsprechend verdrahtet sein musste.

Dane ignorierte den Kugelhagel, der sich in die Teerpappe des Dachs fraß. Er legte das Fadenkreuz über sein Ziel. Vernünftig zu schießen war kein Problem, solange ein Chummer über die richtige Ausrüstung verfügte. Und einen hervorragenden Schuss landete man normalerweise dann, wenn man blieb, wo man war.

Er drückte ab, als der Kugelhagel der Vanquisher noch weniger als einen Meter von ihm entfernt war. Die Kugel traf die Plastiglas-Windschutzscheibe des Hubschraubers, durchbohrte sie, traf den Piloten in den Kopf und tat ihr Bestes, das Gehirn des Mannes durch den Helm in alle Himmelsrichtungen zu versprühen.

Der Hughes stürzte in einer Spirale ab, prallte auf das Dach eines Lagerhauses und explodierte in einer rot-orangefarbenen Stichflamme, die das Schlachtfeld beleuchtete.

Dane hatte keine Augen für die Flammen. Er hatte bereits sein nächstes Ziel im Visier.

56

Miles Lanier sah sich ungläubig die Bilder an, die ihre Satellitenverbindung über Pueblo lieferte. Explosionen erschütterten das Lagerhaus-Viertel, in dem, wie er wusste, Andi Sencio in der Falle saß. Zuerst hatte er geglaubt, Sencio sei mittlerweile so verzweifelt, dass sie einen Ausbruchversuch unternommen habe.

Lanier hätte es ihr nicht verdenken können. Mittlerweile musste sie Ironaxes Atem buchstäblich im Nacken spüren.

Zwar hatten sie die Bilder, aber es war unmöglich, von auch nur einem von Ironaxes Teams einen Ton zu bekommen. Er drückte eine Zifferntaste seines Schreibtischtelekoms, um die Verbindung zu Villiers herzustellen.

»Ich sehe es, Miles«, erwiderte Villiers gelassen. »Ich sehe es mir gerade an.«

Lanier sah, wie plötzlich einer der Hubschrauber ins Trudeln geriet, gegen ein Lagerhaus flog und in einem Feuerball verschwand. »Zuerst dachte ich, dass vielleicht der Erwachte Untergrund von Ironaxe in die Enge gedrängt worden sei und jetzt zurückschlägt. Aber wenn ich es mir jetzt ansehe, wird mir klar, dass mehr dahintersteckt.« Er richtete den Blick auf den Telekomschirm und Villiers' Bild.

»Wenn es Argent ist, veranstaltet er mehr Wirbel, als mir lieb ist«, gestand Villiers.

»Wir haben immer noch unsere Teams in Pueblo«, erinnerte ihn Lanier. »Sie könnten in fünf Minuten dort sein und Sencio und ihr Team höchstwahrscheinlich in weiteren fünf Minuten ausschalten. Aber im Augenblick würde ich es vorziehen, sie zu lassen, wo sie gerade sind. Solange wir wissen, was vorgeht, sollten wir auf Distanz bleiben. Nakatomi hat ebenfalls Teams in dem Gebiet, und das könnte sich noch zu unserem Vorteil auswirken.«

Villiers wandte den Blick vom Telekomschirm ab. »Warte eine Sekunde. Ich bekomme gerade einen Anruf auf der anderen Leitung.«

Lanier sah sich weiterhin die Zerstörung auf dem Bildschirm an und war erstaunt über die geradezu chirurgische Präzision. Als Militärspezialist wusste er die Aktion zu würdigen. Zwei Männer mit panzerbrechenden Geschossen, wahrscheinlich drei, mutmaßte er. Aber er glaubte nicht, dass es Männer im Erwachten Untergrund gab, die dazu fähig waren. Und von Sencios überlebenden Teammitgliedern war ebenfalls niemand zu derartigen Leistungen in der Lage.

Das bedeutete, dass Argent für die Zerstörung verantwortlich sein musste. Aber was hatte der Shadowrunner vor? Jeder Versuch, Sencio aus dem kritischen

Gebiet herauszuholen, erfolgte am besten heimlich und in aller Stille.

»Miles«, rief Villiers ihn über Telekom.

Lanier betrachtete seinen Arbeitgeber und Freund, während er im Geiste die aus den Vorgängen resultierenden Gefahrenmomente durchging und sich ein Bild vom Umfang des Unternehmens zu machen versuchte, das Argent aufgezogen haben musste. »Ja?«

»Clay Ironaxe ist am Telekom«, sagte Villiers. »Er will unseren Satellitenzugang über Pueblo benutzen. Jemand hat seine Satellitenverbindung ausgeschaltet. Er will auf unsere Bilder zurückgreifen, um seine Verteidigung zu koordinieren.«

»Was wirst du tun?«

»Ich gebe ihm den Zugang. Unter den gegenwärtigen Umständen sehe ich nicht, wie ich ihm seine Bitte verweigern könnte.«

»Sag ihm einfach, du hättest keine Satellitenverbindung über dem Gebiet...«

»Er würde wissen, dass ich lüge«, sagte Villiers. »Wenn ich ablehne, wird er das als Vertrauensbruch betrachten.«

»Wenn wir ihm Zugang zu unseren Satellitenbildern gestatten, gefährden wir unsere gesamte Kontrolle über das Gebiet«, fügte Lanier hinzu.

Villiers nickte. »Er geht in siebenundvierzig Sekunden online.«

»Wir müssen die Bilder aus dieser Satellitenverbindung von allem trennen, was bei uns sonst noch durch die Matrix läuft.« Als Sicherheitschef von NovaTech hatte die Situation für Lanier etwas ungeheuer Kritisches an sich. Dies waren die Augenblicke, für die Villiers ihn bezahlte und für deren Bewältigung er lebte. Seine Gedanken überschlugen sich bereits und spielten Möglichkeiten durch, wie sich Ironaxes Gegenwart umgehen ließ. »Wir werden unsere sichere Verbindung zu den Teams in Pueblo verlieren. Bevor es so weit ist, kontaktiere ich meinen Captain dort und sage ihm, dass er sofort eingreifen muss, sobald er Nakatomis Leute aktiv werden sieht oder Sencio von Ironaxes Leuten gefasst oder die Videoverbindung unterbrochen wird.«

»Sencio muss entweder geborgen oder terminiert werden. Alles andere ist inakzeptabel.«

Lanier stimmte mit einem Nicken zu und gab die Telekomnummer ein, wobei er im Stillen die Sekunden herunterzählte. Er hatte dennoch ein unangenehmes Gefühl, was die ganze Situation betraf. So massiv und dreist aufzutreten war nicht Argents Art. Der Shadowrunner musste noch ein unglaubliches Ass im Ärmel haben.

57

Die Satellitenverbindung können wir abschreiben. Ich habe einen Spähtrupp zur Zentrale geschickt, und der hat soeben bestätigt, dass das System vollkommen unbrauchbar ist. Damit bleibt uns das Phillips-Tacticom-System, und das beschränkt uns ausschließlich auf akustische Verbindungen, weil uns bei diesen Einheiten die Möglichkeit einer Satellitenverbindung fehlt.«

Clay Ironaxe, der in seinem klimatisierten und kugelsicheren Ares Mobmaster saß, sah Aaron Bearstalker an. »Ich habe gerade mit Richard Villiers gesprochen«, sagte er, während er sich bemühte, die Wut im Zaum zu halten, die er empfand. »Er hat sich bereit erklärt, uns seine Satellitenverbindung zur Verfügung zu stellen, die er in dieser Gegend unterhält.«

Das Kommandofahrzeug war mit Computerausrüstung bestückt, die sie mit den einzelnen Luft- und Bodeneinheiten verband, aber diese Ausrüstung ließ denkbar wenig Platz für die Techs, welche diese Ausrüstung bedienten. Vier Techs arbeiteten fieberhaft in Ironaxes nächster Umgebung und versuchten, eine andere Satellitenverbindung über seinen Konzern herzustellen, indem sie über den Reserve-Kommlink über Villiers' System online gingen.

»Villiers hat zugegeben, über eine Satellitenverbindung zu verfügen?«, fragte Bearstalker.

»Ja. Angeblich hat er sie eingerichtet, um Nakatomi zu beobachten. Er hat auch gesagt, dass sich noch ein weiteres Team von Fuchi Asien im Gebiet von Pueblo aufhält.«

Bearstalker warf einen Blick auf die acht kleinen Monitorschirme vor sich. Alle zeigten die draußen stattfindenden Ereignisse aus verschiedenen Perspektiven. »Wer steckt hinter dieser Sache?«, knurrte er. »Villiers oder Nakatomi? Wer verbirgt, dass er der Auftraggeber dieser Shadowrunner ist, die wir eingekreist haben?«

Ironaxe schüttelte den Kopf. »Ich weiß es nicht. Nakatomi habe ich ebenfalls angerufen und Zugang zu seiner Satellitenverbindung erbeten. Falls Villiers' Techs uns mit falschen Informationen versorgen, haben wir eine Vergleichsmöglichkeit.«

»Es sei denn, die beiden arbeiten zusammen.«

»Das hieße, den schlimmstmöglichen Fall anzunehmen«, sagte Ironaxe, »und nach allem, was sich zwischen den beiden abgespielt hat, kann ich nicht glauben, dass diese Möglichkeit tatsächlich besteht.« Er warf einen Blick auf die Monitore, die Bearstalker beobachtete. »Lass uns die Leute finden, die dafür verantwortlich sind, und sie umlegen. Dann bekommen wir alle Antworten, die wir brauchen.«

Bearstalker nickte zustimmend.

»Noch etwas. Unsere Leute sollen erfahren, dass wir von jetzt an ohne Netz arbeiten. Die Welt hört mit.«

58

Erzengel folgte den Datenbahnen, die plötzlich durch die direkte Satellitenverbindung umgeleitet wurden, die sie über Kommlink errichtet hatte. Nachdem sie sich über das LTG von Pueblo Zugang zur Matrix verschafft hatte, sah sie die Cyberlandschaft, die sich vor ihr in alle Richtungen ausbreitete.

Überall waren Stränge aus regenbogenfarbenem Licht, die sich durch das schwarze Firmament über ihr zogen. Die meisten Stränge, die aus dem Pueblo Corporate Council stammten, waren türkisfarben und schwarz und mit roten und silbernen Fäden durchwirkt. Zwischen diesen Lichtsträngen, die verschlüsselte Kommunikations- und Datentransfers innerhalb des LTGs darstellten, befanden sich bunte Knoten in tausend verschiedenen Farben und Formen.

Erzengel konzentrierte sich auf den Datenstrom, den sie identifiziert hatte, und zwang sich, ausschließlich an die vor ihr liegende Aufgabe zu denken. Drek, sie war ein Profi, und trotz der Verwirrung, die Argent in den letzten Tagen in ihr hervorgerufen hatte, würde sie ihren Job professionell erledigen. Sie würde nicht an Jack und Emma und auch nicht an Quint, Elvis, Wheeler und Cullen denken.

Sie streckte die Hände aus und stellte sich vor, dass der von Ironaxes Standort in Pueblo stammende Datenstrom Schwerkraft besaß, bis sie deren Zug spürte. Eine private Satellitenverbindung fühlte sich ganz anders als eine normale LTG-Verbindung an, und das Schleichen erforderte wesentlich mehr Geschick.

Die Tatsache, dass der Datenstrom in Wahrheit kein Austausch war, sondern vielmehr eine vampirische Beziehung, da die Anlage in Pueblo alle Bilder der Drohne aufsog, die NovaTech über dem Gebiet in Stellung hatte, erschwerte die Sache noch mehr. Dennoch war Erzengel Decker genug, um zu wissen, dass Villiers' Datensklaven versuchen würden, so viele Daten wie möglich von Ironaxes Decks zu stehlen.

In NovaTechs kybernetische Umlaufbahn zu gelangen würde nicht leicht sein, aber sie konnte es schaffen. Vorausgesetzt, sie maskierte sich und ihre Überraschungspakete als etwas, das sowohl interessant als auch passiv aussah.

Nachdem Villiers und Ironaxe nun dieselben Bilder empfingen, diejenigen nämlich, die Villiers dem Geschäftsführer von VaulTek lieferte, hatte Erzengel schon gewusst, bevor Argent einen entsprechenden Vorschlag machte, dass Villiers und Lanier versuchen würden, sich Zugang zu den Tonaufzeichnungen der Sicherheitstruppen VaulTeks zu verschaffen. Sie tarnte sich als String von Audiodaten aus einem der mündlichen Lageberichte, die ein Feldkommandeur zur Zerstörung der Satellitenverbindung und der anschließenden Verfolgung der verantwortlichen Personen ablieferte, indem sie sich komprimierte, bis sie sich eingepasst hatte, um dann mit diesen Daten durch die Matrix zu rasen.

Das Schwierige daran war, sich und die komprimierten Daten zusammenzuhalten, während sie durch die Satellitenverbindung in Richtung Boston geschleudert wurde.

Das erste Hindernis auf dem Weg dorthin war der Bostoner Systemzugangsknoten. Der Datenstrom, dem Erzengel angehörte, wogte dem SAN entgegen. Als sie näher kam, erkannte sie die weiße IC, die den SAN umgab. Sie wurde in der Matrix als große, körperlose Hand dargestellt, die fest um eine Telekomzelle geschlossen war.

Sich durch den Bostoner SAN zu schleichen war simpel. Jeder halbwegs erfahrene Decker hatte zu jedem beliebigen Zeitpunkt ein Dutzend verschiedener Passcodes für jeden LTG-SAN. Sie funkte den Passcode und wurde selbstverständlich in das Bostoner LTG eingelassen, da sie direkt zwischen den riesigen Fingern hindurchglitt.

Plötzlich schoss der Datenstrom, dem sie sich angeschlossen hatte, in einen riesigen Zylinder aus Licht, der den Kern eines kollabierenden Sterns umschloss. Erzengel hatte schlagartig das Gefühl, zehnmal schwerer zu sein, als sie es gewöhnt war. Sie kämpfte gegen die plötzlich in ihr aufkeimende Panik an und zwang sich, maskiert und komprimiert zu bleiben.

In dem Tunnel verschwand alles Licht, und der Datenstrom beschleunigte dramatisch. Erzengel blieb dabei, da sie sich an dieser Stelle noch jederzeit ausstöpseln konnte.

Der Tunnel endete abrupt vor ihr und dem explodierenden Sternenkonstrukt, das NovaTech in einem Farbenrausch darstellte. Die Barrieren-IC vor ihr nahm die Gestalt eines in 3-D dargestellten Gargyls aus Plastiglas vor einer Mauer aus Plastiglasziegeln an. Die Datenströme auf der anderen Seite waren durch das Plastiglas zu sehen und schienen zum Greifen nah zu sein.

Erzengel blieb entspannt, während sie dem offenen Mund des Plastiglas-Gargyls entgegenschoss. Barrieren-IC würde das Täuschungsprogramm nicht akzeptieren, das sie benutzte, um mit dem Datenstrom zu schwimmen. Ihr blieb keine andere Wahl, als die IC anzugreifen und das Beste zu hoffen.

Als sie sich aus dem Datenstrom erhob und sich zu ihrer vollen Persona ausstreckte, erregte eine Bewegung rechts von ihr ihre Aufmerksamkeit. Sie drehte sich um und sah einen neonblauen Komodowaran durch den Cyberspace fliegen. Sie wusste instinktiv, dass es sich dabei um einen anderen Decker handelte, der einen Angriff auf die Barrieren-IC unternahm.

Der Komodowaran prallte mit voller Wucht gegen den Plastiglas-Gargyl und wurde aufgehalten, da die Barrieren-IC standhielt. Bevor die Drachenechse sich in Sicherheit bringen konnte, legte der Plastiglas-Gargyl die Arme um sie.

Der Art nach zu urteilen, wie dieses System eingerichtet war, nachdem sie den Lichttunnel hinter sich hatte, befand Erzengel sich auf einem nur sporadisch benutzten Weg in das NovaTech-Konstrukt. Ihre List hatte sich bis hierher bezahlt gemacht.

Sie ging ihre Angriffs-Utilities durch und wählte eine aus, mit der zu arbeiten sie gerade erst begonnen hatte, aber sie war der Ansicht, dass sie unter den gegebenen Umständen genau richtig war und prächtig funktionieren sollte. Sie flog so nah an die Barrieren-IC heran, dass sie ihr Spiegelbild in den Augen des Plastiglas-Gargyls sehen konnte. In der Matrix sah ihr Icon wie eine grüne geflügelte Frau aus.

Sie streckte eine Hand aus und aktivierte die Angriffs-Utility. Sofort bildete sich Frost auf der Barrieren-IC und ließ die Züge des Plastiglas-Gargyls verschwimmen. Als die Angriffs-Utility ihre Aufgabe erledigt hatte, schlug die elfische Deckerin absichtlich unrhythmisch mit den Händen auf die IC ein.

Der Plastiglas-Gargyl zerbrach in eine Million funkelnder Scherben, sodass der Weg vor ihr frei war.

»Wer bist du?«, wollte der befreite Komodowaran wissen, indem er sich zu ihr umdrehte. Seine großen Kiefer waren geöffnet und enthüllten Sägezähne aus Plastimetall.

»Für den Augenblick bin ich eine Verbündete«, sagte Erzengel.

Die Augen des Komodowarans verengten sich in wütendem Misstrauen, aber er trat mit den Füßen aus und schwamm mit demselben Datenstrom wie Erzengel durch die Stelle, wo sich die Barrieren-IC befunden hatte. Offenbar hatte der Komodowaran ebenfalls ein Zeitproblem.

Erzengel glaubte bereits zu wissen, für wen der Komodowaran arbeitete, aber sie heftete ihm eine Aufspür-Utility in Form eines Goldrings an, der sich um einen seiner Füße legte.

»Du Miststück!«, explodierte die Echse, die sofort herumfuhr. Ihre krallenbewehrten Füße zerrten an dem Goldring und versuchten verzweifelt, sich von ihm zu befreien.

Plötzlich zuckte ein blau-weißer Blitz durch den Raum zwischen Erzengel und der Echse. Sofort vergaß der andere Decker die Aufspür-Utility und machte sich bereit, der schwarzen IC in der Gestalt einer Ares Wächterdrohne zu begegnen.

Erzengel speicherte die Informationen, welche die Aufspür-Utility lieferte, um herauszufinden, wer der andere Decker war und woher er kam. Sie schlug mit den Flügeln, um zu beschleunigen, und griff die IC mit einer Brems-Utility an, die sie vorbereitet hatte. Die Brems-Utility nahm die Gestalt eines großen Fischernetzes an und machte sich sofort an die Arbeit, indem sie sich um ihr Ziel legte und so die Geschwindigkeit der Drohne halbierte. Doch die intelligenten Bewegungen, die nicht ganz so geschmeidig waren wie die eines echten Programms, ließen Erzengel erkennen, dass die Drohne überhaupt keine schwarze IC, sondern ein NovaTech-Decker war.

Sie befand sich bereits wieder im Angriff, und nachdem sie dem blau-weißen Energiestrahl ausgewichen war, der an ihr vorbeizischte, aktivierte Erzengel eine Schwarzer-Hammer-Utility, die den NovaTech-Decker frontal traf. Das Ergebnis ließ nicht lange auf sich warten. Die Utility spürte den Decker in der wirklichen Welt auf und raubte ihm das Bewusstsein. Die Drohnen-Persona verschwand und hinterließ lediglich ein paar elektrische Funken.

Erzengel reagierte blitzschnell und schloss die Hand um ein paar der Funken, um eine weitere Aufspür-Utility auf die sich auflösende Verbindung anzusetzen. Der Decker war zwar nicht mehr online, aber sein Einstöpselpunkt in die Matrix war noch geöffnet.

Erzengel folgte der Aufspür-Utility und schlich sich mühelos durch NovaTechs äußeren Verteidigungsring. Der Komodowaran folgte ihr und schnappte nach ihren Flügelspitzen, während er sich bemühte, die Entfernung zwischen ihnen zu verringern.

Sie blieb nur für eine rasche Rundreise durch die CPU des Deckers, dann benutzte sie den ihr offen stehenden Weg, um das Interface für die Satellitenverbindung durch das LTG anzupeilen. Das Konstrukt des Interfaces war ein smaragdgrün schimmerndes Dreieck, in dem ein einzelnes leuchtend gelbes Auge schwamm.

Als sie das Konstrukt erreichte, hatte ihre Aufspür-Utility den Komodowaran als Decker von Fuchi Asien identifiziert.

In dem Datenstrom, der zu der Satellitenverbindung über Pueblo führte, lud Erzengel die Überraschungen ab, die in ihrem Deck schlummerten. Die Vielfraß-Utility war als Trojanisches Pferd getarnt, das wie eine Umgebungsdefinitionsanfrage des Mainframes aussah.

Kaum hatte die Satellitenverbindung die Vielfraß-Utility dergestalt geschluckt, dass das Dreieck sie in das Auge blinzelte, wurden die Virenprogramme aktiv, die Erzengel erstellt hatte. Binnen Nanosekunden hatte die Utility das Satellitenverbindungsprogramm mit einem sich selbst reproduzierenden Code ausgefüllt, der den aktiven Speicher des Decks überlastete und den Kollaps der aktiven Utilities einleitete.

Der Komodowaran kam aus dem Nichts angeschwommen, den Rachen weit geöffnet, als versuche er Erzengel zu verschlingen. Plötzlich schoss seine lange rosa Zunge vor und wickelte sich um Erzengels Handgelenk, was ihr verriet, dass ihr nun ebenfalls eine Aufspür-Utility angeheftet worden war.

Anstatt die Aufspür-Utility anzugreifen, benutzte Erzengel eine Umlenkungs-Utility. Wie sie gehofft hatte, blieb die Zunge der Echse an dem Konstrukt der Satellitenverbindung kleben, da ihre Utility sie zum nächsten Ziel umgelenkt hatte. Die Aufspür-Utility, die der Decker von Fuchi Asien einsetzte, würde dafür sorgen, dass die Vielfraß-Utility sich auch in diese Richtung ausbreitete. Als zusätzlichen Ansporn koppelte sie die Vielfraß-Utility an die Aufspür-Utility in Gestalt des Goldrings, der noch immer das Fußgelenk der Echse umschloss.

Erzengel entfernte sich von dem Decker, der jetzt mit dem NovaTech-Konstrukt rang, legte die Hände zusammen, um sich Zugang zu ihrem Deck zu verschaffen, und stöpselte sich aus der Matrix aus, während schwarze ICs aus Villiers' kybernetischem Abwehrfundus rings um das Dreieckskonstrukt materialisierten.

59

[Chipdatei: Argent
Sicherheitszugang: ******-23:06:19/14-10-60]

UPLOAD FORTSETZUNG

Standort: Unterschlupf Seattle
(zu einem späteren Zeitpunkt aufgezeichnet)

Ich beobachtete die Umgebung durch das Fenster und bewachte Erzengels reglose Gestalt, während Harrison Dane und die Travers-Zwillinge ein Höllengewitter im Lagerhaus-Viertel entfesselten. Die Zwillinge arbeiteten mit Plastiksprengstoff, und mir fiel wieder ein, wie unglaublich zerstörerisch sie sein konnten, wenn sie ordentlich motiviert waren. Danes Fähigkeiten als Scharfschütze sorgten dafür, dass sich die Anzahl der Opfer ständig erhöhte, und trugen nicht unbeträchtlich zur allgemeinen Verwirrung bei.

Die Ingrams waren zwar keine besonders weit reichenden Waffen, aber die Smartverbindung und meine verdrahteten Reflexe halfen mir, zum Aderlass bei Ironaxes Sturmtruppen beizutragen. Und sie hatten ein gesteigertes Interesse an dem Gebäude, in dem ich mich mit Erzengel befand.

Peg führte eine beständige Unterhaltung mit mir, da sie wissen wollte, was vorging, obwohl sie aufgrund der Satellitenverbindung, die sie überwachte, ein klareres Bild von den Vorgängen hatte als ich. Meine Antworten waren kurz und zerstreut. Ich war mir zu sehr der Zeitanzeige auf meiner Netzhaut bewusst, die die Sekunden herunterzählte. Der Zeitplan war zu eng, um es zu gestatten, einmal verlorene Zeit wieder aufzuholen.

»Argent.« Erzengels Stimme klang heiser.

Ich drehte mich zu ihr um und sah gerade noch, wie sie das Glasfaserkabel aus der Buchse in ihrer Schläfe zog. Ich machte mir nicht die Mühe, meine Frage in Worte zu kleiden, sondern stellte sie mit einem Blick.

»Ihre Systeme sind abgestürzt«, sagte sie. »Ich habe Villiers' System ausgeschaltet und wahrscheinlich auch Nakatomis erwischt. Er hatte einen Decker im System, der versucht hat, bei NovaTech einzubrechen.« Sie ließ das Glasfaserkabel in dem dafür vorgesehenen Fach im Gehäuse des Cyberdecks verschwinden und verstaute das Deck in seinem schützenden Koffer. Dann schwang sie sich das Deck auf den Rücken.

Ich aktivierte den Kommlink und rief Summertrees. »Wir haben grünes Licht für euch.«

»Verstanden«, antwortete Summertrees. »Gib mir das Startsignal.«

Ich schaute wieder auf das Straßengewirr zwischen den Lagerhäusern und sah die Stelle, wo die Travers-Zwillinge den Lastwagen abstellen mussten, den sie requiriert hatten. »Jesse«, sagte ich über Kommlink.

»Hier.«

»Es geht los«, sagte ich.

Kugeln trieben mich vom Fenster zurück, aber ich blieb nah genug, um mit anzusehen, wie Jesse den GMC Bulldog mitten auf der Straße parkte. Er und sein Bruder hatten ihn früher am Tag gestohlen und dann für das Unternehmen vorbereitet. Die Aktion erregte die Aufmerksamkeit von lediglich einer Hand voll von Ironaxes Sicherheitsmännern. Jesse und Jason nahmen die Männer ins Kreuzfeuer, als Jesse den Bulldog verließ. Jason gab seinem Bruder aus dem Schatten eines nahen Gebäudes Deckung.

Einen Herzschlag nachdem sie sich in relative Sicherheit gebracht hatten, wurde der Bulldog zum Ausgangspunkt der schwersten Explosion der ganzen

Nacht. Sie hatten den größten Teil des mitgebrachten Plastiksprengstoffs unter dem Laster angebracht, und zwar so, dass die Sprengwirkung nach unten gerichtet war. Offensichtlich hatten sie sich auch noch in Munitionsdepots der Sicherheitsteams von VaulTek bedient und die Ladung auf diese Weise noch verstärkt.

Die Explosion rief ein kleineres Erdbeben in der unmittelbaren Umgebung hervor.

Als sich der Rauch verzogen hatte, war ein klaffendes Loch in der Straße zu sehen. Ich zweifelte nicht daran, dass die Explosion einen Durchbruch zu dem Bergwerksstollen darunter geschaffen hatte. Unter Benutzung der Karten, die Peg bei ihrer Suche gefunden hatte, war es mir gelungen, den am dichtesten unter der Oberfläche verlaufenden Stollen zu finden, der außerdem auch noch groß genug für das war, was wir mit ihm vorhatten.

»Summertrees«, sagte ich über Kommlink, »hier ist dein Startsignal.« Ich schaute nicht nach oben. Ich hätte weder die Skytruck noch den Devil Rat sehen können, der in diesem Augenblick aus der Frachtluke stürzen würde. Laveau und Summertrees würden ihn nach unten begleiten.

Ich verständigte mich kurz mit Erzengel, dann übernahm ich wieder die Führung, und wir verließen den Raum. Bevor wir den zweiten Treppenabsatz erreicht hatten, warf einer von Ironaxes Sicherheitsmännern eine Granate durch das Fenster und legte den Kommunikationsraum in Schutt und Asche. Die Hitze der Explosion legte sich wie eine Decke auf uns.

Eine kleine Gruppe von Ironaxes Leuten begegnete uns mit bereitgehaltenen Sturmgewehren an der Tür. Ich deckte Erzengel mit meinem Körper, da ihre Reflexe noch nicht wieder richtig online waren. Womit sie es in der Matrix auch zu tun bekommen hatte, es schien ihr eine Menge abverlangt zu haben.

Kugeln trafen den Esprit-Körperpanzer, aber nur zwei drangen durch. Eine der Kugeln traf meinen rechten Oberschenkel in einem glatten Durchschuss, und die andere blieb irgendwo über der rechten Niere in meinem Rücken stecken.

Ich ignorierte die Schmerzen, ließ eine Ingram los und zog eine panzerbrechende Granate aus einer der Ausrüstungstaschen meiner Weste. Ich machte die Granate scharf und warf sie mitten zwischen die Sicherheitsleute.

»Granate!«, schrie jemand, aber seine Stimme ging ebenso wie jedes andere Geräusch im Lagerhaus in der darauffolgenden Explosion unter.

Tote flogen in alle Richtungen. Bevor sich der Staub legen konnte, hatte ich die Ingram wieder in der Hand. Ich ging weiter die Treppe herunter und schoss auf zwei Männer, die sich noch bewegten, bevor sie eine Gelegenheit bekamen, ihre Waffen hochzureißen.

Unter dem Körperpanzer lief Blut meinen Rücken und mein Bein herunter und bildete ein klebriges Siegel. Ich achtete auf beide Stellen und horchte auf eine Schwäche, die mir später zum Verhängnis werden mochte, aber beide Stellen waren bereits taub und reagierten weiterhin positiv auf die Belastungen, die ich ihnen auferlegte.

»Der Devil Rat ist unterwegs«, sagte Peg in meinem Kopf. »Geschätzte Ankunftszeit ist eine Minute sieben Sekunden.«

Ich trat über die Leichen hinweg, warf einen Blick auf die Straße und sah einen Chrysler-Nissan Patrol-One mit laufendem Motor vor dem Lagerhaus parken. Der Fahrer sah mich kommen und riss sein Colt Sturmgewehr hoch. Der runbinrote Laserzielpunkt huschte über das Visier meines Helms.

UPLOAD WIRD FORTGESETZT

60

[Chipdatei: Argent
Sicherheitszugang: ******-23:08:22/14-10-60]

UPLOAD FORTSETZUNG

Standort: Unterschlupf Seattle
(zu einem späteren Zeitpunkt aufgezeichnet)

Ich jagte dem Fahrer zwei Kugeln zwischen die Augen, dann griff ich durch die offene Tür des Patrol-One und warf die Leiche auf die Straße. Ich drehte mich um und half Erzengel dabei, in den Wagen zu steigen. Wenn sich hinten noch Männer befanden, waren wir von ihnen getrennt, und sie konnten nicht zu uns gelangen.

Ein rascher Blick auf das Armaturenbrett machte mich mit der Handhabung des Fahrzeugs vertraut. Patrol-Ones waren nicht nur Fahrzeuge für Lone Star. Sie wurden in Sicherheitsunternehmen und Militärstützpunkten auf der ganzen Welt eingesetzt. Ich hatte sie gelegentlich selbst benutzt.

Ich legte einen Gang ein, gab Gas und fuhr los. Der Vierradantrieb sorgte dafür, dass sich alle vier Reifen mit einem Banshee-Heulen im Asphalt verbissen. Ich aktivierte den Kommlink. »Laveau.«

Ihre Stimme wurde vom lauten Pfeifen des Windes begleitet, der auf ihrem Sturz zur Erde an ihrem Helm vorbeipfiff. »Ja, Cher.« Als Voodoopriesterin verzichtete sie auf jegliche Cyberware, weil sie ihre magischen Fähigkeiten eingeschränkt hätte. Aber der Esprit-Helm und die BattleTac-Ausrüstung brachten sie zusammen mit dem Rest unseres Teams online.

»Ich muss wissen, wo sich diese DNS-Proben befinden.« An der nächsten Ecke bog ich scharf links ab, schaltete herunter und gab wieder Gas. Die Straßenlage dieses Patrol-One war offenbar verbessert worden, aber in der Regel verhielten sie sich wie ungeschlachte Bestien, wenn sie nicht anständig behandelt wurden. Und ich behandelte diesen nicht einmal andeutungsweise anständig.

Die DNS-Proben waren wichtig für die Exfiltration. Mit ihnen konnten Ironaxes Magier Sencio und ihre Gruppe auch später noch aufspüren. Eine gelungene Flucht ohne die Proben würde lediglich so etwas wie ein Hinrichtungsaufschub sein.

»Ich habe Loas ausgeschickt, die danach suchen, Cher. Wir dürften es in wenigen Augenblicken erfahren.«

»Melde dich, wenn du es weißt«, sagte ich. »Andi?«

»Ich bin am Treffpunkt«, antwortete sie, und ihre Stimme klang jetzt hoffnungsvoller als zuvor. »Was, zum Teufel, treibst du da? Das Loch hat Ironaxes verdammten Sicherheitsteams unseren Standort verraten!«

Ich hörte den Argwohn in ihrer Stimme und war nur gelinde überrascht. Andi hatte sich an mich gewandt, weil ich derjenige war, an den sie am meisten glaubte. Sie konnte nur nicht mehr so glauben, wie sie es einmal getan hatte. »Das Taxi ist unterwegs«, sagte ich zu ihr. »Halte deine Leute zurück, bis es eintrifft.«

»Wir schaffen auf keinen Fall den Rückweg durch den Plex. Wenn Ironaxes Leute uns nicht erwischen, gibt es noch andere.«

»Bleib ruhig.« Ich riss das Steuer nach rechts und wich einem Transporter voller Sicherheitsmänner aus, die herausgefunden hatten, dass ich nicht zu ihrem Team gehörte. Dann rief ich Dane und die Travers-Zwillinge und sagte ihnen, sie sollten alles für das Rendezvous vorbereiten. Jesse und Jason hatten die Aufgabe, das Loch in der Straße zu bewachen.

Der Transporter verfolgte mich und schloss auf. Ich beobachtete ihn im Außenspiegel.

»Gib mir eine Maschinenpistole.« Erzengel streckte eine Hand zu mir aus.

Ich löste die rechte Ingram aus der Halteschlaufe und reichte sie ihr. Sie war nicht für die Waffe verchippt, aber angesichts der Dauerfeuer-Option und der Nähe des Ziels war das auch nicht nötig.

Die Ingram knatterte in ihren Händen, als sie sich aus der offenen Tür lehnte, einen Fuß auf das Trittbrett gestemmt. Obwohl der Transporter gepanzert und die Scheiben kugelsicher waren, zog der Fahrer auf meine Straßenseite. Wir rasten an den leeren Lagerhäusern vorbei.

Ich nahm eine hochexplosive Granate aus einer meiner Westentaschen, machte sie scharf und zählte dann zwei von den vier Sekunden Verzögerung herunter. Ich ließ die Granate aus dem Wagen fallen und sah sie hinter mir über den Asphalt hüpfen. Dann fuhr der Transporter über sie hinweg.

Die Explosion riss das Fahrgestell des Wagens in Stücke. Ein Rad wurde komplett abgesprengt und über die Straße geschleudert. Der Transporter drehte sich und überschlug sich dann mehrfach, bis er auf dem Dach liegend zur Ruhe kam.

Ich näherte mich dem Abschnitt mit dem Krater in der Straße. Wenn es keine andere Möglichkeit gab, mussten wir die DNS-Proben sausen lassen und bei anderer Gelegenheit versuchen, sie uns zu holen.

Dann sah ich den Devil Rat vor mir durch die Luft segeln. Er war ein paar Blocks vor mir, aber immer noch nicht gelandet. Der große schwarze Frachtfallschirm blähte sich über ihm auf. Die roten Finger von Leuchtspurgeschossen tasteten nach dem Truppentransporter.

»Argent, Cher«, meldete sich Laveau.

Ich sah sie über dem Devil Rat in der Luft, da sie ihm mit ihrem Paraglider gekonnt folgte. »Ja.«

»Ich habe die DNS-Proben gefunden, Cher. Meine Loas haben mir gerade Bericht erstattet.«

»Wo sind sie?«

»Ich kann dir den Standort nicht nennen«, sagte sie mit angespannter Stimme.

Ich verlor sie aus den Augen, als sie hinter einem Lagerhaus verschwand. Ich musste links abbiegen, um nicht in einer Sackgasse zu landen. Ein Blick auf den BattleTac zeigte mir, dass sie noch mobil war. Der violette Punkt mit der 7 daneben, der Laveau darstellte, bewegte sich über den Bildschirm des BattleTac.

»Du weißt, wie diese Dinge funktionieren«, fuhr Laveau fort.

Ich hatte eine vage Vorstellung, wie Magie funktionierte, da ich mich mit einigen Grundbegriffen beschäftigt hatte. Im Astralraum kann ein Magier, Schamane oder Voodoopriester ungeheure Entfernungen zurücklegen und alles mögliche sehen, aber lesen ist unmöglich, und wenn man die Gegend nicht sehr gut kennt, ist es schwierig, sich zu orientieren. »Gib mir einen brauchbaren Hinweis.«

»Ich war in einem runden Raum, Cher, oben auf einem Lagerhaus. Aber bei den vielen Lagerhäusern kann ich dir nicht sagen, welches es war.«

»Peg«, sagte ich. Vor mir bog ein weiterer Sicherheitstransporter in die Straße ein, stellte sich quer und versperrte so die Straße in dieser Richtung. Ein rascher Blick in den Rückspiegel verriet mir, dass ein anderes Sicherheitsfahrzeug von VaulTek hinter mir war und mir den Weg abschnitt.

»Ich suche«, erwiderte Peg.

Ich trat das Gaspedal des Patrol-One durch und hörte den Motor protestierend aufheulen. Das Pochen in meinem verwundeten Bein passte sich der Beschleunigung des Patrol-One an. »Runter«, knurrte ich Erzengel zu, als ich das Lenkrad einschlug und auf das Lagerhaus vor uns zuhielt.

UPLOAD WIRD FORTGESETZT

61

[Chipdatei: Argent
Sicherheitszugang: ******-23:09:08/14-10-60]

UPLOAD FORTSETZUNG

Standort: Unterschlupf Seattle
(zu einem späteren Zeitpunkt aufgezeichnet)

Die dünne Plastistahlwand des Lagerhauses wurde zertrümmert, als der Stoßfänger des Patrol-One gegen sie prallte. Das Fahrzeug war so konzipiert, dass man es als vierradgetriebenen Rammbock einsetzen konnte. Verbogene Plastistahlbleche gaben nach, und ein Stützpfeiler leistete eine Nanosekunde Widerstand, bevor er umgepflügt wurde.

Auf meinem Weg zur anderen Seite des leeren Lagerhauses fuhr ich noch zwei weitere Pfeiler um. Das Scheinwerferlicht des Patrol-One wurde von den Augen einer Horde Ratten widerlich grün reflektiert, die sich in einer Ecke um eine frische Leiche versammelt hatten. Sie huschten davon, als ich vorbeiraste.

Die verstärkten Fenster des Patrol-One erbebten unter den wiederholten Schlägen, als der Wagen sich auf der anderen Seite einen Weg hinausbahnte. Ein feines Netz von Sprüngen überzog die Windschutzscheibe und erschwerte die Sicht.

Als wir das Lagerhaus hinter uns gelassen hatten, bog ich scharf nach rechts ab, und meine Gedanken überschlugen sich in dem Bemühen, den Überblick zu behalten. Mittlerweile würde der Devil Rat gelandet sein, hoffentlich unversehrt.

»Ich habe das Lagerhaus gefunden«, rief Peg über Kommlink. »Wenigstens glaube ich es. Es ist das einzige Lagerhaus in dieser Gegend, das Laveaus Beschreibung entspricht.«

»Markiere es für mich.« Ich schaute auf den BattleTac-Monitor an meinem Handgelenk. Der Patrol-One reagierte für einen Augenblick sehr träge, bis er keine verbeulten Plastistahlbleche mehr unter den Reifen hatte.

Ein goldenes Sechseck bildete sich auf dem BattleTac-Monitor und kennzeichnete den Standort des Lagerhauses, das Peg entdeckt hatte. Ich überprüfte außerdem die Positionen der anderen Teammitglieder und warf einen zusätzlichen Blick auf die Anzeige für ihre Lebenszeichen. Alle lebten noch und waren in Aktion.

Aber Ironaxe wartete dort draußen nur darauf, um das zu ändern. Ich aktivierte wieder den Kommlink in dem Wissen, dass unsere Satellitenzeit sich dem Ende näherte. »Summertrees, in welchem Zustand ist der Devil Rat?«

Der Rigger meldete sich augenblicklich. Seine Stimme klang distanziert und schien ein wenig nachzuhallen, was mir verriet, dass er sich in die Cybersysteme des Truppentransporters eingestöpselt hatte. »Die Ausrüstung hier ist Sahne. Wir haben den Krater verfehlt, aber ich bin jetzt dorthin unterwegs.« Im Hintergrund war das Knattern automatischer Waffen über dem Motorengedröhn des Devil Rat zu hören.

»Außerdem erregen wir ziemlich viel Aufmerksamkeit«, fügte Dane hinzu.

Ich blendete die Zeit auf meiner Netzhaut ein. Uns

blieb nur noch eine gute Minute Satellitenzeit. »Wo bist du?«

»Auf dem Weg zum Exfiltrationspunkt. Der Boden wird langsam heiß, Argent. Es wird Zeit zu verduften, Chummer. Wenn wir nicht alles haben, lass uns trotzdem Schluss machen und verschwinden. Überleben heißt, später weiterkämpfen zu können.«

Aber das war mir nicht möglich, und ich wusste es. Die DNS-Proben bedeuteten den Tod für Sencio und ihr Team. Und vielleicht führten sie Ironaxe auch auf die Spur des Teams, das ich für den Run zusammengestellt hatte. Das musste ich um jeden Preis verhindern.

Ich trat auf die Bremse und bog in eine Gasse ein. »Schaffst du es von hier aus allein?«, fragte ich Erzengel.

Die elfische Deckerin musterte mich durchdringend. »Was hast du vor?«

»Ich hole mir die DNS-Proben.«

Sie zögerte, eine Hand an der Tür. »Ich…«

»Nein«, sagte ich zu ihr. »Du wärst nur im Weg. Es ist ein Job für eine Person, wenn er sich überhaupt erledigen lässt. Und er fällt in meine Verantwortung.«

Ihr Gesicht verlor die Farbe, als sie die Wut überkam. Ich hatte kein Recht gehabt, das zu sagen, und das wussten wir beide. Aber ich war nicht bereit, das Risiko einzugehen, dass sie umgelegt wurde, wenn sie mich begleitete. »Zum Teufel mit dir, Argent.« Sie warf meine Ingram auf den Sitz.

»Bis später«, sagte ich.

Sie stieg aus dem Patrol-One aus und verschwand in den Schatten, da sie den Richtungsanweisungen des BattleTac folgte.

Ich fuhr wieder los und bekam Gesellschaft in Gestalt eines weiteren VaulTek-Sicherheitsfahrzeugs und dreier Motorräder, die sich hinter mich setzten. Niemand schien gesehen zu haben, dass Erzengel ausgestiegen war. Ich stellte mich quer, sodass die Beifahrerseite in die Richtung wies, aus der ich gekommen war. Dann öffnete ich das Fenster mit dem elektrischen Fensterheber und gab eine Salve auf das führende Motorrad ab, um dafür zu sorgen, dass ihre Aufmerksamkeit weiterhin auf mich gerichtet blieb.

Die Kugeln schlugen den Staub vom Vorderreifen des Motorrads, aber der Reifen war pannensicher und platzte nicht. Ich ließ das Fadenkreuz höher wandern und nahm den Helm des Burschen aufs Korn. Der Helm war kugelsicher, sodass die Kugeln abprallten, aber er nahm ihnen nicht die Wucht. Sein Kopf tanzte einen ballistischen Mambo, und er verlor die Kontrolle über sein Motorrad.

Ich wartete nicht ab, was geschah, sondern gab Gas und machte mich auf den Weg zu der Stelle, die Peg markiert hatte. Das Sicherheitsfahrzeug hinter mir schaffte es, mich zu überholen und zu rammen, aber der Patrol-One verkraftete den Anprall mühelos.

Da die Arbeit mit DNS-Proben eine Aufgabe für Magier war, konnte ich davon ausgehen, dass sich einer oder mehrere dieser Spezies dort aufhielten. Laveau war mit Sicherheit nicht allein mit auf diesen Run gekommen. Sie hatte die letzten paar Tage damit verbracht, ›Gefäße‹ für die Loas zu erschaffen, die sie auf dem Run begleiteten. Ich aktivierte den Kommlink. »Laveau, in dem Lagerhaus werden sich Lohnmagier befinden. Könntest du mich dort ein wenig unterstützen?«

»Dafür ist bereits gesorgt, Cher. Halt einfach den Kopf unten, und Ogoun kommt, ehe ein totes Lamm zweimal mit dem Schwanz wedeln kann.«

Ich antwortete nicht auf diesen Ratschlag. Angesichts der Tatsache, dass ich von Sicherheitsfahrzeugen verfolgt wurde und VaulTek ebenso in der Lage war wie alle anderen, seine Leute mit panzerbrechender Munition auszurüsten, durfte ich mir keinen Fehler erlauben.

Dann wurde es plötzlich hell am Himmel, als mehrere Hubschrauber eintrafen. Mein Lichtverstärker registrierte die Ziellaser mehrerer Waffen. Ich zählte wenigstens fünf, bevor ich meine Aufmerksamkeit wieder auf die Straße richten mußte. Einen Sekundenbruchteil zu spät, da der Patrol-One an der Seitenwand eines Lagerhauses entlangschrammte und ich beinahe die Kontrolle über den Wagen verlor. »Peg, wer, zum Teufel, sind diese Leute?« Die Kraft meiner Cyberarme und die Sicherheit ihrer Bewegungen halfen mir dabei, den Patrol-One in den Griff zu bekommen.

»Ich sehe nach, finde aber keine Bestätigung. Es sieht so aus, als wären das Villiers' und Nakatomis Leute.«

Ich hatte mich schon gefragt, wann sie eingreifen würden. Da Erzengel ihre Satellitenverbindungen ausgeschaltet hatte, war ihnen keine andere Wahl geblieben, als einen Aufklärungsflug zu riskieren. Beide Parteien kämpften um dasselbe Geheimnis, um denselben Vorteil gegenüber Ironaxe. Die eintreffenden Hubschrauber zogen Bodenbeschuss auf sich, sobald sie in Reichweite waren, und sie hatten offenbar keine Bedenken, das Feuer zu erwidern.

Ein Blick auf den BattleTac bestätigte, dass ich mein Ziel erreicht hatte. Ich schaute mich um und sah das gesuchte Lagerhaus links vor mir. Der erste Stock war nicht rechteckig, sondern rund.

Ich tastete nach den Waffenkontrollen links vom Lenkrad und rief das Kontrollmenü für das Turmgeschütz des Patrol-One auf. Die Kontrollen hatte ich bei der Ansicht des Armaturenbretts bemerkt. Hinter mir surrten Motoren und öffneten das Luk der Vigilance-Kanone, die dort angebracht war. Ein Fadenkreuz erschien auf der mit einem Netz feiner Sprünge überzogenen Windschutzscheibe, und ich korrigierte die Einstellung mit dem Daumen, bis das Fadenkreuz genau im Ziel lag. Dann drückte ich ab.

Das Geschoss traf die Vorderseite des Lagerhauses. Ich hatte damit gerechnet, dass es die Wand aufsprengen würde, doch sie hielt der Explosion stand, da sich die Sprengwirkung in einer sich nach außen ausbreitenden Flammenwand verzehrte. Ich hätte beinahe den Fuß vom Gas genommen und gebremst, weil ich glaubte, der Patrol-One würde von der Wand ebenfalls aufgehalten.

Dann hörte ich Laveau über Kommlink, und ihre Stimme klang merkwürdig und distanziert. »Ist schon gut, Cher. Du bist nicht alleine.«

Plötzlich tauchte Laveau vor mir auf. Sie levitierte und näherte sich dem Gebäude schneller als der Patrol-One. Ich konnte sie kaum erkennen, so schnell bewegte sie sich, aber mir fiel dennoch die seltsame Steifheit ihrer Bewegungen auf, die mir verriet, dass sie im Augenblick von einem der Loas besessen war.

Sie holte mit einer Hand aus, und in ihrer Handfläche bildete sich ein riesiger Feuerball aus komprimierter Kohle. Sie schleuderte den Feuerball gegen die Wand des Lagerhauses. Grüne Funken sprühten wie Blitze. Einen Augenblick hing der Feuerball mehrere Zentimeter vor der Wand in der Luft. Dann prallte er plötzlich gegen das Gebäude und durchschlug die Wand.

»Siehst du, Cher«, sagte Laveau über Kommlink. »Der Weg ist jetzt frei. Sei…«

Sie verstummte, und die Stille in meinem Kopf verriet mir, dass unsere Satellitenzeit, die Peg gekauft hatte, abgelaufen war. Ich war allein, und mir blieb nur noch übrig, zu leben oder zu sterben.

UPLOAD ENDE

62

Argent fuhr mit dem Patrol-One gegen die geschwächte Seite des Gebäudes, durchbrach sie und schleuderte über den glatten Plastibetonboden dahinter. Seine verdrahteten Reflexe verursachten Reaktionsprobleme, weil sein Körper versuchte, sich unabhängig vom Wagen zu bewegen. Er rang um Kontrolle und kämpfte sowohl mit dem Patrol-One als auch mit seinem Körper. Er begutachtete das Innere des Gebäudes.

Eine Treppe zu seiner Linken führte in den ersten Stock. Die Decke des Erdgeschosses war halbmondförmig ausgeschnitten, sodass man vom ersten Stock ins Erdgeschoss herunterschauen konnte. Ein Dutzend Männer befanden sich zusammen mit einigen Decks und Ausrüstungsgegenständen auf der Halbetage der ersten Etage.

Argent legte den ersten Gang ein und fuhr zur Treppe. Bevor er sie erreichte, rasten eines der Sicherheitsfahrzeuge und die beiden verbliebenen Motorräder durch die Öffnung in der Mauer. Ein Kugelhagel prasselte gegen das Heck seines Patrol-One, und einige der panzerbrechenden Geschosse durchschlugen die Karosserie.

Weniger als drei Meter von der Treppe entfernt hob sich plötzlich der Boden, als ein Erdwall den Plastibeton durchbrach und in die Höhe schoss. Er war ein Beweis dafür, dass einige der Anwesenden in der Tat Magier waren. Argent blieb keine Zeit für ein Ausweichmanöver.

Der Patrol-One prallte gegen den Erdhügel und blieb abrupt stehen. Die Motorhaube faltete sich zusammen, und der Motor fiel auf den Boden, als die Aufprallschutzvorkehrungen zum Tragen kamen. Im nächsten Augenblick rammte das verfolgende Sicherheitsfahrzeug das Heck des Patrol-One und verhinderte damit eine Flucht in dieser Richtung, falls der Patrol-One noch fahrtüchtig gewesen wäre.

Die Vigilance funktionierte jedoch noch. Argent bediente die Kontrollen und sah, wie das Fadenkreuz versuchte, sich auf den zerschmetterten Überresten der Windschutzscheibe zu manifestieren. Dann erlosch es, als Argent auf manuelle Kontrolle umschaltete.

Er zielte nach Gefühl. Die Entfernung machte das Ziel noch besser zugänglich. Ein paar von den Männern im ersten Stock sahen, dass der Turm sich in ihre Richtung drehte, und riefen den anderen eine Warnung zu. Die Männer sprangen von ihren Plätzen auf und machten Anstalten, in Deckung zu gehen.

Ohne das geringste Zögern drückte Argent auf den Feuerknopf. Der Patrol-One erbebte, als die Kanone ein tödliches Geschoss ausspie. Die anschließende Explosion erfolgte praktisch im gleichen Augenblick, peitschte über die gesamte erste Etage und ließ brennende Trümmer herabstürzen. Bevor er noch einen Schuss abgeben konnte, wurde der Geschützturm von einer feurigen Kraft getroffen, die das Geschützrohr verbog.

Die Kollision mit dem Erdwall hatte die Tür verklemmt, und sie ließ sich nicht öffnen. Argent warf sich mit der Schulter gegen die Tür und schlug sie aus den Angeln, dann ließ er sich mit den Ingrams in beiden Händen auf den Plastibetonboden fallen.

Ein Halbkreis von Sicherheitsmännern war hinter dem Patrol-One ausgeschwärmt und nahm ihn unter Beschuss. Argent gab kurze gezielte Feuerstöße mit seinen Ingrams ab, die seine Gegner von den Beinen holten. Die Kugeln seiner Gegner trafen den leichten Körperpanzer und sprengten Stücke von ihm ab. Er spürte, wie ein weiteres panzerbrechendes Geschoss seine Schulter dicht oberhalb der Verbindung mit dem rechten Cyberarm und gefährlich nah am Kontrollmodul traf, das für sein Funktionieren verantwortlich war. Zwei weitere Kugeln durchschlugen den Cyberarm, was ein Kribbeln in dem Arm hervorrief, das von Schäden darin kündete.

Er zielte auf Füße und Hände, auf Bereiche, welche die Körperpanzer der Sicherheitsmänner nicht vollständig schützten. Und er geekte sie, wo er konnte. Sekunden später hatte er keine Munition mehr für die Ingrams und die vorrückende Linie der Männer von VaulTek durchbrochen.

Er fuhr herum, glitt auf Beinen dahin, die von seinen verdrahteten Reflexen und vom Adrenalin gesteuert wurden. Er ließ die Ingrams los, die an den Halteschlaufen herunterhingen. Während er die Treppe heraufstürmte, zückte er die Savalette Guardian und ein Cougar Fine Blade Kampfmesser mit einer dreißig Zentimeter langen Klinge.

Ein Sicherheitsmann lief vor Argent zum Ende der Treppe, um ihm dort den Weg abzuschneiden.

Argent hob die Guardian und schoss dem Mann zwei panzerbrechende Kugeln ins Gesicht. Die Leiche kippte hintenüber.

Mittlerweile hatte der Rauch, der von verschiedenen Brandherden erzeugt wurde, die Sichtverhältnisse im ersten Stock verschlechtert. Als Argent das Ende der Treppe erreichte, orientierte er sich so gut wie möglich. Er begutachtete den angerichteten Schaden und lauschte den Schüssen, die von unten abgegeben wurden, da die Sicherheitsleute im Erdgeschoss eine Offensive zu starten versuchten.

Ein Magier trat hektisch gestikulierend aus dem Rauchvorhang.

Argent versuchte die Guardian hochzureißen, aber

plötzlich fühlte sie sich zu verdammt schwer am Ende seines Arm an. Dann blieb er stehen, als der Zauber ihn völlig lähmte.

Der Lohnmagier grinste, um einen Augenblick später mit unglaublicher Wucht durch den Raum geschleudert zu werden und zu Boden zu sinken.

Die Lähmung wich augenblicklich von Argent. Er fuhr herum und sah Laveau in Höhe des ersten Stocks schweben. Ihre Haltung war absolut steif, was ihm verriet, dass sie immer noch von einem der Loas besessen war, die sie für diesen Run zu Hilfe gerufen hatte. Sie hielt ein Kurzschwert in einer Hand. Ihre Augen waren verdreht, aber er zweifelte nicht daran, dass sie ihn sehen konnte.

»Du bist wieder frei, Mensch«, sagte eine tiefe kalte Stimme mit Laveaus Zunge. »Mambo Laveau sagt, du musst sofort kommen. Sie erwarten dich.«

Die Anrede verriet Argent, dass Laveau völlig von dem Loa beherrscht wurde, den sie Ogoun genannt hatte. Er lud die Ingrams nach und achtete darauf, dass er von unten nicht zu sehen war. Das Klatschen von Leder auf Plastistahl warnte ihn, dass Sicherheitsleute die Treppe heraufkamen. »Kannst du ihr eine Nachricht überbringen?«, fragte er den Loa.

»Sie kann dich hören.«

»Laveau, geh zum Team zurück und sorg dafür, dass es sich absetzt«, sagte Argent. »Ich hole euch später ein.«

»Das ist nicht akzeptabel.« Laveaus Loa erzeugte plötzlich Flammen, die einen Feuerring bildeten. Er deutete mit dem Arm auf die Gruppe der Männer, welche die Treppe emporstürmte. Ein Feuerball bildete sich in der Luft, der einen Durchmesser von fünf Metern erreichte, bevor er die Sicherheitsleute traf und ihre brennenden Leiber beiseite schleuderte.

»Das muss es aber sein«, knurrte Argent. »Selbst

wenn ich mich jetzt auf den Rückweg machte, würde sie das zu lange aufhalten. Sie müssen schleunigst verschwinden.«

Der Loa schwebte näher und griff nach ihm. »Nicht akzeptabel.«

Er konnte den Loa auf der physikalischen Ebene bekämpfen, da er sich manifestiert hatte, und so schlug Argent die Hand weg. Trotz der Wucht seines Schlages bewegte er die Hand nur ein paar Zentimeter. »Wenn du gegen mich kämpfst, geekst du mich vielleicht, weil ich erst gehe, wenn ich so weit bin. Und wenn du Laveau nicht rechtzeitig zurückbringst, geekst du sie vielleicht auch.«

Der Loa fauchte vor Wut, dann schwebte er zum nächsten Fenster, in dem noch ein paar Scherben des gesplitterten Plastiglases hingen.

Die Rauchschwaden brannten in Argents Lunge, und er sehnte sich nach mehr Sauerstoff. Der Feuerball des Loa hatte nicht nur die Sicherheitsleute ausgeschaltet, sondern auch die Treppe in Schutt und Asche gelegt. Er ging weiter und fand einen verletzten Lohnmagier. Seine Fetische und der Schnitt seiner Kleidung verrieten eindeutig, was er war.

Argent presste dem Lohnmagier die Mündung seiner Ingram ins Gesicht. »Sag mir, wo die DNS-Proben der Runner sind, sonst geeke ich dich auf der Stelle.«

Der Lohnmagier war jung und verängstigt. Ein dünnes Rinnsal Blut lief ihm aus der Nase und über die Lippen. »Im Minikühlschrank.«

»Wo?«

Der Lohnmagier zeigte in die entsprechende Richtung.

Argent blinzelte durch den Rauch und entdeckte den Minikühlschrank auf Rädern. Er lehnte schräg an der Wand, und die Tür war nicht richtig geschlossen.

Offenbar hatte ihn die Druckwelle der Explosion dorthin befördert. Er ließ den Lohnmagier auf dem Boden liegen und durchquerte den Raum.

Bevor er den Kühlschrank erreichte, explodierte das nächste Fenster, vom Kugelhagel eines Maschinengewehrs zerschmettert.

63

Argent hechtete in Sicherheit und entging nur um Haaresbreite dem Strom aus Blei, der dicke Brocken aus dem Plastibetonboden sprengte. Die ständigen Einschläge ließen den Boden erzittern und versetzten ihn in Vibrationen. Er rappelte sich auf und nahm mit beiden Ingrams den Hubschrauber aufs Korn, der vor dem Fenster schwebte.

Die ersten Kugeln schlugen Löcher ins Heck des Hubschraubers, dann wanderten die Einschusslöcher weiter zur Mitte, bis sie den in der Frachtluke stehenden Schützen erreichten. Der Schütze erbebte, als die Kugeln ihn trafen, und sank schlaff in seinen Haltegurten zusammen.

Dann flog das Deckenfenster über Argent auseinander. Der Shadowrunner wälzte sich auf den Rücken und hob die Maschinenpistolen, um der jüngsten Bedrohung zu begegnen. Seine Gedanken überschlugen sich, gingen die Möglichkeiten durch, und kamen schließlich zu dem Schluss, dass aller Wahrscheinlichkeit nach ein vercyberter Mann aus dem Hubschrauber auf das Dach der Lagerhalle gesprungen und durch das Plastiglas gebrochen war.

Er erkannte die gepanzerte Gestalt vor sich, deren Gesicht durch das Helmvisier kaum zu erkennen war. Aaron Bearstalker war der zweite Mann in Ironaxes

Konzern und beinahe so stark vercybert wie VaulTeks leitender Geschäftsführer.

Bearstalker bewegte sich mit unmenschlicher Geschwindigkeit und hieb mit einem Kurzschwert auf Argent ein. Argent sah ein Glitzern, als das Schwert seinen Händen entgegensauste. Das Schwert war mit einer Monofaser verstärkt, die seine Cyberglieder wie Butter durchschneiden würde. Ihm blieb keine Zeit, zu schießen und gleichzeitig seine Hände zu retten. Er zog die Hände zurück, aber das Schwert sauste durch die Ingrams und durchtrennte die Waffen direkt vor seinen Knöcheln.

Argent ließ die unbrauchbar gewordenen Maschinenpistolen fallen und wälzte sich zur Seite, als das Schwert erneut nach ihm hieb. Die Monofaserklinge fuhr tief in den Boden.

»Hola, du Wichser!«, schrie Bearstalker. »Ich hacke dir deine verdammten Arme und Beine ab.« Er hieb erneut zu, als Argent aufsprang, und verfehlte dessen Schulter nur um Millimeter. »Und dann werde ich herausfinden, für wen du arbeitest.« Die Klinge wurde noch schneller, als der amerindianische Samurai sich auf sein Kata besann.

Argent versuchte gar nicht erst, die Guardian aus dem Oberschenkelhalfter zu ziehen. Wenn er nach der Pistole griff, würde sich ein Teil seiner Aufmerksamkeit auf diesen Vorgang richten, was seine Reaktionen beeinträchtigen würde. Und Bearstalker war zu gut mit dem Schwert, um es darauf ankommen zu lassen.

Argent blieb in ständiger Bewegung und wand sich nach rechts und links wie eine Schlange. Er hielt die Hände vor sich und suchte nach einer Lücke in der Deckung des Angreifers, da kaum Distanz zwischen ihnen lag. Jeglicher Fluchtversuch würde nur mit Argents Tod enden.

»Du bist gut«, sagte der Amerindianer. »Das muss

ich dir lassen. Ich hätte nie gedacht, dass du einen Truppentransporter aus der Luft in die Minenschächte absetzt, um damit zu fliehen.«

Argent antwortete nicht. Er versuchte locker und entspannt zu bleiben und sich auf die Bewegungen des Schwerts zu konzentrieren. Der nächste Hieb war wieder auf seine Schulter gezielt, aber diesmal sah Argent ihn früh genug kommen, und es gelang ihm, einen Schlag gegen die flache Seite der Klinge zu landen.

Bearstalker riss die Waffe noch heftiger herum, aber der Schaden war bereits angerichtet. Sein Kata-Stil war jetzt fahriger und drohte sich gänzlich zu verlieren. »Aber jetzt sind sie weg, Argent, und für dich gibt es keine Rettung mehr.«

Die Klinge stieß nach Argents Kehle. Er wich ihr aus, dann legte er die Hände zusammen und zog mit einer leichten Drehung den linken Daumen von seiner Hand. Eine schwach leuchtende Monofasergarotte folgte dem Daumen nach draußen.

Monofaserpeitschen und -garotten waren normalerweise auch für den Burschen gefährlich, der sie benutzte. Ein Chummer musste verdammt gut sein, um diese Waffen wirkungsvoll einsetzen zu können, weil die Monofaser ein Glied auch dann in Sekundenbruchteilen amputierte, wenn sie sich nur leicht darum wickelte.

Argent hielt die Arme weit auseinander, um die Gefahr möglichst gering zu halten, und dehnte die Garotte aus. Bevor Bearstalker sein Schwert zurückziehen und zu einem neuerlichen Hieb ausholen konnte, fing Argent es mit der Garotte ein. Die molekülldünnen Monofasern neutralisierten einander in einem Funkenregen.

Da Bearstalker nicht mit einer derartigen Reaktion gerechnet hatte, zog Argent an der Garotte und riss dem anderen Mann das Schwert aus der Hand. Er schleuderte es weg, sodass es außer Reichweite war, dann zog er an der Garotte und ließ seinen Daumen wieder an Ort und Stelle schnappen.

Bearstalker fing sich wieder und versuchte es mit einem ansatzlosen Sprungtritt. Argent parierte den Fuß mit einem Arm, doch die Wucht des Anpralls ließ ihn zurücktaumeln. Bearstalker traf Argents Helm mit der Hand. Der Helm, der eigentlich Kugeln und leichten Explosionen widerstehen sollte, brach unter dem Hieb des Cyberarms auseinander.

Unbehelmt wich Argent einen halben Schritt zurück, um das Gleichgewicht zu halten. Er verfiel automatisch in sein Verteidigungskata und parierte die meisten von Bearstalkers Schlägen, landete aber auch selbst ein paar Treffer. Als einer von Bearstalkers Schlägen seinen Mund streifte, schmeckte Argent Blut. Seine Schädelknochen waren zwar verstärkt, hätten dem Schlag des amerindianischen Samurai aber nicht standgehalten.

Argent parierte einen weiteren Hieb und lenkte dabei den Arm seines Gegners nach oben ab, sodass dieser offen für eine kurze Gerade ins Gesicht war. Bearstalkers Haut platzte unter der Wucht des Treffers, und die weiße Unterfütterung aus Knochen und Cäsium wurde sichtbar, mit der sein Schädel verstärkt worden war.

Der Amerindianer blutete stark und taumelte rückwärts. Argent setzte unbarmherzig nach, indem er einen schwach ausgeführten Hieb parierte und Bearstalker eine harte Rechte gegen die Schläfe verpasste. Knochen und subdermale Panzerung beulten sich nach innen und bohrten sich in die verletzliche Hirnmasse darunter. Allein sein Instinkt ließ Bearstalker noch einen Angriff starten. Unter Ausnutzung der Kraft seiner Cyberarme wirbelte Argent herum und führte einen Rückhandschlag mit geballter Faust aus.

Seine Knöchel trafen Bearstalkers Wange, und dessen Kopf ruckte heftig zur Seite. Das Knacken seines an der Schädelbasis gebrochenen Genicks hallte durch den Raum. Einen Augenblick später erkannten die Cybersysteme des Amerindianers, was dessen fleischlicher Körper schon längst wusste, und Bearstalker brach zusammen und fiel mit dem Gesicht voran auf den Boden.

Schwankend und von den Schmerzen seiner Wunden und den Treffern erschöpft, die er hatte einstecken müssen, ging Argent zu dem Minikühlschrank. Er schaute hinein, um sich vom Vorhandensein der DNS-Proben zu überzeugen, und nahm eine hochexplosive Granate aus seiner Westentasche. Er machte sie scharf und ließ sie in den Kühlschrank fallen.

Dann rannte er zum Rand der ersten Etage. Er hielt nicht inne, als er ihn erreichte, sondern sprang herunter. Die Granate ging hoch, bevor er landete, zerstörte die DNS-Proben und ließ einen Schwall ultrahoch erhitzter Luft über ihn hinwegbranden.

Er landete nicht im Gleichgewicht, daher rollte er sich ab wie ein Fallschirmspringer. Als er wieder hochkam, machte er eine Bewegung vor sich aus. Seine Hand fuhr zur Savalette Guardian in dem Antiterror-Oberschenkelhalfter. Er zog sie und hielt sie vor sich, und die Smartverbindung erwachte zum Leben. Das Fadenkreuz erschien in seinem Blickfeld, und er zielte auf die beiden Sicherheitsmänner, die aus dem Schatten auf ihn schossen und tötete sie.

In der Lagerhalle schien sich jetzt nichts mehr zu bewegen.

Da er es unmöglich schaffen konnte, zu Fuß aus Pueblo zu entkommen oder den Devil Rat zu erreichen, ging er zu einem der Motorräder, die auf dem

Boden lagen. Er hob es auf und sah keine Beschädigung, welche die Maschine fahruntauglich machen würde.

Das Motorrad war eine Harley Electraglide-1000, ein Modell, das er kannte. Er schwang sich darauf und ließ den Motor an. Von draußen näherten sich weitere Sicherheitstruppen von VaulTek, deren Scheinwerfer das Dunkel der Schatten und den Rauch in der Lagerhalle durchschnitten.

Argent gab Gas, ließ die Kupplung kommen und fuhr mit dem Motorrad durch die Öffnung, die er bei seiner Ankunft mit dem Patrol-One in die Mauer gerissen hatte. Er duckte sich tief über den Lenker, als die Sicherheitstruppen auf ihn schossen und Kugeln an ihm vorbeipfiffen. Der BattleTac-Monitor an seinem Handgelenk zeigte kein Bild mehr, da die Satellitenverbindung nicht mehr bestand.

Aber er wusste, wo er war.

Er bog mit quietschenden Reifen um die nächste Ecke und wich den grellen Scheinwerfern eines Sicherheitsfahrzeugs aus, das ihm entgegenkam, da er die Richtung zu der Straße einschlug, in der die Travers-Zwillinge den Krater gesprengt und so die Verbindung zu den unterirdischen Stollen geschaffen hatten. Es gab nur einen Weg, auf dem er den Devil Rat einholen konnte, der durch den Untergrund fuhr.

64

Sir, die Meldung wurde gerade bestätigt: Aaron Bearstalker wurde gegeekt.«

Clay Ironaxe stand am Rand des Kraters, der in die Straße und einen der Bergwerksschächte unter dem Plex gesprengt worden war, und starrte in die Dunkelheit. Ein paar von seinen Männern hingen an Seilen und ließen Lichtstrahlen umherwandern. Die Nachricht von Bearstalkers Tod traf ihn wie ein Hammerschlag. Er hatte mehr verloren als einen hoch geschätzten und vertrauenswürdigen Angestellten. Er hatte den besten Freund verloren, den er je gehabt hatte. »Wer hat es getan?«

»Argent, Sir«, antwortete der Sicherheitsmann über Funk. Die Funkverbindung war eingerichtet worden, nachdem ihre Satellitenverbindung lahm gelegt worden war.

»Wo ist er jetzt?«, wollte Ironaxe wissen.

Die Antwort des Sicherheitsmanns kam zögerlich. »Er ist entkommen, Sir.«

»Ich will, dass der Mann gefunden und umgelegt wird«, schrie Ironaxe. »Haben Sie mich verstanden?«

»Jawohl, Sir.«

Ironaxe ließ seinen Atem durch die Nase ausströmen und hoffte, damit gleichzeitig all die Wut und Angst in ihm loszuwerden. Dass er es nicht geschafft hatte, der Runner habhaft zu werden, dass er hatte mit ansehen müssen, wie sie ihm in den letzten Minuten buchstäblich durch die Finger schlüpften, war unerträglich. Das Gefühl der Hilflosigkeit, das ihn überkam, erinnerte ihn zu sehr an die Zeit, als er im Krankenhaus darauf gewartet hatte, dass sein Körper endlich vercybert wurde, damit er sich wieder bewegen konnte.

Ray Hawksclaw tauchte hinter ihm auf. Er trug ein Koyotenfell über Kopf und Schultern und die traditionelle Kleidung seines Volks aus echtem Leder. Fetische hingen an seiner Halskette aus Rohleder, am Gürtel und an den Bändern um Bizeps, Ellbogen und Handgelenke.

Ironaxe zeigte auf den Krater. »Ich brauche so etwas wie eine Rampe, die dort hinunterführt. Es muss nichts Großartiges sein, nur etwas, worauf ich Fahrzeuge nach unten bringen kann.«

Der Schamane nickte, dann wählte er einen Fetisch aus und fing an zu singen.

Ironaxe sah zu, wie die Erde sich unter ihm hob und senkte und dann eine steile Rampe bildete, welche die Straße mit dem Boden des Minenschachts verband. Er aktivierte den Funk. »Wo bleiben die verdammten Wagen?«

»Treffen gerade ein, Sir.«

Lichtfinger der sich nähernden GMC MPUV Allzweckfahrzeuge tasteten sich über das Gelände und vertrieben die Nacht mit ihren Nebelleuchten und Suchscheinwerfern. Das MPUV war das beliebteste Kampffahrzeug der Welt. Gepanzert und schnell, sowohl auf der Straße als auch im Gelände, wurde es sowohl als Truppentransporter als auch als leichtes Spähfahrzeug eingesetzt. Heute Nacht beabsichtigte Ironaxe, es als Angriffsfahrzeug einzusetzen.

Der Devil Rat, den die Shadowrunner gelandet hatten, war eine verdammte Überraschung gewesen. Und die Lahmlegung seiner Satellitenverbindung hatte ihnen ermöglicht, den Truppentransporter unversehrt auf den Boden zu bringen. Als der Rigger ihn dann in den Krater gefahren hatte und dabei fast zwölf Meter tief gefallen war, hatte der Devil Rat auch das überstanden, obwohl Ironaxe sicher gewesen war, dass er das nicht schaffen würde.

Dennoch, der Truppentransporter hatte nur ein paar Minuten Vorsprung. Seine Höchstgeschwindigkeit im Gelände betrug 45 Stundenkilometer. Das wusste Ironaxe, weil er sich von einem Datensklaven die technischen Daten des Devil Rat hatte beschaffen lassen, als er von ihm gehört hatte. Das MPUV war fast doppelt so schnell. Sie konnten nicht entwischen.

Als der Schamane die ihm gestellte Aufgabe erfüllt

hatte und erschöpft davontaumelte, winkte Ironaxe die MPUVs vorwärts. Er scheuchte den Mann auf dem Beifahrersitz des führenden Fahrzeugs hinaus, schnallte sich an und befahl dem Fahrer, die neu geschaffene Rampe herunterzufahren.

Sie waren kaum ein paar Meter weit gekommen, als Schüsse von oben Löcher in die Straße rissen und dicke Brocken aus den umliegenden Gebäuden sprengten. Der Fahrer des MPUV erstarrte.

Ironaxe schaute zu den nicht gekennzeichneten Hubschraubern am Himmel auf. Es bedurfte wahrhaftig keiner Gehirnakrobatik, um zu dem Schluss zu kommen, dass in diesen Maschinen Söldner saßen, die für Villiers und Nakatomi arbeiteten. Wenn sie zu der Gruppe von Shadowrunnern gehört hätten, die Andi Sencio und ihr Team aus dem Erwachten Untergrund schaffen wollten, wären sie viel früher aufgetaucht.

Aber jetzt waren sie da.

Ironaxe schlug mit der flachen Hand auf die Konsole vor sich und sagte: »Fahren Sie.«

Der Fahrer gab Gas und fuhr die Rampe hinunter in das gähnende Loch des Stollens. Ruckend und bockend und unter hoher Belastung der Aufhängung bewältigte das MPUV das Gefälle und erreichte den unebenen Stollenboden.

Die Scheinwerfer und Nebellampen beleuchteten die gesprungenen Wände des Bergwerksschachts. Überall lagen Schutthaufen herum, manche davon Jahrzehnte alt oder noch älter. Der Stollen war fast zehn Meter breit, was dem Truppentransporter reichlich Platz zum Manövrieren gab.

Sie hatten Bewegungsspielraum, räumte Ironaxe im Stillen ein, während er ein Colt Sturmgewehr nahm, das zwischen den Sitzen lag, aber die Leute an Bord des Devil Rat würden nirgendwohin fahren. Dafür würde er persönlich sorgen.

65

Argent riss die Harley Electraglide hart nach rechts, um dem Maschinengewehrfeuer auszuweichen, das ihm plötzlich entgegenschlug. Der Vorderreifen des Motorrads prallte in einem ungünstigen Winkel gegen den Randstein, sodass der Lenker einen Schlag bekam und er Argent beinahe aus den Händen gerissen worden wäre. Wären seine Arme aus Fleisch und Blut und nicht vercybert gewesen, hätte er die Kontrolle über die Harley verloren. So aber musste er aufpassen, dass er den Lenker in seinem Versuch, die Herrschaft über das Motorrad zu behalten, nicht abriss.

Er blieb auf dem Gehsteig und fuhr dicht an die Gebäude heran. Der Kugelhagel aus dem Kampfhubschrauber sprengte tiefe Löcher in den Plastibeton des Gehsteigs und schwenkte dann auf die Hausmauern dicht hinter Argent.

Er schaltete hoch und drehte am Gas. Der Hochleistungsmotor der Harley reagierte einwandfrei und vermittelte ihm das Gefühl, sich an einer Rakete auf einem Rundflug um die Erde festzuhalten. Er ließ den Hubschrauber hinter sich, da der Pilot offenbar seine Geschwindigkeit falsch eingeschätzt hatte.

Er passierte drei Seitenstraßen, wobei er jedesmal über die Randsteine holperte. Mittlerweile würde der Pilot Verstärkung angefordert haben. Argent hatte keine Ahnung, ob der Hubschrauber zu Villiers oder Nakatomi gehörte. Am Ende spielte es keine Rolle, weil er sicher war, dass beide Seiten ihn geeken wollten.

Am anderen Ende der Straße leuchteten Scheinwerfer auf. Das Netz zog sich enger zusammen. Ein Blick in den Rückspiegel verriet ihm, dass er mittlerweile auch von Bodenfahrzeugen verfolgt wurde. Ohne Vorwarnung eröffneten die beiden Gruppen das Feuer. Maschinengewehre und Kanonen beharkten die Straße, die Gebäude rechts und links und einander.

Ein abgesprengtes Stück Plastibeton traf Argent mit voller Wucht in der Seite und warf ihn trotz des Esprit-Körperpanzers beinahe von der Harley. Er rang um die Herrschaft über die Maschine und hielt sich mühsam aufrecht, dann schaltete er herunter, als er sich der Naylor Street näherte.

Das Motorrad war immer noch so schnell und schwer, dass es die Kurve in weitem Bogen nahm. Argent legte sich tief in die Kurve, sodass sein Knie zweimal den Asphalt berührte. Die schrill quietschenden pannensicheren Reifen hielten stur Bodenkontakt.

Die Lichter eines sich nähernden Lieferwagens huschten über Argent hinweg und blendeten ihn für einen Moment, bis seine Cyberaugen sich darauf eingestellt hatten. Er rang mit dem Motorrad und wich dem Lieferwagen gerade noch aus. Die Stoßstange des Lieferwagens verfehlte seinen Kopf um Zentimeter und blies heiße Luft über sein Gesicht. Plötzlich tauchte der Randstein vor ihm auf, und der Hinterreifen der Harley prallte dagegen.

Das Motorrad bockte heftig und hob ab, während Argent sich zurückwarf, um das Vorderrad hochzureißen. Er landete hart, aber er landete auf der Harley, die immer noch rollte. Er schaltete herunter und drehte am Gas, um die Maschine unter Kontrolle zu bringen. Der Lieferwagen bremste hinter ihm und versuchte eine Hundertachtziggradkehre, um ihn zu verfolgen. Stattdessen verwandelte ihn eine Autokanonensalve in einen brennenden Trümmerhaufen, der in eine Hauswand krachte.

Argent gab Vollgas und raste durch die Straßen. Er sah die Gruppe von Fahrzeugen und Sicherheitsleuten vor sich, welche den Krater in der Straße umringten.

Sie krallten sich förmlich in ihre Stellungen, da sie von zwei Hubschraubern angegriffen wurden. Einige von ihnen wandten sich ihm zu, als sie erkannten, dass er nicht anhalten würde. Er hielt mit der Harley direkt auf die Leute zu.

Kugeln schlugen in die ohnehin löchrige Straße, und Leuchtspurgeschosse prallten wie Feuerwerk von dem Asphalt ab und hinterließen weitere Pockennarben. Die meisten Sicherheitsleute spritzten vor dem heranrasenden Motorrad auseinander, aber ein massiger, offensichtlich vercyberter Mann in einem Körperpanzer streckte seine riesigen Cyberhände nach ihm aus, die wie Klauen gekrümmt waren.

Argent zögerte nicht und nahm kurz Gas weg, um herunterzuschalten. Kugeln trafen das Motorrad und seinen Körperpanzer und ließen das Metall vibrieren. Der Shadowrunner schaltete noch einmal herunter, sodass er noch etwas Tempo verlor, dann gab er Vollgas und ließ die Kupplung los. Das Getriebe der Harley quittierte diese Behandlung mit einem metallischen Heulen und Knirschen, das Argent davon überzeugte, dass er hinter sich eine Spur von Motorenteilen zurückließ.

Stattdessen hob sich das Vorderrad der Harley. Der vercyberte Mann vor ihm griff nach ihm, da er seinen Cybersystemen vertraute.

Argent wusste aus eigener Erfahrung, dass es eine Sache war, einen vernünftigen Stand und die Kraft zu haben, ein Motorrad hochzuheben. Es war eine ganz andere Sache, wenn das Motorrad in Bewegung war. Die Harley prallte gegen den Sicherheitsmann und stieß ihn rückwärts, obwohl seine Hände den Vorderreifen gepackt hatten.

Sie rasten über den Rand der Grube, und der Motor heulte auf, als das Hinterrad den Bodenkontakt verlor. Das Gewicht des Sicherheitsmanns zog die Maschine herunter. In der kurzen Zeit, in der sie in der Luft waren, sah Argent die Rampe, die jemand errichtet hatte, um Fahrzeugen die Einfahrt in den Stollen zu ermöglichen. Der Devil Rat war unterwegs, wurde aber ganz offensichtlich verfolgt. Selbst wenn die Verfolger nicht in der Lage waren, den Truppentransporter zu erledigen, würden sie sich doch an seine Fersen heften, was nicht gut war.

Dann fiel die Harley, und der Cybermann zog am Vorderrad und hob eine seiner riesigen Hände, um den Lenker zu packen. Der Sicherheitsmann grinste und bleckte dabei verstärkte Zähne, die er absichtlich so belassen hatte, dass sie wie zugespitzte Stahlbolzen aussahen.

66

Mit vor Anstrengung brennendem Arm zog Argent die Guardian aus dem Halfter und feuerte dem Sicherheitsmann aus nächster Nähe ins Gesicht. Er hörte erst auf, als die Pistole leer geschossen war. Trotzdem hielt sich die Leiche noch am Motorrad fest, bis es auf dem Stollenboden aufschlug.

Der Aufprall schleuderte Argent von der Maschine herunter, und er spüre, wie sie über den Boden rutschte. Er drehte sich in der Luft in dem Bemühen, sein Gleichgewicht zu finden und sich dabei so schlaff wie möglich zu machen. Sein Gleichgewichtssinn, der von seinen verdrahteten Reflexen unterstützt wurde, gestattete ihm das Manöver. Wäre mehr Zeit gewesen, wäre es ihm gelungen, auf den Beinen zu landen.

Stattdessen schlug er mit der Seite auf. Der Aufprall raubte ihm den Atem. Er erhob sich sofort, da die Cyberware trotz des Schocks für sein biologisches Nervensystem dafür sorgte, dass er es konnte. Das Lichtverstärkersystem in seinen Cyberaugen ließ ihn das Motorrad finden, das sich um die kopflose Leiche seines Widersachers gewickelt hatte.

Argent hatte bei seinem Sturz die Guardian verloren, denn seine Hände hatten sich automatisch bei dem Versuch geöffnet, den Sturz abzufangen. Da er sie nicht auf den ersten Blick fand und seine Zeit knapp war, gab er die Waffe auf und ging zu dem Motorrad. Er richtete die Maschine auf und überzeugte sich davon, dass sie nur ein paar zusätzliche Beulen abbekommen hatte. Er stieg auf und versuchte den Motor anzulassen. Nach ein paar Versuchen sprang er tatsächlich an.

Er legte den ersten Gang ein, ließ die Kupplung kommen und schoss in die Richtung durch den Stollen, die Summertrees genommen haben musste. Kugeln schlugen in die Stelle, die er soeben verlassen hatte, und zerfetzten die Leiche.

Er schaltete den Scheinwerfer des Motorrads aus und verließ sich bei seiner Fahrt durch den Stollen ganz auf seine Cyberaugen. Das Licht hätte seine Anwesenheit hinter Ironaxes Verfolgertrupp vorzeitig verraten.

Er fuhr schnell und waghalsig. Sein Team war vor ihm. Es riskierte das Leben für Sencio und deren Leute und saß zwischen dreien gegeneinander Krieg führenden Konzernen in der Falle. Solange er atmete, war sein Platz bei seinem Team.

Die Stollenwände huschten vorbei, ein beständiges Panorama aus rissigem Gestein, das die Narben von Maschinen und Spitzhacken trug. Überall lagen Gesteinsbrocken auf dem Schachtboden, manche davon so groß, dass sie gefährlich waren. Er beschleunigte in den langen geraden Abschnitten des Stollens und trat vor jeder Kurve auf die Bremse. Staub und Kies klebten auf seinem Gesicht und machten es unkenntlich. Er schmeckte Blut und Erde und spürte die Hitze seiner pochenden Wunden in ihm und das Summen der Löcher in seinem Arm.

Sein Kommlink knisterte, und er wusste, dass er sich wieder in Reichweite des BattleTac-Systems befand. Die Satellitenverbindung existierte nicht mehr, also standen ihm weder die Karten-Utilities zur Verfügung, noch kannte er den Standort seines Teams, aber die Möglichkeit der Kommunikation war eine entschiedene Verbesserung.

Er aktivierte den Kommlink. »Summertrees, hier ist Argent.«

»Ich höre dich.« Summertrees' Stimme klang sehr weit entfernt.

»Ein Trupp Verfolger ist euch auf den Fersen.« Argent wich einer Stelle mit losem Geröll aus, das unter den Reifen der Harley trügerisch gewesen wäre.

»Ich sehe sie nicht.«

»Hast du eine Drohne draußen?« Der Rigger hatte den Devil Rat mit zwei Sikorsky-Bell Microskimmer II ausgestattet, die dazu in der Lage waren, Bild und Ton zu empfangen und dem LAV-98 zu übermitteln. Außerdem konnte er die Drohnen aus dem Truppentransporter steuern.

»Ich habe eine als Kundschafter vorausgeschickt, um uns vor hässlichen Überraschungen zu warnen«, sagte Summertrees. »Die andere halte ich für den Fall in Reserve, dass die erste den Löffel abgibt.«

»Du brauchst sie«, sagte Argent.

»Die Drohne ist gestartet«, bestätigte der Rigger einen Augenblick später. »Drek, zwei Drohnen und den Devil Rat in dieser Enge zu steuern ist wirklich kein Vergnügen.«

Rigger vollbrachten Wunderdinge, wie Argent wusste, aber die Fahrt durch das Stollenlabyrinth strapazierte ihr Glück. Sie rasten schneller durch die Tunnel, als gut für sie war.

»Ich habe sie«, sagte Summertrees. »Es sind zwei, nein drei Einheiten. MPUVs. Ich habe keine Waffen an Bord der Microskimmer.«

»Dane«, sagte Argent, »wenn du noch ein paar panzerbrechende Geschosse für das Barrett übrig hast, kannst du sie ein wenig durchschütteln.«

»In Ordnung«, erwiderte Dane knapp.

»Und ich habe auch noch den einen oder anderen Trick in der Hinterhand«, sagte Laveau.

»Wo bist du, Argent?«, fragte Erzengel.

»Nicht mehr weit hinter euch. Ich habe mir eine Harley geschnappt.« Argent beschleunigte, und diesmal sah er die Andeutung einer Staubwolke, die von den Fahrzeugen vor ihm aufgewirbelt wurde. Einen Augenblick später sah er die roten Rücklichter der MPUVs vor sich. Er griff in seine Westentasche, holte eine hochexplosive Granate heraus und machte sie scharf. Den Schlagbolzen hielt er mit dem Daumen fest, um die Aktivierung des Zünders hinauszuzögern, dann gab er noch mehr Gas.

Auf dem rückwärtigen Deck des ersten MPUV war ein schweres Maschinengewehr montiert. Die Persenning war heruntergezogen, und die Waffe zeigte nach vorn. Der Kanonier beharkte den Devil Rat, was die Waffe hergab. Eine auf das hintere Deck des letzten MPUV montierte Vanquisher Minikanone spie Feuer, als sie auf den Truppentransporter schoss. Die Granate traf die Ablationspanzerung des Devil Rat in einem Flammencrescendo. Das zerstörte Stück Panzerung wurde von dem Truppentransporter abgesprengt, sauste davon und prallte gegen die Stollenwand.

Die Ketten des Devil Rat gruben sich mit neuerlichem Eifer in den Boden und schleuderten Drek auf, da Summertrees jetzt in dem knappen verfügbaren Raum hin und her schwenkte, um ein schwierigeres Ziel abzugeben.

Argent raste neben das letzte MPUV, bevor der Fahrer mitbekam, dass er da war. Er warf die Granate in den Innenraum des MPUV und beschleunigte, sodass das Fahrzeug hinter ihm zurückblieb.

Sie sahen ihn für einen Sekundenbruchteil und der Kanonier schwenkte seine Waffe in Richtung der davonbrausenden Harley. Dann explodierte die Granate und erzeugte einen Feuerball aus orangeroten Flammen in dem Vehikel. Das MPUV schleuderte nach links und prallte gegen die Wand, um sich einen Augenblick später zu überschlagen. Es blieb als brennendes Wrack zurück.

Der Devil Rat schwenkte abrupt nach rechts, um das führende MPUV daran zu hindern, längsseits zu kommen. Dann sah Argent Harrison Dane mit dem Barrett aus der hinteren Luke des Truppentransportes auftauchen.

Das führende MPUV schleuderte plötzlich hin und her und überschlug sich.

Das mittlere MPUV konnte ihm gerade noch ausweichen und fuhr schlingernd an ihm vorbei.

Argent, der die Maschine mehr mit Gewichtsverlagerung als mit dem Lenker steuerte, lehnte sich hart zur Seite und konnte dem Wrack ebenfalls ausweichen.

Maschinengewehrfeuer vom verbliebenen MPUV strich über Dane in der offenen Luke. Dane zuckte zurück, und Blut spritzte aus einer Kopfwunde. Dann sank er schlaff nach vorn und glitt langsam über das Heck des Devil Rat dem Boden entgegen.

Einer der Travers-Zwillinge streckte den Arm aus der Luke und hielt Dane an dessen Weste fest. Mit einiger Mühe gelang es ihm, den Elf wieder in den Truppentransporter zu ziehen, während die Kugeln des Maschinengewehrs die Stelle beharkten, wo Dane gerade noch gelegen hatte.

»Dane?« Argent spürte, wie ihm innerlich so kalt

wurde wie an dem Tag, als Toshi und Hawk gestorben waren.

»Er atmet«, erwiderte Jesse Travers über Kommlink. »Er ist schwer verletzt, aber er atmet.«

Argent schloss zu dem verbliebenen MPUV auf und sah Ironaxe im gleichen Augenblick auf dem Beifahrersitz, als der leitende Geschäftsführer VaulTeks ihn erblickte. Ironaxe ruderte mit den Armen und rief dem Fahrer etwas zu. Sofort fuhr das MPUV nach rechts und schnitt Argent den Weg zum Devil Rat ab. Der Kanonier auf dem hinteren Deck schwenkte das Maschinengewehr herum.

67

Da er nur ein besseres Ziel abgeben würde, wenn er sich weiter zurückfallen ließ, und es in der Enge des Stollens unmöglich war, das MPUV zu überholen, gab Argent Gas und raste auf das Heck des Fahrzeugs zu. Das Maschinengewehr spie Feuer und Kugeln über seinen Kopf hinweg und erfüllte seine Cyberohren mit einem brüllenden Donnern.

Bevor der Kanonier das Maschinengewehr herunterschwenken konnte, packte Argent die Waffe am Lauf und sprang auf das Heck des MPUV. Die führerlose Harley raste noch ein paar Meter weiter, dann überschlug sie sich und verwandelte sich schnell in einen Haufen verbeulten Schrott.

Die Sensoren in Argents Cyberhand verrieten ihm, dass der Lauf der Waffe heiß genug war, um normales Fleisch zu verbrennen. Er achtete darauf, dass er nicht mit dem Rest seines Körpers in Berührung kam, und verpasste dem Kanonier mit der freien Hand einen Schlag gegen die Brust.

Der Sicherheitsmann flog mit einem schmerzerfüllten Aufschrei vom hinteren Deck des MPUV herunter.

Kugeln schlugen gegen Argents Körperpanzer, als er seine Aufmerksamkeit auf Ironaxe richtete. Er konnte mit dem erbeuteten Maschinengewehr nicht auf Ironaxe anlegen, weil der Platz zu beengt war. Bevor Ironaxe seine Waffe auf Argents ungeschützten Kopf richten konnte, packte der Shadowrunner zu und verbog den Lauf.

Das nächste halbe Dutzend Kugeln explodierte und verwandelte den Gewehrlauf in einen Splitterregen, der gegen Argents Körperpanzer prasselte und ihm das Gesicht zerkratzte. Blut lief über sein linkes Auge und nahm ihm teilweise die Sicht.

Ironaxe sprang von seinem Sitz auf, riss unter Zuhilfenahme seiner Cyberware das Dach des MPUV auf und schlug es beiseite. Der Fahrer geriet in Panik und fuhr zickzack, wobei er an den Stollenwänden entlangschrammte, da er verzweifelt versuchte, Argent abzuschütteln.

Argent wappnete sich, so gut er konnte, und parierte Ironaxes Faust mit dem Arm. Es reichte jedoch nicht, um den Schlag gänzlich abzuwehren, und er streifte Argents Kinn.

Der Shadowrunner wich einen halben Schritt zurück, da sich für einen Augenblick alles um ihn drehte. Instinktiv wehrte er Ironaxes nächsten Versuch ab, ihm den Schädel zu zerschmettern.

»Für wen arbeitest du?«, brüllte der VaulTek-Geschäftsführer.

Argent parierte einen weiteren Hieb, während sich sein Blickfeld und seine Sinne wieder klärten.

»Wer hat dich geschickt?« Ironaxe packte die verbliebenen Dachstreben des MPUV und setzte zu einem Tritt gegen Argents Brust an.

Der Mann war in der Kunst der Selbstverteidigung

ausgebildet oder entsprechend verchippt, das ging aus seinem Geschick hervor. Ironaxes Fuß traf Argents Brust mit ausreichender Wucht, um den Shadowrunner von den Beinen zu holen. Er kippte hintenüber, rollte über das Deck des MPUV und fiel über die Kante und dem Boden entgegen.

Er ruderte mit einer Hand und erwischte die Kante des hinteren Decks. Seine Beine schlugen auf den Boden und wurden über das raue Gestein geschleift. Schmerzen überfluteten seine Synapsen, als der Körperpanzer an mehreren Stellen eingebeult wurde. Als sein Schienbein gegen einen größeren Felsbrocken prallte, wusste er aus Erfahrung, dass es gebrochen war. Sein Bein wurde taub und schwoll sofort an. Blut lief in seinen Stiefel.

Ironaxe trat auf das hintere Deck des MPUV, während Argent sich auf das Fahrzeug zurückzuziehen versuchte. Der VaulTek-Geschäftsführer grinste den Shadowrunner höhnisch an. »Haben deine Hände sich verkrampft?«, schrie Ironaxe über den Lärm des dahinrasenden MPUV hinweg. »Werden sie sich immer noch festhalten, wenn der Rest deines Körpers längst in Stücke zerrissen wurde?«

Argent bemühte sich, seinen Körper schlaff zu halten, um nicht noch mehr Schaden zu erleiden. Aber die Rutschpartie über den Stollenboden erschütterte ihn bis ins Mark. Die Schmerzen waren bereits so stark, dass seine Nerven abgeschaltet hatten. Adrenalin und Sturheit waren das Einzige, was ihn noch aufrechthielt.

Doch ein Teil von ihm erwog kurz, einfach aufzugeben. Er konnte sich nicht erinnern, dass sein Körper jemals so zerschlagen, so mitgenommen gewesen wäre. Die Rettung schien eine Million Kilometer entfernt zu sein. Und das hinter ihm auftauchende Licht kündete davon, dass noch mehr von Ironaxes Leuten in den Stollen gefahren waren.

Der Tod war seit so langer Zeit ein ständiger Begleiter, dass es absolut nicht beunruhigend war, an ihn zu denken. Und um zu sterben, brauchte er nur loszulassen oder sich weiter festzuhalten. Es würde ganz leicht sein.

»Wer hat mich betrogen?«, wollte Ironaxe wissen. »Sag mir, wer dich angeworben hat, dann lasse ich dich leben.«

Der Tod würde leicht sein. Nur wusste Argent ganz genau, dass er nicht den leichten Weg gehen konnte. Er hatte nie etwas auf die leichte Tour bekommen. Die Arbeit für Brynnmawr, das Aufwachsen mit all den Lügen, die Entdeckung der wenigen Wahrheiten, die tief in ihm steckten, und die Erkenntnis, dass er ihnen niemals den Rücken kehren konnte, ohne sich selbst zu verlieren, all das war schwer gewesen. Und das galt auch für die Trennung von Brynnmawr und von Sencio, als sie sich nicht mehr hatte vermeiden lassen.

Aber das waren die Bewährungen, die ihn zu dem gemacht hatten, was er war.

Argent war ein Schmelztiegel, und er hatte Feuer erlebt, die ihn dazu geschmiedet hatten, mehr zu sein als ein Mensch. Er konnte nicht den leichten Weg gehen. Dazu würde er niemals in der Lage sein. Er war dazu geboren, im Kampf zu sterben, in seinem Kampf oder in dem eines anderen. Vielleicht war das einer der Wesenszüge, den Brynnmawr vor all den Jahren in ihm gesehen hatte: die Unfähigkeit aufzugeben oder eine Niederlage einzugestehen.

»Mr. Johnson hat mich angeworben«, schrie Argent über den Motorenlärm hinweg. Mit einer raschen Bewegung, die alles aus den Cybersystemen herausholte, was in ihnen steckte, packte er die Vorderseite von Ironaxes Schutzweste und zog.

68

Der VaulTek-Geschäftsführer verlor auf dem schaukelnden Kampffahrzeug das Gleichgewicht und fiel vom hinteren Deck herunter. Argent ließ das MPUV los und fiel auf Ironaxe. Das Fahrzeug fuhr sechzig oder sogar siebzig Stundenkilometer, schnell genug, um auch jemandem, der so stark vercybert war wie Ironaxe, eine Menge Schaden zuzufügen.

Argent blieb auf seinem Gegner und benutzte ihn als Puffer für die harte Oberfläche des Stollenbodens, indem er auf ihm ritt wie auf einem Schlitten. Ironaxe schrie vor Schmerzen, als die Felsbrocken gegen ihn prallten und seine Haut aufplatzen ließen.

Sie kamen in einem Gewirr von Armen und Beinen zum Stillstand, als sie gegen einen Felsen prallten. Eine Staubwolke wurde rings um sie aufgewirbelt, welche die Wirkung von Argents Lichtverstärker beeinträchtigte.

Der Shadowrunner wälzte sich von seinem Gegner und holte tief Luft, erstaunt über die Anzahl der schmerzenden Stellen in seinem Körper. Plötzlich war es unglaublich leicht zu sagen, wo die Cyberware begann und endete.

Lautlos und mit schnelleren Bewegungen, als Argent es für möglich gehalten hätte, kam Ironaxe wieder auf die Beine. Er winkelte beide Hände an und drehte sie und aus seinen Unterarmen sprangen Klingen, die ein gutes Stück über seine Handgelenke hinausragten.

Argent zwang sich aufzustehen, wobei er sein gebrochenes Bein schonte und die heftigen Schmerzen ignorierte, welche die Bewegung begleitete. Er war sich sehr deutlich der Scheinwerferlichter bewusst, die sich vom anderen Ende des Stollens näherten.

Blut lief Ironaxes Hals herunter. Auf der rechten

Seite war seine Gesichtshaut weggerissen worden, sodass die Dermalpanzerung und die Knochenverstärkungen darunter sichtbar waren. Sein Cyberauge versprühte schieren Hass, als es sich unruhig in seinem kreisrunden Lager bewegte. »Du wirst sterben, du verdammter Hurensohn.« Sogar seine Stimme hatte Schaden gelitten. Sie klang hohl und unmenschlich.

Wegen seines gebrochenen Beins konnte Argent nicht zurückweichen, als Ironaxe angriff. Er drehte sich weg und wich Ironaxes Linker aus, um dann die Rechte zu parieren. Er wusste, dass er nur einen Versuch hatte. Seine linke Hand landete wie ein Hammer auf Ironaxes blutigem, zerfetztem Gesicht und schlug es ein.

Trotz der Cyberware schalteten sich Ironaxes neurale Systeme ab, und sein Körper zuckte krampfhaft. Der Tote fiel Argent vor die Füße.

Mit rasselndem Atem, der trotz der Tatsache in seiner Kehle brannte, dass eine Sauerstoffversorgung der Cybergliedmaßen unnötig war und daher mehr Sauerstoff für den Rest seines Körpers zur Verfügung stand, hinkte Argent zur Seite. Das MPUV, in dem Ironaxe gesessen hatte, kam zurück und hielt direkt auf ihn zu. Hinter ihm war der Devil Rat etwa hundert Meter entfernt zum Stillstand gekommen, während Staub um seine Ketten wallte.

»Was, zum Teufel, macht ihr da?«, rief Argent über Kommlink. »Verschwindet von hier.«

Er sah, wie die Travers-Zwillinge aus der hinteren Luke schossen und zu ihm rannten. »Wir verschwinden nicht ohne dich, *Omae*«, sagte Jesse.

»Wir verlassen uns darauf, dass du uns in Zukunft mit noch mehr Sahne-Jobs bei der Finanzierung der Bar hilfst«, sagte Jason. »Das wäre ziemlich schwierig…«

»…wenn du heute den Löffel abgeben würdest.«

Argent sah sich verzweifelt um, während das MPUV mit mindestens dreißig Stundenkilometern auf ihn zukam, aber es gab keine Fluchtmöglichkeit. Er wappnete sich und verließ sich ganz auf seine Cyberware und die verdrahteten Reflexe. Als das MPUV ganz nah heran war, hinkte er ihm ein paar Schritte entgegen. Alle Sinne aufs äußerste angespannt, presste er beide Hände auf das vordere Ende des MPUV und katapultierte sich mit einem Salto darüber hinweg.

Er erlebte einen Augenblick des Schwindels, als sogar seine Cybersysteme Mühe hatten, Schritt zu halten. Argent überschlug sich, während das Dach des MPUV dicht unter ihm hindurchraste. Er fiel rasch, aber das MPUV war bereits an ihm vorbei. Wäre er nicht so schwer verletzt gewesen, hätte er auf den Füßen landen können. Das war ihm schon unzählige Male gelungen. Aber das gebrochene Bein konnte ihn nicht stützen, und jeder Versuch, stehend zu landen, würde die Verletzung nur verschlimmern.

Er landete unbeholfen auf der Seite, schaffte es aber, sich abzurollen und sein gesundes Bein so einzusetzen, dass er sofort wieder hochkam. Als er sich zum anderen Ende des Stollens umdrehte, sah er eine Phalanx sich nähernder Fahrzeuge. Rote Laserzielpunkte huschten durch den Stollen und suchten ihn und den Devil Rat.

»Verdammt noch mal, Summertrees, verschwindet endlich«, befahl Argent.

»Noch einen Augenblick, Cher«, sagte Laveau gelassen über Kommlink, »dann sind wir alle unterwegs.«

»Ich schaffe es nicht schnell genug zu euch, selbst wenn die Zwillinge mir helfen«, sagte Argent. Er war Ironaxes MPUV viel zu nahe, um gefahrlos eine Granate zu benutzen, aber er holte eine aus seiner Weste, denn er wusste, dass er keine andere Wahl hatte. »Verzieht euch.«

»Geduld, Cher«, sagte die Schamanin. »Vergiss nicht, du bist nicht allein. Du hast gute Leute ausgesucht. Glaub an sie.«

Laveau schwebte aus der Dunkelheit, die den Devil Rat umgab. Ihr stocksteifer Körper deutete darauf hin, dass sie wieder von dem Loa Ogoun besessen war, da sie eine Reihe komplizierter Gesten beschrieb.

Das MPUV vor Argent wendete und nahm Fahrt auf. Diesmal hob der Fahrer ein Sturmgewehr. Ein Laserzielpunkt flackerte auf.

Bevor Argent die Granate einsetzen konnte, öffnete sich der Boden vor dem MPUV und verschlang es. Augenblicke später war nur noch ein schwaches Leuchten durch die dünne Schicht Erde über den roten Rücklichtern zu sehen. Dann war das MPUV verschwunden.

Die sich nähernde Phalanx der VaulTek-Fahrzeuge eröffnete jetzt das Feuer mit automatischen Waffen. Aber sie wurden durch die Gerölllawine rasch zum Verstummen gebracht, als vor Argent die Decke einstürzte und eine Mauer aus Erde und Gestein entstand. Ein paar Kiesel und eine Hand voll Erde fielen auf die Stiefel des Shadowrunners.

»Komm schon, Cher«, rief Laveau mit schwacher Stimme. »Es wird Zeit zu verschwinden.«

Während von der anderen Seite des Erdwalls immer noch das Knattern der automatischen Waffen zu hören war, bückte sich Argent und improvisierte eine Beinschiene aus seiner Kampfweste. Das Bein schmerzte zwar immer noch höllisch, aber er konnte es lange genug benutzen, um zum Devil Rat zu traben.

Sencio stand in der hinteren Luke und schaute ihn besorgt an. Sie reichte ihm eine Hand, und er nahm sie. Ihre Kraft trug nicht viel dazu bei, seinen massiv vercyberten Körper auf den Devil Rat zu ziehen, aber die Geste bedeutete ihm eine Menge.

Oben angekommen, lugte er in den Truppentransporter hinein und sah den Rest seines Teams und Sencios Leute. Harrison Dane lag blutverschmiert auf mehreren von ihnen. Die Wunde an seiner Schläfe hatte eine rote Lache unter ihm gebildet, aber Erzengel legte gerade eine frische Kompresse aus dem Erste-Hilfe-Koffer darauf.

»Es geht ihm Sahne«, sagte Erzengel zu Argent.

»Ja, klar«, knurrte der Elf. »In meinem Kopf hämmert es, als spielte ein Troll darin Schlagzeug für eine Deathmetal-Band. Und in den Shows, die ich in den nächsten Wochen machen werde, liegt eine Menge an. Du bist mir was schuldig, Argent.«

»Ich werde da sein«, versprach Argent. »Ich zahle meine Schulden immer zurück.« Er legte sich auf das hintere Deck des Devil Rat und versuchte vergeblich, eine bequeme Stellung für sein gebrochenes Bein zu finden. Er ließ den Stiefel an, um ein noch stärkeres Anschwellen des Beins zu vermeiden. Es war noch eine lange Fahrt bis zu der Stelle, wo Summertrees den T-Bird versteckt hatte, der sie nach Denver bringen würde.

»Ich bin froh, dass du gekommen bist«, sagte Sencio so leise, dass nur er es hören konnte.

Argent blieb zusammen mit den Travers-Zwillingen auf dem Außendeck des Truppentransporters. »Null Problemo«, sagte er zu ihr. Und er nahm ihre Hand, als er zu seiner Überraschung Tränen in ihren Augen glänzen sah.

»Argent«, sagte sie leise. »Ich musste dich rufen. Ich hatte keine andere Wahl. Ich will nur nicht, dass...« Dann versagte ihr die Stimme.

»Ist schon in Ordnung«, erwiderte er. »Ich verstehe.« Und mit seinem Blick, der auf all ihren gemeinsamen

Jahren beruhte, ließ er sie wissen, dass sein Verständnis sich nicht auf die Exfiltration beschränkte. Sie hatte ihm mitteilen wollen, dass sie ihre Meinung über ihre Trennung nicht geändert hatte. Aber damit hatte er kein Problem. Auf diese Weise blieb sein Leben ebenfalls intakt, ohne Kompromiss. Es war die einzige Art, wie er es führen konnte.

EPILOG

[Chipdatei: Argent
Sicherheitszugang: ******-12:16:57/20-10-60]

UPLOAD ANFANG

Standort: Unterschlupf Denver

»Was ist passiert?«

Ich sah Erzengel an, die mir gegenüber saß. Wir aßen im UCAS-Sektor von Denver im Cafe Giovanni auf der Market Street zu Mittag. Das Restaurant war klein, schummrig und intim, was im Augenblick meiner Stimmung entsprach, weil ich immer noch ziemlich erledigt war.

Erzengel war das letzte Mitglied meines Teams, das sich noch in Denver aufhielt. Laveau hatte sich zuerst in Richtung New Orleans verabschiedet. Summertrees war zu seiner T-Bird-Gemeinschaft zurückgekehrt, nachdem wir den Banshee verkauft hatten. Die Travers-Zwillinge waren vor drei Tagen nach Atlanta geflogen, und Harrison Dane war mittlerweile, nachdem er sich von einem Straßendoc, einem Spezialisten für plastische Chirurgie, hatte zusammenflicken lassen, wieder in Dallas. Erzengel hatte ihre Gründe, warum sie noch hier war.

Sie sah großartig aus, als sei sie den Seiten eines Hochglanzmagazins entsprungen. Obwohl der Run bereits sechs Tage zurücklag, war ich noch ziemlich zerschlagen, und ich trug eine Gipsmanschette, die den Bruch zusammenhielt.

Normalerweise hätte ich Erzengels Fragen nur beantwortet, wenn Peg sie gestellt hätte. Es hatte geholfen, dass Peg sich aus allem herausgehalten hatte, bis ich Andi heute Morgen in den Flieger nach Boston gesetzt hatte.

»Villiers hat ihr angeboten, zu seinem Konzern zurückzukehren.« Ich hatte einen Rauschgenerator auf den Tisch gestellt, damit unser Gespräch auch tatsächlich unter uns blieb.

»Und das hat sie getan?«

»Ja. Sie hatte noch einige Daten, die Villiers bei einem früheren Download nicht bekommen hatte.«

Erzengels Augen waren hinter ihrer Whitelaw-Sonnenbrille verborgen. »Und du hast sie einfach gehen lassen?«

»Ich konnte sie nicht festhalten.«

»Sie wäre vielleicht geblieben, wenn du sie gefragt hättest.«

Ich sah sie an und wusste, dass sie an ihre eigene Situation dachte, die seit drei Jahren ungeklärt war. »Ich wollte sie nicht fragen.«

»Die große Liebe hat sich verflüchtigt?«, fragte sie sarkastisch.

»Nein. Deshalb war es so schwer, sie ins Flugzeug zu setzen.«

»Warum hast du sie dann gehen lassen?«

»Weil sie nicht bleiben konnte«, erwiderte ich.

Da verstand sie. »Deinetwegen oder ihretwegen?«

Ich wollte sagen, unser beider wegen, weil es meine Art war, Andi zu beschützen, wo ich nur konnte. Heute Morgen hatte ich es wieder getan, indem ich Villiers anrief, nachdem ich sie ins Flugzeug gesetzt hatte. Das Gespräch war sehr kurz gewesen. Er hatte mir einen Job bei NovaTech mit einem geradezu obszönen Gehalt angeboten. Ich hatte abgelehnt und ihm dann einen Rat gegeben, der darauf hinauslief, dass ich nicht hören wolle, Andi sei etwas zugestoßen, während sie für ihn gearbeitet habe. Er hatte geantwortet, er werde sich das durch den Kopf gehen lassen. Doch mein Rat hatte in ihm ebenso gegärt wie die Tatsache, dass ich sein Angebot abgelehnt hatte. Villiers war ein Mann, der bekam, was er wollte, und ich hatte einen mächtigen Feind, wenn er sich entschloss, es so zu handhaben.

Angesichts der Tatsache, dass ich Erzengel bereits ziemlich zugesetzt hatte, blieb ich ehrlich. »Meinetwegen«, sagte ich.

»Du wolltest nicht, dass sie bleibt?« Sie sah mich überrascht an. »Aber ihr habt doch die letzten fünf Nächte zusammen in einem Hotelzimmer verbracht.«

»Ich habe auf dem Sofa geschlafen«, erklärte ich. Sencio hatte mich in ihrer Nähe gebraucht, als sie sich wieder fing und den harten Panzer neu aufbaute, den sie brauchte, um Villiers zu ihrer Denkweise zu bekehren. Ich hatte ihr ein Gefühl der Sicherheit gegeben, und das hatte mich ein wenig getröstet, während ich damit beschäftigt war, mich selbst zu heilen.

»Warum?«

»Weil ich klarer denke, wenn kein Sex im Spiel ist.«

»Sex heißt nicht notwendigerweise Liebe.«

»Nein. Ich bin nicht prüde. Aber bei jemandem wie Andi wäre es zu verwirrend gewesen.«

»Für sie oder für dich?«

»Für mich«, antwortete ich. »Ich weiß nicht, wie sie es empfunden hätte.«

Erzengel trank ihren Soykaf, während sich ihre Gedanken überschlugen. Ich konnte es an ihrer Haltung erkennen. »Glaubst du, sie wäre geblieben, wenn du sie gefragt hättest?«

»Ich weiß es nicht.«

Erzengel fixierte mich mit ihrem Blick, aber ihre tieferen Gefühle waren für mich unsichtbar. »Ich glaube, sie wäre es.«

»Warum?«, fragte ich. »Wärst du geblieben, wenn man dich gefragt hätte?«

Sie sah mich an, und für einen Augenblick glaubte ich, zu weit gegangen zu sein. Sie hatte einen großen Bogen um das eigentliche Thema gemacht, und ich hatte es absichtlich angeschnitten. »Ich weiß es nicht«, sagte sie schließlich.

»Du hast gekniffen, bevor das Thema überhaupt aufkam«, stellte ich fest.

»Es wäre meiner Arbeit nicht gut bekommen. Nach allem, was ich durchgemacht habe, hätte mir die damit verbundene Unsicherheit gerade noch gefehlt. Alles, was ich in diesem Leben habe, bin ich. Ich musste hart arbeiten, um das zu erreichen, und ich will es nicht verlieren.«

Ich hörte die Sprödigkeit in ihrer Stimme und sah das Glitzern von Feuchtigkeit auf einer ihrer Wangen. »Manchmal«, sagte ich zu ihr, »muss man sich seinen größten Ängsten stellen, indem man ihnen ins Auge sieht. Du hast deine Sachen gepackt und bist weitergezogen, und das hat dir vielleicht mehr zu schaffen gemacht, als dies der Fall gewesen wäre, wenn du geblieben wärst.« Ich dachte an Toshi und Hawk. »Leute in den Schatten, denen man vertrauen kann, findet man selten. Und diejenigen, die man lieben kann? Die sind unschätzbar.«

Sie wandte den Blick ab. »Ich muss gehen.«

»Wenn du wirklich einen Rat von mir willst«, sagte ich zu ihr, »geh zu diesem Jack, an den du immer denkst. Sieh ihm ins Gesicht, und warte ab, was passiert. Drei Jahre sind vergangen, und für dich ist es immer noch so, als sei es erst gestern passiert.«

»So leicht ist das nicht.«

»Ich habe auch nicht gesagt, es sei leicht. Ich muss selbst einigen Dingen ins Gesicht sehen.« Ich dachte an Brynnmawr, erinnerte mich an das Konstrukt eines toten Planeten in der Matrix, in dem das, was noch von ihm übrig war, festsaß, von Gräbern umringt, die zu füllen er geholfen hatte. »Sogar diese Geschichte mit Andi ist vielleicht noch nicht vorbei. Aber ich weiß, wie es im Augenblick steht. Das kannst du nicht von dir behaupten.«

Sie stand auf und lächelte mich an. »Ich denke darüber nach, Argent. Ich danke dir, dass du dir Zeit für mich genommen hast. Du hättest diese Fragen nicht beantworten müssen.« Sie bot mir ihre Hand an, und ich nahm sie. »Solltest du je wieder einen Decker für einen Run brauchen und Peg ist verhindert, ruf mich an.«

»Das werde ich«, sagte ich.

Sie wandte sich ab und ging. Ich sah ihr eine Weile nach und fragte mich, wie sie mit ihrer Situation umgehen würde. Ihre Gefühle reichten tief, aber das galt auch für die Angst, die ich in ihr gesehen hatte.

Wieder zurück im Hotel, ließ ich mich von Peg mit in die Matrix nehmen und zu Brynnmawr bringen.

»Bist du sicher, dass du das wirklich willst?«, fragte sie, als wir die trostlose Welt betraten, in der er gefangen war. Die ewige Nacht hüllte den Friedhof rings um uns in Schatten.

Ich schaute mich unter den Reihen der Grabsteine nach ihm um. »Das bin ich ihm schuldig«, sagte ich zu Peg. Dann sah ich ihn auf uns zukommen. Peg hatte ihre Persona verändert, sodass sie wie ich aussah. In der Matrix spürte ich die Schmerzen von dem gebrochenen Bein und den Schusswunden nicht ganz so stark.

»Argent, mein Junge, was machst du denn hier? Stimmt etwas nicht?« Er klang aufrichtig besorgt und musterte mich von Kopf bis Fuß.

»Nein, Sir«, erwiderte ich. »Es ist alles in Ordnung.«

»Du bewegst dich anders.«

Wahrscheinlich hatte etwas von der Behutsamkeit infolge der Schmerzen auf mein Auftreten abgefärbt. Peg hatte eine Rückkopplung in das Programm eingebaut, die es ihr gestattete, meine Körpersprache zu lesen und zu benutzen. »Ich wurde verwundet, Sir.«

»Natürlich wurdest du das. Aber jetzt geht es dir wieder gut?«

»Es wird langsam wieder, Sir. Danke der Nachfrage.«

Brynnmawr griff in eine Tasche und holte eine der Pecanonüsse heraus, die er von den rings um die Gräber wachsenden Bäumen sammelte. Er knackte sie zwischen den Fingern und ließ Stücke der Schale auf den Boden fallen.

»Ich habe Ihnen etwas mitgebracht, Sir.« Mit Pegs Hilfe hielt ich eine schlichte weiße Schachtel hoch. Schließlich war immer noch sie es, die diese Persona kontrollierte.

Ein wachsamer Ausdruck schlich sich in seine Augen, und er wich ein Stück zurück. Das war das erste Mal, dass ich ihn je verängstigt gesehen hatte, und es tat mir weh, diese Reaktion zu sehen.

»Was ist das?«, fragte er.

»Ein Geschenk, Sir.« Ich öffnete die Schachtel und zeigte ihm das Dutzend Krapfen darin. »Etwas zur Auflockerung der Speisekarte.« Ich hatte Peg gebeten, ein Programm zu schreiben, das die Pecanonüsse ersetzen konnte, die Brynnmawr zu essen gezwungen war. Sie hatte mir gesagt, dass es sich bei den Daten in den Pecanonüssen vermutlich um ein Hilfsprogramm handle, das erforderlich sei, um die Integrität der Abstimmung des Konstrukts auf Brynnmawrs Bedürfnisse zu bewahren.

»Ich hatte schon immer eine Schwäche für Krapfen.« Er warf die Pecanonuss weg und nahm sich einen.

Pegs Programm war gut. Die Krapfen waren noch warm, und der Art, wie Brynnmawr kleine Stücke abriss, konnte ich entnehmen, wie weich sie waren. »Die Schachtel hat etwas ganz Besonderes an sich, Sir.« Ich schloss den Deckel und öffnete ihn erneut. In der Schachtel waren wieder zwölf Krapfen. »Solange Sie die Schachtel nicht völlig leeren, füllt sie sich wieder.« Das Programm reproduzierte sich, wenn es nicht vollständig verbraucht wurde.

»Raffiniert.« Brynnmawr nahm die Schachtel dankbar entgegen. »Ich danke dir für das Geschenk, mein Junge, aber warum?« Sein Gesicht wurde plötzlich ernst. »Wenn das eine Gabe aus Mitleid ist, kann ich sie nicht annehmen.«

»Nein, Sir«, sagte ich. »Es ist nur ein Geschenk. Vielleicht können Sie es sogar als Anzahlung betrachten.«

»Als Anzahlung wofür?«

»Mir ist in letzter Zeit einiges klar geworden, Sir«, sagte ich. »Sie haben mich vieles gelehrt, und ich habe mir selbst einige Dinge beigebracht. Aber Sie haben mir nicht alles beigebracht, was Sie wissen.«

Brynnmawr lächelte. »Also ist der verlorene Sohn tatsächlich zurückgekehrt.«

»Es gibt einige Dinge, über die ich mit Ihnen reden muss, um sie zu verstehen.«

»Sencio ist nicht bei dir geblieben?«

Ich schüttelte den Kopf.

»Ich bin nicht überrascht«, sagte Brynnmawr. »Sie war nie so diszipliniert wie du.«

»Ich fühle mich nicht sehr diszipliniert, Sir. Offen gesagt, habe ich mich in diesen letzten Jahren ziemlich verwirrt gefühlt.«

»Weil du deine Teamkameraden verloren hast?«

»Ich glaube, das brachte die Dinge erst richtig ins

Rollen, Sir. Von meiner Zeit bei Ihnen ist mehr übrig geblieben, als ich dachte. Ich möchte Sie besser verstehen lernen, um alles in die richtige Perspektive rücken zu können.«

»Selbstbeobachtung ist niemals gut für einen Außenagenten«, sagte er zu mir. »Aber wenn man wahrhaftig ein Mann werden will, gibt es keinen härteren Lehrer als das eigene Ich.« Er lächelte, nahm meinen Arm und zog mich mit, führte mich wieder wie in all den Jahren zuvor.

Ich ging bereitwillig mit und folgte ihm zum Haus des Totengräbers mitten auf diesem virtuellen Friedhof, umgeben von den Toten in seinem Leben. Ich fragte mich, wie das Haus wohl von innen aussehen mochte, welchen Komfort oder welche Qualen sich seine Aufseher wohl ausgedacht und programmiert hatten.

»Eine Unterhaltung zwischen uns beiden«, sagte Brynnmawr, »wird nicht mehr so sein wie früher. Wir sind beide reifer geworden.«

Und ich war nicht mehr so jung und idealistisch und auch nicht mehr so selbstsicher. Das wusste er.

»Ich weiß, wie du dich fühlst, mein Junge«, sagte er zu mir in einem leisen, mitfühlenden Tonfall, der mich überraschte. »Es tut weh, wenn man mit seiner eigenen Sterblichkeit und Unzulänglichkeit konfrontiert wird.«

»Ja, Sir.«

»Aber das sind Wahrheiten, mein Junge, und die Wahrheit macht dich frei.«

Ich ging mit ihm ins Haus, um die Dinge von ihm zu lernen, die nur ein erwachsener Sohn von einem Vater lernen kann. Und ich fühlte mich jetzt schon so frei wie schon lange nicht mehr.

UPLOAD ENDE

Von **SHADOWRUN™** erschienen in der Reihe
HEYNE SCIENCE FICTION & FANTASY:

1. Jordan K. Weisman (Hrsg.): *Der Weg in die Schatten* · 06/4844

TRILOGIE GEHEIMNISSE DER MACHT

2. Robert N. Charrette: *Laß ab von Drachen* · 06/4845
3. Robert N. Charrette: *Wähl deine Feinde mit Bedacht* · 06/4846
4. Robert N. Charrette: *Such deine eigene Wahrheit* · 06/4847

5. Nigel Findley: *2 X S* · 06/4983
6. Chris Kubasik: *Der Wechselbalg* · 06/4984
7. Robert N. Charrette: *Trau keinem Elf* · 06/4985
8. Nigel Findley: *Schattenspiele* · 06/5068
9. Carl Sargent: *Blutige Straßen* · 06/5087

TRILOGIE DEUTSCHLAND IN DEN SCHATTEN

10. Hans Joachim Alpers: *Das zerrissene Land* · 06/5104
11. Hans Joachim Alpers: *Die Augen des Riggers* · 06/5105
12. Hans Joachim Alpers: *Die graue Eminenz* · 06/5106

13. Tom Dowd: *Spielball der Nacht* · 06/5186
14. Nyx Smith: *Die Attentäterin* · 06/5294
15. Nigel Findley: *Der Einzelgänger* · 06/5305
16. Nyx Smith: *In die Dunkelheit* · 06/5324
17. Carl Sargent/Marc Gascoigne: *Nosferatu 2055* · 06/5343
18. Tom Dowd: *Nuke City* · 06/5354

19. Nyx Smith: *Jäger und Gejagte* · 06/5384
20. Nigel Findley: *Haus der Sonne* · 06/5411
21. Caroline Spector: *Die endlosen Welten* · 06/5482
22. Robert N. Charrette: *Gerade noch ein Patt* · 06/5483
23. Carl Sargent/Marc Gascoigne: *Schwarze Madonna* · 06/5539
24. Mel Odom: *Auf Beutezug* · 06/5659
25. Jak Koke: *Funkstille* · 06/5667
26. Lisa Smedman: *Das Luzifer Deck* · 06/5889
27. Nyx Smith: *Stahlregen* · 06/6127
28. Nick Polotta: *Schattenboxer* · 06/6128
29. Jak Koke: *Fremde Seelen* · 06/6129
30. Mel Odom: *Kopfjäger* · 06/6130
31. Jak Koke: *Der Cyberzombie* · 06/6131
32. Lisa Smedman: *Blutige Jagd* · 06/6132
33. Jak Koke: *Bis zum bitteren Ende* · 06/6133
34. Stephen Kenson: *Technobabel* · 06/6134
35. Lisa Smedman: *Psychotrop* · 06/6135
36. Stephen Kenson: *Am Kreuzweg* · 06/6136
37. Michael Stackpole: *Wolf und Rabe* · 06/6137
38. Jonathan Bond/Jak Koke: *Das Terminus-Experiment* · 06/6138
39. Lisa Smedman: *Das neunte Leben* · 06/6139
40. Mel Odom: *Runner sterben schnell* · 06/6140